aufbau taschenbuch
AUFBAU VERLAGSGRUPPE

DARJA DONZOWA (eigtl. Agrippina Donzowa) wurde 1952 in Moskau geboren. Sie studierte Journalistik an der Moskauer Lomonossow-Universität, arbeitete zunächst als Übersetzerin und unterrichtete später Französisch und Deutsch. Seit 1998 schreibt sie Kriminalromane, mittlerweile sind es vier Krimi-Reihen. Sie hat bisher 46 Bücher veröffentlicht, von denen insgesamt 42 Millionen Exemplare verkauft wurden. Darja Donzowa wurde dreimal in Russland Schriftstellerin des Jahres. 2002 und 2003 wurde jeweils eines ihrer Bücher mit dem Preis »Bestseller des Jahres« ausgezeichnet. Darja Donzowa moderiert im russischen Radio eine Talkshow und hat im Fernsehen eine Rubrik. Ihre Kriminalromane dienten als Vorlage für Hörspiele und Fernsehserien. Sie lebt mit ihrem Mann, ihren drei Kindern und ihren Hunden in Moskau.

Im Aufbau Taschenbuch Verlag sind außerdem ihre Roman »Nichts wäscht weißer als der Tod« (2006) und »Spiele niemals mit dem Tod« (2006) lieferbar.

Tanja arbeitet jetzt in einem Detektivbüro. Eine erfolgreiche Geschäftsfrau bittet sie, ihren Mann Boris zu beschatten. Als Boris' Geliebte Shanna bei seiner Geburtstagsfeier vergiftet wird, verdächtigt man natürlich die Ehefrau. Aber Tanja ist fest davon überzeugt, dass diese zu einem heimtückischen Giftmord gar nicht in der Lage ist. Außerdem hat jeder der Geburtstagsgäste ein Motiv. Kurz darauf ist auch Shannas Angetrauter tot.

Auf pfiffige und unkonventionelle Weise löst Tanja auch diesen Fall und wächst wieder einmal über sich hinaus.

Darja Donzowa

Perfekt bis in den Tod

Kriminalroman

Aus dem Russischen von Helmut Ettinger

Aufbau Taschenbuch Verlag

Die Originalausgabe unter dem Titel
Обед у людоеда
erschien 2003 bei EKSMO-Press, Moskau

ISBN 978-3-7466-2343-6

Aufbau Taschenbuch ist eine Marke
der Aufbau Verlagsgruppe GmbH

1. Auflage 2007

Umschlaggestaltung Dagmar & Torsten Lemme, Berlin
unter Verwendung eines Fotos von getty images
Druck und Binden Clausen & Bosse, Leck
Printed in Germany

www.aufbau-taschenbuch.de

1. Kapitel

Der Wecker klingelte wie immer um zwanzig vor acht. Mit großer Mühe hob ich die Augenlider ein wenig und schloss sie gleich wieder. Glücklich die Menschen, die in aller Herrgottsfrühe quietschvergnügt aus dem Bett springen. Die Morgengymnastik machen, eine kalte Dusche nehmen, zum Frühstück nur gesundes Müsli essen und sich bester Laune in ihre Arbeit stürzen. Fahrstühle ignorieren sie grundsätzlich. Treppen sind für sie nur kostenlose Trainingsstrecken.

Ich beneide jeden, der ein solches Leben führt. Mir ist es leider nicht gegeben, mich derart zusammenzureißen. Von Frühsport halte ich gar nichts. Es ist doch zu schön, bis elf faul im Bett zu liegen. Wären da nicht Lisa und Kira, die zur ersten Stunde in der Schule sein müssen, könnte das auch bis zum Mittag so gehen. Kaltes Wasser ist mir zutiefst zuwider. Ins Meer kriegt mich keiner unter 25 Grad Wassertemperatur. Und Treppensteigen mit schweren Einkaufstaschen gehört auch nicht gerade zu meinen Vorlieben.

Gestern bin ich erst gegen ein Uhr nachts eingeschlafen, weil ich mich im Bett von dem neuesten Krimi der Marinina nicht losreißen konnte. Ohne es zu merken, habe ich dabei eine ganze Schachtel Pralinen verputzt. Müsli kann ich nicht ausstehen. Ich weiß nicht, wie man es fertigbringt, am Morgen als Erstes diese Pampe mit verschrumpelten Trockenfrüchten in sich hineinzustopfen.

Der Wecker klingelte zum zweiten Mal. Diese neueste Errungenschaft der Technik tut das so lange, bis man mit der flachen Hand draufschlägt. Ich streckte mich ordentlich und bekam endlich die Augen auf. Es half nichts, ich musste aus der Falle.

Stöhnend und die ganze Welt verfluchend, suchte ich nach meinen Pantoffeln und schlurfte zur Balkontür. Die schweren Plüschvorhänge glitten mit einem Rascheln beiseite, und das helle Morgenlicht schlug mir entgegen. Blinzelnd schaute ich hinaus und … erstarrte vor Staunen.

Vor mir auf dem Balkon saß, die Vorderpfötchen niedlich über der zottigen Brust gekreuzt, ein Känguru. Verdattert starrte ich das Tier an, dann zog ich die Vorhänge mit einer heftigen Bewegung wieder zu und stürzte zum Bett zurück. Ruhig, ganz ruhig, sagte ich mir. Offenbar war ich noch nicht richtig wach, den Wecker hatte ich mir nur eingebildet. Ich träumte wohl noch. Wie sonst sollte auf den Balkon einer Wohnung im siebenten Stock eines Hauses mitten in Moskau ein Känguru kommen? Wahnsinn! Ich kniff mich in den Arm und schrie leise auf. Nachdem ich einige Minuten gewartet hatte, öffnete ich die Übergardine vorsichtig wieder und starrte auf das fremde Wesen. Das süße Beuteltier blinzelte mich mit seinen blauen Augen an, drehte die großen Ohren hin und her und kräuselte lustig das Schnäuzchen. Erschreckt zog ich die Gardine noch einmal vor und rannte in die Küche. Dort setzte ich geräuschvoll den Wasserkessel auf und lief dann, Lisa und Kira zu wecken. Sollten die nachschauen, ob auf meinem Balkon ein Känguru saß oder nicht. Wahnvorstellungen hatte ich an mir bisher nicht bemerkt. Woher sollten die auch kommen, wo ich weder trank, schnupfte oder kiffte?

Da fiel mein Blick auf den Kalender. Ich musste laut lachen. Na klar, der 1. April! Lisa und Kira hatten mir einen Streich gespielt. Das musste ja ein riesiges Plüschtier sein, das sie da auf den Balkon geschmuggelt hatten, während ich schlief. Ihr Plan war perfekt aufgegangen. Ich hatte wirklich einen Moment geglaubt, da säße ein lebendes Tier vor mir. Aber wieso wackelte es mit den Ohren und blinzelte mir zu? Was die Technik heute alles zuwege bringt! Na wartet, ihr Schlingel!

Als Lisa und Kira sich gähnend am Frühstückstisch eingefunden hatten, sagte ich ganz ruhig: »Na, wer von euch hat sich das mit dem Känguru ausgedacht?«

»Womit?«, fragte Kira verwundert zurück.

»Mit dem Känguru.«

»Welches Känguru?«

»Das auf meinem Balkon sitzt.«

Kira legte die Gabel nieder und fragte besorgt: »Bist du krank?«

»Keine Spur.«

»Du hast wieder bis in die Nacht Krimi gelesen«, meinte Lisa seufzend. »Wir sind gleich weg, leg dich hin und schlaf noch ein bisschen, dann wird's schon wieder gehen.«

»Ist ja gut! Ich hab begriffen, heute ist der 1. April! Aber ihr hättet euch nicht so in Unkosten stürzen sollen.«

»Von wem redest du?«

»Von euch! Das Känguru war bestimmt nicht billig.«

»Wir haben nichts gekauft«, sagte Kira leise.

»Tut dein Kopf sehr weh?«, fragte nun Lisa bekümmert.

Jetzt reichte es mir. Ich knurrte nur: »Na, dann kommt mal mit.«

Als wir in meinem Zimmer waren, schnarrte ich im Kommandoton: »Los, holt das Ding rein!«

Die Kinder schauten auf den Balkon.

»Da ist nichts!«, riefen sie einstimmig.

Ich drückte meine Stirn an die Glasscheibe. Tatsächlich – der Balkon war leer!

»Also, Tanja«, rief jetzt Kira, »wie hast du das gemacht! Uns so reinzulegen! Klar, wir waren noch nicht ganz munter. Aber uns ist so was Tolles nicht eingefallen!«

»Sei nicht traurig«, murmelte ich verwirrt, »der Tag ist ja noch lang.«

»Woher hast du nur diese Ideen?« Lisa war fast beleidigt. »Ein Känguru auf dem Balkon!«

Sich gegenseitig schubsend, liefen die beiden in den Korridor und stritten schon wieder darüber, wer an der Reihe sei, mit den Hunden Gassi zu gehen. Ich trollte mich in mein Zimmer und machte die Tür hinter mir zu. Also war es doch eine Halluzination? Dabei hatte das Tier so echt gewirkt! Der Wind hatte an seinem graubraunen Fell gezaust! Wir schrieben zwar den 1. April, aber draußen war es bitterkalt. Immer wieder gingen Schneeschauer nieder.

Vorsichtig schlich ich mich zur Balkontür und schaute noch einmal hinaus. Ich wollte meinen Augen nicht trauen. Das Känguru saß wieder da, als sei nichts gewesen. Zu Tode erschrocken, schlug ich ein Kreuz und sagte laut: »Hebe dich hinweg!«

Aber das putzige Tier hob eine Pfote und berührte mit einer fast menschlichen Geste die Fensterscheibe. Es klang wie ein leichtes Klopfen. Nun kam also zum visuellen auch noch ein akustisches Trugbild hinzu.

An der Wohnungstür klingelte es. Die Kinder kamen mit den Hunden zurück. Wie von der Kette gelassen, fegten unsere drei über den langen Korridor in die Küche, wo sie ihr Frühstück vermuteten.

»Es ist schon wieder da!«, rief ich und grinste töricht.

»Was?«, fragte Kira und griff nach seiner Schultasche.

»Das Känguru!«

»Also, Tanja«, rief Lisa vorwurfsvoll, »willst du uns ein zweites Mal verkohlen?«

»Nein, es sitzt da draußen und hat sogar ans Fenster geklopft!«

Die Kinder rannten wie der Blitz in mein Zimmer, und ich hinterher.

»Dachte ich mir's doch!«, rief Kira, nun richtig enttäuscht. »So blöd können auch nur wir sein, Lisa! Jetzt hat sie uns zum zweiten Mal hereingelegt!«

»Na warte, Tanja«, keifte Lisa, »das kriegst du wieder!«

Langsam glaubte ich wirklich, ich sei nicht mehr ganz bei

Trost. Ich konnte nur stammeln: »Großes Ehrenwort, es hat dort gesessen, mit der Pfote...«

»... die Trommel geschlagen und ein Winterlied gesungen!« Kira hielt sich den Bauch vor Lachen. »Los, Lisa, wir müssen, sonst kommen wir noch zu spät zur Schule!«

Fort waren sie. Wütend zog ich die Übergardine zu. Der Balkon konnte mir gestohlen bleiben. Außerdem wurde es auch für mich Zeit, zur Arbeit zu gehen. Mein Chef legt Wert auf Pünktlichkeit.

Meine Arbeitsstelle ist etwas ungewöhnlich – die Agentur »Alibi«. Wir helfen jedem, der unsere Dienste bezahlen kann. Aber wir sind nicht billig. Zum Beispiel will einer mit seiner Geliebten nach Spanien reisen. Was sagt er seiner Frau? Ganz einfach: Er kommt zu »Alibi«, und die Sache ist geritzt. Seiner Gattin erklärt er kühn, er müsse dienstlich nach Norilsk im Hohen Norden oder nach Magadan auf der fernen Halbinsel Kamtschatka, Orte, wo sie keine zehn Pferde hinbringen. Wenn der Reisetag herankommt, schickt seine »Dienststelle« einen Wagen, ein netter Chauffeur lädt das Gepäck ein. Die Gattin kann ihren »Dienstreisenden« sogar zum Flugplatz begleiten. Der marschiert vor ihren Augen mit dem richtigen Ticket zum Schalter und checkt ein. Der Chauffeur ist so nett und bringt die Ehefrau wieder nach Hause zurück. Von dort meldet er der »Firma« telefonisch Vollzug: »Iwan Iwanowitsch ist abgeflogen.«

Abends ruft der liebende Gatte an und teilt mit, wo seine Gattin ihn telefonisch erreichen kann. Wenn sie das ausprobiert, antwortet ihr eine nette Frauenstimme aus dem »Hotel«: »Iwan Iwanowitsch sitzt gerade beim Abendessen.«

Eine halbe Stunde später ruft er zurück. Am Ende der »Dienstreise« stellt er sich pünktlich wieder ein und hat sogar ein paar hübsche Souvenirs von jenseits des Polarkreises mitgebracht – bestickte Fausthandschuhe, Knochenschnitzereien oder Stiefel aus Rentierfell.

Solche Dienstleistungen bietet »Alibi« natürlich auch für Frauen an. Außerdem führt die Agentur die verschiedensten delikaten Aufträge aus. Kürzlich hat eine Schauspielerin zum Beispiel zwei junge Burschen angeheuert, die eine verhasste Kollegin mit faulen Tomaten bewerfen sollten. Wir lassen eine abgelegte Geliebte bei der Hochzeit ihres Verflossenen aufkreuzen oder überreichen einer anderen welke Chrysanthemen zum Zeichen, dass die Affäre zu Ende ist. Unser Betätigungsfeld ist sehr breit. Worauf sich Semjon Grebnew, der Chef der Agentur, allerdings nicht einlässt, sind kriminelle Machenschaften. Wenn es darum geht, Ehemann oder Ehefrau zu betrügen oder einer Firma etwas vorzumachen, deren Mitarbeiter dringend eine Auszeit braucht, sind wir zur Stelle. Er bekommt von uns einen echten Krankenschein samt Hinweisen zu den Symptomen dieses oder jenes Leidens. Wenn aber Semjon einen wirklichen Rechtsbruch wittert, weist er dem Kunden sofort die Tür.

Zumindest habe ich das bisher geglaubt. Meist kommen Leute zu uns, die ihrem Partner oder ihrer Partnerin einmal Hörner aufsetzen wollen. Heute habe ich zum Beispiel die Freundin einer überaus erfolgreichen Geschäftsfrau zu spielen. Die Dame handelt mit Fisch, hat ihr Geld in drei große Geschäfte gesteckt und einen schwindelerregenden Aufstieg hingelegt. Bei ihrem Mann dagegen ging es nur nach unten. Der Betrieb, in dem er arbeitete, wurde geschlossen, und ihm blieb nur das Arbeitsamt. Die erfolgreiche Frau bot ihm an, eines ihrer Geschäfte zu leiten, aber das brachte er nicht über sich. Er begann zu trinken, und der soziale Abstieg war programmiert. Sie liebte ihn offenbar immer noch und wollte sich auf keinen Fall scheiden lassen. Doch der Alkohol machte ihn nahezu impotent, er liebte nur noch die Flasche. Unsere Geschäftsfrau tat weiter so, als sei alles in Ordnung. Allerdings legte sie sich einen Liebhaber zu. »Für die Gesundheit«, wie sie treuherzig bekannte.

Ich sollte nun die Freundin mimen, mit der sie angeblich das Wochenende verbringen wollte.

Im Büro zog ich mich rasch um. Für unsere Zwecke haben wir dort einen ganzen Kostümfundus – Abendkleider, Trainingsanzüge, Jacken und Röcke oder Jeans ... An diesem Abend sollte ich als reiche, aber vulgäre Person auftreten. Die Freundin einer Dame, die mir gestern erklärt hatte: »Wenn du 'ne ordentliche Show hinlegst, kriegste von mir Forellen zum Großhandelspreis. Dann kannste für'n paar Kopeken Fisch mampfen, so viel du willst.«

Ich schlüpfte in eine schwarze Kniehose, streifte mir einen knallroten Pullover über und behängte mich reichlich mit Gold. Unsere Ringe, Ketten und Armbänder sind meist billiger Tand, wirken aber bei etwas Distanz wie echt. Nur für ganz besondere Fälle zaubert Semjon aus seinem Safe echte Kolliers mit Saphiren und Smaragden hervor. Mehrfach hatte ich bereits zu Künstlerempfängen zu gehen, wo man sich nicht mit billigem Talmi sehen lassen kann. Für einen Säufer musste ich mich allerdings nicht so herausstaffieren. Da reichte es, wenn ich ordentlich glitzerte und blinkte.

In der Agentur hält man viel von mir. Ich bekomme stets die kniffligsten Aufträge. Zwar bin ich noch nicht lange bei »Alibi«, aber mit den meisten spinne ich einen guten Faden. Der Chef ist nett und zahlt ordentlich, mit den Kollegen, unter denen auch ein paar echte Schauspieler sind, komme ich wunderbar aus. Was braucht der Mensch noch zu seinem Glück? Ich bin ein großer Krimifan, und auch die Bühne ist mir nicht fremd. Denn ich, Tatjana Romanowa, bin ausgebildete Harfenistin. Ich habe das Moskauer Konservatorium absolviert und sogar einige Jahre konzertiert, allerdings ohne großen Erfolg. Deshalb hatte ich mich entschlossen zu heiraten. Aber da gelang mir auch nichts. Mein Mann Michail entpuppte sich als Verbrecher, als ein echter Mörder und Halsabschneider. Auch ich wäre sicher eines seiner Opfer geworden, hätte man ihm nicht vorher das Handwerk gelegt.

Er hat seinen Prozess gehabt und sitzt jetzt irgendwo in einem Lager seine Strafe ab. Wo das ist und wie es ihm geht, will ich nicht wissen. Wir sind geschiedene Leute.

In der letzten Zeit habe ich bei meiner Freundin Jekaterina Romanowa, kurz Katja, gelebt. Dass wir denselben Familiennamen tragen, ist reiner Zufall. Wir sind nicht miteinander verwandt. Aber uns verbindet mehr, als Verwandtschaft es je könnte. Katja ist eine hervorragende Chirurgin und hat sich auf die Schilddrüse spezialisiert. Ich führe ihr die Wirtschaft, koche, wasche und halte die Wohnung in Ordnung. Sie hat zwei Söhne – den 24-jährigen Serjosha und den 12-jährigen Kira. Serjosha ist mit der Journalistin Julia verheiratet. Außerdem haben wir einen ganzen Zoo in unserer Wohnung: vier Hunde – die Möpse Ada und Mulja, Rachel, einen Staffordshire, und den Hofhund Ramik, drei Katzen namens Klaus, Semiramis und Pinguin, die Kröte Gertrud, die Hamster Bongo und Dongo, den Papagei Kescha und das Meerschweinchen Isabella de Bourbon. Letzteres muss stets mit dem vollen Namen angesprochen werden. Auf die Kurzform – Bella – hört es nicht.

Im Januar dieses Jahres wurde Katja eine Stelle in Amerika angeboten. Das Gehalt war so, dass meine Freundin gar nicht ablehnen konnte. Die Kinder und die ganze Menagerie nahm sie mit. Ich blieb ganz allein in der Wohnung zurück. In den letzten Wochen zerbrachen Katja und ich uns die Köpfe, um für mich eine Arbeit zu finden. Ich kann nicht gerade viel. Eigentlich nur kochen und sehr mittelmäßig Harfe spielen.

Am Ende brachte mich Katja als Haushälterin in der Familie des wohlhabenden Bestsellerautors Kondrat Rasumow unter, wo es sehr turbulent zuging. Was ich da zu tun hatte, schien auf den ersten Blick nicht besonders schwer zu sein. Ich sollte das Hausmädchen, die Köchin und die Hauslehrer von Lisa, Kondrats Tochter aus erster Ehe, beaufsichtigen.

Kaum war ich eine Woche an meiner neuen Arbeitsstelle, da wurde Kondrat ermordet. Ich will mich hier nicht lange darüber verbreiten, was Lisa und ich in dieser Zeit durchgemacht haben. Ihre leibliche Mutter wollte seit langem nichts mehr von ihr wissen. Nach dem Tod des Vaters blieb sie im Grunde als Waise zurück. Bei all den schrecklichen Erlebnissen sind Lisa und ich uns sehr nahegekommen. Wir haben uns einen kleinen Kater zugelegt, ihn Pinguin getauft, und auf der Straße den herrenlosen Ramik aufgelesen, ein Hundejunges, dessen Rasse wir nicht kannten. Jetzt lebt die 14-jährige Lisa bei mir, und mir ist, als hätte ich schon eine große Tochter.

Ende März tauchte unerwartet Kira mit all seinen Tieren wieder bei uns auf.

»Weißt du, Tanja«, erklärte er, als er seine Koffer auspackte, »dieses Amerika ist nichts für mich. Stell dir vor, die plagen sich in der siebenten Klasse noch mit dem Einmaleins herum. In Geographie ist immer nur von Amerika die Rede. Physik und Chemie haben sie gar nicht. Und überhaupt sind die alle doof! Weißt du, worüber die lachen?«

»Worüber denn?«

»Na, einer lässt einen Furz, und die anderen lachen sich halb tot – als ob ihnen 'ne Gehirnwindung fehlt. Und dann sind viele so dick! Richtige Elefanten laufen da auf der Straße rum. Die stopfen aber auch allen Mist aus Schachteln und Tüten in sich hinein. Und bei jeder Gelegenheit rufen sie gleich nach dem Kadi! Nein, ich fand's dort gar nicht cool! Weißt du, was die in New York in der Metro machen?«

»Was denn?«

»Fressen! Setzen sich hin, holen einen Becher mit Suppe oder eine Tüte Chips hervor und schaufeln sich das rein! Überall liegen leere Packungen rum. Die Wände sind beschmiert und die Sitze besprüht, man mag sich gar nicht draufsetzen. Das einzige Gute ist: Mama verdient einen

Haufen Geld. Was die jeden Monat kriegt, da können wir hier ein ganzes Jahr von leben!«

Ich strich ihm über den wirbeligen Schopf. Als Kira sein Gesicht an meiner Schulter barg, stellte ich verwundert fest, dass er schon fast so groß war wie ich. Das ist allerdings nicht verwunderlich. Ich bin nur 1,58 und wiege 47 Kilo. Ich machte mir etwas Sorgen, wie er mit Lisa auskommen würde, aber die beiden waren sofort dicke Freunde. Auch die neue Mischung unserer Tiere stellte ich mir nicht ganz einfach vor. Doch die Möpse und die Staffordshire-Dame waren von dem langen Flug so erschöpft, dass sie auf Pinguin und Ramik überhaupt nicht reagierten. Nur die Katzen fauchten den neuen, frechen Kater ein paar Mal heftig an. Die Möpsinnen begriffen bald, dass der kräftige, lustige Ramik ein guter Spielgefährte war. Klaus und Semiramis gingen daran, Pinguin Benehmen beizubringen. Der ist eigentlich eine Katze. Als wir ihr diesen männlichen Namen verpassten, wussten wir das noch nicht. Jetzt leben wir alle einträchtig zusammen und warten darauf, dass Katja, Julia und Serjosha endlich aus Amerika zurückkommen.

Mein Tag lief ab wie vorgesehen. Nachdem ich die Freundin der Fischhändlerin gegeben hatte, ging ich noch einmal ins Büro zurück.

»Gut gemacht«, lobte mich mein Chef Semjon, »für heute hast du frei. Sei morgen um elf Uhr wieder hier. Ich habe einen neuen Auftrag für dich.«

Das freute mich. Ein Auftrag war immer gut, da klingelte die Kasse.

»Kaputt?«, fragte Semjon und wandte sich seiner Hausbar zu.

»Ziemlich«, gab ich seufzend zurück. »Erst habe ich mich um die Fischdame gekümmert, und dann musste ich drei Stunden lang mit ihrem Mann schwatzen – so ein langweiliger Kerl, einfach zum Weglaufen!«

»Nun hast du es ja geschafft«, sagte mein Chef aufmunternd. »Willst du einen Kognak?«

»Aber nur einen ganz kleinen! Du weißt doch, mir dreht der Kopf schon vom Hinschauen.«

»Das gefällt mir!« Semjon musste lachen und goss eine ordentliche Menge in einen großen Schwenker. »Eine berauschte Frau ist zu allem bereit.«

Er nippte und verdrehte genussvoll die Augen.

»Ist er gut?«

»Ein Geschenk von einem dankbaren Kunden. Schließlich sind nicht alle so wie Madame Worobjowa!«

Ich verzog das Gesicht. Madame Worobjowa war unser Schreckgespenst. Semjon besteht in der Regel auf Vorkasse. Zu Anfang hatten ihn nämlich manche Kunden hereingelegt. Seitdem geht es bei ihm nur noch nach dem Prinzip: Morgens zahlen, abends liefern. Wenn der Auftrag erledigt ist, gibt es eine Schlussabrechnung. Denn oft haben wir unvorhergesehene Ausgaben. In der Regel ist das für die Kunden kein Problem. Nur bei Jelena Worobjowa war das anders. Sie zückte den Taschenrechner und ging jeden Posten einzeln durch. Plötzlich fragte sie spitz: »Wofür soll denn das hier sein?«

»Eine Monatskarte für den Mann, der für Sie unterwegs war«, erklärte Semjon.

Die Dame runzelte die Brauen.

»Eine Karte für einen ganzen Monat? Aber heute ist doch erst der 12.! Da bezahle ich nur die Hälfte.«

Von so einer Person konnte man natürlich keinen Kognak als Geschenk erwarten. Der von Semjon war wirklich von der feinsten Sorte – rollte ölig über die Zunge und hatte eine wunderbar goldbraune Farbe.

»Tanja«, hub Semjon plötzlich an, »du bist meine beste Kraft, und das weißt du auch.«

Ich nickte.

»Daher übertrage ich dir jetzt eine ganz besondere Aufgabe.«

Ich sah ihn erwartungsvoll an. Sicher winkte dafür auch eine besondere Vergütung. Als hätte er meinen Gedanken erraten, fuhr Semjon fort: »Natürlich gibt es dafür ein entsprechendes Honorar.«

»Wieviel?«

»100 Dollar pro Tag.«

Das war nicht schlecht, aber was sollte ich dafür tun?

»Nichts Besonderes. Eine gewisse Anna Remeschkowa möchte, dass du ein Auge auf ihren Mann hast. Das soll bei ihr zu Hause passieren. Sie ist viel in Geschäften unterwegs und hat einen Maler zum Mann – einen mit viel Phantasie und hübschen Aktmodellen. Du verstehst schon.«

Unsere Agentur gilt offiziell als Detektei, und wir bekommen häufig derartige Aufträge. Allerdings versucht Semjon solche Kunden in der Regel abzuwimmeln. Und was sollte an dieser Sache Besonderes sein? Das war doch ganz normale Routine! Nur das Honorar schien mir erstaunlich hoch. Das machte mich stutzig.

»Die Auftraggeberin ist Olgas beste Freundin«, ließ Semjon mit einem Seufzer hören.

Jetzt war alles klar. Olga Gawrilowa, eine drittklassige Schauspielerin aus einem Theater, das keiner kannte, war Semjons Ex-Frau. Ihre Scheidung liegt drei Jahre zurück, aber mein Chef fürchtet noch immer alle Frauen wie der Teufel das Weihwasser. Mindestens einmal die Woche taucht Olga in unserem Büro auf und verlangt unter großem Geschrei mehr Geld. Sie lässt sich nicht davon abbringen, dass er sie bis zur Bahre unterhalten muss. Semjon ist ein friedlicher Mensch, der gern alles gütlich regelt. Lieber zahlt er, als sich mit dieser ordinären Person auf einen Streit einzulassen.

»Alles klar.« Ich musste lächeln.

Semjon hob hilflos die Arme.

»Entschuldige schon, diese Kundin ist kein einfacher Fall. Ich fürchte, außer dir wird niemand mit ihr fertig. Aber du mit deiner Intelligenz und …«

»Schon gut, Semjon«, unterbrach ich ihn. »Als was soll ich dort aufkreuzen?«

»Sie brauchen eine Haushaltshilfe«, antwortete mein Chef erleichtert. »Die letzte hat Anna hinausgeworfen, weil sie ihr angeblich frech gekommen ist.«

Mit einer energischen Handbewegung setzte ich den Kognakschwenker ab. Ob nun Haushaltshilfe oder etwas anderes – das war mir gleich.

2. Kapitel

Kaum hatte ich am nächsten Morgen die Augen aufgeschlagen, stürzte ich zur Balkontür und schaute hinaus. Es schneite wie zu Neujahr. Man konnte denken, wir hätten Januar und nicht April. Kein Känguru auf dem Balkon zu sehen. Nun konnte ich sicher sein, dass ich wieder ganz normal war. Ich zog mir etwas Einfaches, Unauffälliges an und lief los, um mich bei Anna Remeschkowa vorzustellen.

Die erfolgreiche Geschäftsfrau wohnte in einem schönen Haus aus hellen Klinkern unweit der Metrostation Kiewskaja. Die Wohnung in der siebenten Etage war bald gefunden. Ich hatte kaum geklingelt, da erschien auf der Schwelle ein fülliges Mädchen in sehr exotischem Outfit. Ihren Oberkörper hatte sie in ein mit Pailletten besetztes giftgrünes Strickjäckchen gezwängt, den unteren Teil in eine rosafarbene Caprihose mit bestickten Aufschlägen.

»Was gibt's?«, fragte sie schroff und blickte mich stirnrunzelnd an.

»Ich möchte zu Frau Remeschkowa«, antwortete ich schüchtern.

»Mama!«, brüllte sie, »hier ist eine Bettlerin, die will zu dir.«

»Ich komme«, ließ sich ein rauchiger Mezzo hören, und die Dame erschien auf der Bildfläche.

Ich bekam einen tüchtigen Schreck, riss mich aber sofort

zusammen. Eine Art Heuschober, bestimmt zwei Meter hoch und ebenso breit, schob sich da auf mich zu. Das Bild von Heu drängte sich vor allem wegen der Haarfülle auf. Ihre Mähne war so gefärbt, dass man es kaum beschreiben kann: Das Haar, an den Wurzeln hellbraun, zeigte in der Mitte gelbe und an den Spitzen fast weiße Töne. Man konnte auch an Stroh denken, das von unten zu faulen beginnt. Dazu passte die Kostümierung. Das riesige Hinterteil, das an einen Kürbis erinnerte, hatte sie in ähnliche Beinkleider gezwängt wie die Tochter, nur waren sie nicht rosa, sondern von einem satten Grün. Den gewaltigen Busen, der Melonen aus Astrachan alle Ehre gemacht hätte, umspannte eine durchbrochene Strickjacke. Um den Hals trug sie eine schwere Kette, ihr Ohrschmuck erinnerte an Goldbarren, und die fleischigen Handgelenke steckten in massiven Armreifen, die wie Handschellen wirkten.

»Du bist die neue Haushaltshilfe?«, warf mir die Dame des Hauses kurz hin. Bevor ich antworten konnte, kam schon der Befehl: »Schuhe aus und ab in die Küche!«

Gehorsam tat ich, wie mir geheißen. Anna Remeschkowa ließ sich auf ein Sofa fallen, goss sich Tee ein und legte los: »Also, hör zu! Du wirst kochen, was ich dir sage, putzen, waschen und bügeln. Wenn du was beiseite schaffst, krieg ich das raus! Dann kannst du was erleben!«

Ich vermerkte, dass meine Arbeitgeberin mir nicht einmal Tee anbot. Daher setzte ich mich auf dem Schemel zurecht und sagte bewusst leise, aber kategorisch: »Ich hoffe, Ihnen ist klar, dass ich nicht die Absicht habe, Ihnen den Haushalt zu führen. Soviel ich weiß, soll ich ein Auge auf Ihren Gatten haben.«

»Red leise«, zischte Anna. »Kannst du kochen?«

»Nun, eine Gourmetköchin bin ich nicht gerade …«

»Die brauchen wir hier auch nicht!« Anna lachte laut auf. »Wir sind einfache Leute und essen, was auf den Tisch kommt. Hauptsache, schmackhaft und reichlich. Du stellst dich an den Herd. Fürs Putzen finde ich eine andere. Aber denk an meine Worte, wenn du was mitgehen lässt, sollst du mich kennenlernen!«

Ich schaute in ihre blauen Äuglein, die wie zwei Knöpfchen zu beiden Seiten der dicken Nase saßen, und fragte unerwartet: »Womit handeln Sie?«

»Mit Klamotten«, teilte mir Anna bereitwillig mit, »höchste Qualität. So was in der Art.«

Und sie streckte ihr Bein vor, das einem Nilpferd zu gehören schien.

»Siehst du die Hose? Markenware, direkt vom Produzenten, und nicht mit zweitklassigem Zwirn genäht. Weißt du, wie andere das machen? Kaufen den größten Schund zusammen und drehen ihn den Leuten an. Aber für sich selber nur das Beste. So eine bin ich nicht. Was ich verkaufe, trage ich auch selbst. Da hab ich gleich einen Tipp für dich.« Unerwartet huschte ein Lächeln über ihr Gesicht. »Wenn du auf dem Markt einkaufst, guck dir den Händler an. Wenn er seine eigene Ware trägt, ist die Sache in Ordnung. Wenn nicht, lass ihn links liegen. Deine Hose ist ja nicht gerade teuer, vom Tscherkisow-Markt?«

Ich nickte.

»Schund«, stellte Anna fest. »Für dreihundert eingekauft. Von dir haben sie mindestens einen Tausender verlangt, stimmt's?«

Erstaunt über ihren Durchblick, antwortete ich: »Neunhundert.«

»Klar«, brummte Anna. »Denk dran, wenn du mir hilfst und meinen Bock auf einem Weib ertappst, kannst du von mir Klamotten zum Großhandelspreis haben, so viel du willst. Für Kopeken läufst du dann schicker rum als alle anderen, verstanden? Wer mir hilft, braucht es nicht zu bereuen.«

Ich nahm mich zusammen, um nicht zu lächeln, und schaute in ihr rundes, bauernschlaues Gesicht. Irgendwie hatte ich in der letzten Zeit Glück mit russischen Handelsleuten. Die eine winkte mit Forellen, die andere mit tollen Sachen.

Nach einer Woche war ich in diesem Hause akzeptiert und wusste über alle Mitglieder der Familie Bescheid. Es waren nur drei – Anna, ihre Tochter Irina aus erster Ehe und ihr Gatte Boris Lwowitsch Ljamin, den sie der Untreue verdächtigte.

Während Anna und Irina aus demselben Holz geschnitzt waren (die Tochter wirkte wie eine Kopie der Mutter), gehörte Ehemann Boris in eine ganz andere Schublade. Bildlich gesprochen: Sollten Anna und Irina Handschuhe sein, dann war Boris ein Stiefel. Was von beiden ist besser? Dumme Frage, jedes Ding hat seinen Nutzen, aber zusammen ergeben sie eben kein Paar.

Der hagere, im Grunde spindeldürre Boris hielt sich fast den ganzen Tag in seinem Atelier auf. Mir war streng verboten, dort auch nur einen heruntergefallenen Papierschnipsel anzufassen.

Anna und Irina aßen für ihr Leben gern – fette, schwere Sachen wie dicke Erbsensuppe mit Rippchen, Schweinekoteletts, mit viel Fett zubereitete Bratkartoffeln, Schokoladeneis, Schlagsahne, Bananen … An Butter und Mayonnaise wurde nicht gespart. Sorgen um ihre Figur schienen sich die Damen nicht zu machen. Vor dem Schlafengehen konnten sie glatt eine Schachtel Pralinen in sich hineinstopfen. Ihre Leber musste aus Eisen und ihr Magen aus Plastik sein, denn bei all der Völlerei klagten sie nie über Bauchweh und brauchten keine Abführmittel. Sie sahen aus wie das blühende Leben, was von einer hervorragenden Verdauung zeugte.

Boris dagegen plagte sich ständig mit einer Gastritis herum. Für ihn musste ich faden, dünnen Brei kochen und immer eine Thermosflasche Magentee bereithalten.

Anna und Irina vergötterten Thriller, auch zu einem Pornofilm sagten sie nicht nein. Ehemann Boris dagegen stand auf Filme von Ingmar Bergman oder Luc Besson.

Die Damen verschlangen begeistertLiebesromane und lasen Skandalblätter wie »Megapolis« oder »Speed-Info«. Auf Boris' Nachtschränkchen dagegen lag ein Band mit Tschechow-Erzählungen oder das Wirtschaftsblatt »Kommersant«.

So war das mit allem. Die Frauen gingen gegen elf zu Bett, der Künstler dagegen blieb mindestens bis zwei Uhr nachts in seinem Atelier. Anna konnte drei Tage lang in denselben Sachen herumlaufen, Boris dagegen war dauernd im Badezimmer anzutreffen ... Man konnte sich nur wundern, wie die beiden sich gefunden hatten und nun schon fünf Jahre irgendwie miteinander zurechtkamen.

Ich hatte den Eindruck, Boris ließ sich von Anna einfach aushalten. Seine merkwürdigen Bilder in düsteren Grautönen konnten einen depressiv machen. Mehrfach ließ ich Leute ein, die den Künstler aufsuchten, aber die meisten gingen nach einer halben Stunde wieder, ohne etwas gekauft zu haben. Offenbar wirkten Boris' Werke nicht nur auf mich so niederschmetternd.

Annas Geschäfte dagegen liefen hervorragend. Wenn man sie näher kannte, wirkte sie gar nicht so abstoßend. Sie war einfach ein schlecht erzogenes Weib, das unerwartet eine Glückssträhne hatte.

Irina ging in die zehnte Klasse. Ihren Stiefvater konnte sie nicht ausstehen. Daran war er zum Teil selber schuld. Als sie zum Beispiel vor ein paar Tagen zum Frühstück in einem engen roten Kleid erschien, zu dem sie blaue Strümpfe und einen zartgrünen Blazer trug, wagte Boris schüchtern einzuwenden: »Kindchen, ich glaube, deine Farbpalette ist nicht ganz korrekt.«

»Soll ich vielleicht in Braun und Grau rumlaufen wie deine Vogelscheuchen?«, gab Irina schnippisch zurück.

»Das brauchst du nicht«, meinte der »Herr Papa« friedlich, »lass einfach die Strümpfe oder die Jacke weg, sonst siehst du aus wie ein Papagei.«

»So was trägt man jetzt«, brummte Anna und stopfte sich Käse in den Mund.

»Das sehe ich«, stellte ihr Gatte fest und maß seine Frau mit einem kritischen Blick. Die trug an diesem Tag ein hellblaues Kleid mit rosa Borte, dazu eine orangefarbene Jacke mit einer großen künstlichen Orchidee am Revers.

»Gefalle ich dir nicht?«, fragte Anna herausfordernd.

»Überhaupt nicht«, erwiderte Boris. »Es passt einfach nichts zusammen. Bei deiner Figur solltest du so was nicht anziehen. Frauen verhüllen ihre Problemzonen, aber du betonst sie noch.«

»Ich habe keine Problemzonen«, erklärte Anna kichernd und füllte ihren Teller mit Rührei und Speck.

»Wie du meinst«, sagte der Künstler. »Ich gehe arbeiten.«

Mit leichtem, kaum hörbarem Schritt trollte er sich aus der Küche. Irina sah der dürren, leicht gebeugten Gestalt nach und fragte taktlos, wie Kinder sein können: »Mama, warum zum Teufel lebst du mit diesem Kerl zusammen? Was findest du nur an dem Bock?«

Vier Tage später konnte ich Semjon Vollzug melden. Boris in flagranti zu ertappen war einfacher, als einem Kind einen Bonbon wegzunehmen.

Als Irina an diesem Morgen zur Schule gegangen war und Anna sich aufgemacht hatte, um ihre Geschäfte zu inspizieren, trat ich mit Leichenbittermiene vor den Künstler und jammerte: »Boris Lwowitsch, seien Sie so gut…«

Der Maler ließ die Staffelei stehen, legte den in graue Farbe getauchten Pinsel ab und fragte: »Ist etwas passiert, meine Liebe?«

»Mein Sohn hat sich den Arm gebrochen und muss rasch ins Krankenhaus. Geben Sie mir bitte ein paar Stunden frei. Das Mittagessen steht auf dem Herd, das Abendbrot ist auch fertig, und um sieben bin ich wieder zurück.«

»Natürlich«, rief der Hausherr, »welche Frage. Kinder

gehen immer vor. Sie müssen heute Abend auch nicht zurückkommen, ich gebe Anna Bescheid.«

»Ich wollte Sie eigentlich bitten«, sagte ich leise, »Ihrer Frau nichts zu sagen. Sie zieht es mir sonst vom Lohn ab. Und ich brauche doch jeden Rubel. Mir wäre es am liebsten, sie erfährt gar nichts davon.«

Darauf erklärte Boris mit großer Geste: »Aber, aber, nur keine Tränen. Machen Sie, dass Sie fortkommen. Ich schweige wie ein Grab.«

»Ich räume nur noch rasch in der Küche auf«, rief ich froh und eilte über den Korridor.

Nur wenige Minuten später blinkte am Hauptapparat unserer Telefonanlage ein grünes Lämpchen. Boris war mir in die Falle gegangen. Offenbar informierte er die Dame seines Herzens gerade über die unerwartete Gelegenheit.

Eine Viertelstunde später rief ich: »Boris Lwowitsch, ich bin schon weg!«

»Gehen Sie nur, meine Liebe«, tönte es aus dem Atelier, »vergessen Sie aber nicht, Anna ist spätestens um acht zu Hause.«

Ich klappte laut mit der Tür und stand im Treppenhaus. Doch statt fortzugehen, schlich ich leise einen Absatz höher und machte es mir dort auf dem breiten Fensterbrett bequem.

Es dauerte eine Weile, dann setzte sich der Fahrstuhl in Bewegung. Bald darauf klapperten Absätze über den Hausflur, es klingelte an der Tür, und eine junge, helle Stimme fragte: »Boris, bist du sicher, dass wir allein sind?«

»Natürlich, Kindchen«, antwortete der Künstler. »Meine Kröte taucht erst zum Abendbrot auf, und das Kind unserer Haushaltshilfe hat sich zum Glück den Arm gebrochen.«

Die Tür klappte. Ich grinste mir eins und verließ das Haus. Die Sache lief wie geschmiert. Sollte Boris ruhig seinen Spaß haben. Meine Mission ging zu Ende. Und wo sind die Beweise, werden Sie fragen. Kein Problem. Die Regale im Atelier des Malers quellen über von allem möglichen Kram – Tonvasen, Gipsohren und Figuren aller Art. Eine der zu Dutzenden dort aufgestapelten Schalen ist nicht das, was sie zu sein scheint. In ihr ist eine Mikrokamera versteckt. Wenn sie einmal eingestellt ist, arbeitet sie 24 Stunden lang. Alle paar Minuten nimmt sie die Szene geräuschlos auf. Nach dem Frühstück habe ich sie für sechs Stunden programmiert. Alle fünfzehn Minuten wird sie mir ein gestochenes Bild liefern. Da kann ich nur hoffen, dass Boris seine Geliebte nicht ins Schlafzimmer schleppt. Aber das ist wenig wahrscheinlich, denn er hat in seinem Atelier eine herrlich bequeme Spielwiese...

Ich pfiff mir eins und trollte mich zur nächsten Metrostation. Da sich alles so gut gefügt hatte, wollte ich die unerwartete Freizeit voll für mich nutzen.

Auf dem preiswerten Markt an der Station Kiewskaja kaufte ich ordentlich ein und eilte nach Hause, um meine Lieben mit einem guten Essen zu verwöhnen.

Kira und Lisa waren gerade mit den Hunden unterwegs. Das ist mit unserem Rudel gar nicht so einfach. Man könnte jeden einzeln ausführen, aber in welcher Reihenfolge? Die in der Wohnung Zurückgelassenen fangen garantiert an zu randalieren. Daher ist das Gassi gehen jedes Mal ein großes Ereignis. Kira als der Stärkste nimmt Rachel, die inzwischen fast siebzig Kilo wiegt. Lisa führt Ramik und Mulja an der Leine. Ada darf frei laufen, weil sie am besten hört und ein bisschen ängstlich ist. Bei jedem lauten Geräusch wirft sie sich zitternd zu Boden. Ihr fällt gar nicht ein, durch das nächste Loch im Zaun unseres Hofes zu entwischen. Rachel ist ebenfalls ein ruhiger Hund und hört recht gut, dafür sind Ramik und Mulja echte Racker. Wenn man sie von der Leine lässt, verschwindet er sofort in unbekannter Richtung, sie aber stürzt sich auf die Mülltonnen und schlingt alles in sich hinein, was dort an Fressbarem herumliegt. Dabei haben wir sie nicht etwa auf Diät gesetzt. Die kugelrunde Mulja wird dreimal täglich gefüttert, obwohl zweimal viel besser für sie wäre.

»Da kommt Tanja!«, rief Kira, als er mich erblickte.

Rachel drehte mir langsam und würdig den Kopf zu, Ada winselte leise auf, Mulja und Ramik zerrten heftig an den Leinen.

»Stell die Taschen ab!«, rief Kira, »ich bring sie rauf!«

Er lief mir entgegen, hinter ihm Rachel, gemessenen Schrittes. Von der anderen Seite strebte Lisa auf mich zu, heftig gezogen von Mulja und Ramik.

»Langsam, langsam«, suchte ich sie zu bremsen, »ihr werdet noch alle hinfallen!«

Aber zu spät. Die Szene lief so schnell ab, dass ich glaubte, ich sähe einen Stummfilm. Mulja schlüpfte zwischen Kiras Beinen durch. Um nicht auf sie zu treten, sprang er über sie hinweg und stolperte dabei über Ramiks Leine.

»Vorsicht!«, rief ich, aber zu spät. Zwei Schritte vor mir stürzte Kira auf den hart gefrorenen Boden. Ich ließ die Taschen fallen und wollte ihm wieder auf die Beine helfen. Aber zuerst musste ich Mulja, Ada und Ramik beiseiteschieben, die wie wild vor Freude um mich herumsprangen. Rachel kann ich nicht beiseiteschieben, wenn sie sich nicht selbst bewegt. Ich stieg einfach über sie hinweg.

Kira saß da und streckte seinen Arm merkwürdig von sich.

»Das tut weh«, flüsterte er.

Als ich in sein blasses Gesicht blickte, war mir klar, dass er große Schmerzen haben musste. Es sah aus, als könnte er gleich das Bewusstsein verlieren.

Zu Hause angekommen, zogen wir ihm vorsichtig die Jacke aus und sahen, dass sein Arm vom Handgelenk bis zum Ellenbogen förmlich vor unseren Augen anschwoll. Zuerst färbte er sich rosa, dann rot und schließlich blau.

»Du musst sofort in die Filatow-Klinik«, sagte ich im Befehlston.

Kira nickte ergeben, und Lisa kamen die Tränen.

»Heul nicht«, sagte Kira aufmunternd, »es tut gar nicht weh. Und morgen brauche ich nicht in die Schule zu gehen! Ich habe frei, herrlich!«

Ich runzelte die Stirn und lief ins Schlafzimmer, um etwas Geld einzustecken. Natürlich sind wir krankenversichert, aber wenn ein Schein knistert, gibt sich der Arzt bestimmt mehr Mühe.

Als ich die Bettwäsche aus dem Schrank warf, um an mein Versteck zu kommen, hörte ich ein leises Klopfen am Fenster. Auf dem Balkon saß wieder das Känguru.

»Verschwinde!«, rief ich wütend, »du hast mir gerade noch gefehlt!«

Im Krankenhaus bestätigte der Arzt meinen Verdacht: Der Arm war gebrochen. Zum Glück war es ein glatter Bruch ohne Komplikationen. Eine beleibte Krankenschwester gipste Kiras Arm ein und drückte mir einen »Merkzettel zur Pflege von Kindern mit verletzten Gliedmaßen« in die Hand.

»Gib mal her«, bat Kira und nahm mir das gelbe Blatt aus der Hand. »Klasse, Lisa, lies mal: Schonung, keine besondere Diät und keine Schule!«

Jetzt schaute ich mir das Papier näher an.

»Das könnte dir so passen, Freundchen! Hier steht: ›Kinder mit Beinverletzungen sind vom Unterricht befreit.‹ Du hast doch einen gebrochenen Arm, wenn ich nicht irre.«

»Nein, Tanja«, heulte Kira auf, »wenigstens einen Tag!«

Ich sah mich nicht imstande, ihm diesen Wunsch abzuschlagen.

»Also gut, aber nur morgen.«

»Hurra!«, brüllte Kira auf, wollte hochspringen, rutschte dabei aus und fiel dem Mann, der die Zufahrt zum Krankenhaus bewachte, direkt vor die Füße.

»Du hast's erfasst, mein Junge«, rief er Kira anerkennend zu. »Wenn schon ins Krankenhaus, dann richtig!«

»Kira, was machst du denn?«, riefen Lisa und ich aus einem Munde.

»Ist doch nichts passiert«, murmelte er schuldbewusst, »bin halt hingefallen.«

Ich schaute auf die Uhr. Schon halb sieben! Ich musste zu meiner Arbeit zurück. Nie mehr wollte ich die Gesundheit meiner Lieben als Vorwand benutzen. Kiras gebrochenen Arm hatte ich förmlich herbeigeredet.

Als wir bei der Metrostation Majakowskaja angekommen waren, fragte ich: »Schafft ihr es ohne mich bis nach Hause?«

»Kein Problem«, antwortete Lisa.

Kira seufzte auf und erklärte: »Der Arm tut echt weh.«

»Ist nicht so schlimm, mein Lieber«, suchte ich ihn zu trösten. »Nimm eine Analgintablette, dann wird es gleich besser.«

»Du hast ja keine Ahnung, wie sehr er weh tut«, stöhnte Kira, »und auch noch der linke! Mir geht es bestimmt ganz schnell besser, wenn du Lisa und mir dort drüben etwas kaufst!«

Ich folgte seinem ausgestreckten Zeigefinger mit dem abgekauten Nagel und las: »Konditorei Deli-France, Eingang über den Tschaikowski-Saal«.

Meine Güte, wie sich die Zeiten geändert hatten! Anfang der achtziger Jahre habe ich manchmal in diesem Konzertsaal gespielt. Allerdings bin ich immer durch den Künstlereingang von der Gorkistraße her hineingegangen. Ich erinnere mich noch, wie Musiker und Zuhörer empört waren, als der Direktor das einzige Buffet im Foyer schließen ließ, wo Sandwichs mit vertrocknetem Käse und fettiger Räucherwurst verkauft wurden. Seine Begründung war einfach: »Ein Musentempel ist keine Futterkrippe. Die Leute sollen hier Musik genießen und keine billigen Brote kauen. Klassische Musik hat mit Wurst nichts zu tun!«

Als wir das weitläufige Foyer betraten, erkannte ich es nicht wieder. Von einem Musentempel war hier nicht mehr viel zu spüren. Man konnte gleich zwischen drei Etablissements wählen – einer Eisdiele, einem Café und einer Saftbar.

Kira und Lisa zogen mich zum Stand der Konditorei. Als ich die Preise sah, schwanden mir fast die Sinne. Ein Fruchttörtchen kostete hier 70 Rubel, ein Stück Erdbeertorte einen halben Hunderter und ein winziges Croissant immer noch 35. Auch die Kinder sagten gar nichts mehr, aber von hinten drängten neue Käufer, und wir mussten uns entscheiden.

»Nimm zwei Quarktaschen zu 40 Rubel«, flüsterte mir Lisa zu, »und dann schnell weg von hier.«

Ich nickte. Direkt vor uns standen zwei fein zurechtgemachte Figuren – eine Dame in mittleren Jahren und ein Mädchen etwa in Lisas Alter in Samtjacke und lederner Hose.

»Ich will die da«, sagte das Mädchen in launischem Ton und wies mit manikürter Hand auf die teuersten Stücke.

»Fünf mit Schlagsahne, vier mit Erdbeeren und sechs mit Kirschen«, orderte daraufhin die Mama.

Die Verkäuferin packte die süßen Sachen vorsichtig in kleine Schachteln mit dem Firmennamen. Kira seufzte laut auf und erklärte neidisch: »Natürlich, die mit dem Gelee schmecken am besten!«

»Halt die Klappe«, zischte Lisa und zog ihn am Ärmel, »die können wir uns nicht leisten.«

Kira warf mir einen erschrockenen Blick zu und plapperte los: »Die will ich ja gar nicht, ist viel zu viel Sahne drauf, da tut einem bestimmt der Bauch weh ... Nimm lieber die Quarktaschen!«

Das aufgedonnerte Mädchen drehte sich kurz um, streifte Kira und Lisa mit einem verächtlichen Blick und sagte laut: »Außerdem die mit den Himbeeren, Bananen, Stachelbeeren und Johannisbeeren ... Und natürlich auch von den billigen Quarktaschen.«

»Natürlich, natürlich«, kam es von Mama.

»Und was wünschen Sie?«, fragte mich die zweite Verkäuferin.

Heiße Wut stieg in mir auf, und schon hörte ich mich sagen: »Sechs von den Törtchen mit Schlagsahne, fünf mit Erdbeeren, sieben mit Kirschen ...«

»Tanja, was machst du denn«, flüsterte mir Lisa zu, »wir wollten doch die Quarktaschen ...«

»Und zehn Quarktaschen«, ratterte ich ungerührt weiter. »Außerdem noch die mit Mohn und die dort mit Stachelbeeren.«

»Auch von denen je zehn?«, erkundigte sich die Verkäuferin.

»Natürlich!«

Als die überglücklichen Kinder, mit Schachteln und Tüten behängt, endlich in der Metro verschwunden waren, seufzte ich auf und ging über den Bahnsteig, um auf meinen Zug zu warten. Ich will einfach nicht, dass Lisa und Kira wie Bettler aufwachsen, deren Eltern kein Geld haben, um ihnen etwas Süßes zu kaufen. An die Preise mochte ich dabei nicht denken. Ein Glück, dass ich genug Geld bei mir gehabt hatte. Ich wollte mir schon lange ein Paar pelzgefütterte Handschuhe zulegen, hatte aber noch nichts Passendes gefunden. Das Biest in den Lederhosen hatte aber auch so widerwärtig gegrinst!

Als ich dann endlich in der Metro saß, klappte ich meinen Krimi auf und dachte bei mir: Zum Teufel mit den Handschuhen, der Winter ist sowieso vorbei.

3. Kapitel

Am nächsten Tag saßen Semjon und ich gegen Mittag beisammen, um die Fotos anzuschauen. Der Maler Boris sah nackt auch nicht besser aus – dürre Arme und Beine, fahle

Haut und Pickel auf dem Rücken. Dafür war die Dame einfach eine Schönheit. Sie hatte eine ideale Figur mit schlanker Taille, straffer Brust und langen Beinen, war aber weit entfernt von der magersüchtigen Silhouette jener Super-Models, die zwar angezogen wunderschön aussehen, aber entblößt wohl eher an Betonplastiken erinnern, aus denen Eisenstäbe spießen.

Die Geliebte meines Arbeitgebers war in Maßen schlank mit hübschen weiblichen Rundungen.

»Kennst du sie?«, fragte Semjon interessiert.

Ich schaute mir das Gesicht genauer an.

»Nein, die habe ich noch nie gesehen.«

»Einsame Klasse«, entfuhr es meinem Chef bewundernd, »bei der sitzt alles genau am rechten Fleck.«

»War's das dann mit Anna Remeschkowa?«, fragte ich erwartungsvoll.

»Unsere Kundin hat gebeten, du möchtest noch eine Woche bleiben.«

»Wozu denn das?«

Semjon zuckte die Achseln. »Sie will sichergehen, dass er nur eine von dieser Sorte hat.«

Ich blickte zweifelnd auf das Foto des mickrigen Boris. Wie ein leidenschaftlicher Don Juan sah der gerade nicht aus. Aber wer weiß …

»Anna kommt heute vorbei. Dann zeige ich ihr die Fotos«, teilte mir Semjon mit. »Und du, marsch, an die Arbeit.«

Am Sonnabend feierte Boris seinen Geburtstag. Dazu hatte er sich Gäste eingeladen: zwei Maler wie er, Andrej Kortschagin und Nikita Malyschew, samt Frauen, eine Dame, die sehr nonchalant wirken wollte, ständig kokette Blicke um sich warf und auf den Namen Sjuka hörte, und schließlich einen Mann mit den Manieren eines General Lebed, dessen Namen ich nicht sofort erhaschte.

Beim Eintreffen überreichten die Gäste dem Geburtstagskind Geschenke. Von den Künstlern erhielt Boris eine Flasche armenischen Kognak »Otar« und eine Geschenkpackung mit fünf Literflaschen Jonny Walker, Red Label. Sjuka überreichte einen Band mit Bildern des Louvre und der grobschlächtige Mann Eau de Cologne einer unbekannten Marke, das einen widerlichen Geruch verbreitete. Die neugierige Irina hatte die Flasche sofort geöffnet, und den Raum durchzog der schwere Brodem, an dem man die Kopie aus Ägypten sofort vom teuren Original unterscheidet.

Die Damen hatten sich aufs Schönste zurechtgemacht. Anna trug ein himbeerfarbenes Kleid, das mit Lurexfäden durchwirkt war. Das schien ihr direkt auf die füllige Figur geschneidert worden zu sein. Dazu hatte sie schwere Goldketten umgelegt, deren Glanz mit dem Glitzern der Robe wetteiferte. Irina erschien in einem knallengen hellblauen Stretch-Kostüm. Auf ihrem üppigen Busen strahlte eine Brillantbrosche in allen Farben des Regenbogens. Dazu trug sie passende schwere Ohrgehänge.

Ich aber konnte meine Augen nicht von Shanna wenden, der Gattin des Malers Nikita Malyschew. Da gab es keinen Zweifel: Die bezaubernde Blondine auf meinen Fotos war sie. Während ich das Essen auftrug, ging mir durch den Kopf, was eine so schöne junge Frau dazu bewegt haben könnte, sich ausgerechnet Boris zum Geliebten zu erwählen. Dabei sah ihr Mann Nikita ausgesprochen gut aus – ein hübscher, kräftiger Kerl von höchstens dreißig Jahren. Mein Arbeitgeber dagegen feierte gerade seinen 52. Geburtstag. Noch mehr wunderte mich Annas Verhalten. Ich kannte sie inzwischen und wusste, dass sie ihre Gefühle schlecht verhehlen konnte. Wenn sie sich aufregte, was bei jeder Kleinigkeit geschah, ging schnell teures Geschirr zu Bruch. Als die schöne Shanna in einem eleganten Hosenanzug, Farbe Milchkaffee, ins Zimmer trat, wurde mir ganz kalt vor Schreck, denn ich sah Anna schon aufkreischen und ihr das Tablett mit Südfrüchten entgegenschleudern, das ich gerade hereintrug.

Aber die Dame des Hauses umarmte Shanna lächelnd und sagte nur: »Ein hübscher Anzug, sicher nicht auf dem Markt gekauft.«

»Stimmt«, pflichtete ihr Shanna lächelnd bei und fügte hinzu: »Man kann aber auch dort manchmal sehr schöne Sachen finden.«

Offenbar wollte sie ihrer Gastgeberin etwas Angenehmes sagen. Überhaupt waren alle nett und freundlich zueinander. Bei Tisch plätscherten die Gespräche locker dahin. Shanna und Valeria, die Frau des Malers Andrej Kortschagin, aßen wenig, und dann auch nur Gemüse. Fleisch oder Kartoffeln rührten sie nicht an.

Zum Kaffee gab es Kognak und Liköre. Shanna ließ einen Seufzer hören. »Oh, Baileys, den ich so mag!«

»Darf ich dir davon einschenken?«, fragte Boris lächelnd.

»Leider viel zu viele Kalorien«, gab Shanna traurig zurück. »Ich will nicht zunehmen.«

Nikita musste lächeln. »Du wirst mir doch nicht magersüchtig werden?«

»Einmal ist keinmal.« Boris ließ nicht locker.

Anna nahm kurzerhand das Glas, das neben Shannas Gedeck stand, füllte es bis zum Rand mit dem Likör, der wie Milchkaffee aussah, und hielt es Shanna mit ihrem schönsten Lächeln hin.

»Auf Boris' Geburtstag.«

»Na gut, auf Boris gestatte ich mir einen.« Shanna gab zögernd nach.

»Man darf auch nicht übertreiben«, meinte Anna friedlich. »Du kannst dich doch hinter einem Besenstiel umziehen. Ich habe die Flasche extra wegen dir gekauft. Die anderen mögen das süße Zeug nicht.«

»Genau«, kam es im Chor von den Männern, »da ist ein guter Kognak doch etwas ganz anderes.«

»Ich trinke am liebsten Whisky«, teilte Valeria mit. »Baileys schmeckt wie Wodka mit Milch.«

»Ihr habt doch alle keine Ahnung!« Shanna erregte sich zusehends. »Kognak, Whisky, Wodka, am besten noch unseren Selbstgebrannten vom Dorf! Dieser Likör ist ein edles Getränk für Menschen mit feinem Geschmack.«

»Darf ich auch mal kosten?«, fragte Irina.

»Nein!«, kam es von ihrer Mutter in unerwartet scharfem Ton. »Der ist für dich zu stark!«

Irina, nicht gewohnt, dass man ihr etwas abschlug, zog beleidigt einen Flunsch und wollte schon etwas erwidern, da roch Shanna an ihrem Glas und erklärte: »Duftet etwas merkwürdig, fast wie Amaretto.«

»Tatsächlich?« Anna wunderte sich und roch an der offenen Flasche. »Riecht wie immer. Probier mal, den habe ich im Supermarkt gekauft.«

Shanna leerte das Glas auf einen Zug. Dann erstarrte sie mit aufgerissenen Augen und halb offenem Mund.

»Nanu?« Nikita musste grinsen. »Schmeckt der so gut? Komm, krieg dich wieder ein!«

Boris, Anna und Andrej mussten lachen. Aber Shanna rülpste vulgär, und Speichel lief ihr aus dem Mundwinkel. Dann schrie sie laut auf, zuckte merkwürdig und fiel vom Stuhl. So fällt ein Mensch, der das Bewusstsein verliert. Dabei schlug sie mit dem Kopf gegen eine Bronzefigur, die Cupido, Amor oder sonst irgendeine Putte darstellen sollte. Auf dem teuren blauen Teppich breitete sich ein roter Blutfleck aus.

»Shanna!«, schrie Nikita auf und beugte sich über seine Frau. Er packte sie bei den Schultern und rief: »Was ist mit dir? Ist dir schlecht?«

»Wie schrecklich«, flüsterte Valeria, »ich falle gleich in Ohnmacht.«

Kreidebleich ließ sich Boris auf seinen Stuhl sinken und griff gedankenlos nach der Likörflasche.

»Rühren Sie die nicht an!«, schnarrte ich im Befehlston und fiel, ohne nachzudenken, aus der Rolle der bescheidenen Haushaltshilfe.

»Warum?«, fragte Andrej.

»Vor Eintreffen der Ermittlergruppe wird nichts angerührt!«, befahl ich.

»W-w-w-was für einer Gruppe?«, fragte Valeria stotternd.

Nikita, der neben der leblos daliegenden Shanna kniete, schaute bei diesen Worten erschrocken auf. Sein Hemd, Hände und Hosen waren mit dem Blut seiner Frau befleckt.

»Wir müssen einen Notarzt rufen!«, schrie Irina endlich. »Den Rettungswagen, schnell!«

Ich schaute die unbeweglich vor uns liegende Shanna aufmerksam an. Mit weit aufgerissenen Augen blickte sie starr zur Decke, der angewidert verzerrte Mund stand offen ... Ich überwand meine Angst, näherte mich ihr und legte die Hand an den Hals der Frau, die noch vor fünf Minuten die fröhliche, kokette Shanna gewesen war. Die Halsschlagader war nicht zu spüren.

»Nein«, murmelte ich, »zuerst müssen wir die Miliz rufen.«

Eine Stunde später war Annas Wohnung nicht mehr wiederzuerkennen. Überall liefen geschäftige Leute umher, die routiniert und gleichmütig ihren Dienst taten. Die Leiche lag immer noch unverändert da. Ihre Konturen hatte man mit Kreide nachgezogen und alle Anwesenden ins Schlafzimmer verbannt. Dort saßen wir beisammen wie ein Schwarm aufgescheuchter Vögel. Ein junger Mann trat ein und sagte mit gut geschulter Beamtenstimme: »Ich bin Maxim Sipelow. Wir nehmen jetzt kurz Ihre Aussagen auf. Morgen sehen wir uns dann alle noch einmal in meinem Büro.«

»Ich möchte etwas sagen«, kam es unerwartet von Boris.

»Ich bitte darum«, reagierte Maxim.

»Meine Frau Anna Remeschkowa hat Shanna getötet«, erklärte der Maler mit leiser, aber fester Stimme.

»Oh«, entfuhr es Valeria.

»Was redest du da, du blöder Kerl!«, schrie Anna auf. »Bist du verrückt geworden?«

»Durchaus nicht«, entgegnete Boris gelassen. »Und Sie, junger Mann, schreiben das bitte auf. Haben Sie einen Stift?«

Maxim Sipelow zückte eifrig seinen Notizblock und fragte: »Name, Vorname?«

»Das hat doch Zeit!« Boris winkte ab. »Ich möchte erst zur Sache aussagen. Anna war wahnsinnig vor Eifersucht und hat die Dame dort angeheuert, mich zu überwachen.«

Alle Anwesenden drehten gleichzeitig die Köpfe nach mir um und starrten mich an.

»Soso«, sagte der Milizionär gedehnt, »fahren Sie nur fort.«

»Idiot!«, blaffte Anna.

»Ruhig, Bürgerin«, befahl Maxim, «unterbrechen Sie bitte nicht.«

Jetzt mischte sich Irina ein. »Du kleiner Bulle«, rief sie, »siehst du denn nicht, dass der Alte nicht alle Tassen im Schrank hat?«

Maxim starrte das Mädchen an. Er war wirklich noch sehr jung. Seine Pausbacken bedeckte kaum der erste Flaum. Unser Sherlock Holmes war wahrscheinlich noch keine fünfundwanzig Jahre alt.

»Ich bin durchaus Herr meiner Sinne!«, zischte Boris sie an und wandte sich mir dann in scharfem Ton zu. »Sagen Sie doch, lüge ich etwa?«

»Sind Sie tatsächlich nur eine Haushaltshilfe?«, fragte Maxim.

Ich schüttelte verwirrt den Kopf.

»Das is ja 'n Ding«, ließ Andrej fallen.

Valeria, die neben mir auf dem riesigen Bett saß, hob pikiert ihr Kleid an und rückte von mir ab.

»Blödmann!«, rief Anna.

»Halt den Mund, Mörderin«, gab Boris in aller Ruhe zurück.

»Wag es nicht, so mit Mama zu reden, du altes Stinktier!«, keifte Irina.

»Auch du Dreckstück solltest lieber die Klappe halten«, parierte das Geburtstagskind im selben Ton.

»So ein Schweinehund, der reine Abschaum!« Anna war nicht zu bremsen. Den gängigen Schimpfwörtern folgten jetzt verschiedene Mutterflüche.

»Bitte Ruhe, Bürger!« Maxim versuchte sich mit lauter Stimme durchzusetzen, aber niemand hörte auf ihn.

Da griff Anna nach einem kleinen, aber schweren Schemel und schleuderte ihn mit aller Kraft gegen ihren Gatten. Boris riss den Kopf zur Seite, und das Geschoss landete unter lautem Geklirr in dem großen mehrteiligen Spiegel der Frisiertoilette.

»Hören Sie sofort auf!«, brüllte Maxim jetzt wütend. »Bürger, benehmen Sie sich!«

»Geh zum Teufel, Blödmann!« Irina stieß ihn beiseite und zielte mit einem Kissen auf ihren »Papa«. Das traf Boris mitten ins Gesicht.

»Du verdammtes Weibsstück!«, brüllte der auf.

»Lass mein Kind in Ruhe!« Nun stürzte sich Anna wutentbrannt auf ihren Gatten und versetzte ihm eine schallende Ohrfeige.

Der wollte sich das nicht gefallen lassen und packte seine »Liebste« bei den Haaren. Wie wild zerrten sie sich hin und her.

»Jetzt ist aber Schluss!« Maxim suchte sich Gehör zu verschaffen.

Niemand nahm Notiz von ihm. Schließlich wollte Valeria die beiden trennen.

»Geh mir aus dem Weg!«, rief Anna und versetzte ihr einen solchen Stoß, dass sie zu Boden ging.

»Hände weg von meiner Frau!«, brüllte nun Andrej seinerseits und stieß Anna von hinten.

Jetzt prügelten sich schon vier.

»Tut doch endlich was!«, flehte Sjuka.

»Maul halten!«, warf der Mann barsch ein, der an General Lebed erinnerte. Bei diesen Worten griff er sich von irgendwoher einen riesigen Revolver und schoss in die Decke. Putz regnete auf das große Bett, und dem Kronleuchter fehlten zwei der kitschigen Glasanhänger.

Augenblicklich trat Stille ein.

»Oh, mein Gesicht«, sagte Sjuka unter Tränen in die Stille hinein. Sie wandte sich zu mir um und bat: »Schauen Sie bitte nach, ob ich etwas abbekommen habe.«

Ich sah mir ihre verdächtig glatte, völlig faltenlose Physiognomie, offenbar das Produkt eines geschickten Chirurgen, an und erklärte dann: »Alles in Ordnung.«

»Gott sei Dank«, murmelte Sjuka, »ich habe mich zu Tode erschrocken! Jeder Kratzer ist von Schaden! Die sind so schwer zu beseitigen!«

Mit zitternden Händen tastete sie Stirn, Wangen und Kinn ab. Die anderen waren völlig verstummt, nur schweres Atmen war zu hören. Mein Blick wanderte von der verschwitzten Irina über die leise schluchzende Valeria, die völlig zerzauste Anna und den hochroten Boris bis zu Andrej, der wütend vor sich hin starrte ... Ein zerkratztes Gesicht wäre wohl nicht das Schlimmste gewesen, was in den vergangenen zwei Stunden passiert war. Dieser Milizionär aber auch! Warum schwieg er, da alle endlich einmal den Mund hielten?

Als ob er meinen Gedanken erraten hätte, erwachte Maxim endlich aus seiner Erstarrung, schüttelte den Kopf, blickte verwundert auf die Glassplitter, die ihm aus dem üppigen Haarschopf fielen und fragte: »Haben Sie überhaupt einen Waffenschein?«

»Laß mich in Frieden, Jungchen«, entgegnete »General Lebed« mit einem Seufzer. »Habt ihr denn keinen Vorgesetzten hier?«

4. Kapitel

Am nächsten Tag saß ich gegen Mittag dem Milizbeamten Anatoli Jeromin gegenüber. Der wirkte auch noch jugendlich, hatte aber nicht diesen Ausdruck im Gesicht, als sei er noch nicht ganz trocken hinter den Ohren. Dabei war er bestimmt kaum ein Jahr älter als Maxim. Aber er hatte schon etwas von einem erfahrenen Profi an sich. Er fragte mich nach der Agentur »Alibi« aus. Ich konnte frei von der Leber weg reden, denn sie war nach allen Bestimmungen registriert und ich eine fest angestellte Mitarbeiterin. Jeromin gab sich nett, setzte mir abscheulichen Beuteltee der Marke Pickwick vor und hielt mit seiner Meinung nicht hinter dem Berg. Danach sah die Sache für Anna nicht gut aus.

»Wusste sie, wer die Geliebte ihres Mannes war?«, fragte Anatoli.

»Nicht, solange sie die Fotos noch nicht gesehen hatte.«

»Und, hat sie?«

»Das kann ich nicht bestätigen. Mein Chef hat gesagt, er wollte sie ihr vorlegen. Sie müssen ihn schon selber fragen.«

»Das werde ich«, bekräftigte der Untersuchungsbeamte. »Hat von dem Baileys sonst noch jemand getrunken?«

»Nein. Die anderen Gäste mochten das Zeug nicht. Wie Anna sagte, hatte sie die Flasche eigens wegen Shanna gekauft. Woran ist sie eigentlich gestorben? An einem Herzschlag?«

»In ihrem Glas haben wir Zyankali gefunden«, teilte der Milizionär seelenruhig mit. »Mit der Menge hätte man die halbe Stadt umbringen können. Als sie umfiel, war sie schon tot. Dafür haben zwei Sekunden gereicht. Das Getränk hat die Bürgerin Remeschkowa vergiftet.«

Nun legte er seine Version der Sache dar. Ich hörte ihm schweigend zu und spielte gedankenverloren mit meinem Schlüsselbund. Die Argumente der Ermittlung klangen durchaus logisch. Aber die Logik ist ein merkwürdig Ding.

Als Studentin am Konservatorium hatte ich aus einem unerfindlichen Grund Vorlesungen in Logik zu besuchen. Jeder wird verstehen, dass wir die Prüfungen in diesem jeder künstlerischen Natur so fremden Fach mehrmals wiederholen mussten. Dabei brach ich alle Rekorde. Geschlagene siebzehn Mal suchte ich den Dozenten auf und brachte ihn schier zur Verzweiflung. Es wollte mir einfach nicht gelingen, wenigstens ein Mangelhaft zu bekommen. Der war mir aber auch der Richtige! Hätte er doch der armen Harfenistin eine Drei gegeben und Schluss! Nein, er wollte mir unbedingt geordnetes Denken beibringen. Unsere achtzehnte Begegnung werde ich nie vergessen.

»Also, mein Kind«, sagte er leise, »wir stellen jetzt einen Syllogismus her. Folgendes ist gegeben: Alle Vögel fliegen. Der Sperling fliegt, folglich ist er ein Vogel.«

So eine dumme Behauptung, dachte ich bei mir. Auch Schmetterlinge fliegen, und natürlich auch Käfer, Flugzeuge oder Raketen …

»Jetzt Sie«, drängte mich der Professor. »Was für ein Syllogismus fällt Ihnen ein, na?«

Aber mir fiel gar nichts ein.

»Na gut, dann muss ich eben ein wenig nachhelfen«, meinte der Prüfende. »Gegeben ist: Alle Philosophen sind Wissenschaftler. Sokrates war ein Philosoph, folglich war er ein …«

Ich schwieg.

»Was ist mit Ihnen, mein Täubchen?«, fragte der Logiker seufzend. »Geben Sie sich doch ein bisschen Mühe! Sokrates war ein Philosoph, folglich war er …«

»Ein Vogel!«, rief ich freudestrahlend, denn das hatte ich mir von seinem ersten Vergleich gemerkt. Der Professor knurrte in sich hinein, nahm den Prüfungsbogen, füllte ihn rasch aus und sagte dann: »Also, meine Liebe, hier haben

Sie ein ›Gut‹ für diese Prüfung, und ein weiteres für das Wintersemester. Damit haben Sie das Fach abgelegt. Nur kommen Sie mir nie wieder unter die Augen, denn bei Ihrem Anblick kann ich für nichts garantieren.«

Beleidigt steckte ich mein Prüfungsheft ein. Warum demütigte er mich so? Schließlich hatte er sein ganzes Leben lang Logik studiert. Wie würde er sich wohl anstellen, wenn er plötzlich Harfe spielen müsste?

Aber mit der Logik hatte ich wirklich nicht viel im Sinn. Doch selbst für mich klangen Jeromins Schlussfolgerungen überzeugend. Für Anna sah es in der Tat schlecht aus.

Urteilen Sie selbst: Anna kauft den Likör nur, um ihn Shanna vorzusetzen. Denn sie weiß genau, dass kein anderer ihn trinkt. Dann gießt sie das Zeug auch noch eigenhändig ein und bietet es ihrer Rivalin an. Als Irina das von Shanna so gepriesene Getränk probieren will, nimmt sie ihr sofort die Flasche aus der Hand und behauptet: »Der ist für dich zu stark!« Dabei hatte Irina kurz zuvor zwei Gläschen Wodka gekippt, ohne dass ihre Mutter darüber auch nur ein Wort verloren hätte. Für all das gab es nur eine Erklärung. Und die fiel nicht zu Annas Gunsten aus.

»Aber warum hat sie Shanna eigenhändig und vor aller Augen vergiftet? Wäre es für sie nicht einfacher gewesen, einen Killer anzuheuern, der sie zum Beispiel mit dem Auto überfährt? Und dann das Zyankali ... Viel zu offensichtlich ...«

Jeromin brummte nur. »Sie kam sich wohl sehr schlau vor und dachte, die Sache sei leicht jemandem anderen anzuhängen. Es waren ja genug Leute da.«

Ich schwieg bedrückt. Bei all ihrer Fresssucht, ihrem vulgären Geschmack und ihrer spitzen Zunge gefiel Anna mir. Sie schien mir moralisch durch und durch gesund. Sie hatte einfach in all diesen Jahren nie über den Sinn des Lebens nachgedacht oder ein kluges Buch gelesen. Wäre sie unter anderen Umständen aufgewachsen, hätte aus ihr ein ganz anderer Mensch werden können. Außerdem hatte ich den Eindruck, dass Anna Freunde in der Not nicht im Stich ließ.

»Haben Sie sie schon verhaftet?«

»Noch nicht, aber das wird in Kürze geschehen«, verkündete Anatoli.

Tief verstört fuhr ich zu meiner Arbeitsstelle zurück. Als ich die Tür zu Semjons Büro aufstieß, blieb mir der Mund offen stehen. Es war, als sei kürzlich ein Sturm darüber hinweggefegt. Auf dem riesigen Schreibtisch lag kein einziges Blatt Papier mehr, die Ordner waren aus den Regalen gerissen, und der Monitor des Computers »erfreute« das Auge mit einer zerschmetterten Frontscheibe. Das Bild der Verwüstung vervollständigten heruntergerissene Jalousien, ein umgestürzter Blumentopf und über den Teppich verteilte Stifte, Lineale und sonstiger Bürokram.

»Nicht schlecht!«, sagte ich entgeistert. »War hier eine Hausdurchsuchung?«

Semjon, der neben dem heruntergefallenen Telefon hockte, brummte nur: »Schlimmer. Mit den Bullen kann man sich immer einigen, aber das war eine Psychopatin, die verrückte Anna Remeschkowa! Warum habe ich meiner Ex nur versprochen, ihr zu helfen? Zum Teufel noch mal! Ich wusste doch, mit wem ich mich einlasse! Schau dir das an!«

Dann berichtete er, was geschehen war. Wenn man all die Mutterflüche weglässt, mit denen Semjon seine Rede reichlich würzte, dann ergab sich folgendes Bild:

Etwa vor einer Stunde war Anna total aufgelöst in Semjons Büro gestürzt. Die Sekretärin Nadja, ein schmales Geschöpf von etwa zwanzig Jahren, wurde von dem Teufelsweib so gegen die Wand geschleudert, dass sie danach ihren Kopf mit den Eiswürfeln behandeln musste, die eigentlich für Whisky trinkende Kunden gedacht waren.

»Du verdammte Laus!«, heulte Anna auf. »Wie konntest du behaupten, ich hätte Shannas Fotos gesehen?«

»Was hätte ich denn sagen sollen?«, fragte Semjon verwundert zurück. »Ich hab sie dir doch gezeigt.«

»Du Misthund!«, fauchte die Händlerin. »Nein, was bist du doch für ein Stück Dreck! Sofort gehst du zur Miliz und erklärst, dass das nicht stattgefunden hat. Der Idiot, der die Ermittlungen leitet, ist der Meinung, ich hätte das Weib vergiftet.«

»Du verlangst von mir, dass ich die Miliz irreführe?«, fragte Semjon verwundert zurück. »Da kannst du lange warten! Hast dir die Suppe selber eingebrockt, jetzt löffle sie auch aus. Ich brauche ein gutes Verhältnis zu den staatlichen Behörden!«

Was da losging! Wie ein wildgewordenes Nilpferd machte sich Anna über das Büro her. Semjon wollte sie beruhigen, aber gegen eine Schwungmasse von 120 Kilogramm konnte er nichts ausrichten. Sie war einen Kopf größer und auch in den Schultern wesentlich breiter als mein armer Chef. Er musste den Wachdienst rufen. Bis der eintraf, veranstaltete die beste Freundin seiner verflossenen Gattin einen echten Pogrom. Als zwei bärenstarke Uniformierte sie am Ende in den Flur zerrten, konnte sie sich noch einmal losreißen und eine große Jadekugel, die in einer Ecke auf einem Podest stand, in den Monitor schleudern. Das Geschoss hatte ein dankbarer Kunde Semjon einst geschenkt.

»Sie machte das wie eine Kugelstoßerin«, schilderte Semjon. »Neben der hat keine Weltmeisterin eine Chance. Der Stein ist mindestens drei Kilo schwer. Und sie traf auch noch genau den Monitor. Den Knall hättest du hören sollen. Nadja mit ihrem verletzten Kopf kam gerade von der Toilette zurück. Wie der Blitz ist sie unter ihrem Schreibtisch verschwunden. Sie hat gedacht, bei mir sei eine Granate explodiert!«

Er stand auf und reckte sich.

»Was für ein Tag! Und ich kriege meinen Schnupfen einfach nicht los. Komm, wir nehmen einen Kognak auf den Schreck.«

»Meinetwegen, wenn du denkst, der hilft …«

»Mir hilft er immer«, antwortete Semjon lächelnd. Schon hatte er die bauchige Flasche und ein achteckiges geschliffenes Kristallglas in der Hand.

Dort hinein goss er die dunkelbraune Flüssigkeit.

»Runter damit«, befahl Semjon sich selbst und kippte das Glas.

Es soll Menschen geben, die Böses vorausahnen. Sie steigen nie in ein Flugzeug oder einen Zug, dem eine Havarie droht. Sie verlassen ein Auto, das kurz darauf in einen Unfall gerät. Sie warnen selbst Freunde und Verwandte. Von der Sorte bin ich nicht. Mir ging nichts Derartiges durch den Kopf, als mein Chef genüsslich einen großen Schluck von seinem geliebten Kognak nahm. Kein Gedanke zu rufen: »Gertrud, trink nicht!«

Aber wie ich mich erinnere, hörte auch die Königin aus Shakespeares unsterblichem »Hamlet« nicht auf ihren Gatten und antwortete: »Ich will es, mein Gemahl, ich bitt', erlaubt es mir.«

Dafür wurde sie bestraft, das Gift wirkte sofort. Auch Semjons Gesicht verzerrte sich in Sekundenschnelle. Die Augen traten furchterregend hervor, und mit einem Schrei fiel der ganze Kerl wie ein gefällter Baum zu Boden. Ich war zu Tode erschrocken. Mein Körper reagierte schneller als mein Geist. Die Beine trugen mich zu Semjon, die Knie beugten sich von ganz allein, und meine Hände griffen nach seinen Schultern. Da schlug mir der scharfe Geruch von Bittermandel entgegen. Was bedeutete das?

»Haben Sie gerufen?« Nadja steckte den zerzausten Kopf zur Tür herein.

Ihre linke Wange war stark geschwollen. Als ihr Blick von mir zu dem am Boden ausgestreckten Chef glitt, schrie sie auf.

»Was ist mit ihm? Ein Herzinfarkt?«

»Gib mir das Telefon«, sagte ich müde. »Semjon ist tot.«

Anna wurde noch am selben Abend festgenommen. Wahrscheinlich fürchtete Jeromin, wenn sie in Freiheit blieb, könnte sie noch jemanden vergiften.

»Sie haben mit ihm zusammen Kognak getrunken?« erkundigte sich der junge Maxim Iwanow finster, als er den Ort des Geschehens in Augenschein nahm.

»Ja.«

»Und wie geht es Ihnen jetzt?«

Ich zuckte die Schultern. So eine dumme Frage. Wie ginge es mir wohl, wäre auch in meinem Glas Zyankali gewesen? Ich säße kaum völlig niedergeschmettert vor ihm, sondern läge bereits gut verpackt in einem schwarzen Plastiksack mit Reißverschluss.

»Das ist aber merkwürdig«, murmelte ein älterer Mann von der Spurensicherung, der schon im Rentenalter sein musste.

»Was ist merkwürdig?«, fragte ich.

»Die Gläser«, sagte der Alte. »Ihnen hat der Verstorbene den Kognak in einen Schwenker aus dünnem Glas gegossen, wie es sich gehört. Einen guten ›Otar‹ soll man nämlich erst eine Weile schwenken und mit den Händen erwärmen, bevor man ihn in kleinen Schlucken genießt. Von der Wärme entströmt dem Getränk ein feiner Duft, den Kenner schätzen. Sich selbst aber hat er die Kostbarkeit in diesen dickwandigen Becher geschüttet, obwohl dort im Schrank noch mehr so schöne Schwenker stehen.«

»Das ist einfach zu erklären«, sagte ich leise. »Semjon war sehr sentimental. Das ist ein uraltes Glas, zu dem noch eine Karaffe gehört. Beides hat ihm einmal seine Mutter geschenkt. Seit sie gestorben ist, trank Semjon alles aus diesem Glas, ob nun Kognak, Whisky oder Likör ...«

»Auch Bier?«, erkundigte sich Maxim töricht.

»Das konnte er nicht ausstehen«, antwortete ich, »danach musste er immer aufstoßen.«

»Wer hat noch gewusst, dass er nur dieses eine Glas benutzt?«, kam es wieder von Maxim.

»Alle wussten es«, entgegnete ich achselzuckend. »Semjon hat die Geschichte jedem erzählt, der sie hören wollte.«

»Auch Anna Remeschkowa?«, fragte er nach.

»Das weiß ich nicht. Möglich. Er bewirtete jeden mit seinem Kognak und akzeptierte keine Ablehnung, ob von Kollegen oder Kunden...«

»Klar«, erklärte Maxim.

»Was ist Ihnen klar?«

»Alles.«

Ich konnte mich nur wundern. Da hatten sie vielleicht einen Sherlock Holmes geschickt! Ich wollte nach Hause, denn in dieser Gesellschaft kam ich mir ziemlich nutzlos vor.

In unserer Küche saßen Kira, Lisa und noch ein paar Kinder friedlich beisammen und tranken Tee.

»Tanja, endlich!«, rief mir Lisa entgegen. »Eben hat die Miliz angerufen!«

Das fehlte mir gerade noch. Jetzt wurde ich die überhaupt nicht mehr los. Das Nächste war sicher ein Verhör. Nun blieb mir wohl nichts übrig, als in die Nachbarwohnung zu gehen. Aber vielleicht auch nicht. Ich nahm einen Besenstiel und klopfte mehrmals gegen die Wand. Wenn Wolodja zu Hause war, würde er gleich auftauchen.

Wolodja Kostin ist ein guter Freund, der als Major bei der Kriminalpolizei arbeitet. Wir haben uns zufällig kennengelernt. Aus dieser Begegnung wurde eine Bekanntschaft, die sich allmählich zu einer engen Freundschaft entwickelte. Wolodja ist Junggeselle. Irgendwann war er einmal verheiratet, aber von seiner kurzen Ehe erzählt er nicht gern, und als taktvolle Freunde fragen wir nicht danach.

Dabei ist klar, dass es nur wenige Frauen mit einem echten Kämpfer gegen das Verbrechen aushalten. Wann er arbeitet, ist nie vorherzusagen. Er kann an einem Montagmorgen um acht aus dem Hause gehen und erst am Mittwoch gegen Mitternacht zurückkommen. Ob Sonn- oder Feiertag, ist völlig gleich. Ganoven geben auch am Wochenende keine Ruhe. Natürlich hält kaum eine Ehefrau einen solchen Lebensrhythmus aus. Wahrscheinlich ist deshalb unter Wolodjas Kollegen die Scheidungsrate so hoch. Da sitzt so eine Frau am stummen Telefon, wartet an ihrem Geburtstag oder bei einer anderen Familienfeier vergeblich auf ihren Mann und seufzt im leeren Ehebett. Schließlich findet sie einen anderen, der jeden Tag um sieben von der Arbeit kommt, sie am Sonnabend zu den Eltern aufs Dorf fährt, am Sonntag angelt, auf den Fußballplatz geht oder selbstvergessen an seinem Auto bastelt. Wolodjas bester Freund, Slawa Samonenko, liegt ebenfalls in Scheidung. Und auch einem anderen seiner Kollegen, Pawel Mitrofanow, ist die Frau weggelaufen. Die ganze Abteilung besteht aus Männern voller Saft und Kraft. Nur – die Bräute gehen ihnen aus dem Weg.

Eine Zeitlang habe ich gehofft, Katja und Wolodja zu verkuppeln. Aber nach vier gescheiterten Ehen weigert sich meine Freundin, noch einmal das Standesamt aufzusuchen. Dabei wären sie ein ideales Paar, denn weder er noch sie kommen je pünktlich nach Hause. Sie könnten per Telefon miteinander kommunizieren und würden sich nie streiten. Aber wir haben uns nun mal von Anfang an beide mit ihm angefreundet, und das ist kaum noch zu ändern. So ist aus Katja keine Frau Kostina geworden. Dafür haben wir einen Freund, so zuverlässig wie eine Pistole Marke TT. Es ist uns sogar gelungen, seine Wohnung in einem weit entfernten Stadtviertel gegen die neben uns zu tauschen. Jetzt haben wir die ganze Etage für uns. Wir brauchen nur an die Wand zu klopfen, und Wolodja kommt sofort. Natürlich nur, wenn er zu Hause ist.

Diesmal regte sich nichts. Ich stellte den Besen wieder weg und fragte: »Wer wollte mich sprechen – Anatoli oder Maxim?«

»Keiner von beiden«, murmelte Kira und nahm einen Zettel zur Hand. »Ein Pjotr Drobow. Hier ist seine Telefonnummer ...«

Neugierig geworden, wer noch alles an dieser Sache mitwirkte, wählte ich rasch die angegebene Nummer.

»Drobow«, erklang es im Hörer.

»Hier spricht Tatjana Romanowa, Sie hatten angerufen ...«

»Also, Bürgerin«, erklärte der Mann in offiziellem Ton, »kommen Sie so rasch wie möglich bei uns vorbei und holen Sie Ihren Pass ab.«

«Meinen Pass?«

»Ja, wir sind noch bis 17.00 Uhr hier! Uliza Planernaja 7.«

Darauf konnte ich mir überhaupt keinen Reim machen. Das war doch unser Milizrevier!

»Ich habe keinen neuen Pass beantragt«, versuchte ich schüchtern zu widersprechen. »Meiner liegt in der Handtasche.«

»Schauen Sie nach«, antwortete Drobow eiskalt. »Wenn er da nicht ist, dann kommen Sie her.«

»Meinetwegen«, willigte ich ergeben ein. »Ich spüle nur noch rasch das Geschirr.«

»Wie sieht denn Ihre Handtasche aus?« Der Kerl ließ nicht locker.

»Sie ist aus schwarzem Lackleder mit einem langen Gurt. Innen hat sie zwei Fächer und noch ein kleines mit einem Reißverschluss«, antwortete ich.

»Alles klar«, meinte der Teilnehmer. »Ich erwarte Sie.«

In der nächsten halben Stunde suchte ich meinen Pass. Aber er war wie vom Erdboden verschluckt. Schlimmer noch, auch meine Handtasche konnte ich nicht finden. Ich habe nur zwei. Eine ist etwas größer und aus schwarzem

Stoff, der wie gummierte Sackleinwand wirkt. Darauf klebt das Label »Le Monti«. Den Beutel hat mir Serjosha zum Neuen Jahr geschenkt. Keine Frage, eine sehr bequeme Tasche, in die alles hineingeht – Kosmetik, Haarbürste, mein Krimi, Schlüssel, Äpfel, Bananen ... Sie wird halt nur immer dicker. Ich liebe diese Tasche. Die kleine, elegante, ein echtes Stück für die Dame, kann ich dagegen nicht ausstehen. Was nützt mir ein Behältnis, in das kaum mein Taschentuch hineinpasst? Für alles andere brauche ich eine Plastiktüte – sehr unpraktisch. Und dieses winzige Täschchen war weg.

Pjotr Drobow saß in einem schäbigen Büro mit dunkelgrün gestrichenen Wänden im ersten Stock.

»Romanowa?«, knurrte er.

»Ja, aber ich verstehe nicht ...«

»Gehört die Ihnen?«, fuhr der Beamte ungerührt fort und knallte mein Lackledertäschchen auf den Tisch.

»Na, so was!«, rief ich erfreut. »Sie haben sie gefunden! Wo denn?«

»Lesen Sie und unterschreiben Sie hier!« Der Kerl war nicht zu erschüttern.

Ich nahm das Blatt, das er mir hinhielt, und starrte darauf. Ich verstand kein Wort.

»Verwertungsprotokoll. Fleisch, vermutlich Rind – 1,7 kg; Hartkäse, holländisches Produkt – 450 g; Würstchen, Inlandsprodukt – eine Packung; Butter – ein Stück, 250 g; Kefir ›Biomax‹ – ein Tetrapack, 1 Liter ...«

»Was soll das sein?«

»Bürgerin Romanowa«, fragte Drobow mit finsterer Miene, »erinnern Sie sich, wo Sie die Tasche verloren haben?«

»Nein.«

»Dabei waren außerdem noch Tüten mit Lebensmitteln. Das alles lag im Hof vor dem Haus Nr. 8 herum. Warum haben Sie die Lebensmittel und Ihre Personaldokumente dort weggeworfen?«

Langsam dämmerte es bei mir. Wie hatte ich das vergessen können! An dem Tag, als sich Kira den Arm brach, war ich zuvor auf dem Markt an der Metrostation Kiewskaja gewesen und hatte dort etwas zu essen eingekauft. Als Kira dann auf den Asphalt hinschlug, ließ ich alles fallen, was ich in den Händen hatte, und stürzte zu dem Jungen. Dann sind wir kurz nach Hause und von dort sofort ins Filatow-Krankenhaus gefahren. Tüten und Handtasche blieben liegen, wo sie waren. Die Geldbörse trage ich in der Innentasche meiner Jacke immer bei mir.

»Und wie ist das alles zu Ihnen gekommen?«

Drobow runzelte die Stirn.

»Unsere Menschen sind wachsam. Als sie Ihre Einkaufsbeutel gesehen haben, liefen bei uns die Telefone heiß: Eine Bombe, eine Bombe!«

Sofort wurde ein Spezialkommando losgeschickt. Ein dafür ausgebildeter Mann untersuchte die Tüten und stellte fest, dass sie nur Lebensmittel enthielten. Die Lacktasche lag unter der nächsten Bank. Dort fand man dann Pass und Taschentuch. Die Sachen wurden zum Revier gebracht, und Drobow versuchte die unordentliche Bürgerin telefonisch zu erreichen. Lange nahm niemand ab. Erst heute antwortete ein Mädchen, das sich Lisa nannte. Die Lebensmittel waren inzwischen verdorben und mussten entsorgt werden.

»Hätten Sie das Zeug doch mit nach Hause genommen, das war doch alles noch gut«, sagte ich mit einem Seufzer.

»Das ist nicht gestattet«, brummte Drobow mürrisch. »Unterschreiben Sie hier und dort.«

Unwillkürlich musste ich lachen. Dann setzte ich meine Unterschrift an die geforderten Stellen.

»Ich kann das gar nicht lustig finden!«, knurrte Drobow, nun ernsthaft böse. »Wir verplempern unsere Zeit mit solchem Kram, dabei steigt die Kriminalität …«

»Entschuldigen Sie.« Ich suchte mich zu rechtfertigen. »Mein Sohn hat sich an der Stelle den Arm gebrochen, da habe ich alles stehen und liegen lassen. Lachen muss ich, weil ich dachte, ich soll schon wieder in einem Mordfall vernommen werden ...«

Drobow murrte etwas Unverständliches in seinen Bart, kratzte sich die Glatze und händigte mir meine Tasche aus.

5. Kapitel

Der nächste Tag brachte eine völlig unerwartete Wendung der Dinge. Kaum hatte ich die Schwelle meiner geliebten Agentur »Alibi« überschritten, als mir Nadja entgegenstürzte.

»Haben Sie schon gehört?«

»Nein«, antwortete ich vorsichtig. »Ist wieder jemand vergiftet worden?«

»Semjon hat unsere Agentur schon vor längerer Zeit an einen gewissen Fedortschuk verkauft!«, legte Nadja los. »Niemand wusste davon. Und wir alle haben geglaubt, er sei der Chef! Dabei war er genauso ein Angestellter wie wir! Jetzt sitzt dieser Fedortschuk in seinem Büro und wirft alle raus. Gehen Sie nur hinein, Tatjana, ich habe meine Abrechnung gerade bekommen! So ist das!«

Mit den schlimmsten Erwartungen öffnete ich die Tür und trat in das Büro unseres Chefs. Aber anstelle von Semjon, der immer lächelte und beim Anblick eines Kunden oder Mitarbeiters sofort nach der Kognakflasche griff, erhob sich ein dürres Männlein mit der Gesichtsfarbe einer vertrockneten Zitrone von seinem Platz. Dunkle, fettige Haarsträhnen fielen ihm ins Gesicht, die Lippen waren wie ein Strich zusammengepresst.

»Wer sind Sie?«, fragte der Zwerg.

»Tatjana Romanowa.«

Klein Zach ließ sich in den Schreibtischsessel fallen, zog eine Schublade auf und schleuderte mir einen graublauen Umschlag beinahe mitten ins Gesicht.

»Die Agentur benötigt Ihre Dienste nicht mehr. Das ist Ihr Gehalt für den Monat April.«

Ich schaute hinein. Da lagen einsam drei Hunderter und ein einziger Fünfhundertrubelschein.

»Ich bekomme aber viel mehr!«

»Davon weiß ich nichts!«, schnarrte der Kerl. »Laut Gehaltsliste hat man Ihnen nach Steuern 800 Rubel gezahlt!«

Wie vor den Kopf geschlagen, starrte ich den neuen Chef an. Er hatte recht, nur gab es bei Semjon stets noch einen Umschlag, der das eigentliche Gehalt enthielt. Das war diesem Widerling Fedortschuk natürlich bekannt. Er wollte nur nicht mehr herausrücken, denn er wusste, dass ich mich nicht beschweren konnte. Schließlich hatten wir beide das Gesetz verletzt – Semjon, weil er mir unter der Hand etwas draufgelegt, und ich, weil ich es genommen hatte.

»Sie können gehen!«, zischte der Zwerg durch die Zähne und fischte aus seiner Jackentasche eine dicke Zigarre.

Ich wandte mich um und verließ den Raum ohne ein Wort. Draußen war Nadja gerade dabei, Kalender, Stifte und Büroklammern in eine große Tasche zu packen ... Als sie mich sah, musste sie kichern.

»Dem lasse ich nichts, auch die Dateien im Computer lösche ich, und die Kundenkartei fliegt in den Müll. Da hat die neue Sekretärin wenigstens was zu tun. Stellen Sie sich vor, er hat mich wie eine räudige Katze mit ganzen 500 Rubel rausgeworfen! Das sei mein offizielles Gehalt gewesen, behauptet diese Missgeburt!«

Nachdenklich lief ich zum Bus. Natürlich war er eine Missgeburt. Aber das half mir jetzt auch nichts. Ich war ohne Arbeit und hatte keine Ahnung, wie es weitergehen sollte.

Zu Hause angekommen, ging ich in mein Zimmer, holte aus dem Wäscheschrank die dänische Keksschachtel und zählte nach, was uns noch geblieben war. Zusammen mit der jämmerlichen Summe, die ich gerade von diesem Fedortschuk erhalten hatte, kam ich auf knapp über 6000 Rubel. Damit konnten wir uns eine Weile über Wasser halten, aber ich musste dringend eine neue Arbeit finden. Am Hungertuch brauchten wir deshalb nicht zu nagen. Schließlich konnte ich jederzeit Katja in Miami anrufen. Die würde mir schicken, was ich brauchte. Das wollte ich aber nur im äußersten Falle tun. Ich musste selber einen Ausweg finden. Jetzt aber hieß es erst einmal sparen.

Leises Klopfen drang an mein Ohr. Ich drehte mich um und erblickte auf dem Balkon das Känguru. Es pochte vorsichtig mit seiner Pfote ans Fenster. Das gab's doch nicht!

»Lisa, Kira!«, rief ich, so laut ich konnte.

Die Kinder stürzten ins Zimmer.

»Seht doch, das Känguru!«

»Wo?«, fragte Kira.

»Na, auf dem Balkon!«

Die beiden wechselten einen Blick, dann sagte Lisa leise: »Tanja, willst du nicht für eine Woche in ein Sanatorium fahren? Du brauchst Ruhe. Wir kommen hier schon allein zurecht.«

Ich schaute verwirrt auf den Balkon, trat ganz nahe an die Tür heran und drückte meine Stirn gegen die Glasscheibe. Nichts zu sehen!

Die Kinder blickten mich mitleidig an. Vielleicht sollte ich wirklich einen Psychiater aufsuchen? Da klingelte es an der Wohnungstür.

»Wer soll denn das sein?«, fragte Lisa verwundert.

»Komm, wir sehen nach!« Kira war schon unterwegs.

»Fragt aber erst!«, rief ich ihnen nach.

»Tanja!«, rief gleich darauf Lisa. »Eine Frau möchte zu dir!«

»Ich komme!«, antwortete ich und wollte schon hinauslaufen. Auf der Schwelle drehte ich mich noch einmal um und schaute zum Balkon. Natürlich war das Känguru wieder da. Mit großen Augen blickte es mich an und bewegte die Ohren. Ich stürzte auf den Korridor hinaus. Das reichte! Am nächsten Tag wollte ich den Arzt aufsuchen.

In der Küche stieß ich auf … Irina. Diesmal erschien das Dickerchen in einem dunkelblauen Rock aus glänzendem Leder, einer gelben Bluse und einer unvorstellbaren rosafarbenen Weste, die von Blümchen, Rüschen und Knöpfchen übersät war.

»Hallo!«, quetschte sie hervor.

»Guten Tag«, antwortete ich.

»Ich muss mit Ihnen reden«, stieß Irina bedrückt hervor. Ihr Blick glitt über Lisa und Kira, und sie fügte hinzu: »Allein.«

Ich bat sie ins Wohnzimmer. Irina ließ sich in einen Sessel plumpsen, streckte die Beine von sich und fragte unvermittelt: »Sie sind doch bei den Bullen?«

»Nein, bei einer privaten Detektei.«

»Auch egal«, kam es von Irina. »Wissen Sie, dass sie Mama eingelocht haben?«

»Ja.«

»Sie ist aber unschuldig!«

»Das mag schon sein, aber die Indizien sprechen alle gegen sie.«

Irina blickte mich finster an. »Die Bullen sagen das auch, aber die irren sich, Mama hat Shanna nicht umgebracht.«

»Wieso sind Sie so sicher?«

»Weil sie es mir gesagt hat!«

»Sind Sie bei ihr gewesen?«

»Die haben mir einen Besuch erlaubt.«

»Und?«

»Sie hat geweint und gesagt: ›Töchterchen, ich war es nicht!‹«

»Jeder Täter versucht zunächst seine Schuld zu bestreiten.«

»Sie war es nicht!« Jetzt schrie Irina fast.

»Beruhigen Sie sich doch. Möchten Sie einen Tee?«

»Den kannste dir sonstwohin stecken!«, heulte das Mädchen auf. »Ich bin nicht gekommen, um hier Wasser zu saufen!«

Ich musste tief Luft holen. Irinas Erziehung ließ wirklich zu wünschen übrig, aber das war nicht meine Sache.

»Was willst du von mir?«, fragte ich und sprach nun meinerseits das freche Ding mit Du an.

»Der Kerl, der die Ermittlungen führt, so ein junger, hat gesagt, sie kann nur eins vor dem Knast retten.«

»Was denn?«

»Wenn der wahre Täter gefunden wird!«

»Da solltest du dir keine zu großen Hoffnungen machen«, erwiderte ich gedehnt. »Für die Miliz ist der Fall klar, die werden sich nicht viel Mühe geben. Und eigentlich kann auch nur Anna die Tat begangen haben.«

»Nein!«, rief Irina mit Tränen in den Augen. »Nein! Mama würde nie jemandem Gift in die Flasche tun. Das passt einfach nicht zu ihr!«

Ich blickte sie eindringlich an. Ein gutes Argument, vor allem hervorragend geeignet, um Herrn Jeromin zu beeindrucken. Wenn der hört, dass Anna üblicherweise nicht die Geliebten ihres Mannes vergiftet wie lästige Küchenschaben, dann lässt er sie sofort laufen!

»Mama hätte sie an den Haaren gezerrt, ihr die Fresse poliert, ihr vielleicht eine Rippe gebrochen!«, fuhr Irina fort. »Sie kann sich nicht beherrschen. Aber Gift in eine Flasche kippen und ruhig abwarten, bis die andere das Zeug schluckt – nicht bei ihrem Charakter!«

Da war was dran. Anna konnte ausrasten, wenn etwas nicht so lief, wie sie es wollte. Sie warf mit Porzellan und war in der Lage, ein teures Kleidungsstück in Fetzen zu reißen, weil es schlecht gewaschen war. Vor meinen Augen fegte sie drei Blumentöpfe vom Fensterbrett, nur weil Boris ihr das Telefon nicht gab. Später in der Küche, als sie sich bei einem Kognak wieder beruhigt hatte, erklärte sie mir: »Ich bin jähzornig, nimm mir das nicht übel. Wenn's mich packt, dann geh mir besser aus dem Weg. Ich krieg mich einfach nicht wieder ein, mir wird schwarz vor Augen, und es rauscht in den Ohren – schlimm ist das. Wenn dann etwas zu Bruch geht, bin ich erleichtert, als wäre mir ein Stein vom Herzen gefallen. Sei nicht böse, wenn auch du mal was abbekommst, nach einer Stunde kriegst du bestimmt ein Geschenk, und kein billiges.«

Sie sprach die Wahrheit. Boris, dem sie schließlich das Telefon mit Gewalt entrissen hatte, bekam von Anna am nächsten Tag eine goldene Uhr. Der betagten Fahrstuhlführerin verabreichte Anna eine Ohrfeige, weil sie eine Packung mit zehn Eiern hatte fallen lassen. Aber noch am selben Abend ließ sich die Alte auf dem Hof stolz in einem neuen Schaffellmantel mit Kapuze aus der Türkei bewundern. Auf die neidischen Seufzer ihrer Kolleginnen von den anderen Aufgängen sagte sie treuherzig: »Anna rutscht fix mal die Hand aus. Aber der Mantel ist wirklich Klasse. Wenn sie mir wieder eine runterhaut, verlange ich lederne Winterstiefel mit echtem Pelzfutter!«

Irina hatte recht. Anna wäre wohl kaum in der Lage gewesen, in aller Ruhe abzuwarten, bis ihre Feindin von dem Giftbecher trank. Selbst ich hatte ja befürchtet, als ich Shanna eintreten sah, dass es augenblicklich eine fürchterliche Szene geben würde.

»Und Papa hält sie auch für unschuldig«, sagte Irina leise.

»Dein Vater?«, rief ich erstaunt. »Boris? Der hat sie doch bei der Miliz denunziert!«

»Doch nicht Boris, der Esel!«, fauchte Irina. »Ich rede von meinem leiblichen Vater, Mamas erstem Mann.«

»Wer ist das?«, fragte ich.

Irina zögerte ein wenig und sagte dann leise: »Rodion Gromow.«

Mir sagte der Name überhaupt nichts. Als Irina das

merkte, fuhr sie fort: »Noch nie etwas von der Wichrjowo-Gruppe gehört?«

»Von wem?«

»Na von diesen Gruppen aus Solnzewo, Kasan oder Ljuberzy …«

Ich nickte, denn ich lese zuweilen die »Verbrechenschronik« und sehe auch hin und wieder das gleichnamige Fernsehmagazin. Besonders spannend finde ich beide nicht, Kriminalromane sind mir lieber.

»Seine ist die aus Wichrjowo bei Moskau«, klärte mich Irina auf. »Gwosd, ›der Nagel‹, ist ihr Chef.«

»Na und?«, gab ich verwundert zurück. »Was hat der mit dieser Sache zu tun?«

»Das ist mein Vater«, erläuterte Irina ungerührt, »Rodion Gromow, genannt Gwosd. Mama und er kennen sich seit ihrer Schulzeit. Damals haben sie sich heftig ineinander verliebt, Mama wurde mit siebzehn schwanger, und Papa kam ins Gefängnis. Sie konnten nicht einmal heiraten. Zehn Jahre hat er gekriegt! Mama hat ihn immer wieder im Lager besucht und mich schon als Baby mitgenommen.«

Mir blieb der Mund offen stehen. Rodion hatte seine Tochter anerkannt. Er liebte sie so, dass er Anna zwang, Sergej Chitruk zu heiraten.

»Das Kind braucht einen Vater. Was für einen Erzieher gebe ich schon ab?«, drängte er sie.

Anna ließ sich überreden, aber Frau Chitruk war sie nur ganze zwei Jahre. Es folgte eine weitere Ehe, die ebenfalls auseinanderging, und eine dritte. Vor fünf Jahren lernte sie zufällig Boris kennen, der ihr ein gesetzestreuer und verlässlicher Partner zu sein schien. Rodion hatte im Lager gelernt, wie man der Miliz aus dem Wege geht. Er betrieb nach wie vor allerlei illegale Geschäfte. Zu Anna hatte er weiterhin ein sehr enges Verhältnis. Er half seiner ersten Liebe, als die sich in den Handel stürzte. Und Irina konnte ihn in seinem riesigen Haus jederzeit besuchen.

Ich begriff nicht, warum mir das Mädchen das alles erzählte. Deshalb fragte ich: »Na und? Soll doch dein Papa einen guten Anwalt mit der Sache beauftragen. Da gibt es tolle Leute, sie sind nur sehr teuer.«

Irina öffnete ihre Handtasche, zog ein Päckchen grüner Scheine heraus, die von einem rosa Gummi zusammengehalten wurden, und sagte: »Wir wollen, dass Sie das machen. Hier sind 10 000.«

»Ich?! Wieso ich?«

»Finden Sie den Mörder!«, bat Irina eindringlich. »Papa hat gesagt, wenn Sie Mama dort herausholen, wird er es Ihnen ewig danken.«

Wieder griff sie in ihre Tasche, zog ein weiteres Bündel Banknoten heraus und erklärte in geschäftlichem Ton: »Die 10 000 sind ein Vorschuss. Wenn Sie die Sache erledigt haben, kriegen Sie noch einmal 15 000. Und das hier ist für Spesen – Benzin, Schmiergeld usw. Papa hat sich bei der Detektei ›Pinkerton‹ erkundigt. Die haben gesagt, das ist der normale Preis.«

»Dein Papa soll sich einen richtigen Profi suchen«, sagte ich voller Zweifel.

»Nein«, kam es von Irina, »wir wollen Sie.«

»Warum?«

»Darum.«

Ein wunderbares Argument. Es erklärt einfach alles.

»Ehrlich gesagt, ich fürchte, das ist für mich eine Nummer zu groß«, entgegnete ich und schob das Geld über den Tisch zurück.

Irina lachte leise. »Meinem Papa hat noch niemand eine Bitte abgeschlagen. Sagen Sie lieber ja.«

»Und warum das?«

»Sie haben doch Kinder«, meinte Irina seufzend. »Wenn denen was passiert …«

Mir wurde ganz kalt. Du liebe Güte, eine Kindesentführung – die fehlte mir gerade noch!

»Dein Vater hat eigene Sicherheitsleute, sollen doch die die Sache übernehmen!«

»Alles Schwachköpfe und Idioten!«, rief Irina verächtlich aus. »Einem mit der Brechstange über den Schädel hauen, in den Kopf schießen oder an einen Heizkörper anschließen, das können sie! Aber ihre Gehirnwindungen gebrauchen, das geht nicht, die haben nämlich keine.«

»Dann soll Herr Gwosd über seine Kanäle Erkundigungen einziehen, vielleicht kommt dabei was raus!« Ich wollte mich einfach nicht in die Sache hineinziehen lassen.

Irina ließ sich nicht abweisen. »Sagen Sie schon ja, es bleibt Ihnen doch nichts anderes übrig. Bei der Agentur sind Sie rausgeflogen, wovon wollen Sie denn leben? Die Kinder brauchen zu essen und anzuziehen …«

»Nein, Herr Gwosd soll seine Leute losschicken oder jemanden bei ›Pinkerton‹ anheuern, wenn ihm das Geld nicht zu schade ist.«

Irina brummte unzufrieden. »Mein Papa hat sich aus seinen alten Kreisen zurückgezogen, er ist jetzt ein ganz legaler Geschäftsmann, der in Wichrjowo mit Lebensmitteln handelt. Er hat genug von alledem, schließlich stirbt der Mensch nur einmal. Und was die Profis betrifft … Es gibt etwas, das nennt man Scheuklappen. Die haben Menschen, die gewohnt sind, nur in einer Richtung zu denken. Nehmen wir einen Ingenieur, der weiß, dass es das Perpetuum mobile nicht gibt. Für ihn gibt es das eben nicht, und Schluss. Ein Dilettant will das nicht glauben, geht in seine Garage und bastelt eins zusammen. Viele Entdeckungen haben Laien gemacht. Deshalb ist es manchmal besser, jemanden zu bitten, der einfach loslegt, ohne lange über die Regeln nachzudenken. Detektive bleiben auch nur auf ausgetretenen Wegen. Wissen Sie, was für Typen in diesen Detekteien rumsitzen? Ehemalige Bullen, die dort nicht anders arbeiten als früher. Sie aber lesen jedes Krümchen auf, zupfen an jedem Fädchen.«

Baff vor Staunen schaute ich Irina an. Das sonst nicht gerade wie ein Geistesblitz wirkende Mädchen wiederholte offenbar, was sie von anderen gehört hatte, am ehesten von ihrem Vater. Ein interessanter Typ musste dieser legale Geschäftsmann Gwosd sein. Hatte offenbar Bücher über Psychologie gelesen. Vielleicht sollte ich es wirklich versuchen? Und das Geld war auch nicht zu verachten ...

»Und was ist, wenn ich exakt nachweise, dass Anna die Tat begangen hat? Wenn dein Vater von mir verlangt, dass ich die Fakten manipuliere?«

»Papa will die Wahrheit wissen«, antwortete Irina still und in sich gekehrt.

Ich nahm das zweite Päckchen Scheine und drehte es in den Händen.

»Und wenn ich den Mörder nicht finde?«

Irina seufzte auf. »Sie sollten sich besser alle Mühe geben.«

Für sie war das Gespräch offenbar beendet. Sie stand auf und ging mit schnellen Schritten zur Tür. Dort wandte sie sich unvermittelt um und fragte: »Sie haben eine große Wohnung. Wie viele Zimmer?«

»Sechs.«

»Wie sind Sie denn an die gekommen?«

»Mein großer Sohn Serjosha hat Julia geheiratet«, erläuterte ich, ohne zu sehr in die Einzelheiten zu gehen. »Ihr gehörte die Nachbarwohnung. Nach der Hochzeit haben wir das alles zusammengelegt. Aus zwei kleinen ist eine große Wohnung geworden.«

»Klar«, meinte Irina. »Vermieten Sie auch?«

»Das gerade nicht.« Ich musste lachen. »Willst du etwa bei uns ein Zimmer haben?«

»Ja«, antwortete Irina, und es war ihr offenbar ernst. »Mit Boris in einer Wohnung – das halte ich nicht aus. Mir ist dauernd kotzübel.«

»Dann geh doch zu deinem Vater.«

»Der wohnt doch in Wichrjowo, eineinhalb Stunden von Moskau entfernt. Für mich ist im Mai die Schule zu Ende, bis zu den Abschlussprüfungen sind es nur noch zwei Monate. Ich zahle gut, Geld habe ich genug. Papa hat für Mamas Geschäfte einen erfahrenen Manager eingesetzt. Was die abwerfen, bekomme ich.«

»Und wem gehört die Wohnung?«, fragte ich naiv. »Anna oder Boris?«

»Mama hat sie gekauft«, berichtete Irina. »Aber der Bock steht als Eigentümer im Vertrag. Er ist ohne eine einzige Kopeke zu uns gekommen. Seine frühere Frau hat ihn rausgeschmissen. Er hatte nur das, was er auf dem Leibe trug. Wenn Mama wieder in Freiheit ist, macht sie es mit dem Schweinehund genauso.«

»Aber dein Vater kann dir doch eine Wohnung mieten oder kaufen!«

Irina seufzte tief auf und bekannte treuherzig: »Ich habe noch nie allein gewohnt. Ich fürchte mich. Als Boris zwei Nächte lang nicht zu Hause geschlafen hat, bin ich vor Angst fast verrückt geworden. Nachts ist es besonders schlimm. Wenn ein Schrank im Korridor knarrt, fahre ich aus dem Schlaf. Sie haben doch Platz genug und sind ein guter Mensch. Ich bleibe nur so lange, wie Mama im Gefängnis sitzt. Und sie kommt bestimmt bald wieder raus, oder?«

Ihre großen Kinderaugen blickten mich voller Hoffnung an. Du meine Güte, unter der dicken Schminke konnte man ihr wahres Alter kaum erkennen. Dabei war das Mädchen höchstens drei Jahre älter als Lisa. Außerdem hing sie sehr an ihrer Mutter, hatte sie noch nie entbehren müssen und grämte sich jetzt. Was sie in diesen Tagen alles ertragen musste, da hätte selbst ein starker Mann den Verstand verlieren können. Irina aber versuchte, Haltung zu bewahren.

»Du kannst das Gästezimmer haben, aber da steht kein Fernseher drin.«

»Ich bring meinen mit«, erklärte unsere neue »Untermieterin« froh, »außerdem das Videogerät, die Kassetten und das Music Center. Wieviel Miete wollen Sie haben? Am besten mit Vollpension, ich kann nämlich nicht kochen!«

»Was hast du denn all die Tage gegessen?«

»Ich bin immer zu McDonalds gegangen. Das Zeug kommt mir schon zu den Ohren raus!«

»Und wer versorgt Boris?«

»Der hat sich ein Weib für die Wirtschaft geholt, die kocht ihm Suppe.«

»Dir haben sie nichts abgegeben? Oder wolltest du nicht?«

»Der Döskopp hat gesagt, wir sind jetzt nur noch eine Wohngemeinschaft, da macht jeder seins. Also, wieviel wollen Sie?«

»Von Gästen nehmen wir nichts«, antwortete ich.

6. Kapitel

Als ich meine angewachsene Kinderschar am nächsten Morgen endlich auf den Schulweg befördert hatte, setzte ich mich an den Schreibtisch und dachte nach. Auf ein Blatt Papier schrieb ich die offenen Fragen. Wem nützte die Tat? Weshalb hatte man Shanna umgebracht? Wem war die Tat zuzutrauen? Und warum musste Semjon sterben?

Ich versuchte mir den ganzen Ablauf noch einmal ins Gedächtnis zu rufen. Es war Boris' Geburtstag gewesen. Am Morgen ging Anna zur Arbeit, nachdem sie genaue Anweisungen hinterlassen hatte, was für die Feier am Abend noch zu erledigen war. Boris arbeitete bis vier Uhr nachmittags in seinem Atelier. Dann nahm er ein Bad. Gegen sieben, als alles zum Empfang der Gäste bereit war, erschien als erste Sjuka. Kurz zuvor war Anna angehetzt gekommen und hatte den Baileys auf den Serviertisch gestellt, wo bereits eine ganze Reihe weiterer Getränke stand. Die Flasche war staubig gewesen. Deshalb hatte ich einen feuchten Lappen genommen und sie abgewischt. Der Verschluss schien mir in Ordnung zu sein. Daran erinnere ich mich genau, denn ich wollte die Flasche öffnen. Man stellt keine verschlossenen Getränke auf den Tisch. Doch ich hatte nicht genug Kraft, um die Schraubkappe zu lösen. Ich wollte noch ein Messer holen, aber da lenkte mich etwas ab, und ich vergaß die Sache wieder.

Dann wurde es sehr hektisch. Die Gäste kamen, man umarmte, küsste sich und überreichte Geschenke. Gegen acht setzten sich alle zu Tisch. Um neun nahm Anna die Unglücksflasche und schraubte die Kappe leicht mit zwei Fingern ab. Das heißt, jemand musste das Ding vorher geöffnet haben. Zwar ist meine Arbeitgeberin eine kräftige Frau, aber selbst sie hätte den offenbar festgeklebten Verschluss nicht so ohne weiteres lösen können. Also war vor ihr jemand an der Flasche gewesen, wenn man einmal ausschließt, dass sie selbst das Zyankali dort hineinbefördert hatte. Stopp. Wo sollte Anna das Gift hergenommen haben? Ein ziemlich exotischer Stoff für unsere Verhältnisse. Konnte man das einfach in der Apotheke kaufen?

Ich kratzte mich mit dem Stift am Kopf und schaute zum Fenster hinaus. Auch das Arbeitszimmer hatte einen Balkon. Und prompt saß dort das Känguru.

»Weg mit dir!«, blaffte ich und schlug mit der Faust gegen die Balkontür. Mit einem Klirren ging die Scheibe zu Bruch. Die Scherben fielen zwischen die beiden Flügel. Ich verwünschte mich für so viel Dummheit, holte Handfeger, Schaufel und einen feuchten Lappen. Zum Glück hatte ich nur die innere Scheibe zertrümmert, die äußere war noch ganz. Eine halbe Stunde lang suchte ich einen Glaser ausfindig zu machen. Schließlich versprach man mir in der Wohnungsverwaltung unseres Bezirks, einen Handwerker zu schicken. Ich setzte mich wieder an den Schreibtisch.

Wo also hatte Anna das Zyankali hergenommen? Aus einer Apotheke? Das zu überprüfen gab es nur eine Möglichkeit. Ich griff mir das dicke Telefonbuch und wählte eine Nummer.

»Apotheke am Kutusow-Prospekt«, hörte ich eine junge Stimme sagen.

»Entschuldigen Sie bitte, was kostet bei Ihnen Zyankali?«

Dem Mädchen verschlug es offenbar die Sprache, dann aber sagte es böse: »Ich notiere Ihre Nummer und melde Sie der Miliz. So eine Unverschämtheit!«

»Verkaufen Sie denn kein Zyankali?«

Im Hörer ertönte das Besetztzeichen. So eine unfreundliche Person! Schließlich konnte doch sein, dass ich ein Rezept hatte! Also, der nächste Versuch.

Diesmal antwortete eine ältere Dame. »Verkäuferin Schestakowa.«

»Verzeihen Sie, ich habe hier ein Rezept und möchte mich erkundigen, ob Sie das Medikament führen.«

»Worum handelt es sich?«

»Um Zyankali, zehn Tabletten zu fünf Gramm.«

»Waaas?«

»Zyankali, zehn Tabletten zu fünf Gramm.«

»Das kann nicht sein. Wahrscheinlich lesen Sie das Rezept nicht richtig. Kommen Sie am besten damit her.«

»Aber …«

Wieder das Besetztzeichen. In der Apotheke bekam man das Zeug also bestimmt nicht. Aber wo dann? Ich holte mir ein Lexikon und sah unter dem Stichwort »Zyanide« nach. Da stand: »Blausäure und ihre Salze werden in der chemischen Industrie und im Hüttenwesen zur Gewinnung von Edelmetallen verwendet. Sie kommen auch bei der Bekämpfung von Nagetieren zum Einsatz.«

Das hieß, in Moskau gab es genügend Orte, wo man Zyankali aufbewahrte. Labors, Forschungszentren, Betriebe, aber auch Geschäfte, die Rattengift verkauften. Die konnte ich im Leben nicht alle abklappern.

Ich musste einen anderen Zugang finden. Wenn ich fest davon ausging, dass Anna unschuldig war, was dann? Dann musste einer der Gäste heimlich, still und leise das Gift in die Flasche geschüttet und Shanna vergiftet haben. Das arme Ding hatte sogar noch an ihrem Glas geschnuppert und gesagt, der Likör rieche wie Amaretto. Und Anna hatte geantwortet: »I wo, der ist in Ordnung, trink nur.«

Aber das war doch ein weiterer klarer Hinweis darauf, dass Anna schuldig war. Trotzdem wollte ich vom Gegenteil ausgehen. Wer kam dann in Frage? Boris? Warum sollte ein Mann in mittleren Jahren eine so junge, hübsche Frau umbringen? Wo er doch bei ihr gelandet war! Natürlich kam es vor, dass eine Geliebte Forderungen stellte, zum Beispiel verlangte, er möge sich von seiner Frau scheiden lassen und sie heiraten. Doch Shanna war verheiratet, und Nikita schien sie sogar zu lieben. Aber konnte es nicht auch anders sein? Vielleicht hatte er ja von ihrer Affäre mit Boris erfahren und wollte die Verräterin bestrafen? Klar war eins: Ich musste alle überprüfen, die an jenem Abend so fröhlich gefeiert hatten – Nikita Malyschew, Andrej und Valeria Kortschagin, Sjuka, Boris, Irina und den Generalstypen, den sie Leonid nannten. Bei wem sollte ich anfangen?

Die Türklingel riss mich aus meinen Gedanken. Auf der Schwelle stand ein älterer Mann, mit Glasscheibe und Werkzeugtasche bewaffnet.

»50 Rubel«, erklärte er ohne ein Grußwort.

»Wie bitte?«

»Die Reparatur einschließlich Material kostet 50 Rubel«, wiederholte er. »Bezahlen Sie gleich, sonst gehe ich wieder.«

Das war mir ja ein netter Typ. Ich hielt ihm das blaue Scheinchen hin und bemerkte giftig: »Eigentlich macht man erst die Arbeit und hält dann die Hand auf!«

»Wenn man es mit normalen Mietern zu tun hat«, parierte der Glaser. »Erst gestern habe ich bei so einer Alten gearbeitet. Alles tadellos, da gibt sie mir zwei Rubel. Was soll ich damit? Nein, zuerst das Geld.«

Vor sich hin brummelnd und mit seinen großen Schuhen dunkle Flecken auf dem Teppich hinterlassend, stapfte er durch das Zimmer und beschaute sich den Schaden.

»Was war denn hier los?«, knurrte er. »Haben Sie sich geprügelt? Im Sommer hätte es ja auch der Durchzug sein können, aber im Winter? Zustände!«

»Jetzt haben wir April«, warf ich leise ein und sah zu, wie er heftig mit dem Stemmeisen arbeitete. Die Holzsplitter flogen nur so nach allen Seiten.

»Nach dem Kalender. Aber das Wetter ist wie im Februar, schauen Sie doch hinaus! Ich könnte jetzt hinterm Ofen sitzen, aber nein, da muss ich losgehen und Ihre Scheibe reparieren. Wie satt ich das habe, für ein paar Kopeken durch die Wohnungen zu tigern!«

Er spuckte wütend aus, drückte mit aller Kraft gegen das Stemmeisen, wodurch ein größeres Stück Holz vom Türrahmen absprang.

»Seien Sie doch vorsichtig!«

»Ich weiß schon, was ich mache! Das schmieren Sie hinterher mit Farbe wieder zu!«

Der widerwärtige Prolet ging mir langsam auf die Nerven. Ein guter Arbeiter liebt seinen Beruf, ist stolz auf das, was er kann, und verdirbt niemals absichtlich Material. Solchen Pfusch könnte er selber nicht ertragen. Aber dieser Nichtskönner bildete sich auch noch etwas ein.

»Haben Sie auf der Scheibe Fliegen totgeschlagen?«, bohrte er hartnäckig weiter.

»Nein, ein Känguru verscheucht.«

Dem Glaser fiel das Werkzeug aus der Hand.

»Was?!«

»Ein Känguru. Kennen Sie nicht dieses Beuteltier? Eins

kommt manchmal zu mir auf den Balkon. Ich wollte es wegjagen, und dabei ist es passiert.«

Der Mann warf mir einen argwöhnischen Blick zu und sagte dann grob: »Verschwinde aus dem Zimmer!«

»Warum denn das?«

»Ich mag nicht, dass jemand hinter meinem Rücken steht.«

Gehorsam trollte ich mich in die Küche. Eine Viertelstunde später rief der Glaser: »Ich bin fertig!«

Ich brachte ihn zur Tür. Als er schon draußen war, wandte er sich um und sagte: »Im sechsten Stock, Wohnung Nr. 37, wohnt ein Professor. Er heißt Katschalow und behandelt Verrückte. Ein guter Mann, und gar nicht teuer. Als meine Schwiegermutter wunderlich wurde, hat er ihr Tabletten verschrieben. Jetzt ist sie wieder ganz normal. Hätten wir nie gedacht. Sie kocht, putzt, geht einkaufen. Vorher hatte sie schon vergessen, wie sie heißt. Als Nachbarin hilft er dir bestimmt.«

Rot vor Zorn, warf ich die Tür zu. Na, schönen Dank auch für den Rat! Das Känguru gab es doch wirklich! Ich verstand nur nicht, warum es keiner außer mir sehen wollte!

Gegen 17.00 Uhr tauchte Irina mit mehreren Koffern auf.

»Im Auto ist noch mehr«, sagte sie schnaufend.

Lisa und Kira sausten nach unten. Sie schleppten einen Fernseher, ein Videogerät, das Music Center, Kassetten und Disketten an, und ich schwieg eisern. Als dann aber auch noch ein Toaster, eine Mikrowelle, ein Bügeleisen und eine Kaffeemaschine auftauchten, konnte ich nicht mehr an mich halten.

»Was bringst du denn die halbe Kücheneinrichtung mit! Das haben wir doch alles selber. Gut, dass du wenigstens Kühlschrank und Waschmaschine dagelassen hast.«

»Die sind eingebaut.« Irina seufzte. »Ich habe sie nicht rausgekriegt, sonst hätte ich sie auch mitgenommen. Dem

Schweinehund wollte ich nichts lassen, vor allem den Toaster nicht, denn er isst für sein Leben gern geröstetes Brot.«

»Er kauft sich eben einen neuen, wo ist das Problem?«

Irina musste lachen. »Das wird nicht passieren! Der Parasit hat doch kein Geld. Mama hat ja sogar seine Zigaretten bezahlt. In fünf Jahren hat er ein einziges Bild verkauft, der verdammte Idiot! Dabei denkt er, er wäre ein Heiliger, für den Mama und ich nur als Fußabtreter gut sind!«

Sie schleppte das ganze Gerät in die Küche. Ich ging nachdenklich ins Bad und holte die fertige Wäsche aus der Maschine. Es war doch merkwürdig. Wer bringt schon die Henne um, die goldene Eier legt? Warum hatte Boris Anna beschuldigt? In seiner Lage wäre es eher logisch gewesen, sich vor seine Frau zu stellen und jeden Verdacht von ihr abzuwenden. Wovon wollte er jetzt leben? Würde er wieder eine finden, die ihn so großzügig aushielt?

»Oh!« Das war Lisa. »Klasse, du hast ja alle CDs von Zemfira!«

»Na klar!«, kam es von Irina. »Nimm sie dir.«

»Geil! Was für eine tolle Jacke! Und erst die Weste!«

»Gefallen sie dir?«

»Und wie!«

»Probier sie an«, entschied unser Gast.

Die Mädchen kramten in Tüten und Taschen. Die Welt um sie war vergessen. Ich steckte den Kopf durch die Tür. Auf Irinas Bett lag inzwischen ein ganzer Berg von Kleidungsstücken, in dem Lisa mit hochrotem Gesicht wühlte, kräftig unterstützt von Mulja und Ada, die aufgeregt mit den Schwänzen wedelten. In der Ecke lag Ramik und kaute an etwas herum.

»Wo ist Annas Notizbuch?«, fragte ich.

»Na, hier«, rief Irina und warf mir ein Büchlein zu, das sehr teuer aussah. Es war mit weichem Leder bezogen und hatte einen Verschluss aus echtem Gold.

Nikita Malyschew antwortete kaum hörbar: »Hallo?«

»Hier ist Tatjana Romanowa. Können Sie sich an mich erinnern?«

»Nein.«

»Ich habe bei Anna Remeschkowa als angebliche Haushaltshilfe gearbeitet ... Fällt es Ihnen jetzt wieder ein?«

»Ja.«

»Ich muss mit Ihnen reden.«

»Ja.«

Seine Einsilbigkeit brachte mich etwas aus der Fassung, und mein Ton wurde schärfer.

»Was heißt, ja?«

»Ich erinnere mich.«

»Ich muss sofort mit Ihnen sprechen!«

»Dann kommen Sie her«, gab Nikita zurück und legte auf.

War das aber auch einer! Nicht einmal seine Adresse hatte er mir gesagt. Allerdings stand sie akkurat in Annas Telefonbuch, aber das wusste er doch nicht!

Wütend zog ich mich an und steckte den Kopf durch Irinas Zimmertür. »Vergesst eure Hausaufgaben nicht, ihr Models!«

Die Mädchen, die immer noch selbstvergessen in den Koffern wühlten, hoben ihre zerzausten Köpfe und schauten mich verständnislos an. Als es bei ihnen endlich klickte, riefen sie wie aus einem Mund: »Die können uns gestohlen bleiben!«

Na, wenn nicht, dann nicht, dachte ich bei mir. Laut sagte ich: »Zum Abendessen bin ich wieder da.«

»Lass dir ruhig Zeit«, beschied mich Lisa großzügig, »wir müssen noch so viel ansehen!«

Ich schloss die Tür. Die schienen ja einen richtigen Narren aneinander gefressen zu haben. Wann es wohl den ersten Streit mit Irina geben würde? Übrigens war auch Kira mit der Lage der Dinge sehr zufrieden. Ich fand ihn im

Wohnzimmer vor dem erstklassigen Videogerät. Wir selber hatten ein uraltes Modell, das nur Kassetten abspielen, aber keine Sendungen aufzeichnen konnte. Mit diesem Problem lag mir Kira schon lange in den Ohren. Seine Lieblingsserie, die Simpsons, liefen auf unseren Sendern nur am Tage, wenn alle ordentlichen Kinder in der Schule saßen. Seine Freunde aus der Klasse zeichneten die Sendung auf und schauten sie sich später in aller Ruhe an. Wenn Kira mir davon erzählte, standen ihm fast die Tränen in den Augen. Jetzt konnte er sein Glück kaum fassen.

»Tanja!«, rief er, als er mich in der Tür erblickte. »Schau mal, was für ein tolles Teil! Mit Laser und Show View zum Programmieren! Jetzt verpasse ich keine Sendung mehr! Irina sagt, das geht alles automatisch, man muss nur das richtige Programm eingeben! Und wie viele Kassetten sie hat!«

Er zeigte auf drei riesige Pall-Mall-Kartons voller Videobänder. »Sogar ihr Notebook hat sie mir gegeben!« Kira wedelte mir mit einem flachen schwarzen Köfferchen vor der Nase herum. »Sie hat gesagt: ›Das kannste haben. Ich hab's geschenkt bekommen, fasse es aber lieber nicht an.‹«

In der Metro musste ich mich auf einen Sitz zwischen zwei dicken Weibern zwängen, die in billigen türkischen Schaffellmänteln steckten. Ein Glück, dass Irina so großzügig ist. Sie lässt Lisa in ihren Sachen wühlen und hat das Videogerät nicht bei sich, sondern im Wohnzimmer aufgestellt, dachte ich bei mir.

7. Kapitel

Nikita Malyschew reagierte lange nicht auf mein Klingeln. Schließlich wurde es mir zu viel, und ich donnerte mit dem Fuß gegen die Wohnungstür. Nun hörte ich ganz von fern ein Schlurfen, das Schloss klickte und die Tür ging auf. Ich bekam einen Schreck. Auf der Schwelle stand ein Mann, in dem der große, elegante Nikita von neulich kaum zu erkennen war. In den Tagen, da ich bei Anna arbeitete, war Malyschew mehrmals bei Boris gewesen. Ich kannte ihn nur als äußerst gepflegte Erscheinung – weißes Hemd, tadellos rasiert und stets nach einem teuren Parfüm duftend. Das Individuum, das jetzt vor mir stand, hätte auch als Obdachloser durchgehen können. Er hatte sich bestimmt drei Tage nicht rasiert, die roten, entzündeten Augen glänzten fiebrig, seine Hose, einst wahrscheinlich von sand-beiger Farbe, wirkte wie ein zerknüllter Scheuerlappen, das Haar fettig, das Hemd zerknittert und durchgeschwitzt. Wahrscheinlich hatte er sich seit Shannas Tod weder gewaschen, noch die Zähne geputzt oder die Wäsche gewechselt. Sicher hatte er darin genächtigt.

»Wollen Sie zu mir?«, fragte Nikita mit heiserem Bass.

Eine schwere Schnapsfahne schlug mir ins Gesicht, und ich musste niesen. Alles klar: Er hatte sich mit der Flasche getröstet. Hoffentlich war er jetzt wieder etwas nüchtern.

Der Hausherr führte mich in die Küche, die eindeutig eine Frau eingerichtet hatte. Vor dem Fenster hing an einer weißen Stange eine verspielte mit Rüschen geschmückte rosa Gardine. Über das Fensterbrett waren Vasen, Ton- und Plastikfigürchen auf hübschen Spitzendeckchen verteilt. An den Wänden Menagen und mehrere Regale mit zahllosen Gläschen und Dosen. Eine Küchenuhr in Form einer Bratpfanne, ein Stilleben mit Früchten, und am Kühlschrank viele kleine Magnetbildchen. Als Shanna noch lebte, war das alles sicher hübsch anzusehen gewesen. Jetzt aber quoll die Spüle über von schmutzigen Tellern, Tassen und Konservenbüchsen, auf dem Wachstuch bezogenen Tisch Flaschen, ein Aschenbecher voller Kippen, eine Butterdose mit völlig zerlaufenem Inhalt, ein widerlich stinkender Hering ohne Kopf und ein Tetrapack Kefir, der eindeutig verdorben war.

Ich nahm an dem Tisch Platz und legte meine Hände auf die Decke. Sie klebten sofort fest. Die hatte tagelang keinen Lappen gesehen. Nikita ließ sich mir gegenüber nieder und fragte: »Was wollen Sie?«

Mir wurde übel von all den Gerüchen. Der Hering stank unerträglich, Nikitas Fahne drang bis zu mir, und dieser Brodem erhielt seine besondere Note durch etwas, das aus der offenen Kefir-Packung aufstieg.

»Räumen Sie erst mal den Tisch ab«, herrschte ich ihn an.

Nikita stand schweigend auf, holte den randvollen Mülleimer herbei, drückte den Abfall mit der Hand tiefer hinein und schuf so Platz für Hering, Kefir und Zigarettenkippen.

»Wie können Sie sich nur so gehen lassen!«, sagte ich. »Wann haben Sie sich denn das letzte Mal gewaschen?«

Nikita nahm sich etwas zusammen. »Ich weiß nicht.«

»Und die Sachen gewechselt?«

»Ich erinnere mich nicht.«

»Haben Sie die ganze Zeit nur getrunken?«

»Keine Ahnung.«

»Fällt dir denn überhaupt irgend etwas ein?«, schnarrte ich, nun ernstlich böse.

Nikita nickte.

»Und was?« Ich ließ nicht locker.

»Wie Shanna aufgeschrien hat und umgefallen ist«, antwortete der Bursche kaum hörbar und griff wieder nach der Flasche.

Ich nahm sie ihm weg und sagte streng: »Jetzt reicht es. Du willst doch auch, dass Shannas Mörder seine gerechte Strafe erhält?«

Nikita murmelte kaum hörbar: »Ja.«

»Dann sei so gut und antworte auf meine Fragen.«

Nikita Malyschew runzelte die Stirn und rieb sich die Schläfen. Im Wandschrank, der offen stand, erblickte ich eine Tüte Kaffee. Ich stand auf, schaltete den Wasserkocher ein, braute einen starken, süßen Kaffee und stellte die Tasse vor den Witwer hin.

»Trink!«

Der Künstler schlürfte gehorsam das aromatische Gebräu. Ich öffnete den Kühlschrank. Neben einigen verpackten Lebensmitteln fand ich dort mehrere Töpfe mit verdorbenem Essen – eine Suppe, die inzwischen sauer war, Bouletten und Wurst, auf denen der Schimmel blühte, verdorbenen Quark und vertrockneten Käse.

»Hast du irgendwas gegessen?«

Nikita schüttelte den Kopf. »Ich will nicht.«

»Entschuldige die taktlose Frage, aber du wusstest doch, dass Shanna und Boris ein ... wie sagt man? ... intimes Verhältnis hatten?«

»Ja.«

Nikita schien das ziemlich kalt zu lassen. »Wir haben lange zwischen Sergej Paschkow und Boris geschwankt, aber Sergej ist ein unverschämter Kerl, Boris dagegen ein intelligenter Mann und ein wohlhabender dazu.«

»Moment mal«, murmelte ich verblüfft, »was heißt das – ihr habt geschwankt! Habt ihr etwa gemeinsam entschieden, wen sich Shanna zum Liebhaber nehmen soll? Das wäre ja ein Ding!«

Nikita warf mir einen trüben Blick zu, nahm ein Blatt vom Tisch und teilte mir mit: »Die Miliz hat mich vorgeladen. Aber ich bin nicht hingegangen, weil ich krank war.«

»Gesoffen hast du.«

»Na, meinetwegen«, gab Nikita zu. »Aber nur aus Kummer. Muss ich jetzt trotzdem hingehen?«

»Natürlich.«

»Ich kann das nicht«, erklärte der Bursche mit einem Seufzer. »Am Ende muss ich mir noch ihre Leiche anschauen.«

»Wozu denn das?«

»So wird das gemacht. Zur Identifikation. Sieht man doch in jedem Kriminalfilm.«

»Nur, wenn man nicht weiß, wer die Leiche ist.« Ich wollte ihn ein wenig beruhigen. »Aber hier ist alles klar.«

»Sie sind doch von der Miliz?«, fragte Nikita nun.

Ich hatte keine Lust, das mit ihm zu erörtern, daher antwortete ich: »So ungefähr.«

»Wissen Sie, was?«, kam es jetzt von Nikita. »Ich erzähle Ihnen alles, und Sie reden dann mit dem Ermittlungsbeamten.«

»Das geht natürlich«, sagte ich erfreut. »Was willst du mir denn erzählen?«

»Von Shanna und mir«, plapperte Nikita los. »Wir haben nichts Unrechtes getan, das lief alles in gegenseitigem Einverständnis ab.«

»Na, dann leg los.« Ich goss ihm neuen Kaffee ein und spitzte die Ohren.

Shanna und Nikita stammten aus Irkutsk. Einen Vater hatten sie nicht. Die Mutter war im Kulturhaus der Eisenbahner als Malerin beschäftigt.

»Moment«, fragte ich verständnislos nach, »was heißt das, ihr hattet keinen Vater, und die Mutter ist Malerin? Um wessen Eltern geht es denn da? Um deine oder die von Shanna?«

»Um die von uns beiden«, antwortete Nikita.

»Eine merkwürdige Übereinstimmung«, murmelte ich erstaunt.

Der junge Mann sah mich eindringlich an.

»Sie haben nicht richtig verstanden. Wir sind nicht Mann und Frau, wir sind Bruder und Schwester.«

»Waaas? Und ihr habt euch die ganzen Jahre als Ehepaar ausgegeben?«

»Das hat sich Shanna ausgedacht. Sie war die Schöne und die Kluge«, fuhr Nikita fort.

Die Geschwister trennte nur ein Jahr. Nikita war der

Ältere, aber das Kommando in ihrem Team hatte Shanna. Nikita, der eher etwas phlegmatisch war, gehorchte seiner Schwester aufs Wort. Sie gingen in dieselbe Klasse, beendeten gemeinsam die Schule und machten sich Hand in Hand auf, die Hauptstadt zu erobern. Sie bewarben sich am Stroganow-Institut für Kunst und Technik, Russlands führender Design-Akademie, fielen aber durch die Prüfung in Zeichnen. Shanna verlor nicht den Mut, sondern schickte ihre Unterlagen an die Hochschule für Architektur. Als es auch dort nicht klappte, probierten sie es bei der Polygraphie. Aber auch da waren ihre Leistungen unzureichend.

Auf keinen Fall wollten sie aus der pulsierenden, hippen Hauptstadt in das Provinznest Irkutsk zurück. Hier war immer etwas los – Ausstellungen, Performances, Kultur im Überfluss. Shanna und Nikita, beide Künstlernaturen, die nach Höherem strebten, wollten einfach nicht einsehen, dass ihr kurzes Abenteuer schon wieder zu Ende sein sollte. Außerdem hätte man Nikita ohne Studium sofort zur Armee eingezogen. Die drei Misserfolge hatten ihm allerdings so zugesetzt, dass er schon aufgeben wollte. Ganz anders Shanna. Wie ungerecht die Natur doch ihre Gaben verteilte. Sie hatte eher männliche Qualitäten abbekommen – einen zügellosen Ehrgeiz, eine hohe Meinung von sich selbst, den fast pathologischen Drang, die Armut hinter sich zu lassen und Karriere zu machen. Weibliche Unentschlossenheit, Launen und tränenreiches Selbstmitleid waren eher Nikita zugefallen.

Die umtriebige Shanna fand in Moskau eine Fachschule für Masken- und Bühnenbildner. Dort war der Andrang nicht so groß, und beide Geschwister schafften die Aufnahmeprüfung. Sie nahmen Quartier im Wohnheim der Schule und lebten drei Jahre lang in tiefer Armut. Als Hofkehrer oder Fahrstuhlführer versuchten sie etwas dazuzuverdienen. Für Geld fertigten sie technische Zeichnungen für Studenten des Instituts für Straßenbau an und gaben sogar in Schulen Zeichenunterricht. Aber die Kopeken reichten kaum zum Leben. Shanna musste beim Sparen sehr erfinderisch sein, um sich einigermaßen zu kleiden. Sommers wie winters lief sie in Jeans und selbstgestrickten Pullovern herum. Aber auch in diesen einfachen Sachen war ihre Schönheit nicht zu übersehen. Die Jeans aus Indien unterstrichen ihre schlanke, elegante Figur.

Als das Ende der Ausbildung näher rückte, verdüsterte sich die Stimmung der Geschwister zusehends. Bisher hatten sie noch keinen Einfall, wie sie sich weiter in Moskau halten konnten. Man schrieb das Jahr 1985. Um in der Hauptstadt Arbeit zu bekommen, brauchte man den Zuzug. Heiraten wäre eine Möglichkeit gewesen, nur hatten weder Shanna noch Nikita bisher einen geeigneten Moskauer Partner gefunden.

Aber dann winkte ihnen doch noch das Glück. Der Prorektor für Studienangelegenheiten, ein kleiner, dicker Glatzkopf mit schwimmenden Äuglein, rief Shanna immer häufiger zu sich. Die Vorwände waren idiotisch – einmal hatte sie ihre Jahresarbeit schlecht binden lassen, dann wieder stimmte etwas mit einem Referat nicht …

Beim fünften Mal nahm Konstantin Petrowitsch das Mädchen zart bei der Hand und bot ihr an, demnächst mit ihm einen Abend auf seiner Datsche zu verbringen. Shanna, die natürlich wusste, dass auf den Abend eine Nacht folgt, willigte ein. Konstantin Petrowitsch, zugleich auch Sekretär der Parteiorganisation des Instituts, schwebte im siebenten Himmel. Shanna stellte allerdings eine Bedingung. Am nächsten Samstag wurde das Stipendium ausgezahlt. Das wollte sie noch in Empfang nehmen und dann zu ihm kommen.

Am Samstag erwartete Konstantin Petrowitsch, in eine Wolke von Eau de Cologne gehüllt, das Mädchen am vereinbarten Ort. Auch Shanna hatte sich hübsch gemacht. Das Frühjahr war zeitig angebrochen und die Luft schon angenehm warm. Die Erde duftete herb, auf den Beeten spross das erste Grün, und Konstantin Petrowitsch zitterten die Hände, als er das über den Winter verrostete Vorhängeschloss öffnete. Er hatte es nicht eilig. Er deckte den Tisch, stellte eine Flasche Sekt darauf, goss ein, stieß mit der Dame an, trank mit Genuss und nahm ein zweites Glas ... Dann brach seine Erinnerung ab.

Erst am nächsten Morgen kam er wieder zu sich. In der Datsche war alles wie immer, auch die Brieftasche mit dem am Vortage empfangenen Gehalt lag an Ort und Stelle. Nur sein Parteibuch fehlte.

Starr vor Schreck fuhr Konstantin Petrowitsch nach Hause und blaffte seine Frau an, die ihm ahnungslos in die Quere kam. Bis zum Montag war er wie von Sinnen, denn er begriff nicht, was passiert war. Gegen Ende dieses Arbeitstages klärte sich die Sache auf. Shanna und Nikita erschienen in seinem Büro. Der Bursche schloss rasch die Tür von innen ab, und das Mädchen legte einen Stapel Fotos auf den Tisch. Völlig entgeistert sah der Prorektor die brisanten Aufnahmen durch. Da saß er mit Shanna an einem Tisch voller Flaschen, dann lagen sie zusammen im Bett. Das Schlimmste war: Konstantin Petrowitsch konnte sich an nichts erinnern.

»Fotos und Negative können Sie haben, wenn Sie unsere Forderungen erfüllen«, erklärte Nikita kurz und knapp. »Dann bekommen Sie auch Ihr Parteibuch zurück.«

Konstantin Petrowitsch erstarrte zu Eis. Unmoralisches Verhalten war schon eine schlimme Sache, aber der Verlust des roten Büchleins geradezu eine Katastrophe.

»Was verlangen Sie?«, stammelte das Männlein.

»Zwei Aspirantenstellen und eine Wohnung in Moskau. Es kann auch ein Zimmer in einer Gemeinschaftswohnung sein«, antwortete Shanna. »Sie haben genau einen Monat Zeit. Bis der nächste Parteibeitrag fällig wird.«

»Du Miststück hast unser Treffen auf den Zahltag gelegt«, entfuhr es dem Prorektor, »weil du wusstest, dass ich dann das Parteibuch dabei habe!«

»Mal langsam, ja?«, kam es von Nikita.

»Und wenn ich mich weigere?«

Der Bursche zuckte die Achseln. »Dann ziehen wir ein paar Kopien von den schönen Bildern und schicken sie an Ihre Frau, an den Rektor, an das Prorektorat, an die Parteiorganisation ...«

»Da ist auch Shanna drauf.« Der Prorektor versuchte Widerstand zu leisten.

»Na und?«, gab die Studentin leichthin zurück. »Ich sage, ich hätte mich in Sie verliebt. Sie haben mir die Ehe versprochen und wollen sich jetzt nicht scheiden lassen. Die werden mich noch bedauern. Denken Sie lieber daran, was Ihnen passiert, wenn das Parteibuch weg ist.«

Konstantin Petrowitsch seufzte tief auf. Dafür gab es mindestens eine Rüge. Oder man warf ihn mit Schimpf und Schande aus der Partei. Seine Karriere mit all den Vorteilen und Auslandsreisen konnte er dann wohl vergessen.

Der Prorektor musste etwas unternehmen, ob er wollte oder nicht. Er hatte seine Beziehungen, und so bekamen Nikita und Shanna ein winziges Loch von neun Quadratmetern zugewiesen. Es lag zwar in einem Abrisshaus, dafür aber an der Kropotkinskaja Uliza mitten im Zentrum. Das Zimmerchen erinnerte an einen Brunnen – es war fast so lang wie hoch. Doch die Geschwister waren guten Mutes. Im darauffolgenden Herbst traten sie ihre Aspirantur an. Vor allem hatten sie den ersehnten Zuzug nach Moskau in der Tasche.

Nun begann ihr Aufstieg zu den Höhen des Wohlstands. In Irkutsk ließen sie sich überhaupt nicht mehr blicken. Dafür waren sie fünf Jahre später stolze Besitzer einer Eigentumswohnung. Wenn Bekannte sie neugierig fragten, wie sie zu den drei geräumigen Zimmern mit der entsprechenden Einrichtung gekommen waren, log Shanna, ohne rot zu werden.

»Mein Mann hat einen Volltreffer gelandet: Er hat von der amerikanischen Botschaft den Auftrag für ein Mosaik erhalten. Das hatte seinen Preis.«

In Wirklichkeit kam ihr Wohlstand aus einer ganz anderen Quelle. Um diese »Goldader« ausbeuten zu können, hatte Shanna Nikita zu ihrem Ehemann erklärt. Und damit bei ehemaligen Kommilitonen, die ihnen zufällig begegnen konnten, keine Zweifel aufkamen, setzte sie die Legende in Umlauf, sie seien schon seit früher Jugend ein Paar, hätten sich aber für Bruder und Schwester ausgegeben, um in Moskau von anderen unbehelligt zu bleiben. Kürzlich aber hätten sie endlich offiziell die Ehe geschlossen. Jugendfreunde kreuzten jedoch nur höchst selten ihren Weg. Für alle übrigen waren sie ein liebendes, bislang noch kinderloses junges Paar.

Ihre Methode war einfach. Zunächst suchten sie sorgfältig ein Opfer aus. Es musste unbedingt ein verheirateter Mann mit Geld und solider Stellung sein. Dann ging Shanna zum Angriff über. Nur wenige Vertreter des starken Geschlechts blieben gleichgültig bei ihrem strahlenden Lächeln und den schlanken Beinen, die sie kokett durch den Schlitz ihres langen Kleides sehen ließ. Als erfahrene Kokotte wusste Shanna, wie verlockend das Geheimnisvolle war. Ein Minirock, der die Beine fast bis zum Ort der Begierde entblößt, ist in Wirklichkeit wenig erotisch. Ein enganliegendes bodenlanges Kleid dagegen, in dessen Schlitz zuweilen ein makelloses Bein aufblitzt, kann der Phantasie Flügel verleihen. Und davon haben die meisten Männer genug. Es klappte fast immer. Früher oder später entspann sich eine Affäre mit allem, was dazugehört: Spaziergänge im Freien, Theater- und Restaurantbesuche. Teure Geschenke regneten auf Shanna nieder. Dann das Endstadium, da man sich unaufhaltsam der Horizontalen näherte. Schließlich der Höhepunkt. Nikita als wutschnaubender Ehemann polterte ins Schlafzimmer und stürzte sich auf die untreue »Ehefrau« samt Liebhaber. Der zu Tode erschrockene Romeo suchte in der Regel eine einvernehmliche Lösung. Aber Nikita ließ sich nur mit einer hohen Geldsumme besänftigen. Er versetzte der schluchzenden Shanna schallende Ohrfeigen und brüllte: »Zuerst bringe ich dich um, du treulose Schlampe, und dann gehe ich zu seiner Frau!«

Die meisten Freier griffen bei dieser Szene nach ihrer Brieftasche. Nikita und Shanna wählten als Opfer in der Regel ältere Casanovas, intellektuelle Schwächlinge, die keinen körperlichen Widerstand leisten konnten. Das Geschäft lief wie geschmiert. Und es trug ihnen nicht nur Geld ein. Einer ihrer Galane brachte Shanna in der Redaktion der Zeitschrift »Wechi« unter, ein anderer verhalf Nikita zum Posten des Chefdesigners einer Werbeagentur. Obwohl sie nun ehrliche Gehälter bekamen, ließen sie von ihrem Hauptgeschäft nicht ab. Geld hat man schließlich nie genug.

»Mit Boris ist das schon lange gegangen?«

»Ein halbes Jahr«, bekannte Nikita.

»So lange?«, fragte ich erstaunt zurück. »Weshalb?«

Nikita ließ einen tiefen Seufzer hören. Zu ihrer Methode gehörte es, den Liebhaber erst ordentlich auszunehmen, bevor sie es zur Apotheose mit Ohrfeigen und Tränen kommen ließen. Shanna akzeptierte mit Freuden die verschiedensten Präsente – Schmuck, ein Auto, einen Pelzmantel oder ein Ölbild. Sie bewegten sich ausschließlich unter Schriftstellern und Künstlern. Es war einfach erstaunlich, dass keines ihrer Opfer anderen von der Abmachung mit Nikita erzählte. Allerdings stand der in dem Ruf, furchtbar eifersüchtig zu sein. Natürlich stieß Shanna zuweilen in der Öffentlichkeit auf einen ihrer ehemaligen Verehrer. Dem flüsterte sie ins Ohr: »Wir tun so, als ob wir uns nicht kennen! Denn wenn Nikita etwas erfährt …«

Mit einem Wort, sie hatten einen bequemen, einträglichen und wenig belastenden Weg gefunden, schnell zu

Geld zu kommen. Sie überlegten sogar, auch Nikita einzusetzen, denn wohlhabende ältere Damen, die Lust auf einen strammen Männerkörper hatten, gab es zur Genüge. Aber dazu kam es nicht mehr.

»Wie lange dauerten diese ›Affären‹ in der Regel?«

Nikita dachte nach.

»Höchstens drei Monate, nicht länger. Shanna hatte eine Sache schnell über. Mit den widerlichen, schwitzenden Kerlen hielt sie es meist nicht lange im Bett aus. Wenn sie von einem solchen Rendezvous nach Hause zurückkehrte, badete sie eine geschlagene Stunde, benutzte reichlich Schaumbäder, Badesalze und edle Seifen. Wenn sie der Wanne entstieg, duftete sie wie eine ganze Parfümerie. Ich habe sie oft gefragt, warum sie sich so eindieselt. Sie meinte: ›Ich muss den Geruch dieser Männer loswerden!‹«

Das konnte ich ihr nachfühlen. Die Arbeit einer Prostituierten, und sei es auch einer Edelnutte, ist bestimmt nicht nur eitel Freude. Mein Mitleid mit Shanna hielt sich allerdings in Grenzen.

»Und warum habt ihr die Sache mit Boris so lange hingezogen?«

Nikita zuckte die Schultern.

»Shanna wollte das so. Er hat ihr ein Geschenk gemacht. Ich zeig's Ihnen.«

Bald erschien auf dem Tisch ein blaues samtenes Futteral. Ich öffnete es und machte große Augen. Darin lag ein Ring, der offenbar nicht aus unserer Zeit stammte. Es war eine reich verzierte und sehr seltene Arbeit. Auf der zierlichen Fassung saßen in der Mitte die stilisierten Initialen J und W, die von einer Kette kleiner dunkelblauer Saphire eingefasst waren. In jeder der vier Ecken strahlte ein Brillant von beträchtlicher Größe.

»Da könnte auch ich schwach werden«, entfuhr es mir.

»Außerdem hat er ihr noch das hier gegeben«, fuhr Nikita fort und legte mir ein schmales ledernes Futteral vor. Es enthielt ein Perlenkollier. Auch das war mindestens neunzehntes Jahrhundert. Große Perlen wechselten mit mir unbekannten Steinen in rosa, grau und violett. In der Mitte befand sich ein quadratisches Medaillon, dessen Deckel wiederum die Initialen J W trug, von Saphiren umrahmt und mit vier großen Brillanten geschmückt. Beides war offenbar eine Garnitur, deren Preis ich mir nicht einmal vorzustellen wagte. Anna hatte dieser Schmuck bestimmt nicht gehört. Erstens waren ihre Initialen A R, und zweitens hatte sie mir voller Stolz den Schmuck vorgeführt, den sie selbst angeschafft hatte, seit sie zu Geld gekommen war.

»Schau, wie schön«, hatte sie geprahlt und mir hässliche Stücke Gold mit riesigen Klunkern unter die Nase gehalten. »Das habe ich in Ägypten gekauft und dieses in Tunesien ...«

Die beiden Stücke, die jetzt in Shannas Besitz waren, hatten eindeutig nicht die fleißigen arabischen Goldschmiede gehämmert. Wie sie wohl in Boris' Hände gelangt waren? Offenbar bedeutete ihm Shanna sehr viel, wenn er ihr solche Geschenke machte.

»Boris hat gesagt, die seien von seiner Mutter«, erklärte mir Nikita. »Sie soll aus einem Adelsgeschlecht stammen, Jewdokia Wjasemskaja. Die Sachen wurden für seine Großmutter Jekaterina angefertigt. Die gab ihrer Tochter später einen Namen, der ebenfalls mit J beginnt, damit er zu dem Familienerbstück passte. Wir haben eben gedacht, dass Boris noch mehr solche Sachen hat ...«

Die beiden wollten also den armen Kerl weiter ausnehmen.

»Jetzt erkläre mir noch, wie euer Verhältnis zu den anderen Gästen ist.«

Nikita schaute mich angewidert an.

»Sjuka kann ich nicht ausstehen. Auch Shanna hat sie nicht gemocht. Valeria arbeitet beim Kunstfonds, sie vertreibt dort Urlaubsreisen. Jeden lädt sie ein: »Kommen Sie mal vorbei, ich schicke Sie über den Sommer nach Lutonino, dort können Sie in Gesellschaft lebender Klassiker flanieren und ihre Mahlzeiten genießen.« Leonid ist Besitzer der Bildergalerie ›Moscow Art‹.«

Der Mann, der aussah wie General Lebed, sollte einen Kunstsalon führen? Dieser Grobian, der sogar im Abendanzug eine Pistole stecken hatte? Darauf wäre ich nie gekommen.

Nikita verstummte und strich mit dem Zeigefinger gedankenverloren eine kleine Kaffeepfütze auf der Wachstuchdecke breit.

»Und was ist mit Andrej Kortschagin, Valerias Mann?«

Mein »Informant« zog ein finsteres Gesicht.

»Also?«

»Der Truthahn«, murmelte Nikita vor sich hin.

»Wer?«

»Der Truthahn, so hat ihn Shanna genannt.«

»Hattet ihr den auch an der Angel?«

Der Bursche nickte.

»Ein widerlicher Kerl. Shanna hat es mit ihm kaum zwei Wochen ausgehalten. Wie Valeria das schafft, verstehe ich nicht. Er ist geizig und böse, sitzt auf seinem Geld, als ginge es um Leben und Tod. Dabei hat er genug davon! Wissen Sie, wer Valerias Vater ist?«

Ich blickte Nikita fragend an.

»Ein stinkreicher Kerl!«

»Wer soll das sein?«

»Ich kenne ihn nicht, habe nur gehört, dass er Geld hat wie Heu. Shanna ist einmal auf ihrer Datsche gewesen. Sie kam ganz erschüttert wieder. Drei Etagen, Säulen vor dem Eingang, im Vestibül Marmorfußboden und ein Swimmingpool im Haus! Und nun raten sie, wieviel wir aus Andrej herausgeholt haben?«

»Na?«

»Ganze zehntausend!«

»Das ist nicht gerade wenig. Für zweitausend kann man schon einen Lada kaufen.«

»Ja, Dollar! Aber er hat in Rubel bezahlt ...«

»In Rubel?«

»Und dabei noch gebarmt, mehr könnte er nicht entbehren.

Ich haue Shanna eine runter, sie schluchzt: ›Andrej, gib dem gemeinen Hund, was er verlangt, sonst bringt er mich noch um!‹ Wenn ich so etwas tue, rennt jeder Kerl sofort zum Safe und macht ordentlich was locker! Das hat immer geklappt. Hier hat mir schon die Hand wehgetan, und Shanna konnte sich zwei Wochen nicht draußen sehen lassen, so lange hatte sie überall blaue Flecke.«

»Warum bist du denn so grob zu ihr gewesen?«

»Wir spielen doch kein Theater!«, empörte sich Nikita. »Es muss echt aussehen. Wenn ich ihr eine klebe, hat sie oft einen blauen Fleck auf der Wange. Sie heult zum Stein erweichen, und ihren Liebhabern bricht das Herz – allen! Nur der Truthahn war eine zu harte Nuss. Er knallt mir zehntausend hölzerne Rubel hin, und das war's. Ich brülle Shanna an: ›Ich bring dich um, du Miststück!‹ Darauf er: ›Mach sie meinetwegen kalt, aber nicht in meinem Haus! Mehr Geld gibt es nicht!‹ Da habe ich mir erst mal eine Zigarette angesteckt. Und wissen Sie, wie er reagiert hat?«

»Was hat er denn gemacht?«

»Wenn die Männer gezahlt haben, kriegt Shanna der Ordnung halber noch ein, zwei Püffe, dann gehe ich. Sie bleibt bei ihrem Kavalier, heult und jammert noch ein Weilchen ... Damit kein Verdacht aufkommt. Die Männer trösten sie dann, manch einer hat ihr sogar schon angeboten, eine Wohnung für sie zu mieten, damit sie nicht weiter mit diesem Monster von Mann zusammenleben muss. Intelligente Leute rufen ein Taxi und bringen sie bis zum Wagen. Aber nicht der Truthahn! Er hat ihr die Sachen ins Gesicht geschleudert und gebrüllt: ›Verschwindet, alle beide!‹ Shanna hat gebarmt: ›Jag mich nicht fort, er bringt mich draußen auf der Treppe um!‹ Aber der hat nur gemeint: ›Macht das unter euch aus. Übrigens würde ich Valeria so was auch nicht durchgehen lassen.‹«

Ich musste in mich hineinlächeln. Dieser Truthahn aber auch!

8. Kapitel

Verdrossen machte ich mich auf den Heimweg. Unterwegs ließ ich mich in einer Bäckerei nieder, kaufte mir ein Päckchen Milchkaffee mit Strohhalm und setzte mich an das große Schaufenster. Draußen eilten die Leute vorbei, die Kragen hochgeschlagen und die Nasen im warmen Schal versteckt. Das sollte nun April sein. Da war es ja im Dezember wärmer gewesen. Beim Wetter wundert mich gar nichts mehr. Jetzt haben wir Regen zum neuen Jahr und Frost im Mai. Die Natur macht mit uns, was sie will. Zu den Feiertagen um den 1. Mai, die sich zehn Tage lang hinziehen können, kommt meist die Sonne heraus, und es wird warm. Voller Freude fangen die Datschenbesitzer an, ihre Beete umzugraben, Möhren, Radieschen, Zwiebeln und Petersilie zu säen. Manch einer legt sogar schon ein paar Knollen, weil er im Juli die ersten Frühkartoffeln genießen will. Sind die Feiertage vorbei, ziehen wie auf Bestellung bleierne Wolken am Himmel auf. Das Thermometer fällt in Ohnmacht, und am nächsten Morgen bedeckt eine Eisschicht die junge Saat. Nicht immer im Leben kommt es so, wie man es gerne hätte. Das musste auch Nikita erfahren. Jetzt kann ich verstehen, warum Shannas Verlust für ihn eine solche Katastrophe ist. Sicher hat er seine Schwester geliebt, aber vor allem ist mit ihr eine sprudelnde Geldquelle verschwunden. Was kostete es ihn schon, dem Schwesterchen ein paar Ohrfeigen zu verpassen? Manch einer macht das unentgeltlich, aus Liebe zur Kunst sozusagen ...

Mein Getränk schmeckte abscheulich. Ich schaute mir die Packung an. »McCoffee« stand darauf. Dafür wurde doch jetzt im Fernsehen wie wild geworben. Der idiotische Spot hat mir noch nie gefallen. Zuerst läuft eine Horde Neger einer erschreckten Kuh hinterher, dann jagt eine Kuhherde einen dürren Afrikaner. Mittendrin ist ein Eingeborener eindeutig bei einem schlüpfrigen Geschäft zu sehen, wobei ihm Watteflocken auf den Kopf regnen, die Zucker darstellen sollen. Die reine Pornographie! Lisa und Kira halten sich jedesmal den Bauch vor Lachen, und selbst in meinem Hirn hat sich der Spruch festgesetzt: »Wie es sich gehört: Milch, Zucker und Kaffee – die Harmonie von McCoffee.« Und nun in dem Laden habe ich automatisch nach dem Zeug gegriffen, obwohl »Jacobs« und »Tchibo« daneben lagen. Wütend schleuderte ich die halbvolle Packung in den Abfallkorb und ging.

In unserer Wohnung war es totenstill.

»Ist jemand da?«, rief ich.

Aus dem Bad hörte ich unterdrücktes Kichern, dann antworteten zwei Stimmen im Chor: »Wir kommen gleich!«

Erschöpft zog ich die Stiefel aus, wunderte mich, dass mir keine Hunde entgegenliefen, und trat in die Küche. Auf dem Tisch, alle viere von sich gestreckt, lag Pinguin und schlief.

»Was ist denn hier los?«, rief ich empört und schlug mit einem Lappen nach der frechen Katze.

Die miaute nur träge und trollte sich. Das passierte mir mit ihr zum ersten Mal. Sich den Esstisch als Schlafplatz auszusuchen!

»Tanja«, ertönte es hinter meinem Rücken.

Ich drehte mich um und ließ vor Schreck den Lappen fallen. Der klatschte Pinguin auf den Rücken, worauf die Katze erschreckt zurückfauchte und mit einem Satz wieder auf dem Tisch war, wo sie beinahe die Zuckerdose umgeworfen hätte. Aber das war mir jetzt egal.

Vor mir stand mit rätselhaftem Lächeln ein Mädchen. Nach der Stimme war es Lisa, aber wie die aussah! Ihr hellblondes Haar war kastanienbraun. Vor allem aber hatten sich ihre glatten Strähnen in lauter kleine Korkenzieherlocken verwandelt. Als ich Kind war, nannte man diese Frisur »Angela Davis« nach der legendären Afro-Amerikanerin, die für die Rechte der unterdrückten Klassen stritt.

Aber nicht nur ihre Frisur war völlig verändert. Lisas Gesicht trug ein Make-up aus bräunlichem Puder, ihre Wangen flammten rot wie bei einer Frau in den Wechseljahren, die Lippen waren in einem tiefen Weinrot geschminkt. Ausstaffiert hatte sie sich wie für den Karneval von Rio. Die Hose war von einer Farbe, für die mir die Worte fehlten – hell-, salat-, smaragd- oder giftgrün? Sie reichte ihr bis zur Mitte der Wade und lief in Fransen aus, auf die Perlen gefädelt waren. Wie eine zweite Haut saß sie auf dem Hintern, der bei Lisa nicht gerade klein zu nennen ist. Darüber trug sie ein T-Shirt. Vielleicht hatte sie sich einseifen müssen, um in das rosafarbene Teil hineinzukommen. Halsausschnitt, Ärmel und Saum waren mit Blümchen verziert.

»Na, wie findest du mich?«, fragte Lisa stolz. »Toll, was? So gehe ich morgen in die Schule! Die sterben vor Neid!«

Das konnte wohl passieren. Als erste würde ihre Klassenlehrerin, die nette und intelligente Ljudmila Gennadjewna, den Geist aufgeben. Und auch ihre Hortnerin, die ruhige und stets geschmackvoll gekleidete Galina Kriworutschko, sah ich schon nach der Baldrianflasche greifen. Aber vielleicht war die Mode jetzt so? Schließlich hatten auch wir einmal hautenge Jeans von Levis getragen. Ich erinnere mich genau, wie wir so ein teures Stück, das wir für 200 Rubel in der Toilette neben dem polnischen Geschäft »Wanda« erworben hatten, nach der Wäsche immer nass angezogen haben und mit dieser Halbkörper-Kompresse herumgelaufen sind, bis sie trocken war. Nur so bekam die Hose die richtige Passform.

»Steht mir das?«, wollte Lisa wissen und klappte mit den gefärbten Augenwimpern.

»Und wie!«, gab ich bissig zurück.

Wenn mir ein Outfit nicht gefällt, heißt das nicht, dass Lisa es nicht tragen darf. Schließlich kann sie nicht in Hosenanzug und Hut herumlaufen. Auch der Stil der englischen Queen ist wohl nichts für einen Teenager . Wie oft hatte sie schon vor den Schaufenstern bei unserer Metrostation gestanden und die unmöglichsten Fetzen bewundert. Nie hatte sie mich um etwas gebeten, sondern immer nur geschaut. Und jetzt dieser Glücksfall: Irina, die mit zehn Koffern voll verrückter Klamotten bei uns aufgetaucht war.

»Ich habe auch die passenden Schuhe!«, jubelte Lisa und hielt mir ein Paar Dinger vor die Nase, die wie kleine Köfferchen aus rotem Lackleder aussahen. Das Tollste an diesem Produkt eines Edelschuhmachers waren fünf Zentimeter dicke Sohlen.

»Cool, was?«, rief Lisa.

»Sehr gute Qualität«, lobte ich. »Pass nur auf, dass du dir damit nicht die Beine brichst.«

»I wo«, kam es von Irina, »ich laufe schon lange mit solchen Schuhen rum.«

»Und wem gehören diese hier?«

»Auch mir«, erklärte sie.

»Keine Sorge, ich habe an die zwanzig Paar davon. Lisa kann sie ruhig haben. Und weiter fällt dir nichts auf?«

Mir fiel nur auf, dass sie unvermittelt zum Du übergegangen war. Ich schüttelte den Kopf.

»Schau Lisa doch mal genau an«, bat sie.

Ich tat, wie mir geheißen. Lisa, wie ich sie kannte, wenn man von Schminke und Klamotten einmal absah.

»Siehst du!«, kreischte Lisa los. »Die Wette habe ich gewonnen! Ich habe dir gleich gesagt, die merkt nichts!«

»Stimmt«, meinte Irina enttäuscht. »Zehn grüne gehören dir.«

»Worum geht es denn hier?«, fragte ich.

Lisa tippte mit dem Zeigefinger auf ihre Brust. »Merkst du immer noch nichts?«

Erst jetzt fiel mir auf, dass das Mädchen, das am Morgen noch flach wie ein Brett gewesen war, jetzt ein üppiger Busen von mindestens Größe 3 zierte.

»Wie hast du denn das geschafft?«

Die Mädchen kicherten und zeigten mir, dass sie BHs mit Silikoneinlagen trugen. Ja, wenn das kein Fortschritt war. Ich musste an meine Studienfreundinnen vom Konservatorium denken. Wenn die die Jungs beeindrucken wollten, steckten sie sich Watte in den Büstenhalter.

»Wo sind denn die Hunde?«

»Mit Kira Gassi gehen.«

»Er führt sie allein aus? Rachel, Mulja, Ada und Ramik? Mit seinem gebrochenen Arm?«

»Wir mussten Haare färben«, gab Lisa in beleidigtem Ton zurück. »Ich hab zu ihm gesagt, er soll warten, bis sie trocken sind. Aber er ist alleine losgegangen!«

Ich wunderte mich. Normalerweise blieben wir mit den Hunden auf unserem Hof. Doch dort ich hatte niemanden gesehen.

Nachdenklich ging ich in mein Zimmer, zog mir den Morgenrock über und warf einen kurzen Blick auf den Balkon. Der war leer. Ich hätte mir also einen Tee brühen und mich danach in aller Ruhe hinlegen können. Aber wo war Kira geblieben? Da klingelte es draußen. Ohne durch den Spion zu schauen, riss ich freudig die Tür auf. Die Hunde stürzten herein, liefen sofort in die Küche, wobei sie überall schwarze Tapsen hinterließen. Nun wurde ich ernsthaft böse. Wir gestatten ihnen niemals, mit schmutzigen Pfoten durch die Wohnung zu laufen. Neben dem Eingang sind eigens Haken angebracht, wo ihre Leinen festgemacht werden. Dort warten sie dann geduldig, bis sie einzeln ins Bad geholt werden, wo man ihnen Pfoten und Bauch abwäscht.

»Kira! Wieso hast du sie einfach losgelassen ...«, rief ich und sah erst jetzt, dass nicht Kira, sondern Serjosha Bokow aus Wohnung Nr. 39 vor mir stand. »Was machst du denn hier?« fragte ich verwundert. »Wo ist Kira?«

»Liegt vor der Bäckerei«, antwortete der Junge ungerührt.

»Wieso liegt er? Weshalb?«

»Hat sich wahrscheinlich das Bein gebrochen.«

Außer mir vor Wut und Angst, schlüpfte ich aus meinem Morgenrock, warf mir die Jacke über und rannte zur Bäckerei. Mir nach stakten auf ihren hohen Plattformsohlen heulend Irina und Lisa.

Bei der Bäckerei war aber niemand. Ich schaute mich erschrocken um, und auch die Mädchen waren augenblicklich still. Vielleicht glaubten sie, Serjosha hätte sich einen schlechten Scherz erlaubt. Der 1. April war allerdings lange vorbei ...

»He, Sie da!«, rief eine dicke Frau von etwa 60 Jahren durch die offene Tür. »Suchen Sie Ihren Jungen? Der ist hier, wir haben ihn ins Büro von unserem Direktor gebracht.«

In der Tür gab es ein kleines Gedränge, denn wir wollten alle drei gleichzeitig hinein. In einem kleinen Raum fanden wir unseren Kira in halb liegender Stellung auf einer Sitzbank. Das rechte Bein hielt er unnatürlich von sich gestreckt.

»Tanja«, sagte er, als er mein verzerrtes Gesicht sah, »hau mich jetzt nur nicht wie sonst mit dem Schrubberstiel!«

Vor Empörung brachte ich keinen Ton heraus, sondern schnappte nur nach Luft wie ein Fisch auf dem Trocknen. Aber Kiras Worte beeindruckten die Verkäuferin, eine einfache Frau in knallroter Strickjacke, die mit Lurexfäden durchsetzt war.

»Keine Sorge, mein Kleiner«, tröstete sie Kira. Dann stürzte sie sich auf mich wie eine Schlange auf ihr Opfer.

»Dass Sie sich nicht schämen! Ein krankes Kind, das sich den Arm gebrochen hat, bei Glatteis mit so einer Hundemeute loszuschicken! Wir sind fast in Ohnmacht gefallen, als er hier vor unserem Laden hingeschlagen ist!«

»Ich war nicht zu Hause...«

»Der arme Junge!« Die Bäckerin war nicht zu bremsen. »Schade, dass es die Abteilung Volksbildung nicht mehr gibt! Denen hätten wir sagen können, wie Sie mit Ihrem Sohn umgehen!«

»Aber die Mädchen waren zu Hause, sie haben ...«

»Die beiden hier?«, fragte die Frau und stieß Lisa und Irina ihren Zeigefinger in die Brust. »Die zwei?«

»Ja.«

»Na, ihr seid mir die Richtigen! Malt euch an, färbt euch die Zotteln, macht diese Maskerade und jagt euer krankes Brüderchen auf die Straße ...«

»Der ist nicht unser Bruder!«, riefen beide Mädchen empört, »wir wohnen bloß zusammen.«

»Dann vergeht ihr euch auch noch an einem Waisenkind!« geiferte das Weib. »Das sieht man doch gleich, die Weibsbilder in den wildesten Klamotten, und das Jungchen in abgeschabter Jacke!«

»Ich krieg nie was gekauft«, jammerte Kira los und tat, als würde er gleich losschluchzen. Dabei zwinkerte er mir listig zu.

»Jetzt hör endlich auf, du Idiot«, rief Lisa böse und gab Kira eine Kopfnuss. So etwas zahlt er in der Regel sofort mit gleicher Münze heim, oder er wirft Lisa zu Boden und bricht in den Schlachtruf aus: »Hurra, gewonnen!«

Jetzt aber duckte er sich und piepste: »Lisa, hau mich nicht! Ich verspreche dir, dass ich nicht nur dein Bett mache, sondern dein ganzes Zimmer aufräume.«

Die Verkäuferin lief puterrot an. Doch da ging die Tür auf, und der Notarzt trat ein, den sie geistesgegenwärtig angerufen hatte.

Später im Rettungswagen drückte sich Kira an mich und meinte: »Na, war ich gut?«

»Zu gut«, antwortete ich seufzend. »In den Laden traue ich mich jetzt nicht mehr. Wir werden wohl draußen auf dem Prospekt einkaufen müssen.«

»Du gemeiner Kerl!«, schimpfte Lisa. »Ich bin vor Scham fast im Boden versunken!«

»Hau mich nicht«, piepste Kira wieder und musste lachen. »Wart nur, wenn wir zu Hause sind, kriegst du auch die Kopfnuss zurück!«

»Das glaube ich nicht«, blaffte Lisa und knuffte ihn noch einmal kräftig.

»Ach, so ist das!«, brüllte jetzt Kira auf und stieß mit dem gesunden Fuß nach Lisa. Die fiel mit Getöse in den Spalt zwischen Trage und Sitz.

»Hört sofort auf«, zischte ich sie an, »sonst wirft man uns noch raus. Hast du denn gar keine Schmerzen, Kira?«

»Nein«, antwortete der Junge fröhlich, »nur gehen kann ich nicht.«

»Was freust du dich denn so?«, fragte Irina neugierig.

»Das ist doch Klasse!«, rief Kira. »Stellt euch vor, es ist das rechte Bein.«

Wir schauten uns alle drei verblüfft an. Dann entfuhr es mir: »Na und? Du schreibst doch nicht mit den Füßen!«

Aber Kira war nicht zu erschüttern.

»Wir fahren in die Filatow-Klnik, oder?«

»Ja.«

»Hast du noch den Merkzettel für das kranke Kind?«

»Habe ich.«

»Und was steht da?«

»Was soll da stehen, dass du so einen Wind machst?« fragte Irina.

»Wart's ab!«, jubelte Kira. »Da steht, dass ein Schüler mit verletztem Bein nicht zur Schule muss!«

»Und was soll das mit dem rechten Bein?«

»Das rechte ist besser, es ist mein Sprungbein!«

Im Krankenhaus erhielt unser Unglücksrabe allerdings schnell einen Dämpfer.

»Es ist nichts gebrochen«, stellte eine sympathische Ärztin, etwa in meinem Alter, fest. »Er hat sich nur den Knöchel verstaucht.«

»Und was ist mit der Schule?«, fragte unser kleiner Schlauberger bang.

Die Chirurgin verkniff sich ein Lächeln.

»Wir werden das Gelenk erst einmal fixieren. Du gehst jetzt in den Gipsraum, und ihr, Mädchen, helft eurem Bruder dabei.«

Kira wollte aufstehen, stöhnte aber sofort los: »Au-au-au, das tut weh! Es ist kaum auszuhalten!«

»Bei einem verstauchten Knöchel gibt es zwei Wochen schulfrei«, verkündete die Ärztin lächelnd. »Ab mit dir zur Schwester.«

Kira sprang auf und hinkte ohne jede fremde Hilfe in die angegebene Richtung.

»Eigentlich ist er ein guter Schüler«, murmelte ich verlegen.

Die Chirurgin musste lachen.

»Die Jungs sind doch alle so. Ich habe selber zwei. Wenn die einmal die Grippe kriegen, ist das für sie ein Fest.«

Als wir endlich wieder nach Hause kamen, war es schon spät. Vor dem Tor der Klinik hatten wir lange auf ein Taxi warten müssen. Der Sicherheitsmann begrüßte uns schon wie nahe Verwandte.

»Na, mein Junge, jetzt hast du zum lädierten Arm auch noch ein Gipsbein. Was ist das Nächste?«

»Reden Sie nicht so dummes Zeug!« knurrte ich wütend.

Aber der Wachmann war nicht das letzte Ärgernis an diesem Abend. Kaum hatten wir in dem klapprigen Wolga Platz genommen und waren ein paar hundert Meter gefahren, da ruckte er mehrmals verdächtig und blieb schließlich ganz stehen.

»Wir nehmen wohl besser die Metro«, meinte Lisa.

Doch auch dort hatten wir kein Glück. Der Zug blieb zwischen den Stationen Sokol und Wolkowskaja stecken. Der Fahrer löschte das Licht, und wir saßen ewig in der Dunkelheit. Als es endlich wieder hell wurde, glaubte ich, es sei mindestens eine Stunde vergangen. Dabei waren es ganze zehn Minuten.

Und schließlich erwartete uns auch zu Hause eine unangenehme Überraschung. Mulja, eine unserer beiden Möpsinnen, besitzt die seltene Gabe, jeden Kühlschrank zu öffnen. Sie hockt sich davor und kratzt so lange mit der Pfote an der Tür, bis diese aufgeht und der Schrank ihr seinen ganzen Inhalt darbietet. Unsere Mulja ist ein Vielfraß. Sie kann den ganzen Tag die verschiedensten Sachen in sich hineinschlingen. Wie Kindern mit Down-Syndrom fehlt ihr das natürliche Sättigungsgefühl.

Da wir das wissen, wird die Küchentür immer fest verschlossen, wenn die Hunde allein zu Hause sind. Gegenüber dem Kleiderständer direkt neben der Wohnungstür haben wir für den, der als Letzter das Haus verlässt, einen großen Zettel angebracht. Aber in der Aufregung hatten wir das an diesem Tag vergessen, wofür wir prompt bestraft wurden.

»O je«, murmelte Lisa, »das muss ja eine echte Kühlschrank-Schlacht gewesen sein!«

»Es ging um die Wurst!« Kira musste lachen.

Ich war verzweifelt. Alle Fächer, außer dem obersten, waren leer. Wie wohl die kurzbeinigen Möpse die zweite und dritte Etage erreicht hatten? Wahrscheinlich hatten sie sich unten gütlich getan, während Rachel und Ramik oben abgeräumt hatten. Es war alles weg – ein großes Stück gekochter Schinken, Fisch in Aspik, Käse und Butter. Den Topf mit der Suppe hatten sie umgeworfen und selbst Äpfel und Bananen gefressen. Nach diesem Überfall waren die »Räuber« wohl vom schlechten Gewissen geplagt, denn kein einziger Vierbeiner ließ sich bei unserer Ankunft sehen – weder die Möpse noch die Terrierdame, noch Ramik, Klaus oder Semiramis. Selbst die Kröte Gertrud schwieg hartnäckig, obwohl sie in ihrem Terrarium mit der Sache nun wirklich nichts zu tun hatte. Nur das freche Kätzchen namens Pinguin schnarchte mit aufgeblähtem Bauch wieder mitten auf dem Tisch, und ihr Schwanz hing in der Zuckerdose. Das einzige, was die Schlingel nicht angerührt hatten, war der für sie gedachte Haferbrei, den ich auf strengen Hinweis des Tierarztes mit einer Bouillon ohne Salz und Zucker gekocht hatte.

»Wenn du ihnen aber auch so ekliges Zeug vorsetzt, Tanja«, sagte Lisa gedehnt und blickte angewidert auf den Brei.

»Schmeckt ganz toll«, behauptete ich, »sogar euch!«

»Uns?«, rief Irina erschrocken aus. »Das sollen wir essen?!«

»Na klar«, antwortete ich böse. »Wenn nichts anderes da ist?«

9. Kapitel

Der nächste Morgen begann mit einem kleinen Krach.

»Heute führt ihr die Hunde aus«, teilte ich den Mädchen mit. »Beeilt euch ein bisschen, sonst kommt ihr zu spät zur Schule.«

»Ich kann nicht mit Tieren umgehen«, erklärte Irina widerborstig.

»Nicht so schlimm, du sollst ja kein Flugzeug führen«, sagte ich beruhigend. »Das lernst du schnell!«

»Außerdem gehört das nicht zum Untermietsverhältnis«, brummte sie vor sich hin, als sie bereits in ihre Jacke schlüpfte.

Ich überhörte den ungnädigen Ton und drückte ihr die Leine in die Hand, an der bereits Rachel ungeduldig zerrte.

»Halt sie gut fest!«

»Das Krokodil soll ich nehmen? Ich will die beiden da«, kreischte Irina auf und wies auf Ada und Mulja.

»Rachel nimmt immer der Stärkste«, antwortete ich in aller Ruhe. »Lisa kann sie nicht halten.«

»Ach, ihr könnt mich alle mal«, warf Irina hin und ging.

Mir wurde die Zeit knapp. Am Abend zuvor hatte ich mit Andrej Kortschagin ein Treffen vereinbart. Da ich mit ihm allein reden wollte, hatte ich mich für elf Uhr morgens angesagt. Madame Kortschagina war da bereits zur Arbeit gegangen.

Der Künstler öffnete mir die Tür in einem farbenbekleksten karierten Hemd und abgerissenen Jeans.

»Treten Sie ein«, brummte er und ging auf dem langen, schmutzigen Korridor schnell voran.

Ich versuchte mit ihm Schritt zu halten und wunderte mich dabei, wie armselig diese Leute wohnten. Die Wände waren abgeschabt, im Flur baumelte statt der Lampe eine nackte Glühbirne von der Decke. Das Parkett war schwarz vor Schmutz ... Als wir dann endlich einen größeren Raum erreichten, wurde mir klar, dass er mich nicht nach Hause, sondern in sein Atelier eingeladen hatte.

Der fast dreißig Quadratmeter große Raum war mit Bildern und den verschiedensten Gegenständen vollgestellt – Vasen, Gipskugeln, Kandelabern ... An den Fenstern keine Vorhänge. Der graue Apriltag schaute ungehindert herein. In der Mitte des Ateliers stand eine Staffelei. Etwas weiter im Raum saß in einem roten Samtsessel auf einem kleinen Podest ein Mädchen in einem durchscheinenden Kittel. Das bescheidene Gewand verhüllte kaum ihre üppigen Formen, langes, glattes Haar ergoss sich wie ein Wasserfall auf ihre wohlgeformten Schultern. Das Gesicht dieser »Venus« war allerdings nicht gerade edel zu nennen: kleine blaue Äuglein, eine Kartoffelnase und üppige, irgendwie lüstern wirkende Lippen.

»Geh Tee trinken!«, warf ihr Andrej im Befehlston hin.

Das Mädchen stand gehorsam auf, und jetzt sah man, dass sie es der Größe nach mit jedem Grenadier aufnehmen konnte. Sie maß glatte 1,85 Meter, bestimmt nicht weniger!

»Also«, sagte der Maler barsch, nachdem er in dem frei gewordenen Sessel Platz genommen hatte, »worum soll's gehen? Ich habe übrigens schon einmal bei der Miliz einen Haufen Zeit verloren, um denen die einfachste Sache der Welt zu erklären: Shanna kannte ich praktisch nicht, ich habe sie nur ein paar Mal gesehen.«

Ich schaute mich um, wo ich mich niederlassen könnte. Außer einem farbbekleckstenHocker sah ich aber nichts ringsum. Schließlich nahm ich vorsichtig auf der Kante dieses Möbels Platz. Der Hausherr, der es sich in dem Sessel bequem gemacht hatte, sah in aller Ruhe zu, wie ich den dicken Staub von der Sitzfläche pustete. Sein Benehmen ärgerte mich fürchterlich. Der sollte mich kennenlernen!

»Das ist aber interessant«, sagte ich gedehnt. »Ich habe gehört, Sie und Shanna seien sich sehr nahe gewesen, auch körperlich, meine ich. Mit anderen Worten, Sie hatten ein intimes Verhältnis.«

»So ein Blödsinn!«, zischte Andrej. »Weshalb sollte ich mich mit diesem bemalten Lärvchen abgeben?«

»Die Antwort auf diese Frage wissen Sie besser als ich!«

»Mein Gott«, stöhnte der Künstler, »jetzt fängt das auch noch an! Ich bin seit ewigen Zeiten verheiratet!«

Bei diesen Worten lachte ich laut auf.

»Sie werden mir doch nicht erzählen wollen, dass Sie Valeria immer treu waren.«

»Ich habe sie noch nie betrogen«, behauptete der Kerl, ohne mit der Wimper zu zucken. »Für einen Ehebruch bin ich mir zu schade. Außerdem sind die Weiber sowieso im Wesentlichen alle gleich.«

»Gut beobachtet«, gab ich zurück, »aber mein Informant hat mir interessante Einzelheiten erzählt.«

»Welche denn?«, fragte Andrej und drehte einen feinen Pinsel in den Fingern.

»Nikita hat Sie beide im Bett erwischt, und Sie haben ihm 10000 Rubel Schweigegeld gezahlt. Ihm schwebte zwar eine andere Summe vor, aber Sie hatten entweder gerade nicht mehr dabei oder sind einfach ein Geizkragen.«

Es knackte laut. Andrej hatte den Pinsel zerbrochen. Er schleuderte die Reste beiseite, fragte aber, äußerlich völlig ruhig: »Ihr Spion hat wohl die Lampe gehalten?«

»Keine Angst, ich sage Ihnen schon, von wem ich das habe – von Nikita persönlich!«

Jetzt lief mein Gegenüber puterrot an. Seine schmalen Künstlerhände verkrampften sich ineinander, was mir sagte, dass ich den Nerv getroffen hatte.

»Warum waren Sie so knauserig? 10000! Hat es Ihnen um das Geld leid getan?«

»Sie wissen wohl nicht«, zischte der Mann mich an, »dass Valeria und ich von ihrem Vater abhängig sind!«

»Na und? Ist er ein Mafioso? Oder ein Oligarch?«

»Er ist ein Geschäftsmann«, erklärte der Künstler.

»Und was ist mit Ihren Bildern?« Ich tippte mit dem Finger auf die Leinwand mit dem Abbild des nicht sehr intelligenten Mädchens, das mit bereitwillig gespreizten Beinen dasaß. Von ihrer Bekleidung war nur ein Handtuch übrig geblieben, das sie aus unerfindlichem Grunde um den Hals geschlungen hatte.

»Das ist kein Bild!«, brüllte mich Andrej an. »Das ist ein Porno, den ich für einen reichen Idioten male. Der will ihn sich ins Bad hängen. Meine Malerei dagegen …«

Er ging zur Wand und begann einige dort lehnende Leinwände umzudrehen. Blinzeln wollte ich nicht, deshalb klappte ich einfach das linke Auge zu. Ich habe einen angeborenen Sehfehler. Mein rechtes Auge ist sehr kurzsichtig, ungefähr minus fünf Dioptrin. Das linke ist in Ordnung. Wenn ich also nichts sehen will, schließe ich einfach mein gesundes

Auge. Dieses Geschmiere wollte ich mir nicht antun. Mir reichte das erste »Werk«, auf das ich unvorsichtig einen Blick geworfen hatte. In Öl war darauf ein dunkelgrauer Wald zu sehen, an dessen Rand ein Galgen aufragte. Daran hing, in allen ekelerregenden Einzelheiten gemalt, eine Männerleiche mit aufgeschnittenem Bauch. Kein Wunder, dass so ein Bild niemand kaufen wollte. Wo sollte er es aufhängen? Im Kinderzimmer? Im Büro? Oder im Schlafzimmer? Vielleicht passte es ja in die Toilette, da konnte man bei Brechmitteln sparen. Oder ins Wohnzimmer, wenn man ungebetene Gäste erwartete. Merkwürdig, was so in Künstlerhirnen herumgeisterte.

Als ich noch am Konservatorium studierte, schauten häufig Jungs von der Fakultät für Bildende Kunst bei uns herein, künftige Maler oder Bildhauer, die gern um Geigerinnen und Pianistinnen herumschlichen. Diese künftigen Repins teilten alles, was sie mit dem Pinsel schufen, in zwei Kategorien ein – Arbeiten »für die Ewigkeit« und »fürn Arsch«. Ersteres war das Lebenswerk eines Künstlers, an dem er Jahre oder Jahrzehnte lang werkelte und das dann zum Stolz einer der großen Galerien der Welt wurde … Um darüber nicht Hungers zu sterben, produzierte er nebenbei mit der linken Hand Ölschinken ohne jeden künstlerischen Wert, die aber rasch zahlungskräftige Käufer fanden. Merkwürdigerweise brachten aber häufig gerade diese Schinken ihrem Erzeuger Ruhm und Geld, während ihr Lebenswerk mit Befremden betrachtet oder gar belächelt wurde. Auch in Andrejs Fall wirkte das Bild mit der knackigen Schönen, die sich, vom Bade abgeschlafft, im Sessel räkelte, wesentlich attraktiver als die Werke, in die er seine Seele gelegt hatte.

Als die letzte Leinwand umgedreht war, blickte mich Andrej erwartungsvoll an. Ich versuchte mich zu erinnern, mit welchen Worten unsere Verehrer damals von ihren Traumbildern gesprochen hatten.

»Der Farbton ist erstaunlich gut getroffen«, murmelte

ich und kniff mein gesundes Auge weiter krampfhaft zu, »ein wunderbares Spiel der Halbtöne, das Bild atmet regelrecht. Dazu die ungewöhnliche Komposition, die bewusst offen gelassene Mitte bei schwer befrachteter Peripherie!«

Nichts wirkt so besänftigend auf einen Mann der Kunst wie dickes Lob. Andrejs Züge entspannten sich, fast glaubte ich ein kleines Lächeln zu entdecken.

»Die Sachen sind noch feucht und bei weitem nicht vollendet …«

Ein Lebenswerk war wohl nie vollendet.

»Übrigens«, fuhr Kortschagin fort, »ich bekomme im Herbst vielleicht eine Ausstellung in Leonids Salon.«

»Sie sprechen von Dubowski?«, fragte ich. »Der grobe Typ erinnert doch eher an General Lebed als an einen Ästheten!«

Nun musste Andrej lachen, und das Eis war gebrochen.

»Gut beobachtet! Kennen Sie seinen Spitznamen? ›Der wahre Oberst‹.«

Ich lächelte dünn.

»Sicher nicht gerade der ideale Galerist«, bemerkte ich.

Kortschagin runzelte die Brauen.

»Wollen Sie die ganze Wahrheit über ihn wissen?«

»Sehr gern, erzählen Sie!«

»Ich kenne ihn in- und auswendig. Er hat einmal bei der Miliz als ganz gewöhnlicher Streifenpolizist angefangen, sich sozusagen von der Pike auf hochgedient. Seine ganze Bildung ist die Polizeischule. Können Sie sich das Niveau vorstellen?«

Ich musste an Wolodja Kostin und Slawa Samonenko denken.

»Bei der Miliz gibt es aber auch gute Leute«, hielt ich Andrej entgegen.

»Klar, dass Sie Ihren Berufsstand verteidigen«, meinte Kortschagin lachend und fügte rasch hinzu: »Ich scherze natürlich. Sicher gibt es dort auch fähige Leute, aber Leonid gehört nicht dazu. Er hatte eher mit solchen spannenden

Sachen zu tun wie Wäscheklau vom Dachboden oder Raufereien unter Eheleuten.«

Bestimmt war Leonid Dubowski kein besonders wertvoller Mitarbeiter der Miliz gewesen. Er fiel nicht auf, wurde nicht befördert und saß lange auf Revieren herum. Aber nicht umsonst heißt es, dass das Schicksal jedem Menschen früher oder später eine Chance gibt. Er darf sie nur nicht verpassen. Leonids Stunde schlug im Mai 1993. Er bekam mit dem Fall eines gewissen Fjodor Bodrow zu tun, eines wohlhabenden Mannes um die fünfzig, der in der näheren Umgebung von Moskau in einem bescheidenen zweistöckigen Haus lebte, das ihm gehörte. Von Beruf war Fjodor Maler. Er war sogar Mitglied im Künstlerverband, führte eine Galerie und ein Antiquariat, wo er mit seltenen Büchern handelte … Womit Bodrow tatsächlich sein Geld verdiente, wusste niemand. Bei der Justiz war er bisher nicht aktenkundig, aber eines Tages musste sie sich mit einem Mordfall befassen. Im Mai 1993, exakt am 9. jenes Monats, da man den Tag des Sieges feierte, wurde in seinem Wohnzimmer ein junges Mädchen, die zwanzigjährige Oxana Schapowalowa, Studentin des Literaturinstituts, erschossen. Worüber Fjodor mit Leonid sprach, welches Angebot er dem Milizionär machte, ist nicht bekannt. Aber die Sache wurde heruntergespielt und lief am Ende auf unsachgemäßen Umgang mit der Waffe hinaus. Die Studentin hatte im Zustand starker Trunkenheit mit einer Pistole hantiert, die Bodrow gehörte. Sie hatte das gefährliche Stück selbst aus der Schreibtischschublade geholt und damit herumgespielt. Fjodor wollte ihr angeblich die TT wegnehmen, da drückte die künftige Dichterin aus Versehen ab. Der verhängnisvolle Schuss riss ihr den halben Schädel weg. Das Dummerchen konnte einem natürlich leid tun, aber es war nun mal passiert. Fjodor kam mit einem blauen Auge davon. Oxana war Waise und hatte sich aus einem völlig unbekannten Ort namens Narsk in die Hauptstadt aufgemacht. Bodrow zeigte sich großzügig, richtete ihr auf seine Kosten ein Begräbnis aus und ließ sogar eine bescheidene Tafel mit ihrem Namen auf das Grab setzen.

Einen Monat später kündigte Leonid bei der Miliz und fand eine Anstellung … als Wachmann in Bodrows Galerie.

Niemand weiß, wie der grobe Milizionär, der van Gogh nicht von Gauguin unterscheiden konnte, in einer so schwierigen Branche wie dem Kunsthandel Fuß fassen konnte. Aber ein Jahr später war er bereits Direktor einer angesehenen Galerie. Inzwischen hatte er sich stark verändert. Er ging regelmäßig zum Friseur, ließ sich die Nägel maniküren, trug elegante Anzüge und eine teure Uhr. Seine dilettantischen Aussprüche trugen ihm in Künstlerkreisen den Spitznamen »der sprechende Papagei« ein. Doch all die Maler und Bildhauer, die sich über den plumpen Leonid lustig machten, waren am Ende auf ihn angewiesen. Aus unerfindlichem Grunde gingen Arbeiten, die er ausstellte, immer reißend weg. Leonid wählte die Werke für seine Galerie einzig nach dem Kriterium aus, ob ihm ihr Schöpfer zusagte oder nicht. Bald fanden viele der selbstgerechten Herren und Damen mit einem aufgesetzten Lächeln und einer teuren Flasche Kognak den Weg zu ihm.

Hinter seinem Rücken wurde aber weiter über ihn getratscht. Es hieß, Leonid sei nicht mehr nur der Direktor der Galerie, Bodrow habe sie ihm längst überschrieben. Man mutmaßte auch, warum. Angeblich lag die berüchtigte TT, die die unglückliche Oxana getötet hatte, mit Fjodors Fingerabdrücken in Leonids Safe. Der Milizionär hätte die Waffe während der Ermittlungen ausgetauscht … Ob das nun stimmte oder nicht, wusste keiner genau. Man redete auch, es sei wichtig, mit dem »wahren Oberst« befreundet zu sein. Der Maler Kostja Rjomin hatte sich einmal erlaubt, den Galeristen öffentlich einen gewöhnlichen Bullen zu nennen, und was war passiert? Er konnte kein einziges Bild mehr verkaufen und verschwand völlig vom Markt. Außerdem zerrissen sich die Leute die Mäuler über Leonids Leidenschaft für Schmetterlinge …

»Wofür?«, fragte ich erstaunt zurück.

»Für Schmetterlinge«, erklärte Andrej. »Er sammelt sie. Ein widerwärtiges Hobby.«

»Was haben Sie gegen Schmetterlinge?«

»Er kriegt die unglücklichen Insekten aus der ganzen Welt geschickt. Häufig kommen sie lebend bei ihm an. Er bringt sie dann eigenhändig um. Tropft ein wenig Zyankali in ihr Gehäuse, und Schluss!«

Das war ja interessant!

»Er benutzt Zyankali?«

Andrej zuckte die Achseln.

»Zumindest sagt man das. Ich finde ein solches Hobby abscheulich, aber Valeria hat er es genau erklärt: Wenn man den armen Schmetterling mit Zyankali tötet, dann soll angeblich die Farbe der Flügel erhalten bleiben. Mich hat das nicht weiter interessiert. Meine Frau dagegen hat er angesteckt. Die kauft jetzt auch diese Dinger, allerdings nur bereits präparierte Exemplare für ihre Sammlung. Mord ist schließlich eine große Sünde.«

»Meinen Sie das im Ernst?«

»Natürlich«, erklärte der Künstler im Brustton der Überzeugung, »niemand hat das Recht, einer Kreatur das Leben zu nehmen.«

»Sie füttern wohl die Schaben in Ihrer Küche nicht mit Gift?«

Kortschagin brummte missmutig. »Eins zu null für Sie. Schaben kann ich nicht leiden, aber Schmetterlinge! So schön und schutzbedürftig, wie die sind.«

Ich seufzte auf und ließ fallen: »Shanna war auch schön und schutzbedürftig. Warum haben Sie ihr das angetan?«

Jäh wandte sich Andrej mir zu. »Ich?! Ich soll Shanna umgebracht haben? Weshalb hätte ich das tun sollen?«

»Nikita hat Ihnen gedroht, dass er Valeria alles erzählt,

ihr sogar Fotos zeigt. Er hat Geld verlangt, und Sie haben gezahlt!«

»Um sie danach umzubringen? Das wäre ja saublöd von mir. Was hätte es mir genützt, wenn ich Shanna vergiftet hätte? Die Fotos hat Nikita. Dann hätte ich doch eher ihn aus dem Wege räumen müssen!«

Verwirrt starrte ich auf ein großes Gipsohr. Da hatte er wohl recht. Was hätte ihm Shannas Tod genützt? Da ich aber keine andere Version hatte, blieb ich erst einmal bei dieser.

»Wahrscheinlich wollten Sie um keinen Preis, dass Valeria etwas von Ihrer Affäre mit Shanna zu Ohren kommt.«

»Eine Affäre!«, rief Andrej wütend. »Es ging doch nur um Sex! Bedenken Sie, dass ich und diese, mit Verlaub gesagt, Dame kaum zwei Wochen lang etwas miteinander hatten! Sie ist mir förmlich ins Bett gekrochen! Warum sollte ich das nicht mitnehmen? Dann aber wurde sie unverschämt. Kauf mir das, schenk mir jenes ... Wir haben doch nur ein paar Mal gebumst! Und die denkt gleich, ich müsste ihr bis ans Ende meiner Tage dankbar sein!«

»Ihre Frau hätte großen Krach schlagen können«, beharrte ich. »Sie sagen selbst, dass Sie vom Geld Ihres Schwiegervaters leben. Wenn sich Valeria heulend in seine Arme geworfen hätte, dann wäre es mit dem süßen Leben für Sie vorbei gewesen!«

Andrej blickte einen Moment zur Seite und zischte dann durch die Zähne: »Was Sie da reden, ist absurd. Wenn Sie Ihre Version nur auf Valerias Eifersucht stützen, dann kann ich sie leicht widerlegen.«

»Wie soll das gehen?«

Andrej griff zum Telefon.

»Sofia Andrejewna? Hier ist Kortschagin. Ich habe ein Problem. Zu Ihnen kommt jetzt gleich eine Frau von der Miliz. Erzählen Sie ihr alles über Valeria. Die Dame glaubt, ich hätte ein Mädchen umgebracht, weil ich gefürchtet habe, dass meine Frau von einem Seitensprung erfährt.«

Er legte auf und sagte barsch: »Gehen Sie in den ersten Stock hinunter. Die Wohnung liegt genau unter meinem Atelier. Dort wohnt Frau Professor Melkumjan, eine bekannte Gynäkologin. Wenn Sie nach dem Gespräch mit ihr noch Fragen haben, können sie gerne wiederkommen. Wenn aber alles klar ist, dann will ich Sie hier nicht mehr sehen.«

Er brachte mich nicht einmal bis zur Tür. Ganz allein nahm ich meine Jacke und ging eine Etage tiefer. Die Tür der Wohnung stand offen. Ich betrat eine hübsch eingerichtete Diele.

»Ist es gestattet?«, rief ich.

»Natürlich«, erklang drinnen eine muntere Stimme, und eine etwas füllige Frau, so wie man sich Armenierinnen vorstellt, trat auf mich zu. Sofia Melkumjan strich sich mit einer schnellen Bewegung eine schwarze Haarsträhne aus der Stirn und erklärte in energischem Ton: »Also, raus mit der Sprache, was werfen Sie dem armen Andrej vor? Bedenken Sie, ich war die beste Freundin seiner verstorbenen Mutter und kenne den Jungen von klein auf. Er kann nichts Böses getan haben!«

Die betagte Dame strahlte eine Energie aus, die mir sofort Respekt einflößte.

»Wollen wir das hier an der Tür erörtern?«

»Kommen Sie!«, befahl die Professorin und lief mit schnellem Schritt vor mir her in ihr Arbeitszimmer. Dabei störte sie ihre Korpulenz überhaupt nicht.

Um mehr Raum zu gewinnen, hatte Andrej offenbar Zwischenwände herausgenommen, denn bei Professor Melkumjan waren die Zimmer kleiner. Wir ließen eine verschlossene Tür links liegen und betraten einen quadratischen Raum, der rundherum mit Bücherregalen vollgestellt war. Sofia setzte sich auf die Couch, hieß mich in einem Sessel Platz nehmen und sagte forsch: »Legen Sie los!«

Ich bedachte mich eine Sekunde lang und berichtete dann von Shannas Tod.

»Unsinn!«, rief die Gynäkologin aus. »Andrej kann die Frau nicht vergiftet haben! Alles Nonsens! Der Junge ist dazu überhaupt nicht in der Lage.«

»Das ist Ihre Meinung«, erklärte ich sachlich und suchte wie eine Ermittlungsbeamte zu wirken. »Shanna war Kortschagins Geliebte. Er wollte nicht, dass seine Frau von dem Verhältnis erfährt.«

Sofia funkelte mich mit ihren schwarzen Augen an und sagte dann: »Hören Sie mir aufmerksam zu. Valeria ist über alle Liebesabenteuer ihres Mannes auf dem Laufenden. Mehr noch, sie erörtern sogar miteinander, mit wem er schlafen soll.«

»Wie das?«, fragte ich erstaunt. »So etwas habe ich ja noch nie gehört!«

Die Professorin schüttelte weise ihr Haupt.

»Das ist eine Voraussetzung für den Fortbestand ihrer Ehe.«

»Das müssen Sie mir schon genauer erklären!«

Sofia schaute mich stirnrunzelnd an.

»Wenn ich das Arztgeheimnis verletzen soll, brauche ich eigentlich eine richterliche Anordnung. Aber da mich Andrej selbst darum gebeten hat …«

Vor fünf Jahren hatte man bei Valeria eine Zyste an den Eierstöcken festgestellt. Der Routineeingriff, der heutzutage in jedem Krankenhaus vorgenommen wird, führte in ihrem Fall zu Komplikationen. Wenn ich alle kaum verständlichen medizinischen Fachausdrücke beiseite lasse, lief das Ganze darauf hinaus, dass bei Valeria eine Totalresektion vorgenommen wurde. Jeden Gedanken an ein eigenes Kind konnte sie sich aus dem Kopf schlagen. Andrej verhielt sich mustergültig. Sofia war von dem Jungen einfach begeistert. Viele Ehemänner ließen unter solchen Umständen ihre Frauen im Stich. Ihr Motiv ist denkbar einfach: Eine Frau, die kein Kind mehr bekommen kann, ist keine Frau. Andrej dagegen tat so, als sei nichts geschehen. Er überhäufte Valeria im Krankenhaus mit Blumen und Geschenken. Aber als sie wieder genesen war, wurde der Verkehr für sie zu einer ungeliebten Pflicht. Da sie keinerlei Genuss mehr empfand, wich sie ihrem Mann unter den verschiedensten Vorwänden aus – entweder hatte sie Kopfschmerzen, war müde, eine Grippe kündigte sich an, oder sie wollte einfach nur schlafen ... Andrej missfiel das natürlich sehr, und es kam zum Streit.

Sofia, die es nach dem Tod der Mutter des Künstlers für ihre Pflicht hielt, auf die »jungen Leute« ein Auge zu haben, konnte das bald nicht mehr mit ansehen. Sie lud die beiden zu sich ein und erklärte ihnen, dass es andere Paare gebe, die sich in ähnlicher Lage befänden.

»Ihr habt zwei Möglichkeiten«, setzte sie den Eheleuten auseinander. »Entweder ihr trennt euch, um einander nicht zu quälen, oder ihr bleibt zusammen, aber dann als gute Freunde.«

Eine Scheidung wollten beide nicht. Andrej war mit Valeria zufrieden – eine attraktive, intelligente junge Frau, die den Haushalt tadellos in Ordnung hielt, außerdem die Tochter eines wohlhabenden und großzügigen Mannes. Das einzige Problem für ihn war, dass sie von Sex nichts mehr wissen wollte. Auch Valeria schätzte an Andrej vieles: Er trank nicht, rauchte nicht, brachte jede Kopeke nach Hause, war aufmerksam, korrekt und im Alltag nicht anspruchsvoll. Ihr Problem war, dass er weiterhin sexuelle Bedürfnisse hatte. Beide wollten eine Lösung und fanden sie schließlich auch.

Valeria gestattete Andrej hin und wieder ein kleines Verhältnis. Sie machten sich sogar einen Spaß daraus, den beide genossen. Die jeweilige Kandidatin wurde gemeinsam ausgewählt, wobei sie deren Vorzüge bis ins Detail erörterten. Wenn alles vorüber war, berichtete Andrej seiner Frau, wie es im Bett gewesen war. In seinem Atelier, wo die Rendezvous stattfanden, machte er sogar heimlich Videoaufnahmen, die er sich später gemeinsam mit Valeria anschaute. Bedingung war, dass eine solche Affäre maximal drei Wochen dauerte. »Material« gab es genug – Journalistinnen, Kritikerinnen oder Verehrerinnen des Künstlers ... Ein weites Feld ... Valeria liebte es, mit abgelegten Partnerinnen ihres Mannes Katz und Maus zu spielen. Sie lud sie zum Tee ein und ließ dabei Worte fallen, die den Unglücklichen unter die Haut gingen, zum Beispiel: »Andrej meint, dein Busen sei so vollkommen, dass er einfach gemalt werden müsste. Schade, dass die Narbe alles verdirbt. Du hast doch da eine Narbe wie ein Sternchen?«

Die Damen wussten vor Peinlichkeit nicht, was sie sagen sollten. Valeria verspeiste dabei ihre Torte, als sei nichts gewesen. Dass ein solches Frauenzimmer plötzlich unruhig wurde, ihr die Röte ins Gesicht stieg und sie sich eiligst verabschiedete, bereitete ihr großes Vergnügen. Andrej hätte also Shanna wegen ihres kurzen Verhältnisses nicht aus dem Wege räumen müssen. Valeria wusste genauestens Bescheid.

Tief enttäuscht trollte ich mich zur Metro. Wieder war mir ein Verdächtiger abhandengekommen. Aber die merkwürdige Madame Kortschagina wollte ich doch noch ein wenig piesacken. Dass Valeria von den Kapriolen ihres Mannes wusste, musste nicht heißen, dass sie seine Bettgenossinnen mochte. Im Gegenteil, vielleicht hasste sie sie auch tief in ihrem Inneren und hatte Shanna deshalb das Gift in den Likör getan.

In der Metro war es warm, geradezu schwül. Ich knöpfte meine Jacke auf, lehnte mich gegen eine Tür und schloss die Augen. Der Rhythmus des ratternden Zuges ging mir durch und durch. Mit diesem Leonid musste ich reden, zu dessen Gewohnheiten es gehörte, Schmetterlinge mit Zyankali zu töten.

Auf dem Heimweg suchte ich noch einige Geschäfte auf und erreichte schließlich, mit Tüten und Paketen beladen, unser Haus. Erst als ich in die Wohnung trat, durchzuckte mich der Gedanke: Warum hatte Andrej unter diesen Umständen Nikita überhaupt zehntausend Rubel gezahlt? Weshalb hatte er ihn nicht einfach zum Teufel gejagt?

10. Kapitel

Ich weiß nicht, wie das bei anderen Leuten ist, aber wenn ich nach Hause komme, ist die Welt draußen vergessen. Meine Familie lässt einfach keinen anderen Gedanken zu. Auch diesmal stürzten sich Lisa, Kira und Irina auf mich, wie Raubtiere auf die Beute.

»Mein Bein tut so weh!«, barmte Kira.

»Nimm eine Analgintablette.«

»Es sind keine da!«, stöhnte er, »ich habe schon die ganze Hausapotheke durchwühlt.«

»Das kann nicht sein«, gab ich verwundert zurück. »Ich habe doch erst gestern eine Packung gekauft.«

»Sie sind aus«, beharrte der Junge, »alle aufgegessen!«

»Wer soll denn das gewesen sein?«

»Weiß ich nicht ...«

Ich ging zu dem Schränkchen, holte den Schuhkarton voller Pillen und Tropfen hervor. In Sekundenschnelle hielt ich die Packung Analgin in der Hand.

»Hier ist es doch!«

»Eben war es noch nicht dort!«, erklärte Kira kategorisch.

Da hieß es tief durchatmen. Kaum hatte ich ein Problem gelöst, kam das nächste auf mich zu.

»In Musikgeschichte haben wir einen Haufen Fragen bekommen«, erklärte Lisa und hielt mir ihr Heft hin.

»Und?«

»Was heißt, und?«, gab das Mädchen empört zurück. »Du hast mir doch versprochen, sie zu beantworten.«

»Ich?! Wann denn?«

»Gestern!«, behauptete Lisa. Als sie mein Gesicht sah, legte sie nach: »Sag ja nicht nein! Ich hab mich voll auf dich verlassen und bin nicht in die Bibliothek gegangen.«

Trübe starrte ich auf das Heft. 72 Fragen! Eine schwieriger als die andere. Was ist eine Opera buffa? Welche der Oper verwandte Genres kennst du? Wo wurde die »Mondscheinsonate« uraufgeführt? Zum Glück waren in meinem Kopf noch Reste der Kenntnisse hängengeblieben, die uns die Professoren am Konservatorium eingetrichtert hatten. Aber zwei Stunden würde ich für diese Arbeit wohl brauchen. Das hieß, die Serie mit meinem Lieblingsdetektiv Hercule Poirot konnte ich vergessen. Für »Die Bullen« gab es vielleicht noch eine Chance. Die begann auf NTV um 20.50 Uhr.

Exakt dreiviertel neun legte ich den Stift aus der Hand und lächelte zufrieden. Ich war fertig und hatte sogar noch fünf Minuten gewonnen. Gerade Zeit genug, um schnell ein paar Brote zu streichen und mir es im Sessel bequem zu machen. Rasch schnitt ich ein paar Scheiben Wurst ab, lege sie auf Roggentoastscheiben, goss mir frischen Kefir ein und wollte mich gerade vor dem Fernseher niederlassen. Aber weit gefehlt. Vor mir stand die traurige Irina.

»Ich muss einen Aufsatz schreiben«, murmelte sie.

»Na so was!«, warf ich hin, ohne meinen Blick vom Fernseher zu wenden. Dort hatte man gerade die Leiche einer unwahrscheinlich hübschen Blondine gefunden.

»Das Thema ist so schwer«, nörgelte Irina und schob mir ihr Heft langsam unter dem Ellenbogen durch. »›Die Jugendjahre von Zar Peter I.‹ nach dem Roman von Alexej Tolstoi.«

»Soso«, murmelte ich unverbindlich und versuchte dabei den Faden des Films nicht zu verlieren. Jetzt lief bereits die Befragung der Zeugen.

»Kira hat gesagt, du hilfst mir bestimmt«, beharrte Irina.

»Ich? Ich kriege keinen einzigen vernünftigen Satz aufs Papier!«

»Du sollst ja auch nicht schreiben, sondern mir sagen, wo ich was finden kann!«

Da mir klar war, dass ich Irina nicht loswurde, trabte ich in Katjas Zimmer, griff den ersten Band der Werke Alexej Tolstois und drückte ihn Irina in die Hand.

»Hier, nimm.«

»Du musst mir die richtigen Stellen anstreichen«, bettelte das Mädchen.

Das tat ich, so schnell ich konnte. Als ich wieder ins Wohnzimmer kam, stellte ich fest, dass jemand den Käse von meinen Broten gefressen und meinen ganzen Kefir ausgeschleckt hatte. Wütend knallte ich die Tür zu und stopfte die trockenen Toastscheiben in mich hinein. In der Küche lag noch Edamer, aber wenn ich wieder hinauslief, konnte ich den ganzen Film vergessen. Schon jetzt war mir nicht klar, wie der Kommissar in die Wohnung gekommen war.

Da steckte Lisa ihren Kopf durch die Tür. »Du musst mir für morgen noch eine Hose bügeln«, erinnerte sie mich.

»Gut, in einer halben Stunde.«

»Darf ich eine Büchse Mais essen?«, fragte mich Kira fünf Minuten später.

»Meinetwegen den ganzen Kühlschrank!«, blaffte ich. »Lasst mich endlich in Ruhe fernsehen.«

»Wenn dein Kopf wehtut, dann lass es nicht an uns aus«, gab Kira beleidigt zurück und verschwand.

Dafür stand wieder Lisa auf der Schwelle.

»Schreibt man Bulletin mit einem oder zwei l?« fragte sie.

»Was ist?« Nur mit Mühe konnte ich mich von meinem Krimi losreißen.

»Mit einem oder mit zwei l?«

»Weder – noch.«

»Wie denn nun?«

»Schlag im Lexikon nach.«

»Sag mal, Tanja«, fragte Lisa empört, »kriegt man von dir jetzt keine vernünftige Antwort mehr?«

»Mit zwei l.«

»Bist du sicher?«

»Nein!«

»Du weißt es also nicht?«

»Doch!!!«

»Also, ich schreibe es jetzt mit zwei l! Wenn es falsch ist, bist du schuld!«, erklärte sie mit Nachdruck.

Ich grübelte darüber nach, welche Rolle der Swimmingpool bei diesem Fall spielte, als ein Schatten über den Balkon huschte. Offenbar war das Känguru wieder da. Aber es sah merkwürdig aus. Es war kleiner geworden, hatte einen runden Kopf, und die großen Ohren fehlten. Außerdem zog es jetzt grässliche Fratzen und winkte mir mit langen Vorderpfoten zu. Ich wurde stutzig. Seit wann konnte eine Halluzination sich so verändern? Ich musste aufstehen und nachsehen. Auf dem Balkon hüpfte fröhlich … ein Affe herum.

Mir fiel die Kinnlade runter. Das war ja nun etwas ganz Neues! Das mussten die Kinder sehen!

»Lisa, Kira, Irina!«

Sie waren so schnell zur Stelle, als hätten sie nur hinter der Tür auf meinen Ruf gewartet. Auch Wolodja Kostin lief herbei.

»Wolodja!«, rief ich froh. »Du bist da! Warum kommst du nicht rein zu mir?«

»Kira hat mich nicht gelassen«, sagte der Major lächelnd. »Er meinte, du sitzt vor dem Fernseher und sprühst Funken.«

Ich schaute mechanisch zurück auf die Mattscheibe. Dort lief bereits der Abspann. »Die Bullen« waren zu Ende, und ich wusste nicht einmal, wen man weshalb umgebracht hatte. So ist das immer bei uns! Kann man mich nicht einmal eine Stunde in Ruhe lassen?

»Bügelst du jetzt meine Hose?«, erkundigte sich Lisa. »Und weshalb hast du uns überhaupt gerufen?«

»Jetzt sitzt ein Affe auf dem Balkon!«

Wolodja und die Kinder rannten hin.

»Warum hat sie ›jetzt‹ gesagt?«, fragte der Major die Kinder. »Was saß denn früher dort?«

»Ein Känguru«, erklärte ihm Kira seufzend. »Bisher hat sie sich ein Känguru eingebildet.«

»Was heißt hier, eingebildet!«, herrschte ich ihn an. Doch als ich mich umdrehte, war der Balkon leer. Nur dicke Schneeflocken fielen.

»Hat sie das öfter?«, fragte der Major.

»In der letzten Zeit regelmäßig«, antwortete Lisa. »Ständig redet sie von einem Känguru … Das waren wir schon gewohnt, aber jetzt – ein Affe! Sehr seltsam!«

»Mama hat ein Lehrbuch der Psychiatrie«, erklärte Kira wichtig. »Dort steht, dass ein Kranker seine Phantasien nicht verändert. Wenn er sich einmal einbildet, Napoleon zu sein, dann wird aus ihm kein Kutusow!«

»Ich bin nicht verrückt!«

»In dem Buch steht auch, dass alle Verrückten behaupten, sie seien normal«, meinte Lisa mit einem Seufzer.

»Wir machen jetzt mit dir einen Test«, sagte Wolodja in vollem Ernst. »Stell dir vor, du sitzt in einer gefüllten Badewanne. Im Abfluss steckt der Pfropfen. Auf dem Wannenrand stehen ein Schnapsglas, eine Tasse und ein großer Topf. Was greifst du dir, um das Wasser aus der Wanne zu schöpfen?

»Jeder normale Mensch nimmt den Topf!«

»Entschuldige schon, ein normaler Mensch zieht den Pfropfen raus!«

Ich schaute ihn eine Sekunde lang ziemlich verdutzt an, dann fingen Kira und Lisa laut an zu lachen.

»Gibt's bei dir einen Tee?«, fragte der Major unschuldig.

»Troll dich in die Küche«, zischte ich durch die Zähne.

Als ich allein war, schlüpfte nach einer Sekunde Irina ins Wohnzimmer und flüsterte mir zu: »Tanja, versuch's doch mal mit Vitaminen! Vielleicht ist das der Frühling, der so auf dich wirkt!«

Am nächsten Tag saß ich ganz allein am Küchentisch. Der Kreis der Verdächtigen war kleiner geworden. Wem sollte ich mich jetzt zuwenden? Valeria, Sjuka oder Leonid? Auf die Begegnung mit Letzterem musste ich mich allerdings sorgfältig vorbereiten. Immerhin hatte der lange bei der Miliz gearbeitet. Wenn er auch nicht besonders erfolgreich gewesen war, so hatte er doch bestimmt seine Erfahrungen ... Um mit Familie Kortschagin abzuschließen, wollte ich mir erst einmal Valeria vornehmen. Es traf sich gut, dass sie tagsüber im Büro einer geheimnisvollen Organisation namens Kunstfonds am Alten Arbat mitten im Zentrum saß.

Draußen tobte wieder einmal ein Schneesturm. Ich widerstand dem Drang, in meine alten Jeans zu steigen, und legte statt dessen Katjas Hosenanzug aus dickem Tweed an. Der war warm und teuer genug, denn bei Valeria konnte ich nicht wie eine arme Verwandte aufkreuzen.

Dann trat sie mir selber in Jeans und weitem Pullover entgegen. Sie saß in einem winzigen Kabuff, in das kaum ein Tisch und zwei Stühle passten.

»Nehmen Sie Platz«, flötete sie freundlich. »Ich fürchte nur, dass ich Sie enttäuschen muss. Das neue Haus in Melichowo ist völlig ausgebucht. Sie sind etwas spät dran, doch einige Zimmer im alten habe ich noch. Sie sind nicht so komfortabel, Bad und Toilette auf dem Flur, aber dafür auch nur halb so teuer...«

»Entschuldigen Sie, ich komme nicht wegen einer Reise zu Ihnen ...«

Valeria blickte mich mit ihren klaren, etwas hervorstehenden blauen Augen prüfend an und fragte: »Sie sind doch Olga Michailowa? Die Semjon Petrowitsch geschickt hat?«

»Nein.«

»Wer sind Sie dann?«

»Erinnern Sie sich nicht?«

Valeria dachte angestrengt nach. »Leider nicht.«

»Sie kennen doch Anna Remeschkowa und ihren Mann Boris?«

»Ja.«

»Bei jener schrecklichen Geburtstagsfeier habe ich serviert.«

»Ach, so ist das!« Valeria stand abrupt auf. »Sie sind von der Sicherheitsfirma!«

Wirklich erstaunlich, wie leicht Menschen Dinge vergessen, die sie nicht persönlich betreffen. Boris hatte an jenem Abend doch laut und deutlich mitgeteilt, Anna habe mich angeheuert, um ihn zu beobachten. Andrej aber war fest der Meinung, ich käme von der Miliz. Und Valeria glaubte nun, sie habe es mit einem weiblichen Bodyguard zu tun. Das sind aber ganz verschiedene Dinge.

»Was wollen Sie von mir?«, fragte Valeria in einem Ton, der nichts Gutes verhieß. Ihre Nerven waren offensichtlich zum Zerreißen gespannt. Ich musste sie beruhigen, ihre Wachsamkeit einschläfern, sie zum Reden bringen ... Vielleicht ließ es sich mit ihr gut über andere tratschen.

»Andrej?« Ich tat verwundert. »Er interessiert mich in diesem Zusammenhang überhaupt nicht. Dass er etwas mit Shanna zu tun gehabt haben soll, höre ich zum ersten Mal! Nein, mich interessiert Sjuka! Wie heißt die eigentlich richtig?«

»Sinaida Iwanowa«, antwortete Valeria immer noch in spitzem Ton. »Und da sie ihren Namen für zu gewöhnlich hält, unterschreibt sie ihre unmöglichen Artikel mit S. Jukononowa. Das wurde dann zu Sjuka zusammengezogen. Eine widerwärtige Person!«

»Warum?«

Valeria blickte mich mitleidig an.

»Meine Liebe, sicher sind Ermittlungen in einem Milieu schwierig, das man überhaupt nicht kennt.«

Die blöde Gans! Ging ein Bodyguard etwa auf Verbrecherjagd? Der hatte auf seinen Schutzbefohlenen aufzupassen, sonst nichts. Aber mir kam ihre Unwissenheit gerade recht. Sollte sie ruhig die Überlegene spielen.

»So was interessiert meinen Chef nicht«, gab ich in naivem Ton zurück. »Ich krieg einen Auftrag, und den muss ich erledigen. Deswegen bin ich ja zu Ihnen gekommen. Da Sie und Herr Kortschagin nicht zu den Verdächtigen zählen, habe ich gedacht, dass sie mich vielleicht ein bisschen ins Bild setzen könnten ...«

Valeria griff sich an die Ohrgehänge. Die waren exquisit, aber nicht auffällig, wahrscheinlich beim Antiquitätenhändler erworben und bestimmt sehr teuer.

»Da Sie an einer so wichtigen Stelle sitzen, wissen Sie sicher über jeden in der Branche Bescheid ...«

Valeria schwankte sichtlich, aber der Wunsch, sich mit den Geheimnissen anderer großzutun, war stärker. Sie holte eine Schachtel Zigaretten aus ihrer Handtasche und hielt sie mir hin.

»Möchten Sie eine?«

»Danke, Sie sind sehr nett«, sagte ich und bediente mich.

»Das mit der Stelle haben Sie richtig beobachtet«, bemerkte jetzt Valeria und sog genüsslich den Rauch ein. »Ohne es zu wollen, erfährt man hier eine Menge. Uns unterstehen drei große Künstlerhotels mit einem riesigen Apparat von Mitarbeitern – Zimmermädchen, Köche, Kellner, Reinigungskräfte. Da bleibt nichts verborgen. Ob einer die Geliebte auf dem Zimmer hatte oder ein anderer im Suff eine Scheibe zertrümmert hat – alles landet bei mir. Manche nehmen sogar Schweigegeld und plaudern trotzdem alles aus. Sjuka und ihre Liebhaberinnen sind ein sehr beliebtes Gesprächsthema.

»Wer?«

»Sjuka ist Lesbe«, teilte Valeria mit. »Besonders mag sie ganz junge Mädchen.«

»Das ist ja ein Ding!«

»Das weiß hier doch jeder«, versicherte mir Valeria. »Sie holt die jungen Dinger aus der Provinz, quartiert sie bei sich ein, hätschelt und tätschelt sie, aber irgendwann laufen sie ihr weg und machen sie überall schlecht. Ich habe ihr geraten, sie sollte sich besser in ihren Kreisen Partnerinnen suchen. Aber sie steht auf junge, unerfahrene Dorfschöne. Doch mit denen hat sie nur Scherereien.«

»Können Sie mir Beispiele nennen?«, fragte ich.

Valeria konnte nicht sagen, wo genau Sjuka ihre Gespielinnen fand. Immer wieder erschien sie jedoch bei Empfängen oder anderen Gelegenheiten mit einer neuen Flamme, die stets sehr jung, schlank und brünett war. Blondinen konnte Sjuka nicht ausstehen. Die Mädchen waren anfangs schüchtern und bescheiden. Sie hatten großen Respekt vor der lärmenden Künstlermeute, sprachen wenig, trugen billige Sachen und Schmuck aus Plastik. Aber es genügte ein Monat, und sie waren völlig verändert. Statt billiger Fähnchen und selbst genähter Röcke präsentierten sie sich nun in teuren Kleidern und echtem Schmuck ... Das Ende der Geschichte war immer das Gleiche. Nachdem Sjuka die Mädchen ausstaffiert und überall eingeführt hatte, wurden sie frech und unverschämt, stellten sie in der Öffentlichkeit bloß und ... heirateten einen Mann mit Geld.

»Sie holt sie aus dem Dreck«, hechelte Valeria weiter, »kauft ihnen teure Klamotten, lehrt sie mit Messer und Gabel essen, und das hat sie dann davon. Nicht nur, dass sie sich Männern in die Arme werfen, sondern was die alles über Sjuka herumerzählen! Manchmal tut sie mir richtig leid. Aber aus ihren Fehlern wird sie nicht klug, da kann man sich nur wundern.«

»Sie muss eine Menge Geld haben, wenn sie sich immer wieder solche Affären leisten kann.«

Valeria grinste.

»Sjuka hat eine Goldader, ich weiß nur nicht, wo. Eine

ihrer Geldquellen liegt auf der Hand – immerhin ist sie Chefredakteurin von ›Zeit der Kunst‹.«

»Wirft der Posten so viel ab?«

»Das Gehalt ist jämmerlich. Aber die Möglichkeiten!«

»Welche Möglichkeiten?«

»Ach, meine Liebe«, säuselte Valeria herablassend, »bei Malern und Bildhauern sind positive Kritiken das A und O.«

»Wieso?«

Valeria lächelte wissend.

»Wo leben Sie denn? Die Leute sind doch alle Idioten! Wenn die in der Zeitung lesen, dass ein Genie gerade seine Bilder oder Plastiken ausstellt, dann rennt jeder hin und will sie sehen. Die Galerien brauchen Künstler, die sich gut verkaufen. Die Käufer wiederum kommen heute meist aus der Schicht, die mit Geschäften reich geworden ist. Auch die werden schwach, wenn ein Maler ihnen einen Artikel unter die Nase hält, in dem er als neuer Star gelobt wird. Diese Neureichen haben doch gewaltige Komplexe. Vom Handel mit Schinken oder Unterwäsche verstehen sie was, aber von Kunst? Wie schnell wird man da übers Ohr gehauen! So eine Anschaffung ist für sie aber eine lukrative Geldanlage. Genau da kommt Sjukas Blatt ihnen mit einem Ratschlag zu Hilfe. Zimperlich ist sie nicht gerade. Nehmen wir zum Beispiel den sogenannten Maler Oleg Dudolew. Ein Animalist, malt Bilder von Tieren. Furchtbare Schinken – Hündchen mit Schleifchen im Körbchen, Kätzchen auf Seidenkissen, Pferdchen auf der Wiese ... Den hat Sjuka über den grünen Klee gelobt! Ein genialer Naiver, ein Mann vom Lande, ein Naturtalent! Dabei hat der Kerl keine Ahnung von Komposition, Farbe oder Perspektive. Seine Hündchen schielen, seine Kätzchen haben schiefe Schnäuzchen ... Und was denken Sie? Er ist ganz oben, verkauft seine Schinken für viele Tausender und trägt die Nase hoch. Erst gestern war er hier und wollte eine Reise haben. Er hat mich vielleicht angeblafft: ›Im alten Haus, meine Liebe, bekomme ich keine Luft, ein Künstler meines Ranges braucht die nötige Umgebung.‹ Das ist Sjuka. Sie kann einen in den Himmel heben, aber auch vernichten. Meinen Andrej hat sie vernichtet, das Miststück.«

Mit der Frage nach der Kritikerin hatte ich offenbar Valerias Nerv getroffen.

»Hat Sjuka denn selber keinen Geschmack?«, fragte ich etwas einfältig.

»Klar hat sie den«, erklärte Valeria. »Die würde sich nie einen Dudolew ins Zimmer hängen.«

»Warum lobt sie dann schlechte Bilder?«

»Irgendwo muss das Geld doch herkommen, mit dem sie sich die jungen Dinger kauft«, zischte Valeria empört. »Sie handelt mit Kritiken. Alles hat seinen Preis. Zehn Zeilen – soundso viel, Erwähnung im Wochenüberblick – das Doppelte, ein großer Artikel unten auf der Seite – noch mehr, und wenn sie eine ganze Seite mit Foto druckt, dann muss man schon ordentlich was blechen.«

»Tatsächlich?!«

»Das ist allgemein bekannt! Ich weiß es von Shanna.«

»Von Shanna?«

»Na klar! Die hat übrigens Landschaften gemalt. Gar nicht schlecht, ein wenig naiv, aber stimmungsvoll. Sie hat eine erste Ausstellung mit zehn Arbeiten bekommen. Sjuka sollte sich die Bilder anschauen, es hieß, Nikita hätte ein gutes Verhältnis zu ihr. Sjuka stammt wie die Malyschews aus Irkutsk. Wahrscheinlich dachte Nikita, sie werde ihre Landsleute unterstützen. Da hat er sich geirrt.«

Am Tag nach der Eröffnung kam Shanna ganz verzweifelt zu Valeria ins Büro gelaufen und heulte sich bei ihr aus. Sjuka hatte angerufen und mitgeteilt, Shannas Bilder seien schrecklich, aber die Redaktion ihrer Zeitung würde sich über eine Spende freuen. Sie erklärte ohne Umschweife: »Uns geht es im Moment nicht gut. Für den einen oder anderen Tausender, um Büromaterial zu kaufen, wären wir dankbar.«

Nikita, der von einer Landsmännin, die schon oft bei ihnen zu Gast war und die sie für eine Freundin hielten, so viel Frechheit nicht erwartet hatte, war ganz verwirrt und gab Sjuka eine patzige Antwort. Dann aber besann er sich, rief zurück und fragte, wohin er das Geld überweisen sollte.

Sjuka jedoch war tödlich beleidigt, wies die Dollars zurück und druckte in einer der nächsten Nummern eine niederschmetternde Kritik. Mehr noch, Shanna wurde in ihrer Zeitung nach allen Regeln der Kunst heruntergemacht. Selbst in Artikeln über andere Maler fanden sich Sätze wie: »Kaum einer unserer Zeitgenossen malt so schlechte Landschaften wie Shanna Malyschewa«, oder »Kein Vergleich zwischen diesen wunderbaren Bildern und dem dilettantischen Geschmiere einer Shanna Malyschewa.« Und so weiter, und so fort.

Shanna litt sehr. Dann, unerwartet, änderte sich der Ton. Zunächst gab es dosiertes Lob, dann erschien Ende März ein umfangreiches Interview mit ihr, wo es hieß, sie sei eine »junge, begabte Künstlerin, deren Landschaften dem Betrachter ans Herz gehen«.

»Wahrscheinlich haben sie Sjuka ordentlich geschmiert«, warf ich ein.

»Keine Spur!« Valeria schüttelte den Kopf. »Das hatte einen ganz anderen Grund. Als Andrej und ich zu Boris' Geburtstagsfeier kamen und sahen, dass auch Sjuka da war, bin ich richtig erschrocken. Ich dachte, jetzt geht's los. Ich mag Streitereien nämlich überhaupt nicht.«

Aber Shanna und die Kritikerin begrüßten sich freundlich und schwatzten locker über gemeinsame Bekannte. Valeria konnte sich nur wundern. Die beiden verfeindeten Damen wirkten plötzlich, als seien sie die besten Freundinnen. Valeria passte einen Moment ab und raunte Shanna zu: »Hast du dich mit der Kröte ausgesöhnt?«

Shanna kicherte und flüsterte zurück: »Das muss ich dir mal ausführlicher erzählen. Ich habe etwas über sie erfahren, so dass sie jetzt voll in meiner Hand ist. Ich weiß auch nicht, wieso, aber Sjuka hat Angst vor mir. Deshalb ist sie so nett. Wenn du sie einmal richtig erschrecken willst, dann musst du ihr nur zuflüstern: ›Hotel Morskaja‹, und du wirst sehen, was passiert.«

»Und was ist passiert?«, fragte ich in einfältigem Ton.

Valeria zuckte die Schultern.

»Na, nichts. Jetzt ist Shanna tot. Und mit Sjuka will ich nichts zu tun haben. Die hat schon mehrfach so schlimme Sachen über den Truthahn gedruckt.«

»Über wen?«

Valeria musste lachen.

»So nenne ich meinen Mann zuweilen: Mein Truthahn. Sjuka hat ganze Kübel von Schmutz über ihn ausgegossen. Die glaubte wohl, auch wir würden zahlen. Aber da hat sie sich geschnitten!«

»Und wieso?«

»Ich habe mich bei meinem Vater beschwert. Daraufhin hat er gleich in fünf Zeitschriften lobende Artikel über Andrej durchgesetzt. Sjuka musste zurückstecken. Jetzt lächelt sie mir immer säuerlich zu.«

»Wäre es nicht einfacher gewesen, eine Redaktion zu spicken als gleich fünf?«

Valeria antwortete wütend: »Das Dreckstück kriegt von mir keine Kopeke!«

»Und ich habe gedacht, Sie seien befreundet, so nett haben sie sich bei Tisch unterhalten!«

»Schließlich wissen wir doch, was sich gehört!«, gab Valeria empört zurück. »Man muss sich ja nicht gegenseitig gleich die Haare ausreißen! Ein gebildeter Mensch kann seine Gefühle beherrschen.«

»Und gegenüber Shanna haben Sie sich auch beherrscht?«

»Weshalb?«

»Na, Sie mussten Shanna doch hassen.«

»Shanna? Wie kommen Sie denn darauf?«

Ich beobachtete ihr rassiges, aber ein wenig apathisches Gesicht genau. Wenn ich bedachte, was Professor Melkumjan mir erzählt hatte, dann musste sie das, was ich ihr nun sagen wollte, eigentlich kaltlassen.

»Shanna war die Geliebte Ihres Mannes.«

Valeria fuhr zusammen und errötete. Noch nie hatte ich gesehen, dass ein Mensch in Sekundenschnelle so krebsrot anläuft.

»Was für ein blödes Zeug!«, kreischte sie schrill.

»Durchaus nicht, ich habe zuverlässige Informationen.«

»Shanna hat nie mit dem Truthahn geschlafen!«, schrie sie mich an.

Das wunderte mich nun wirklich. Vielleicht hatte die Professorin sich geirrt und Valeria genoss die Kapriolen ihres Mannes durchaus nicht so, wie sie tat. Beinahe wäre mir herausgerutscht: Sie hat es kräftig mit ihm getrieben und ihn in den schwächsten Minuten sogar Truthahn genannt, genau wie du.

Aber das sagte ich nicht. Statt dessen hielt ich mit einem frechen Grinsen dagegen: »Ich habe es aus absolut zuverlässiger Quelle.«

»Es ist nicht wahr!«, zischte Valeria. »Shanna war meine einzige wirkliche Freundin. Wir haben uns immer alles erzählt ...«

»Wollen Sie behaupten, Ihr Mann hätte nie eine Geliebte gehabt?«

»Was geht Sie das an?«, blaffte Valeria wütend. »Machen Sie, dass Sie rauskommen!«

»Ich gehe ja schon«, sagte ich leise, »aber Sie tun mir leid.«

»Weshalb denn das?«

»Shanna hatte ein intimes Verhältnis mit Andrej, wenn Ihnen das Wort ›Geliebte‹ nicht gefällt. Sie haben davon erfahren und sie daraufhin aus Eifersucht vergiftet.«

»Ich bin nicht eifersüchtig«, murmelte Valeria.

»Othello ist ein Waisenkind gegen Sie!«

»Reden Sie nicht solchen Quatsch! Ja, mein Mann leistet sich hin und wieder einen Seitensprung. Aber das berührt mich nicht«, behauptete Valeria. »In unserer Ehe geht es nicht um Sex, sondern um eine sehr innige Freundschaft. Vielleicht finden Sie das seltsam, aber Andrej erzählt mir sogar von seinen Abenteuern. Ich bin eher eine Schwester für ihn als seine Frau.«

»Warum haben Sie sich dann so erregt, als ich von Shanna gesprochen habe?«, fragte ich hartnäckig nach.

»Weil es nicht stimmt. Shanna hätte mir nie wehgetan!«

»Das ist aber merkwürdig«, brummte ich. »Eben haben Sie behauptet, Sie seien kein bisschen eifersüchtig, und nun kann man Ihnen doch wehtun?«

Valeria schaute mich eine Sekunde lang verdutzt an. Dann schlug sie mit der flachen Hand so auf den Tisch, dass die Stifte aneinanderschlugen und eine Kaffeetasse auf dem Tellerchen kräftig klapperte. »Shanna war meine einzige Freundin!«

»Wieso haben Sie so wenig Menschen, die Ihnen nahestehen …«

Eigentlich wollte ich Valeria mit dieser respektlosen Bemerkung etwas aus der Reserve locken. Im Zorn entfährt dem Menschen so manches, was er bei ruhiger Überlegung für sich behält.

Doch Valeria reagierte tief niedergeschlagen. Kaum hörbar murmelte sie: »Wahrscheinlich bin ich zu verschlossen. Nein, nach außen hin wirke ich locker und kontaktfreudig, aber ich lasse niemanden nahe an mich heran. Eine meiner besten Freundinnen, Lena Rogowzewa, die ich schon seit der Schulzeit kannte, ist vor einigen Jahren bei der Geburt ihres Kindes gestorben. Es war ein tragischer Kunstfehler. Bei einer Bluttransfusion hat man ihr die falsche Blutgruppe gegeben. Ihren Platz hat Shanna eingenommen …«

»Haben Sie sich beim Studium kennengelernt?«

»Nein, die Malyschews haben ein Design-Institut besucht, ich dagegen war an der Philosophischen Fakultät. Wir haben uns zufällig kennengelernt …«

»Bei welcher Gelegenheit?«

»Das tut nichts zur Sache.«

»Shanna ist ermordet worden«, sagte ich bedeutungsschwer. »Sie stehen unter Verdacht, und die Ermittler kennen die Gerüchte von einem Verhältnis zwischen Shanna und Ihrem Mann. Ist Ihnen klar, in welcher Lage Sie sich befinden?«

Valeria griff nach einer Zigarette. Als ich sah, wie ihre zarten Finger mit den tadellos gepflegten Nägeln zitterten, dachte ich bei mir, wie gut es war, dass sie von Juristerei keine Ahnung hatte. Jeder, der ab und zu einen Kriminalroman liest oder fernsieht, hätte mir sofort die Frage gestellt: Seit wann ist in unserem Lande die Unschuldsvermutung abgeschafft? Nicht ich muss beweisen, dass ich in ein Verbrechen nicht verwickelt bin, sondern die Ermittler müssen den Täter finden. Und ohne Gerichtsurteil darf überhaupt niemand als schuldig bezeichnet werden.

Aber Valeria war in Rechtsfragen offenbar unbedarft und ließ sich bluffen.

Ich drückte meine Kippe langsam in dem formschönen kristallenen Aschenbecher aus und erklärte in strengem Ton: »Meine Vorgesetzten sind zu der festen Meinung gekommen, dass Sie in dieses Verbrechen verwickelt sind. Natürlich wird Ihr reicher Papa einen Staranwalt anheuern, der für Sie vielleicht eine Haftverschonung mit Aufenthaltsbeschränkung oder eine Bewährungsstrafe herausholt. Richter sind auch nur Menschen und müssen von etwas leben. Dem Gefängnis werden Sie also möglicherweise entgehen, aber Ihr Ansehen in der Gesellschaft wird auf null sinken. Viele werden Sie nicht mehr kennen wollen, und wer Sie noch einlädt, wird das aus reiner Berechnung tun. Ich weiß nicht, was von beiden schlimmer ist.«

»Ich hätte Shanna kein Haar krümmen können!«, schrie Valeria auf. »Begreifen Sie das doch endlich!«

»Wieso?«

Valeria seufzte tief auf.

»Also, hören Sie gut zu, aber erzählen Sie das, was ich Ihnen jetzt sage, nicht an jeder Ecke weiter.«

Vor vier Jahren hatte Valeria mehrere schwere Operationen zu überstehen. Sie verbrachte fast den ganzen Sommer im Krankenhaus. Das war ein zweistöckiger Bau in einem Waldgebiet weit außerhalb der Stadt. Der Juli war unerträglich heiß, und die Patienten, die gehen konnten, suchten im Park und im Wald ein wenig Abkühlung. Ungefähr einen halben Kilometer von der Klinik entfernt war der Moskwa-Fluss, über den in der Nähe eine eiserne Brücke führte. Das Ufer fiel aus einer Höhe von fünf, sechs Metern steil ab. Trotz der Hitze kamen Patienten selten hierher. Es war nicht ganz nahe, außerdem führte der Weg durch dichten Wald. Wenn einem schlecht wurde, war kaum Hilfe zu erwarten. Auch das Baden war an dem Steilufer nicht möglich, und von der hohen Brücke ins kühle Wasser zu springen hatte von den Patienten keiner Lust.

Am 12. Juli stand Valeria abends in der Dunkelheit ganz allein auf der Brücke. Ihr Ziel war klar: sie wollte ihrem Leben ein Ende setzen. Alles war so sinnlos geworden. Kinder konnte sie nicht bekommen. Ihr Mann besuchte sie zwar jeden Tag und verwöhnte sie mit Blumen, aber auch er würde sie sicher bald verlassen. Wirkliche Freunde hatte sie nicht, keiner brauchte sie auf dieser Welt … Niedergeschlagen schaute Valeria in das friedlich glitzernde Wasser. Sie konnte nicht schwimmen, der Fluss war hier reißend und tief. Sie brauchte also nur über das Geländer zu steigen …

Valeria legte den Klinikbademantel ab, in dessen Tasche ihr Abschiedsbrief steckte. Dann schickte sie sich an, das letzte Hindernis zu überwinden, das sie noch vom Tod trennte.

Plötzlich hielten kräftige Hände sie am Bein fest, und eine helle Stimme rief: »Was fällt dir denn ein?«

Vor Schreck verlor Valeria das Gleichgewicht und plumpste auf die Brücke zurück.

»Bist du verrückt geworden?«, rief ihr Schutzengel. »Man stirbt nur einmal! Lass dich mal anschauen!«

Valeria hob gehorsam den Kopf. Vor ihr stand ... Shanna. Einen Moment lang starrten sich die Frauen entgeistert an. Sie kannten einander, waren sich bei verschiedenen Gelegenheiten begegnet, weil beide häufig Partys besuchten. Als erste fasste sich Shanna.

»Das gibt's doch nicht! Wie kommst du denn hier her?«

Der Entschluss und der missglückte Selbstmordversuch waren für Valeria offenbar zu viel. Sonst eher zurückhaltend und beherrscht, zerfloss sie in Tränen. Dann erzählte sie ihrer Retterin die ganze Geschichte. Shanna reagierte mit gleicher Offenheit: »Ich bin hier, um eine Abtreibung machen zu lassen. Das Kind ist nicht von Nikita. Ihm habe ich gesagt, dass ich eine Eierstockentzündung auskurieren muss.« Bis zum Morgen saßen sie auf der Brücke beieinander, ohne Feuchtigkeit und Kühle zu spüren. Dann gingen sie langsam zur Klinik zurück. So hatte Valeria unerwartet eine Freundin gefunden. Shanna, die ihr immer etwas geschwätzig und dümmlich vorgekommen war, erschien ihr jetzt in einem ganz anderen Licht. Was auf der Brücke geschehen war, behielten beide für sich. Shanna war mit vielen fröhlichen jungen Frauen befreundet. Valeria dagegen hatte nur sie. Ihr konnte sie die Wahrheit sagen. Nur Shanna wusste, wie schwer es ihr fiel, Andrejs Liebesabenteuer zu ertragen und auch noch locker darüber zu plaudern.

»Sie wusste«, fügte Valeria leise hinzu, »wie sehr ich meinen Mann liebe, ohne ihm eine wirkliche Ehefrau sein zu können. Shanna hat immer gesagt: ›Sei nicht traurig, er kommt doch immer wieder zu dir zurück. Mit einer Frau zu schlafen bedeutet für einen Mann nicht viel mehr als ein Glas Wasser zu trinken. Die Männer sehen das anders als wir Frauen. Wir machen daraus eine ganze Psychologie, legen unser Gefühl hinein, aber die Männer? Die sind einfach gestrickt, bestehen eigentlich nur aus Instinkten – essen, schlafen, bumsen. Erinnerst du dich noch, was du dir früher nach dem Sex immer gewünscht hast? Zärtliche Worte, Liebeserklärungen?‹ Da hatte sie recht. ›Ich wette mit dir tausend zu eins, Andrej ist sofort zum Kühlschrank gerannt und hat zu futtern angefangen!‹ Ich musste lachen. Sie hatte ins Schwarze getroffen.

›Meiner ist genauso!‹ Shanna winkte ab. ›Dabei sind Unsere nicht die Schlechtesten.‹«

Valeria verstummte und griff wieder nach einer Zigarette. Ich wartete geduldig. Schließlich fuhr sie fort: »Shanna hat Nikita sehr geliebt und ihn nicht ein einziges Mal betrogen. Begreifen Sie jetzt, dass Ihre Beschuldigungen absurd sind? Erstens wäre Shanna nie mit Andrej ins Bett gegangen. Zweitens habe ich den einzigen Menschen verloren, dem ich vertrauen durfte. Sie können sich gar nicht vorstellen, wie schwer das für mich ist. Ich bin jetzt ganz allein, kann niemandem mein Herz ausschütten oder mir einen Rat holen …«

Jetzt weinte sie leise vor sich hin.

»Ist ja gut, ist ja gut …« Ich suchte sie zu trösten. »Sie haben doch Ihren Mann und Ihren Vater. Eine Freundin werden Sie auch wieder finden.«

Valeria schnäuzte sich sorgfältig in ein Papiertaschentuch und schüttelte den gut frisierten Kopf.

»Das ist nicht so einfach. Papa hat nur seine Geschäfte im Kopf. Er handelt mit Möbeln. Für meine Sorgen hat er kein Ohr. Wenn ich etwas sage, zückt er sofort ein Bündel Dollars und drückt sie mir in die Hand. Als ob Geld meinen Schmerz lindern könnte. Andrej ist ein Workaholic und von Frauen umschwärmt. Was bleibt da für mich? Meine Arbeit? Großer Gott, Shanna war die einzige, die mich verstanden hat.«

»Und die Schmetterlinge? Ich habe gehört, sie sind eine Sammlerin.«

»Das wäre zu viel gesagt«, antwortete Valeria und trocknete ihre Tränen. »Ich bin eine blutige Anfängerin. Leonid Dubowski – der versteht etwas von der Sache.«

»Wissen Sie«, murmelte ich, »Sie werden lachen, aber ich interessiere mich auch für Schmetterlinge. Ich habe sogar schon dieses und jenes gekauft und auf der Datsche selber welche gefangen – Kohlweißlinge, Zitronenfalter ... Ich müsste mich mit jemandem beraten ...«

»Kommen Sie doch in unseren Club«, empfahl Valeria. »Da ist es sehr nett. Den hat Leonid organisiert. Die Adresse ist Leontjewski Projesd 7.«

»Kann man da einfach so unangemeldet aufkreuzen?«, fragte ich verwundert.

»Natürlich«, antwortete Valeria, »warum denn nicht? Papillonisten gibt es nicht viele, und neue Gesichter sind immer willkommen.«

»Verzeihen Sie, wovon gibt es nicht viele?«

»Papillonisten, so nennen wir uns. Das kommt vom französischen Wort ›papillon‹ für Schmetterling.«

»Wann trifft sich der Club?«

Valeria zuckte die Achseln.

»Es ist immer jemand da, auf jeden Fall unsere Vorsitzende Olga.«

Die Tür ging auf und ein Frauenkopf mit wirren, rot gefärbten Haaren schaute herein.

»Valeria, darf ich reinkommen?«

»Warten Sie einen Moment«, gab Valeria in trockenem Ton zurück.

Aus ihrer Handtasche nahm sie rasch Make-up, Lippenstift und andere Utensilien, um sich wieder zurechtzumachen. Dabei sagte sie: »Ich muss jetzt arbeiten. Wenn Sie noch einmal mit mir reden wollen, dann rufen Sie bitte vorher an.«

Dabei reichte sie mir ihre Visitenkarte. Ich nahm sie und ging zur Tür.

»Hören Sie«, rief Valeria mir nach. »Suchen Sie Ihren Mörder woanders. Schlagen Sie sich den Unsinn aus dem Kopf, Andrej und Shanna hätten ein Verhältnis gehabt. Bei ihm kann ich mir das vorstellen, aber Shanna tut so etwas nicht.«

Leise schloss ich die Tür.

»Ist Valeria jetzt frei?«, fragte mich die kleine Dicke, zu der der rote Zottelkopf gehörte.

Ohne zu antworten, ging ich zum Ausgang. Ich wusste nicht, warum, aber Valerias letzte Worte hatten mich davon überzeugt, dass sie unschuldig war. Shanna tut so etwas nicht. Valeria sprach von ihrer Freundin so, als sei sie noch am Leben. Sie hatte ihren Tod noch nicht akzeptiert. War die aber wirklich ihre Freundin gewesen? Valeria wusste offenbar nichts über sie. Weder, dass Nikita ihr Bruder war, noch, wie sie ihr Geld verdiente, und schon gar nichts wusste sie von den 10000 Rubeln, die sie Andrej abgeknöpft hatte.

Gerade noch rechtzeitig fiel mir ein, dass unser Kühlschrank völlig leer war. Ich ging also in den nächsten Supermarkt und schaute mich um. Ich liebe Lebensmittelgeschäfte. Besonders gern schaue ich mir solche an, die weit von unserer Wohngegend entfernt sind. Gleich neben Valerias Firma fand ich ein großes Delikatessengeschäft. Ich studierte das Angebot. Diesen Joghurt hatten wir noch nicht probiert, und auch die Heringskonserven sahen verführerisch aus. Von draußen vermutete man ein kleines Geschäft, aber es erwies sich als riesengroß. Mehrere Verkaufsräume waren mit Regalen vollgestellt; von den bunten Farben der Verpackungen konnte einem schwindlig werden… Ich ließ mich ziellos treiben …

Plötzlich klingelte es dicht neben mir. Ich fuhr zusammen, beruhigte mich aber sofort wieder. Auf der anderen Seite des Regals, an dem ich stand, läutete jemandes Handy.

»Hallo«, ertönte ein klarer Sopran, den ich noch sehr gut im Ohr hatte. Es war Valeria. Der Anrufer fragte sie offenbar, wo sie gerade sei, denn sie antwortete: »Ich bin im Lebensmittelgeschäft nebenan, will Kuchen zum Tee kaufen. Und wann hast du morgen Zeit, Nikita?«

Ich lugte vorsichtig durch einen Spalt und sah Valeria, die an dem Regal lehnte, in der Rechten das Handy und in der Linken eine verpackte Torte. Plötzlich zischte sie böse: »Jetzt reicht's aber! Zweimal habe ich dir schon Geld gegeben. Und das Ergebnis? Denk nicht, dass du mich noch lange hinhalten kannst! Gestern haben wir vereinbart, dass du für Shannas Tagebuch 10 000 bekommst. Ein hoher Preis, aber mehr gibt's nicht. Wenn du unbedingt willst, dann wirf's doch einer Zeitung in den Rachen, aber da kriegst du höchstens ein mickriges Honorar! Ich will das Tagebuch kaufen, um meinem Vater Ärger zu ersparen! Wenn er nicht wäre, könntest du mir mit den ›Geheimnissen‹, die angeblich drinstehen sollen, gestohlen bleiben! Die sind keinen Pfifferling wert! Andrej weiß über alles Bescheid!«

Valeria schwieg einen Moment und sagte dann, schon wieder ganz ruhig: »Also gut, übermorgen um fünf im Café ›Schwalbe‹, aber sei pünktlich. Die Knete kriegst du in bar.«

Sie steckte das Handy in die Tasche, griff die Schachtel mit der Torte und war schon weg. Ich blieb nachdenklich vor dem Konservenregal stehen. Wir hatten zwar schon Besseres gegessen als grüne Bohnen, Erbsen und Mais, aber ein interessanteres Telefongespräch hatte ich noch nie in einem Supermarkt gehört. Die verblichene Shanna hatte also ein Tagebuch geführt, in dem etwas über Valeria stand, das diese geheimhalten wollte. Und der untröstliche Nikita versuchte seine materielle Lage dadurch aufzubessern, dass er Valeria erpresste.

Ziemlich durcheinander, suchte ich den Ausgang. Shannas Tagebuch!

Wenn ich das hätte, könnte ich vielleicht auch das Geheimnis des ganzen Falls entschlüsseln. Ich musste es um jeden Preis vor Valeria in die Hand bekommen. Also war das Nächste ein Anruf bei Nikita. Aber ich hatte das Handy nicht bei mir. So blieb mir nur eine Telefonzelle in der Metro. Doch ich war noch nicht bei der Kasse des Geschäfts angelangt, als mir ein nettes kleines Gerät von Siemens ins Auge fiel, das neben einem großen Schild stand: Hier können Kunden unentgeltlich telefonieren.«

»Darf ich?«, fragte ich erfreut.

Die Kassiererin antwortete: »Das Telefon ist nur für Kunden!«

»Und was bin ich?«

»Sie sind eine Passantin. Ein Kunde ist der, der etwas kauft.« Mit einem Lächeln fügte sie hinzu: »Anweisung vom Direktor.«

»Darf ich erst kurz telefonieren und danach etwas kaufen?«

»Meinetwegen.«

Zitternd vor Erregung, tippte ich die Nummer ein. Eigentlich kann ich mir sonst kaum zwei zusammenhängende Zahlen merken, aber Nikitas Nummer 1 2 3 – 4 5 6 7 war sogar in meinem Kopf hängen geblieben.

»Hallo«, erklang Nikitas Bass.

»Nikita? Sind sie zu Hause?«

»Nein, auf dem Mars«, brummte der. »Sie sind aber gut zu hören.«

»Hier ist Tatjana Romanowa, erinnern Sie sich?«

»Durchaus.«

»Verlassen Sie bitte nicht die Wohnung! Ich komme gleich zu Ihnen.«

»Geht jetzt nicht«, sagte er schroff, »ich bin schon im Mantel, muss zu einem Kunden.«

»Dann heute Abend.«

»Ausgeschlossen.«

»Warum?«

»Darum.«

»Aber es ist sehr dringend!«

»Für mich nicht!«

»Na gut, dann schicke ich Ihnen eine Vorladung für morgen früh und am besten gleich eine grüne Minna mit Begleitpersonal.«

»Ist ja gut«, gab Nikita erschrocken zurück. »Heute Abend kann ich wirklich nicht. Morgen früh ginge es.«

»Also, dann bin ich um neun bei Ihnen.«

»Wann?!«

»Um neun. Ist das zu früh?«

»Vor elf stehe ich nie auf, dann muss ich baden …«

»Und ein Glas Champagner trinken! Also, dann morgen um zwölf.«

»Sehr gut«, brummte Nikita und legte auf.

Als ich das Telefon ablegte, spürte ich plötzlich, dass ich einen riesigen Durst hatte. Mein Mund war ganz trocken und die Zunge wie Sandpapier. Ich griff nach der ersten besten Dose, die ich finden konnte, und ließ das Nass durch die Kehle rinnen. Beim letzten Schluck wurde mir klar, dass ich etwas Merkwürdiges, sehr Saures trank, das weder Cola noch Sprite oder Fanta sein konnte … Verdutzt blickte ich auf das grüne Etikett. »Weißkohl-Rote Rüben-Saft« stand darauf. Was war das denn? Etwa ein Anti-Kater-Mittel für russische Quartalssäufer? Was für ein widerwärtiges Zeug!

11. Kapitel

Der Gemüsesaft stellte sich nicht nur als widerwärtig, sondern geradezu heimtückisch heraus. Ich war kaum vier Haltestellen mit dem Trolleybus gefahren und hatte die nächste Metrostation noch nicht erreicht, als ich den starken Drang nach einer Toilette verspürte. Da war guter Rat teuer. Vor mir lag eine endlose Straße, in der sich Geschäft an Geschäft reihte. Was es da nicht alles gab – Kleidung, Videotechnik, Bücher … Alles, nur kein öffentliches Klo. In verschiedene Läden wagte ich mich hinein, wurde aber überall mit Schimpf und Schande vertrieben. Wie übrigens auch aus einer Apotheke, einem Friseursalon, einer Reinigung und einer Bibliothek. Alle diese Einrichtungen haben natürlich eine Toilette, aber niemand wollte eine Hergelaufene von der Straße dort einlassen. Die Lage wurde kritisch. Sollte ich vielleicht in die Apotheke zurücklaufen und ein Paket Pampers für Erwachsene kaufen? Schließlich konnte ich mich ja nicht an der nächsten Ecke hinhocken!

In heller Verzweiflung frage ich eine Frau, die Piroggen verkaufte: »Wohin gehen Sie denn, wenn Sie mal müssen?«

»Zur Metro«, erklärte die, »da stehen so blaue Häuschen. Lauf gleich hier durch die Höfe, es ist nicht weit.«

Irgendwie erreichte ich mein Ziel. Tatsächlich standen links und rechts vom Eingang zur Metrostation die ersehnten blauen Würfel. Ein schmuddliges Weib nahm mir vier Rubel ab, und endlich hatte ich Zugang zu einer der wichtigsten Errungenschaften der Zivilisation.

Nach zehn Minuten war ich fertig und trödelte noch ein wenig an den Kiosken und Zelten entlang. Ich hatte es nicht eilig, nach Hause zu kommen. Jeder Mensch hat schließlich das Recht auf ein bisschen Erholung. Wenn ich in unserer Behausung auftauche, stürzen sich immer gleich alle mit ihren Problemen auf mich. Lieber wollte ich mich noch etwas ergehen und in Ruhe nachdenken. Ein Laden für Haushaltwaren mit allem möglichen Krimskrams kam mir da gerade recht. Ich liebe es, in den tausend kleinen Dingen zu wühlen, mir Teekessel, Töpfe, hübsche Dosen für Reis oder Zucker anzuschauen. Fast eine halbe Stunde verbrachte ich dort und war mit mir zufrieden. Ich hatte einige hübsche, wenn auch völlig nutzlose Dinge erstanden. Zum Beispiel ein rosafarbenes Porzellanschweinchen mit Löchern im Rücken, in die man alle möglichen Küchengeräte – Messer, Schere oder Quirl – stecken kann. Auf dem Weg zur Metrostation kam ich wieder an den Toiletten vorbei. Dort war es menschenleer, nur in einer der Buden hämmerte jemand an die Tür und schrie: »Mach sofort auf!«

Ich trat näher. Die Tür war von außen verriegelt. Vielleicht hatten Lausebengel die Gelegenheit genutzt, dass die Kassiererin sich einen Moment entfernt hatte, und einen unglücklichen Kunden in dem Häuschen eingeschlossen. Als ich näher trat, sah ich einen Hundertrubelschein auf dem Boden liegen.

»Mach endlich auf, du Miststück«, brüllte einer drinnen und hämmerte weiter mit der Faust gegen die Tür.

»Gleich, gleich«, murmelte ich und zog den Riegel zurück.

Da schoss auch schon ein junger Mann von etwa 30 Jahren, groß und schwer wie ein Eisbär, aus der Hütte hervor. Er packte mich am Arm und brüllte: »Hab ich dich endlich, du Schlange!«

»Was soll denn das?!«, rief ich empört. »Sag wenigstens danke.«

»Das fehlte gerade noch!«, brüllte der Mann weiter und gab mir einen ziemlich heftigen Faustschlag in den Bauch.

»Bist du verrückt geworden?«, kreischte ich auf und trat ihn mit meiner Stiefelspitze gegen das Knie. »Du hast sie wohl nicht alle!«

»Ich reiß dir den Kopf ab!«, drohte der dem Abort entsprungene Rowdy und drückte mich gegen das Häuschen.

Ich schrie, so laut ich konnte, und wehrte mich nach Leibeskräften. Der Lärm lockte alle möglichen Gaffer an, und im Nu erschienen auch zwei Milizionäre auf der Bildfläche, die zusammen kaum vierzig Jahre alt sein mochten.

»Was geht hier vor, Bürger?«, fragte der eine, ein rotbäckiger Blonder, der sich Mühe gab, seriös zu wirken.

»Was habt ihr in eurem beschissenen Moskau bloß für Weiber? Der reine Abschaum!«, brüllte der Mann immer noch aufgeregt und stieß weiter mit seinen schweren Schuhen nach mir. »Wie kommen die nur auf so was?«

»Sagen Sie bitte klar und deutlich, was passiert ist«, forderte jetzt der zweite Milizionär. »Und Ihre Papiere möchte ich sehen.«

Der Bursche zückte seinen Pass.

»Soso«, bemerkte der Sergeant zufrieden, »ein Bürger der Ukraine! Und wo ist Ihre Anmeldung?«

»Was willst du von mir, bist du nicht ganz bei Trost?«, fragte der Mann. »Was für eine Anmeldung? Ich bin auf der Durchreise hier! Heut Nacht will ich weiter!«

»Und wo ist Ihre Fahrkarte?«

»Habe ich noch nicht gekauft.«

»Kommen Sie mit aufs Revier«, befahlen beide Beamte im Chor.

»Jetzt wird's ja interessant!«, brüllte der Mann.

»Und das Miststück wollen Sie laufen lassen? Wissen sie, was die hier treibt?«

Und er erzählte eine unglaubliche Geschichte. Mykola Kruschko hatte sich noch nie etwas zuschulden kommen lassen. Ein gesetzestreuer Bürger, der in Kiew akkurat seine Steuern zahlte.

»Nie wäre ich in euer verdammtes Moskau gekommen«, wütete er, »aber meine Tante in Tambow ist krank geworden.«

Eine direkte Bahnverbindung von Kiew nach Tambow gibt es nicht. Also musste Mykola über Moskau fahren. Der Schnellzug aus Kiew kam um neun Uhr morgens in Moskau an. Der nach Tambow fuhr aber erst nachts um elf. Kruschko blieb nichts weiter übrig, als durch die russische Hauptstadt zu schlendern, wo ihn der Überfluss des Angebots erstaunte, aber die Preise erschreckten. Schließlich verspürte er ein menschliches Bedürfnis. Da kamen ihm die blauen Buden gerade recht, bei denen eine Frau in chinesischer Daunenjacke stand.

Mykola zahlte vier Rubel und erledigte sein Geschäft. Als er das Häuschen wieder verlassen wollte, war die Tür verschlossen. Er glaubte, das sei ein Irrtum, und klopfte. Aber die Kassiererin wollte die Tür nicht ohne weiteres öffnen. Sie erklärte, das Betreten der Toilette koste vier Rubel, das Verlassen einhundert.

Ich kicherte in mich hinein. Das kannte ich doch. Wolodja Kostin hatte mir erzählt, dass ihm so etwas auf seiner letzten Reise durch arabische Länder passiert war, wo man auf ähnliche Weise europäische Touristen ausnimmt. Den ahnungslosen Weißen wird angeboten, für ein paar lächerliche Cent auf einem Kamel reiten zu dürfen. Wenn der Reisende aber wieder absteigen will, fangen die Probleme an. Man kommt nur herunter, wenn das Wüstenschiff sich niederlegt. Um das Kamel dazu zu bewegen, fordert der Treiber eine beträchtliche Summe. Die erhält er in der Regel auch. Denn das an die Hitze gewöhnte Tier kann, ohne Schaden zu nehmen, den ganzen Tag in der prallen Sonne stehen. Touristen sind nicht so ausdauernd. Schon nach zehn Minuten sind sie bereit, alles zu geben, nur um in den Schatten zu gelangen.

In Moskau gibt es zwar keine Kamele, dafür öffentliche Toiletten. Mykola begann zornig gegen die Tür zu hämmern, doch die war aus Metall, und die Kassiererin nicht weniger hart. Am Ende gab der Mann nach und schob einen Hundertrubelschein unter der Tür durch. Aber die ging immer noch nicht auf. Brüllend vor Wut, hämmerte Kruschko gegen die Tür, da endlich ließ sich die Betrügerin erweichen.

»Ich bin hier zufällig vorbeigekommen«, erklärte ich. »Ich habe das Geschrei gehört und den Riegel zurückgeschoben, weil ich dachte, ein paar Bengels hätten dem Mann einen Streich gespielt.«

»Die lügt«, erklärte Mykola, »sie hat mich reingelegt, ich erkenne sie. Rosafarbene Jacke und graue Mütze …«

»In solchen Jacken läuft halb Moskau herum!«

»Ach so!«, brüllte Mykola wieder. »Und was ist das hier?«

Die Milizionäre starrten auf den Hundertrubelschein, der vor uns im Schnee lag.

»Den hat das Weibsstück fallen lassen«, behauptete Kruschko, »damit es keine Beweise gibt!«

So ein Idiot aber auch. Ich hatte drei solcher Scheine in der Tasche, die niemand voneinander unterscheiden konnte …

Für die Streifenbeamten klang das letzte Argument überzeugend. Wir mussten beide aufs Revier.

Dort angekommen, erklärte ich in strengem Ton: »Meine Herren, ich habe das Recht zu telefonieren.«

»Bist du etwa Anwältin?«, fragte ein Hauptmann, der aussah wie ein Borstentier, vorsichtig.

»Nein, aber ich kenne das Gesetz!«

»Hier bin ich das Gesetz!«, donnerte der Hauptmann, »und du bist eine Betrügerin. Dich haben wir schon lange auf dem Kieker.«

»Wählen Sie sofort diese Nummer und verlagen Sie entweder Major Kostin, Major Samonenko oder Major Mitrofanow …«

»Wozu?« Der Hauptmann stutzte wieder. »Wer sind Sie überhaupt?«

Da ich das Borstentier dazu bewegt hatte, vom Du zum Sie überzugehen, antwortete ich stolz: »Oberst Romanowa. Leider habe ich keine Papiere dabei, aber diese Beamten werden meine Identität bestätigen. Bewegen Sie sich, Hauptmann, ich habe Besseres zu tun, als hier mit Ihnen meine Zeit zu vertrödeln!«

Was dann geschah, bewies eindeutig: Wenn man der Miliz forsch und selbstbewusst entgegentritt, werden die braven Beamten schnell unsicher. Vor jeglichen Vorgesetzten haben sie einen Heidenrespekt. Der Hauptmann glaubte der »Obersten« offenbar aufs Wort, denn bis zur Klärung meiner Identität schloss er mich nicht in der üblichen Arrestzelle ein, sondern in einem Büro. Das hatte allerdings auch vergitterte Fenster. Und ich bekam die Hauspostille der Miliz »Petrowka 38« zu lesen.

Gern hätte ich mich auf der durchgesessenen Couch ein wenig ausgestreckt. Daran hinderte mich jedoch die Kälte im Raum. Die Heizperiode war offiziell bereits zu Ende, aber der Frühling wollte nicht kommen. Wenn das hier lange dauerte, konnte ich mir eine böse Erkältung holen. Wenigstens einen Tee und etwas zu beißen hätten sie mir anbieten können!

Nach einer Stunde öffnete sich die Tür. Ein mir unbekannter Major und Slawa Samonenko traten ein. »Oberst Romanowa«, meldete Slawa, »ich bin gekommen, um Sie abzuholen.« Um nicht aus der Rolle der Vorgesetzten zu fallen, blaffte ich: »Warum hat das so lange gedauert? Schweinerei, so was!«

»Entschuldigen Sie schon«, stammelte der Major, offenbar der Chef des Reviers, »uns liegen schon so viele Anzeigen gegen die Frau vor, die bei den Toiletten ihr Unwesen treibt. Wir kriegen sie einfach nicht zu fassen.«

»Was ist daran so schwer?«, fragte ich verwundert. »Die öffnet doch wieder, wenn sie ihr Geld hat. Hat sie noch nie jemand festgehalten und hierhergeschleppt?«

»Nein, so läuft das nicht«, erklärte der Major. »Sie arbeitet im Team mit einem obdachlosen Mann. Sie wartet ab, bis die echte Kassiererin ihre Pause macht, und spielt dann deren Rolle. Sie nimmt auch nicht jeden aus, sondern hält sich an gut gekleidete Männer und Frauen. Außerdem hat sie eine Nase für Leute aus der Provinz. Sie geht wohl zu Recht davon aus, dass die weniger widerspenstig sind als Moskauer. Sie verriegelt die Tür und verlangt die hundert Rubel. Aber sie öffnet nie selbst, sondern mischt sich unter die Passanten. Nach einer Weile kommt der Obdachlose wie zufällig vorbei und zieht den Riegel zurück. Ihm tun die Leute in der Regel nichts. Denn er murmelt mit treuem Hundeblick: ›Ich trotte hier vor mich hin, da hab ich dich brüllen hören und dir helfen wollen.‹

Da die Betrügerin eine Frau war, sagt man dem Typen Danke und drückt ihm sogar noch etwas für ein Bier in die Hand.«

»Und warum hat sie das Geld heute nicht mitgenommen?«, fragte ich verwundert. »Der Hundertrubelschein lag noch da!«

»Wer weiß? Vielleicht hat eine Streife sie daran gehindert.«

»Kommen Sie, wir müssen gehen«, sagte Samonenko.

Wir traten auf die Straße hinaus, Slawa öffnete die Tür seines verbeulten Ladas und knurrte mich an: »Warum hast du dich nicht gleich als Generalin oder als Marschallin vorgestellt?«

»Hat die Miliz denn einen Marschall?«, fragte ich verwundert.

»Steig ein!«, kam es wütend von Samonenko.

»Danke, mit der Metro geht es schneller.«

»Steig ein, sage ich!«

Ergeben tat ich, wie mir geheißen, und das klapprige Gefährt rollte auf den Prospekt hinaus. Wer glaubt, alle Mitarbeiter der Kriminalpolizei seien bestechlich, der sollte sich diese Klapperkiste anschauen, die man wohl kaum noch ein Auto nennen kann.

»Pfiffig ausgedacht von dem Weib«, sagte ich, um das drückende Schweigen zu brechen.

Slawa musste an einer Ampel halten, steckte sich eine Zigarette an und meinte: »Dieses stinkende Geschäft ist für alle von Vorteil.«

»Was meinst du damit?«

»Na, überleg doch mal. Eine solche Bude kostet ungefähr tausend Dollar. Wieviel Rubel macht das gegenwärtig?«

»Ungefähr 29 000.«

»Sagen wir mal, 30 000. Jetzt rechne: Eine Sitzung kostet vier Rubel. Pro Tag kommen bestimmt 300 Leute zusammen. Das macht ...«

»1200 Rubel«, sagte ich verblüfft. »Das Ding ist in einem Monat abgezahlt.«

»Und bringt dann reinen Gewinn«, schlussfolgerte Slawa. »Kannst du dir vorstellen, was für Geld so ein Klosettvermieter scheffelt? Die Frauen kassieren für ein Butterbrot, und die Leerung dürfte auch nicht so teuer sein. Außerdem werden die Buden nur eine bestimmte Zeit lang benutzt. Rate mal, was dann mit ihnen passiert? Sie werden an Datschenbesitzer verkauft.«

»Tatsächlich?«

»Ein Kumpel von mir hat so ein Ding für 200 Dollar gekauft und in seinem Garten aufgestellt«, erklärte Samonenko, als wir schon vor meinem Haus angelangt waren. »Er ist sehr zufrieden damit. Ein Holzhäuschen zu bauen wäre wesentlich teurer geworden. Die Kiste hat eine verschließbare Tür, so dass kein Fremder sie benutzen kann. So, steig aus, wir sind da.«

Mit meinen Einkäufen beladen, trollte ich mich nach Hause. Wirklich ein einträgliches Geschäft. Unter allen Regimen, bei jedem Wetter und zu jeder Zeit braucht der Mensch eine Toilette. Nur wenn man nach seiner Tätigkeit gefragt wird, kann es etwas peinlich werden.

»Wovon leben Sie?«

»Ich vermiete Toiletten.«

Natürlich kann man das auch eleganter formulieren: Ich besitze Hygiene-Einrichtungen. Nein, das klingt eher nach einer Badeanstalt. Oder: Ich habe mit der Kanalisation zu tun. Auch nicht das Richtige. Da scheint selbst der Handel mit Damenbinden und Tampons ein ehrenwerteres Geschäft zu sein. Aber wieso tue ich so versnobt? Hauptsache, ehrliche Arbeit! Und: Geld stinkt nicht.

12. Kapitel

Exakt fünf vor zwölf stand ich vor Nikitas Tür. Aber auf mein Klingeln reagierte niemand. Ich drückte meinen Finger so lange auf den Knopf, bis er wehtat. Drinnen rührte sich nichts. War der Bursche etwa verduftet, um mir nicht zu begegnen? Wohl kaum. Sicher hatte er verschlafen, saß jetzt in der Badewanne und hörte nichts. Ich musste mich in Geduld fassen.

Ich stieg einen Treppenabsatz höher, machte es mir auf dem Fensterbrett bequem und steckte mir einen Zigarillo an. Ehrlich gesagt, kann ich gar nicht richtig rauchen. Alle anderen atmen den Rauch ein, ich verschlucke ihn. Wenn ich einen Lungenzug wage, muss ich fürchterlich husten. Gelangt der Rauch dagegen in den Magen, erwärmt und entspannt der sich. Wolodja und Katja lachen mich deswegen aus, aber das stört mich nicht. Ich kann Zigaretten inzwischen ganz gut nach dem Geschmack unterscheiden. »Malboro« schmecken säuerlich, »Vogue« eher bitter, und Menthol-Zigaretten erinnern an Kaugummi. Neuheiten probiere ich gerne aus. Dabei kann ich mir auch teure Zigaretten leisten, denn ich »rauche« höchstens eine am Tag. Katja behauptet, ich genieße den Tabak wie Konfekt. Das könnte stimmen.

Plötzlich ging Nikitas Wohnungstür langsam einen Spalt breit auf. Ein Mann lugte heraus und sah sich um. Das gefiel mir gar nicht. Als er sich rückwärts aus der Tür schieben wollte, rief ich: »Halt! Was machst du da?«

Der Mann wandte mir sein kreidebleiches Gesicht zu, und ich erkannte … Andrej Kortschagin.

»Sie?«, stammelte der Maler. »Wo kommen Sie denn her?«

Nach seinem flackernden Blick und dem Schweiß auf der Stirn zu urteilen, stand der Künstler offenbar unter Schock. Ich lief die paar Stufen hinab und erklärte eiskalt: »Ich bin dienstlich hier! Aber was tun Sie in Abwesenheit des Besitzers in einer fremden Wohnung?«

Kortschagin antwortete: »Ich war mit Nikita um elf verabredet. Die Tür war zu, da habe ich eben gewartet.«

»Aber Sie sind doch gerade aus der Wohnung gekommen!«

»Tatsächlich? Stimmt, ich bin aus Versehen gegen die Tür gestoßen, da hat sie nachgegeben. Ich habe hineingeschaut und niemanden entdeckt. Ich wollte gerade wieder gehen, da kamen Sie.«

»Lügen Sie mir nicht die Hucke voll!«, sagte ich barsch. »Los, gehen wir rein.«

»Nein!« Andrej schrie fast: »Nur das nicht!«

Ohne großes Federlesen schob ich den schweren Kerl in den Korridor. Der starke und sonst so selbstbewusste Mann leistete keinerlei Widerstand, sondern bat nur immer wieder: »Nein, bitte nicht, lassen Sie mich los ...«

Das kam mir sehr verdächtig vor. Ich packte ihn bei der schweißnassen Hand und zerrte ihn ins Wohnzimmer. Nun war es an mir, erschrocken dreinzuschauen. Das so sorgfältig eingerichtete Zimmer war total verwüstet. Aus den Schränken hatte man alles herausgerissen, die Polstermöbel aufgeschnitten und einen kleinen Schemel einfach in Stücke gehauen.

»Sagen Sie mal, Bürger Kortschagin«, rief ich entgeistert, »was haben Sie denn hier gesucht?«

»Na, nichts«, stammelte Andrej. »Das war schon so, als ich gekommen bin. Dieses Chaos muss jemand vor mir angerichtet haben!«

»Und da behaupten Sie, Sie seien nur im Korridor gewesen!«

Der Maler blickte verschämt zu Boden.

»Ich war das wirklich nicht. Ich bin hier reingekommen, weil ich dachte, Nikita hätte die Tür nicht richtig verschlossen. Sein Schloss funktioniert schlecht ... Und dann so was! Bestimmt waren es Einbrecher!«

»Sind Sie auch im Schlafzimmer gewesen?«

»Nein!!!«

Ich schaute ihn zweifelnd an.

»Auf Ehre und Gewissen!«, fügte Andrej rasch hinzu.

Ich glaubte ihm kein Wort. Nur, warum war er so verängstigt? Er hatte einen Freund treffen wollen, war durch die offene Tür gegangen und hatte festgestellt, dass jemand in die Wohnung eingebrochen hatte ... Warum hatte er nicht die Miliz gerufen? Weshalb wollte er sich so davonschleichen?

»So, jetzt nehmen wir uns das Schlafzimmer vor!«

Aber in den übrigen Zimmern war alles in Ordnung. Offenbar hatte der Einbrecher bereits im Wohnzimmer gefunden, wonach er suchte. Nikita war nirgendwo zu sehen.

»Also«, murmelte ich, nachdem ich Küche und Toilette inspiziert hatte. »Jetzt noch das Bad.«

»Bitte nicht!«, piepste Andrej merkwürdig und sagte nur noch: »Ich habe das nicht getan!« Dann sackte er in sich zusammen.

Offenbar war er in Ohnmacht gefallen. Ich stürzte ins Bad, weil ich glaubte, dort eine Hausapotheke oder zumindest Wasser zu finden, um Andrej helfen zu können.

In dem kleinen Raum war es heiß. Der grüne Vorhang vor der Wanne war zugezogen. Auf einer Seite hatte er ein kleines Loch mit schwarzem, versengtem Rand, das von einer brennenden Zigarette stammen mochte. Es war totenstill, und irgendwie wurde mir Angst. So kann es einem bei helllichtem Tag auf einem menschenleeren Friedhof gehen. Niemand ist zu sehen, die Vögel singen, und doch wirkt alles unheimlich. Ich zog den Vorhang zurück und erblickte Nikita. Er saß halb aufgerichtet in der Wanne, sein Kopf lag auf dem Wannenrand, und er blickte starr in eine Ferne, wo er etwas für gewöhnliche Sterbliche Unerreichbares zu sehen schien. Mechanisch prüfte ich mit der Hand das Wasser. Es war warm, fast noch heiß. Das würde der Spurensicherung Schwierigkeiten bereiten. In warmer Umgebung erkaltet eine Leiche anders, und man kann den Zeitpunkt des Todes schwer feststellen. Aber sicher hatte die Miliz auch dafür ein Verfahren …

Die Miliz! Meine Güte, hoffentlich hatte die noch niemand angerufen! Ich stand in diesem Bad neben einer Leiche, und im Korridor lag Andrej ohne Bewusstsein.

Ich griff mir ein Glas, warf die Zahnbürsten, die darin steckten, ins Becken und ließ kaltes Wasser einlaufen, das ich Andrej vorsichtig ins Gesicht spritzte.

»Wach auf, Andrej! Wach auf!«

Nach einer Ewigkeit schlug der Maler die Augen auf. Als er mich und die offene Tür zum Badezimmer erblickte, flüsterte er gequält: »Das war ich nicht. Als ich herein kam, war er schon tot …«

Aus Angst, er könnte gleich wieder das Bewusstsein verlieren, unterbrach ich ihn rasch: »Ich weiß. Sie sind hier hereingekommen und haben Nikita mit einer Kugel im Kopf gefunden.«

»Sie glauben mir?«, fragte Andrej voller Hoffnung.

Wo waren nur sein Selbstbewusstsein und seine Überheblichkeit geblieben?

»Ich glaube Ihnen, aber wir müssen schnell hier weg, sonst ist die Miliz da und nimmt uns mit. Das wird uns bestimmt nicht gut bekommen.«

»Aber Sie sind doch von der Kriminalpolizei!«, hielt mir der Maler entgegen und stand auf.

»Das erkläre ich Ihnen später!« Ich winkte ab und zerrte ihn zum Ausgang.

Im Korridor hielt ich inne.

»Was ist?«, flüsterte Kortschagin.

»Sekunde!«, flüsterte ich zurück.

Ich lief noch einmal ins Bad, bemüht, das, was von Nikita geblieben war, nicht anzusehen, zog den Vorhang zu, spülte das Glas aus, wischte es ab und stellte die Zahnbürsten wieder hinein. Dann machte ich mein Taschentuch nass, löschte das Licht und wischte Schalter sowie alle Klinken und Griffe sorgfältig ab.

In den Fahrstuhl trauten wir uns nicht. Wir nahmen die Treppe. Vor dem Eingang stand ein großer Mercedes. Andrej betätigte die Fernbedienung, und die Scheinwerfer leuchteten kurz auf. Drinnen roch es nach einem teuren Herrenparfüm und noch etwas anderem sehr Angenehmen. Andrej steckte den Zündschlüssel ins Schloss, der Motor sprang an und schnurrte wie ein satter Kater. Sanft glitt der Mercedes in den rollenden Verkehr. Das war etwas anderes als Samonenkos altersschwacher Lada. In so einem Gefährt fühlte man sich glatt wie die englische Königin.

»Was wollten Sie bei Nikita?«, fragte ich streng.

Andrej antwortete: »Wir hatten Geschäftliches zu besprechen. Ich sollte um elf da sein.«

»Und Sie sind zu spät gekommen?«

»Höchstens fünfzehn Minuten. Was ist schon dabei?«

»Sie lügen. Um elf schläft er normalerweise noch. Mich hatte er für zwölf Uhr bestellt. Wenn Sie wollen, dass ich Ihnen glaube, sollten Sie besser bei der Wahrheit bleiben!«

Kortschagin bog nach links in eine kleine menschenleere Straße ein, hielt vor einem großen Haus im Stalinstil, schaltete den Motor ab, zückte eine Packung »Malboro« und gab seelenruhig zurück: »Flunkern können Sie aber auch nicht schlecht. Wieso behaupten Sie, Sie kämen von der Miliz?«

»Das habe ich nie gesagt. Sie selber haben geglaubt, ich sei an den Ermittlungen beteiligt.«

»Und was sind Sie wirklich?«

»Ich bin Privatdetektivin. Aber jetzt antworten Sie gefälligst auf meine Fragen! Was haben Sie bei den Malyschews gewollt?«

»Nichts Bestimmtes. Ich bin einfach so vorbeigekommen. Ich habe nach Nikita gerufen und bin dann ins Wohnzimmer gegangen. Dort lag alles durcheinander. Dann habe ich ihn im Bad gefunden ...«

»Sie lügen schon wieder!«

»Woher wollen Sie das wissen?«

»Sie sind um 11.15 Uhr angekommen und haben die Wohnung erst um zwölf Uhr wieder verlassen. 45 Minuten lang haben Sie sich die Leiche angeschaut? Und dann der Vorhang! Als ich ins Bad kam, war er geschlossen. Sie haben ihn also aufgezogen, Nikitas Leiche gesehen, ihn wieder ordentlich zugezogen und sind gegangen?«

»Na klar! Sie haben es doch genauso gemacht.«

»Ich bin nur nicht vor Angst in Ohnmacht gefallen. Herr Kortschagin dagegen ist vor der Tür zum Badezimmer zusammengesackt.«

»Ich habe den Vorhang nicht weggezogen«, erklärte der Maler. »Ich habe ihn nur ein wenig angehoben. Ich dachte, Nikita badet und hat vergessen, die Tür zuzumachen.«

»Warum haben Sie ihn nicht gerufen?«

»Das habe ich ja, aber er hat nicht geantwortet.«

Offenbar hatte ich es wirklich mit einem Idioten zu tun. Der sollte nur nicht glauben, alle seien so dumm wie er.

»So war es bestimmt nicht!«

»Wie denn?«

»Sie sind, mit einer Pistole bewaffnet, in verbrecherischer Absicht in Malyschews Wohnung eingedrungen. Da Sie die Gewohnheit des Besitzers kannten, nach dem Aufstehen ein Bad zu nehmen, sind sie Viertel nach elf gekommen. Sie haben die Tür geöffnet, sich ins Bad geschlichen, den Revolver gezogen ...«

»Was für ein verdammter Blödsinn!«, brüllte Andrej auf. »Das ist doch alles aus der Luft gegriffen! Weshalb sollte ich Nikita umbringen? Weshalb, frage ich Sie!«

»Das werden die zuständigen Organe schon herausbekommen! Los, lassen Sie den Motor an, wir fahren!«

Unerwartet nachgiebig drehte er den Zündschlüssel und fragte: »Wohin?«

»Petrowka 38.«

Der Mercedes fuhr weich an, aber mir sank der Mut. Ich hatte gedacht, der Mann würde Angst bekommen und mir sagen, wo er das Tagebuch gefunden hatte. Statt dessen wollte er seelenruhig mit mir zur Miliz fahren. Aber plötzlich trat Andrej so heftig auf die Bremse, dass ich mit der Stirn gegen die Windschutzscheibe krachte. Ihm war offenbar aufgegangen, dass er sich selber in die Arrestzelle befördern wollte.

»Was heißt hier, Petrowka?«, zischte Andrej. »Ich bin unschuldig! Das ist eine unglückliche Verknüpfung von Umständen!

»Das müssen Sie mir beweisen.«

Wäre mein Künstler nicht so verwirrt gewesen, hätte er die unverschämte »Privatdetektivin« wahrscheinlich aus dem Wagen geworfen. Aber Andrej hatte völlig die Fassung verloren.

»Also gut«, murmelte er. »Sehen Sie her!«

Er holte aus der Innentasche seines Jacketts ein kleines Kästchen, öffnete es und kippte mir den Inhalt in den Schoß. Er passte gut zu dem eleganten Mercedes – ein Ring und ein Anhänger mit den Initialen J. W. Die Stücke hatte ich bereits bei Nikita gesehen. Er hatte behauptet, sie seien ein Geschenk von Boris an Shanna gewesen. Andrejs Kästchen enthielt dazu noch ein passendes Armband, ebenfalls mit Saphiren und Brillanten geschmückt. Ein eleganter, sehr aristokratisch wirkender Schmuck.

»Was soll das bedeuten? Die Sachen haben Sie Nikita gestohlen!«

»Wo denken Sie hin?!« Andrej schüttelte den Kopf. »Schauen Sie, hier!«

Mit diesen Worten drückte er mir ein aufgeschlagenes Buch in die Hand. Sein Titel lautete »Schätze der Blagowidow-Galerie«. Die betreffende Seite zeigte Fotos von Schmuckstücken. Da war ein von Edelsteinen übersätes Diadem, Ohrgehänge und eine Brosche – alles offenbar Teile einer Garnitur mit den Initialen J. W. Darunter folgender Text: »Schmuck der Fürstin Jelena Wjasemskaja, Geburtstagsgeschenk ihres Gatten, Baron Esterhazy. Gold, Brillanten, Perlen, Saphire und weitere Edelsteine. Bestehend aus Diadem, Ohrgehängen, Brosche, Ring, Kollier und Armband. Die drei letzten Stücke gelten als vermisst.«

Entgeistert starrte ich auf das, was da in meinem Schoß lag.

»Du meine Güte! Das ist ja ein ganzes Vermögen!«

Andrej brummte: »Stimmt, wenn sie echt wären.«

»Das glaubt man doch sofort! Sieht wie echtes Gold aus!«

»Es ist auch Gold.«

»Aber Sie sagen doch, die Stücke seien gefälscht.«

Andrej murmelte verlegen: »Ach, es kommt sowieso raus. Also, hören Sie zu. Nikita, Shanna und ich hatten ein Geschäft, das nicht illegal war und einen Haufen Geld einspielte.«

Ich hörte ihm zu, ohne ihn zu unterbrechen. Wirklich ein genialer Plan. Nikita und Shanna waren zu allem anderen auch noch geschickte Goldschmiede. Bevor sie Andrej Kortschagin kennenlernten, fertigten sie hin und wieder ein Stück für Freunde an. Sie hielten selber nicht allzu viel von ihrer Arbeit und sahen sie eher als Hobby. Ihr Geld verdienten sie bekanntlich auf andere Weise. Da hatte Andrej eine ausgefallene Idee.

In Bibliotheken suchten sie nach Büchern und Broschüren, in denen seltene Schmuckstücke abgebildet waren. Dabei griffen sie nicht zu hoch. Die berühmten Arbeiten, die in der Rüstkammer des Kreml ausgestellt sind, interessierten sie nicht. Am günstigsten schienen ihnen Besitztümer von Adligen oder Kaufleuten zu sein, die im Strudel der Oktoberrevolution untergegangen waren. Shanna und Nikita studierten zunächst die Fotos. Dann verschafften sie sich mit Hilfe ihrer Ausweise als Mitglieder des Künstlerverbandes Zugang zu den entsprechenden Sammlungen.

Meistens behaupteten sie, sie schrieben an einem Buch über berühmte Juweliere der Vergangenheit. Freundliche Mitarbeiter der Museen erlaubten ihnen, die Exponate in die Hand zu nehmen und zu fotografieren.

Nun begann der schwierigste Teil der Sache. Die beiden kopierten nie die Stücke, die in den Museen lagen. Sie stellten entweder verloren gegangene Stücke her oder arbeiteten nach eigenen Entwürfen. Besaß ein Museum zum Beispiel ein Kollier, dann produzierten sie den dazu passenden Ring, waren Armband und Ohrgehänge noch vorhanden, fertigten sie eine Brosche. Dabei hielten sie sich streng an den ursprünglichen Stil. Technisch waren ihre Arbeiten tadellos. Als Material verwendeten sie Dinge, die sie Privatleuten, meist im höheren Alter, für wenig Geld abkauften – Uhrendeckel, zerrissene Halsketten oder verbogene Broschen. Aus dem Altgold entstanden »antike« Kunstwerke. Schwieriger war es mit den Steinen. Meist mussten sie neue verwenden. So entstanden solide, wertvolle Stücke. Shanna und Nikita gaben keine Glassplitter für Smaragde oder Bergkristall für Brillanten aus. Alles war echt. Hier kam Andrej ins Spiel.

Er hatte bei den russischen Neureichen einen guten Namen. Um Geld zu verdienen, malte er Porträts so, wie die Kunden es wollten – die Damen in Ballkleidern, Pelzen und Schmuck, die Männer in Maßanzügen vor einer Bücherwand. Er hat einen großen Kundenkreis. Viele bestellten Bilder aller Familienmitglieder einschließlich der vierbeinigen Lieblinge. Andrej malte alles, was verlangt wurde. Warum sollte er die Nase rümpfen, wenn ein Kunde für sein Schoßhündchen in Öl so viel zu zahlen bereit war, dass der arme Künstler davon ein halbes Jahr lang herrlich und in Freuden leben konnte? Selbst ein Meerschweinchen hatte er schon gemalt.

Ein Porträt zu schaffen kostet Zeit. Ein Kunde ist kein professionelles Model, das stundenlang stocksteif im Sessel sitzt, ohne sich zu bewegen. Er braucht Pausen, muss unterhalten und bewirtet werden. Beim Kaffee blätterte einer von ihnen in einem aufgeschlagenen Buch. Andrej wies auf ein Foto: »Prächtige Sachen.«

Der Kunde stimmte zu, und man plauderte locker darüber, was solche Schmuckstücke kosten mochten. Man war sich darin einig, dass Gold die beste Kapitalanlage sei, denn sein Wert hängt nicht vom politischen Regime ab. In die nächste Sitzung platzte eine Frau hinein. Andrej ging mit ihr in die Küche, woher ein Streit an das Ohr des Kunden drang, der weiter gehorsam in seinem Sessel saß. Nach einiger Zeit tauchte Andrej wieder auf, warf ein Kästchen auf den Tisch, entschuldigte sich und sagte ärgerlich: »Das war eine Enkelin von Wjasemski (oder Obolenski oder Wolkonski – der Name einer beliebigen Adelsfamilie), die völlig verarmt ist und ihren Familienschmuck verhökern muss. Das sind die Sachen, die wir neulich in dem Bildband gesehen haben. Dort steht ›verloren gegangen‹! Ich habe es immer gewusst: Solche Sachen kommen nicht weg.«

Der Kunde betrachtete interessiert die Schmuckstücke, während Andrej wieder an seine Staffelei trat, als sei nichts gewesen. In neunzig Prozent der Fälle bat der Betreffende, ihm die Sachen zu verkaufen. Andrej begann sich zu winden. Natürlich seien die Stücke denen im Katalog sehr ähnlich, doch man müsse ein Gutachten einholen. Zuerst ging es zur staatlichen Warenprüfstelle, wo man ohne weiteres bestätigte, das Gold sei echt und auch die Steine nicht zu beanstanden. Nun zappelte der Kunde endgültig am Haken. Andrej gab sich damit nicht zufrieden, sondern schleppte ihn auch noch zu einer Kunstwissenschaftlerin, die auf antiken Schmuck spezialisiert war. Die drehte die Sachen hin und her, wollte sich aber nicht festlegen. Der Stil stimmte, nur – die Stücke galten als verloren gegangen. Das Gold wiederum war alt … Sie sagte weder Ja noch Nein, womit sie den Kunden in seinem Drang, den Schmuck zu besitzen, nur noch bestärkte. Der Höhepunkt war der Abschluss des Geschäfts. Nachdem Andrej den geforderten Preis eingestrichen hatte, verlangte er: »Unterschreiben Sie hier.«

Da stand auf einem formlosen Bogen: »Ich, der Unterzeichnende, habe bei Andrej Kortschagin einen Ring (oder ein Armband, ein Ohrgehänge, ein Kollier) erworben. Ich wurde davon in Kenntnis gesetzt, dass es sich um eine Fälschung handeln kann. Forderungen an den Verkäufer habe ich nicht.«

Der Kunde unterschrieb den Wisch mit Vergnügen, denn er hatte bereits über eigene Kanäle sondieren lassen, was ein solches Stück bei einer Auktion bringen konnte. Das ließ ihn glauben, er habe den Verkäufer tüchtig übers Ohr gehauen. Beide Seiten waren also mit dem Deal zufrieden.

Unsere Betrüger gingen umsichtig vor. Nur ein-, zweimal im Jahr schlossen sie derartige Geschäfte ab. Die Herstellung der »antiken« Stücke brauchte schließlich Zeit. Die besten gelangen Shanna. Nikitas Hände waren nicht ganz so geschickt, aber auch seine Arbeiten konnten sich sehen lassen.

Am Abend zuvor hatte Nikita Andrej die Garnitur mit den Initialen J. W. bringen sollen. Es war Shannas letzte Arbeit gewesen, und Andrej hatte einen zahlungskräftigen Käufer an der Hand. Aber zum vereinbarten Zeitpunkt war Nikita nicht erschienen. Andrej rief ihn sofort an. Nikita entschuldigte sich und bat ihn, am nächsten Morgen gegen elf bei ihm zu sein. Um zwölf und um zwei erwarte er weitere Besucher und könne deshalb nicht selbst kommen.

Andrej war um 11.15 Uhr zur Stelle. Er klingelte, und als sich nichts rührte, drückte er die Tür auf, die, wie er wusste, nie fest verschlossen war. In der Wohnung entdeckte er das schreckliche Durcheinander und stieß bei der Suche nach Nikita im Bad auf dessen Leiche. Voller Entsetzen stürzte er zum Geheimfach. Nikita und Shanna bewahrten fertige Arbeiten in ihrer Standuhr auf. Sie legten sie nur in das Gehäuse hinein, ohne sie besonders zu verstecken. Andrej war sicher, dass die Garnitur gestohlen sei. Aber das Kästchen lag unversehrt an seinem Platz. Er nahm es an sich und wollte verschwinden. Da tauchte ich auf.

Andrej verstummte. Ich klappte das samtbezogene Kästchen wieder zu und sagte: »Etwas passt hier nicht zusammen. Weshalb haben Sie dann eine Affäre mit Shanna angefangen und Nikita sogar 10 000 Rubel gezahlt?«

»Wir haben nie etwas miteinander gehabt«, murmelte Andrej.

»Jetzt lügen Sie nicht schon wieder!« rief ich empört. »Sie haben es doch schon zugegeben, und auch Nikita hat es mir gesagt!«

»Der ist ein Hundsfott!«, zischte Andrej böse. »Ohne Shanna ist er eine Null! Als Sie ihn ausgefragt haben, hat er sich furchtbar erschrocken. Nikita ist ein Feigling. Er hat geglaubt, Sie hätten von unserem Juweliergeschäft Wind bekommen. Deshalb hat er sich die Affäre ausgedacht, damit Sie nicht weiter nachfragen. Das erschien ihm logisch. Es sollte so aussehen, als hätten die beiden mich ausnehmen wollen. Sie wissen ja, womit die Idioten ihr Geld verdient haben, blöd, wie sie waren!«

Er presste die Hände gegen die Schläfen, wiegte den Oberkörper von einer Seite zur anderen und stöhnte: »Wie dumm sie doch waren! Wie oft habe ich ihnen gesagt: Hört endlich mit den Bettgeschichten auf, eines Tage seid ihr die Gelackmeierten! Nein, offenbar brauchten sie den Kick! Wenn ich von Shanna einen Ring mehr verlangte, dann hatte sie keine Lust! Die Prostituierte zu spielen hat ihr offenbar mehr Spaß gemacht! Jetzt sind sie beide tot. Und jedes Mal haben sie mir geschworen: Nur noch das eine Mal, dann ist Schluss. Als Shanna Boris aufs Korn nahm, habe ich gespürt, dass es schiefgeht. Und prompt ist es passiert. Anna hat sie vergiftet!«

»Wie kommen Sie darauf, dass Anna die Mörderin ist?«

Andrej schaute mich verwundert an.

»Wer denn sonst? Ich weiß, Sie haben auch mich im Auge gehabt. Aber verstehen Sie doch, mit Shannas Tod ist unser Geschäft dahin! Wo soll ich jetzt einen so guten Juwelier hernehmen?!«

»Vielleicht ist es ja Ihre Valeria gewesen«, sagte ich in scharfem Ton. »Übrigens wollte sie Nikita morgen aufsuchen und ihm Shannas Tagebuch abkaufen, in dem etwas Geheimes über sie stehen soll.«

Andrej zog ein exakt gebügeltes und zusammengelegtes Taschentuch aus seiner Hose, wischte sich die Stirn, faltete es wieder zusammen und erklärte mit Nachdruck: »Valeria kann keiner Fliege etwas zuleide tun. Sie ist einfach nicht der Mensch dafür. Zudem war Shanna ihre einzige wirkliche Freundin. Sie hockten ständig zusammen, hatten sich immer etwas zu erzählen, telefonierten täglich miteinander, machten gemeinsam Einkaufstouren. Valeria ist schwach und krank. Wie eine Weinrebe braucht sie eine Stütze. Das war Shanna für sie. In den letzten Jahren waren sie fast wie siamesische Zwillinge. Valeria sitzt jetzt tagelang in der Ecke und weint. Sie will Shanna ein großes Begräbnis ausrichten. Für das Grab hat sie bereits in Italien eine Figur bestellt – eine »weinende Nymphe«. Außerdem wollten wir noch ein paar Geschäfte durchziehen, von dem Erlös ein Häuschen an der Ägäis kaufen und uns dort zur Ruhe setzen.«

»Mit wem?«

»Natürlich mit Valeria«, antwortete Andrej.

»Ihre Frau wusste von dem Handel mit den Schmuckstücken?«

»Natürlich. Sie ist die Kunstwissenschaftlerin, die die Stücke begutachtet hat.«

Das hatten sie wirklich geschickt arrangiert – nur der eigene Kreis war eingeweiht.

»Hat Shanna ein Tagebuch geführt?«

Andrej zuckte die Schultern.
»Woher soll ich das wissen?«
»Wer weiß es dann?«
»Valeria wahrscheinlich.«
Ich verstummte.
»Ist Ihnen jetzt klar«, fragte Andrej mit leiser Stimme, »dass meine Frau und ich nichts mit der Sache zu tun haben? Shannas Tod hat unser Geschäft stark ins Wanken gebracht, und mit Nikitas Ermordung ist es damit endgültig vorbei.«
»Ich muss noch einmal mit Valeria sprechen.«
»Tun Sie, was Sie nicht lassen können, aber wir sind, weiß Gott, unschuldig.«
»Beruhigen Sie sich. Ich habe Sie nie wirklich verdächtigt, Shanna und Nikita umgebracht zu haben.«
Nun war es an Andrej, große Augen zu machen.
»Tatsächlich? Wie das?«
Ich schaute ihn nachsichtig an.
»Mir ist klar geworden, dass ihr Tod für Sie einen großen Verlust bedeutet. Außerdem ist Nikita erschossen worden. Im Bad habe ich keinen Revolver gefunden, und Sie hatten auch keinen dabei. Also muss der Mörder ein anderer gewesen sein.«
Andrej ließ seinen Wagen an, brachte mich zur nächsten Metrostation und bat beim Abschied: »Geben Sie mir bitte Ihre Telefonnummer.«
»Wozu?«
»Wenn ich noch einmal in Verdacht gerate, dann will ich Sie als Detektivin haben.«
Ich musste lächeln.
»Im Moment habe ich schon einen Kunden.«
Aber meine private Telefonnummer gab ich ihm doch.

13. Kapitel

In unserer Wohnung war es bitterkalt. Mir war schon lange aufgefallen, dass man sich im Frühjahr, wenn die Heizung abgestellt wurde, in Moskauer Wohnungen wie in der Antarktis fühlen konnte. Da hatten wir es selbst im Herbst wärmer. Ich hüllte mich in ein dickes Wolltuch, nahm Mulja als lebende Wärmflasche auf den Schoß und versuchte meine Gedanken auf einem Blatt Papier zu ordnen. Der Kreis der Verdächtigen bestand aus Andrej, Valeria, Nikita, Sjuka, Boris, Anna und Irina, das heißt, den Personen, die bei der Geburtstagsfeier anwesend waren. Jeder von ihnen konnte es gewesen sein – außer mir. Ich war mir absolut sicher, dass ich nichts in den Likör getan hatte. Obgleich … Der Stift fiel mir aus der Hand.

Wie kam ich eigentlich darauf, dass nur diese sieben Personen Zugang zu der Flasche gehabt haben sollten? Vielleicht hatte jemand schon zuvor den Likör mit Zyankali versetzt. Nachdenklich fuhr ich mit dem Stift über die polierte Tischplatte. Nein, Anna war buchstäblich Sekunden vor der Ankunft der ersten Gäste hereingeflattert und hatte mir die Tüte mit dem Aufdruck »Ramstore« in die Hand gedrückt. Darin lagen die Flasche, eine Stange Zigaretten und der Kassenbon. Ich hatte mich noch gewundert, dass dieses Gesöff fast 2000 Rubel kostete. Nein, sie hatte die Flasche gerade erst gekauft, denn auf dem Kassenzettel waren Datum und Uhrzeit ausgedruckt. Dort stand 18.40 Uhr, und die Gäste trafen um sieben ein.

Der Kassenbon! Ich sprang förmlich von meinem Sitz auf. Wo hatte ich den hingetan? Wahrscheinlich in das Heft, wo ich alle Ausgaben notierte. Ich hatte von Anna Wirtschaftsgeld bekommen. Die Preise waren aber in verschiedenen Supermärkten nicht gleich. Daher hob ich alle Kassenzettel auf, um meiner Arbeitgeberin die Ausgaben belegen zu können. Vielleicht hatte ich aus Gewohnheit auch den

Bon für die Flasche Baileys aufgehoben? Das wäre gut, denn aus meiner Sicht schwächte die Tatsache, dass sie die Flasche in aller Eile gekauft hatte, den Verdacht gegen sie ab. Wer einen Mord begehen will, bereitet ihn sorgfältig vor und beschafft den Likör, mit dem das Gift verabreicht werden soll, nicht erst in letzter Minute. Das war zwar kein besonders starker, aber doch ein indirekter Hinweis darauf, dass Anna unschuldig war. Wie aber sollte ich an das Stückchen Papier kommen?

»Irina!«, brüllte ich aus Leibeskräften. »Komm mal her!«

Hinter meinem Rücken hörte ich vorsichtige Schritte.

»Irina«, sagte ich, ohne mich umzudrehen, »du hast doch noch einen Schlüssel zur Wohnung deiner Mutter. Ich muss unbedingt dorthin.«

»Wozu?«, fragte eine Männerstimme, und eine Hand schloss sich fest um meine Schulter.

»Wolodja! Du bist das?«

»Ja, ich«, bestätigte Kostin. »Was kritzelst du denn da?«

Er nahm mein Blatt und las: »Andrej, Valeria, Nikita … soso!«

»Gib her«, rief ich und wollte ihm den Bogen wegnehmen.

»Sag mal, warum wohnt Irina jetzt bei euch?«

»Ihre Mutter kann sich nicht um sie kümmern, und Boris behandelt sie schlecht. Das Kind hat mir leidgetan.«

»Schönes Kind!« Mein Freund musste grinsen. »Ist größer als ich und wahrscheinlich auch schwerer …«

»Was hat das schon zu bedeuten?«, fragte ich empört zurück. »Sie geht noch zur Schule und hat Angst, allein zu schlafen.«

»Klar«, meinte der Major grinsend.

»Wer groß und schwer ist, muss noch nicht erwachsen sein«, sagte ich hitzig.

»Wo du recht hast, hast du recht.« Wolodja war nicht zu erschüttern.

»Was gibt's denn da zu grinsen?«

»Mir fällt gerade ein, wie vor einer Woche ein Idiot, etwa 100 Kilo schwer, eine Sparkasse im Alleingang ausrauben wollte.«

Er war in den überfüllten Kassenraum gestürzt und hatte gebrüllt: »Alle hinlegen! Das ist ein Überfall!«

Die Kunden fielen wie reife Pfirsiche. Aber nicht alle. Offenbar hatte der Räuber einen schlechten Tag erwischt. In der Schlange vor dem Schalter, wo die Miete eingezahlt wird, stand ein Zivilfahnder. Als ihm klar wurde, dass der Bandit allein war, zog er seinerseits die Waffe und herrschte ihn an: »Runter mit dir, ich bin von der Miliz!«

Doch der Mann wollte sich nicht ergeben. Er griff sich eine Kundin und zerrte die erschrockene Frau, die laut kreischte, zum Ausgang.

»Schieß doch!«, röhrte er. »Dann mach ich aus dem Weib ein Sieb!«

Der Milizionär musste die Waffe senken. Der Bankräuber war entnervt und wusste nicht mehr, was er tat.

Er schleppte sein Opfer bis zur Tür. Dort endete die Sache dann als Tragikomödie. Der glücklose Räuber war ein Schrank mit dickem Bauch, kräftigen Schenkeln und breitem Kreuz. Auch seine Geisel war nicht gerade Däumelinchen, sie mochte gegen 120 Kilo wiegen. Die Sparkasse hatte eine Drehtür. Es kam, wie es kommen musste: die beiden blieben darin stecken. Die Geisel zappelte wie ein Fisch auf dem Trockenen, der Räuber fluchte lästerlich, aber es half ihm alles nichts. Die beiden schwitzenden Dicken, die, obwohl es bereits April war, noch schwere Wintersachen trugen, saßen in der Falle.

Das erkannte der Milizionär als Erster. Grinsend trat er an den Mann heran, nahm ihm die Pistole ab, die sich als Attrappe erwies, und fixierte den Pechvogel mit Handschellen an einer Eisenstange. Das hätte er gar nicht zu tun brauchen, denn zur »Befreiung« von Täter und Geisel musste der Schneidbrenner in Aktion treten.

Ich lachte laut und war zufrieden, dass die Geschichte Wolodja von meiner Namensliste abgelenkt hatte...

Wir gingen in die Küche Tee trinken, und der Abend verlief ohne weitere Vorkommnisse. Die Hunde wurden ausgeführt und kamen zurück, wonach sie mit Begeisterung die für sie vorgesehene Nahrung verschlangen. Irina und Lisa verschwanden wieder im Bad, um eine weitere Haarfarbe auszuprobieren. Kira saß wie angenagelt vor dem Notebook, wo er Berge von Chips verschlang. Irina, die es uns allen recht machen wollte, hatte ihm ein neues Computerspiel mitgebracht, und er ballerte unaufhörlich. Die Katzen schliefen friedlich auf der Couch. Wolodja und ich hatten uns einen Film mit dem vergnüglichen Titel »Morde, sonst bist du verloren« angesehen. Der Major schickte sich gähnend an, sein Heim auszusuchen. Ich brachte ihn hinaus und blieb auf der Schwelle stehen, bis er hinter seiner Tür verschwunden war. Da drehte er sich noch einmal um.

»Gute Nacht«, rief ich ihm zu.

»Dir das Gleiche«, antwortete Wolodja und streckte sich. »Um ruhig schlafen zu können, fehlt mir aber noch etwas.«

»Was denn?«

»Dein Ehrenwort, dass du mit dem heutigen Abend die Suche nach dem Mörder von Shanna Malyschewa einstellst.«

Überrumpelt platzte ich heraus: »Großes Ehrenwort.«

»Das ist gut«, rief Wolodja erfreut und war verschwunden.

Ich warf wütend die Tür zu und rannte in mein Zimmer. Einmal Bulle, immer Bulle! Den ganzen Abend hatte er sich nicht gemuckst und so getan, als sei alles in bester Ordnung. Erst ganz am Schluss hatte er seine Karten aufgedeckt. Und ich dumme Gans hatte geglaubt, er hätte meine Liste vergessen. Wolodja vergaß nie etwas. Wieso hatte ich ihm mein Ehrenwort gegeben? Doch eigentlich war gar nichts dabei. Schließlich konnte ich selbst über mein Ehrenwort bestimmen, es geben und, wenn ich wollte, auch wieder zurücknehmen.

»Irina, komm doch mal her.«

Im Nu war die Gerufene da. Ich wollte sie nach dem Schlüssel zu Annas Wohnung fragen, aber die Worte blieben mir im Halse stecken. Mit ihrem Kopf war etwas Unbegreifliches passiert. Die eine Seite war froschgrün, die andere blutrot, und über die Mitte lief ein breiter weißer Streifen.

»Was ist denn das?!«

»Gefällt es dir?«, fragte Lisa und schaute ebenfalls zur Tür herein.

Als mein Blick auf sie fiel, wäre ich beinahe ohnmächtig geworden. Auf ihrem Kopf kräuselten sich winzige Löckchen in intensivem Rosa. Doch das war noch nicht alles. Durch ihre Unterlippe hatte sie einen Ring gezogen, und auf ihrem kindlich schlanken Hals etwas oberhalb des rührenden Grübchens zwischen den Schlüsselbeinen prangte als Tatoo ein orientalisches Ornament aus Quadraten und Dreiecken.

»Darf man denn an dieser Stelle tätowieren?«, fragte ich entsetzt. Die hatten mit Nadeln an ihrer Kehle herumgewerkelt! Der reine Alptraum.

Die Mädchen wollten sich halbtot lachen. Dann erklärte mir Lisa: »Das ist doch nur ein Abziehbild.«

»Was ist das? …«

»Tanja, wo lebst du denn?«, fragte Irina herablassend. »Auf dem Mond? Komm, wir zeigen dir, wie das geht.«

Beide verschwanden mit großem Geräusch wieder im Badezimmer.

»Und die Lippe hast du durchstochen!« Ich konnte mich immer noch nicht beruhigen. »Das ist doch gefährlich!«

Wieder musste Lisa lachen.

»Ach, Tanja, das ist ein Clip!«

Mit einer leichten Bewegung zog sie den silbernen Ring ab und zeigte mir, dass ihre Lippe heil und unversehrt war.

Ich kam aus dem Staunen nicht heraus. Früher hatte man so etwas als Ohrclips verwendet.

»Das kann man in der Nase, auf der Zunge und sogar am Bauchnabel tragen«, plapperte Lisa.

»Warum auf der Zunge oder am Bauchnabel? Das sieht doch sowieso keiner!«

Nun hatte ich Lisa richtig enttäuscht.

»Du hast wirklich keine Ahnung, Tanja. Wer es sehen soll, der sieht es schon! Und es tut auch überhaupt nicht weh, probier mal!«

Ich nahm den Ring und klemmte ihn mir an die Unterlippe. Gar nicht mal unangenehm.

»Und hier!«, rief Irina, die wieder ins Zimmer kam. »Das sind alles Abziehbilder. Welches gefällt dir am besten?«

»Kein einziges.«

»Also, Tanja, nun hab dich nicht so!«

»Na gut, dann eben das hier.« Ich zeigte auf das wildeste Bildchen von allen. Es war ein nackter Mann, genauer gesagt, ein Teufel, denn er hatte Hörner auf dem Kopf und einen langen Schwanz mit Quaste am Hinterteil. Auch sonst hatte er alles, was zu einem Mann gehört. Das sah furchtbar aus, aber die übrigen Tatoos waren noch schlimmer.

»Prima!«, jubelte Irina. «Und so wird's gemacht!«

Ehe ich mich's versah, hatte sie auf das Bildchen gespuckt und es auf meinen Hals geklebt.

»He, he, he!«, kreischte ich. «Geht es auch etwas vorsichtiger?!«

»Ist doch nichts passiert«, meinte Irina tröstend und sagte: »Und jetzt ab mit dir ins Bad.«

Ich tat, wie mir geheißen. Aus dem Spiegel blickte mir ein merkwürdiges Wesen entgegen, das wohl nicht ganz bei Trost war: Seine Lippe war gepierct, und an seiner Kehle, dort, wo die Männer den Adamsapfel haben, prangte ein Teufel mit überdimensionalem Geschlechtsorgan.

»Um Himmels willen!«, stammelte ich.

»Keine Angst«, suchte mich Lisa zu beruhigen, »das geht mit Seife ganz leicht wieder ab.«

Ich wollte gerade nach dem Schwamm greifen, da klingelte es an der Tür. Erstaunt, wer zu dieser Zeit noch etwas von uns wollte, lugte ich durch den Spion. Draußen stand ein älterer grauhaariger Herr von imposanter Statur in einem teuren Hausmantel und Pantoffeln. Sein Gesicht kam mir bekannt vor. Bestimmt hatte ich ihn im Fahrstuhl, auf dem Hof oder bei den Briefkästen schon gesehen.

»Gestatten Sie, dass ich mich vorstelle«, brummte der ungebetene Gast mit tiefem Bass. »Ich wohne direkt unter Ihnen.«

»Sehr angenehm«, sagte ich.

»Entschuldigen Sie, dass ich Sie so spät noch störe ...«

»Das macht nichts.«

»Sicher wollten Sie gerade zu Bett gehen.«

»Nein, ich habe noch nicht geschlafen.«

»Ich hätte es auch nie gewagt ...«

Herr im Himmel, war das ein Umstandskrämer. Wann sagte er nun endlich, was er wollte! Aber der nette Nachbar kam mit den Formalitäten einfach nicht zu Ende.

»Es ist wirklich unverzeihlich, dass ich ...«

»Brauchen Sie Zucker, Salz oder Brot?«

»Wozu?«

»Na, ich dachte, vielleicht fehlt Ihnen etwas in der Wirtschaft, und Sie wollten es von mir borgen!«

»O nein, wo denken Sie hin! Entschuldigen Sie noch einmal, aber mir tropft es auf den Kopf.«

Ich holte tief Luft. So ein Irrer hatte mir gerade noch gefehlt. Mir fiel ein, dass man sich mit Leuten dieses Schlages auf keinen Fall auf einen Streit einlassen sollte. Daher antwortete ich, so liebenswürdig ich konnte: »Entschuldigen Sie, Ihr Kopf ist aber trocken, und wir sind im Haus. Der Schnee fällt draußen.«

Der Mann hob die Hände.

»Oh, Verzeihung, ich habe mich nicht klar ausgedrückt. Bei mir in der Küche tropft es von der Decke, läuft bei Ihnen zufällig etwas über?«

Wie der Blitz fuhr ich herum und stürzte in die Küche. Das Bild, das sich mir dort bot, konnte beeindruckender nicht sein. Aus dem Hahn strömte das Wasser nur so, es stand fast zehn Zentimeter hoch auf dem Fußboden. Darauf schwammen Kiras Pantoffeln, die Fressnäpfe der Hunde und die Fernsehzeitung. Ein Glück, dass die Schwelle zum Korridor ziemlich hoch ist, weshalb sich die Flut noch nicht auf die ganze Wohnung ausgebreitet hatte.

»Irina, Kira, Lisa!«, brüllte ich aus Leibeskräften und rannte zur Toilette, um Eimer und Lappen zu holen. »Kommt, schnell!«

»Kann ich Ihnen helfen?«, fragte unser Nachbar.

»Hätten Sie lieber gleich gesagt, worum es geht, und sich nicht ewig mit Förmlichkeiten aufgehalten!«

»Hurra!«, jubelte Kira. »Wir haben eine Überschwemmung!«

»Nimm einen Topf und schöpfe das Wasser in den Eimer«, befahl ich.

»Aber mein Fuß…«, widersprach der faule Bursche.

»Zieh Gummistiefel an, und los geht's!«

»Wo finde ich die?«

»Im Schrank!«

Kira wollte in den Korridor laufen, stolperte dabei über die aufgeregt winselnde Rachel und schlug mit schrecklichem Geräusch lang hin. Unser Nachbar und ich ließen die Schöpfgeräte fallen und wandten uns ihm zu.

»Wahrscheinlich ist jetzt auch noch das linke Bein gebrochen«, jammerte Kira, »au, au …«

Das Chaos, das nun entstand, war nicht mehr zu übertreffen. Die Katzen, die von dem Wasser in der Küche eingeschlossen waren, saßen auf dem Tisch und miauten ohrenbetäubend. Ramik sprang von der Küchentür zu Kira und zurück. Mulja und Ada wuselten allen zwischen den Beinen herum. Die Kröte Gertrud, die sonst immer still in ihrem Terrarium saß, wurde bei diesen Wassermassen plötzlich munter und begann laut zu quaken. Ich hätte nie gedacht, dass ein solches Tierchen, das kaum größer ist als eine Kinderfaust, derartige Laute von sich geben kann! Schließlich hielt sie es nicht mehr aus und sprang so kräftig hoch, dass das »Dach« ihres Häuschens verrutschte. Sie klatschte ins Wasser und schwamm fröhlich zwischen den Stuhlbeinen umher. Einige Male musste sie niesen, denn sicher schmeckte ihr das Spülmittel nicht, das zu Boden gefallen und ausgelaufen war. Als die Katzen die schwimmende Kröte erblickten, begannen sie fürchterlich zu fauchen.

»Das ist ja das reine Irrenhaus!«, schrie jetzt Irina.

»Vielleicht dreht mal einer den Hahn zu! Du bist mir aber auch eine, Tanja! Was nützt das Schöpfen, wenn es aus dem Hahn immer weiterläuft!«

Da hatte sie wohl recht. Ich watete mutig durch das Wasser zur Spüle und schloss den Wasserhahn. Dann angelte ich die überglückliche Kröte aus der Flut, setzte sie wieder in das Terrarium und drückte das Dach zurecht. Die Katzen nahm ich und warf sie mit Schwung auf den Korridor hinaus. Dort tauchte Irina mit einem großen Berg schmutziger Bettwäsche auf. Bei all der Hektik war ich noch nicht zum Waschen gekommen, und der Korb quoll schon seit Tagen über. Als ich das Dickerchen mit all den Bettbezügen und Laken erblickte, platzte mir endgültig der Kragen.

»Du schimpfst auf mich, und was machst du? Willst du die Wäsche einweichen, damit das Wasser nicht umsonst wegläuft?«

Irina beachtete mich gar nicht, sondern warf die Wäschestücke nacheinander in die Flut. Sofort saugten sie das Wasser auf.

»Wir können hier nicht ewig mit dem Eimer herumhantieren, wenn es unten schon durch die Decke läuft. Die Wäsche saugt das Wasser auf, wir tragen sie auf den Balkon, wringen sie aus und hängen sie auf. Gewaschen werden muss sie sowieso. Lisa, komm, hilf mir!«

Gesagt, getan. Die Mädchen schleppten die nasse Wäsche hinaus, und ich konnte mich nur darüber wundern, dass sie wesentlich praktischer gedacht hatten als ich.

»Der Junge muss ins Krankenhaus«, sagte jetzt unser Nachbar.

»Ich ziehe mich sofort um«, antwortete ich, »und dann nehmen wir ein Taxi.«

»Ich biete Ihnen gern meine Hilfe an«, meinte unser Nachbar.

Bald darauf saßen wir alle miteinander in seinem Niwa und rollten zur Filatow-Klinik. Der Wachmann am Tor begrüßte uns wie alte Bekannte.

»Hallo, mein Junge, du bist ja schon wieder da! Möchtest du nicht gleich ein Abonnement?«

Er ließ uns direkt bis zur Unfallstation fahren.

»Ihr seid hier schon Dauergäste«, erklärte der Uniformierte, als er den Schlagbaum hob. »Anderen gestatte ich so etwas nicht.«

»Arbeiten Sie hier?«, fragte mich unser Nachbar, als wir an Ort und Stelle waren.

»Nein, ich komme nur her, wenn Kira einen Unfall hat.«

»Passiert das öfter?«

»In den vergangenen zehn Tagen dreimal.«

Im Warteraum machte unsere Gesellschaft einen starken Eindruck. Beim Anblick der beiden Mädchen, deren Haare in allen Farben des Regenbogens schillerten, zog eine besorgte Mutter ihre Tochter sofort an sich.

»Setz dich her zu mir.«

»Warum?«, widersprach die.

»Setz dich, habe ich gesagt.«

»Ich will nicht!«

»Siehst du denn nicht«, zischte die Frau, »das sind doch Drogensüchtige, vielleicht haben die sogar Aids!«

»Reden Sie nicht so dummes Zeug«, sagte ich zu ihr.

»Sie halten besser den Mund«, kam es von einer anderen Frau, die ein zweijähriges Kind auf dem Arm hielt. »Seien Sie froh, dass man sie zu anständigen Menschen reinlässt ...«

Erst jetzt wurde mir bewusst, dass auf meiner Unterlippe noch der Piercingring steckte und an meiner Kehle das verrückte Tatoo prangte. Ich nahm Kiras Schal, schlang ihn um meinen Hals und versuchte unauffällig den Ring von der Lippe zu ziehen. Doch der saß fest. Ich bekam ihn nicht herunter. Ich zerrte so lange an meiner Lippe herum, bis wir aufgerufen wurden. Beim Anblick unserer bunten Truppe entgleisten auch dem Arzt ein wenig die Gesichtszüge. Aber er nahm sich zusammen, blieb ruhig und schickte Kira erst einmal zum Röntgen. Da ich spürte, wie meine Lippe langsam anschwoll, fragte ich schüchtern: »Können Sie mir das Ding vielleicht abnehmen?«

»Wir behandeln hier nur Kinder!«

»Und wenn ich Sie sehr bitte?«

Doch der Arzt ließ sich nicht erweichen. Für Kira tat er alles Nötige. Zum Glück war es diesmal weder ein Bruch noch eine Verstauchung, sondern nur eine starke Prellung. Wir fuhren wieder nach Hause. Meine Lippe spürte ich kaum noch.

»Also, Tanja!«, rief Kira begeistert aus. »Jetzt siehst du aus wie ein Elefant mit einem richtigen Rüssel!«

»Au weia, das stimmt!«, schrie Lisa.

»Dann müssen wir das Ding eben abnehmen«, erklärte Irina ungerührt. »Die Lippe ist schon ein bisschen dick.«

»Es geht nicht, ich habe es schon versucht.«

»Das kann nicht sein«, sagte Irina erstaunt, griff zu und hatte mich im Nu von dem Ring befreit.

»Weshalb hast du denn so lange gewartet?«, fragte ich böse. »Weißt du, wie weh das getan hat?«

»Ich dachte, es gefällt dir«, gab Irina achselzuckend zurück.

Ins Bett kamen wir erst gegen vier Uhr früh. So lange brauchten wir, um die Küche aufzuräumen und alles wieder in Ordnung zu bringen ...

14. Kapitel

Am nächsten Morgen verschliefen wir natürlich. Entweder hatte ich vergessen, den Wecker zu stellen, oder ich hatte ihn einfach nicht gehört. Ich erwachte gegen zehn Uhr, weil das Telefon keine Ruhe geben wollte.

»Hallo«, murmelte ich noch halb im Schlaf.

»Hier ist Valeria Kortschagina«, hörte ich eine melodische Stimme sagen. »Ich muss dringend mit Ihnen sprechen.«

»Was ist passiert?«

»Nichts Besonderes, aber ich muss mit Ihnen reden. Können Sie in einer halben Stunde im Café ›Rondo‹ sein?«

»Auf keinen Fall. Erstens weiß ich nicht, wo das ist, und zweitens liege ich noch im Bett. Vor einer Stunde komme ich hier nicht los.«

Wir verabredeten uns für zwölf Uhr an der Metrostation »Sokol«. Ich stürzte mich in meine Sachen. Die Lippe war fast wieder in Ordnung, aber das Tatoo wollte sich nicht entfernen lassen. Ich versuchte es mit Bimsstein und einer Bürste, wandte Kölnischwasser, Nagellackentferner und Spiritus an. Das Ergebnis war gleich null. Das Tatoo wurde nicht einmal blasser, als sei es mit der Nadel gestochen. Dafür war mein Hals ganz rot und sah aus wie Sardelle in Tomatensoße.

Seufzend zog ich einen Rollkragenpulli über. Ich mag sonst gar nichts am Hals leiden, aber ich konnte doch nicht mit diesem »Schmuck« herumlaufen. Als ich gerade aus dem Zimmer gehen wollte, huschte ein bekannter Schatten über den Balkon. Ich warf einen kurzen Blick durch die Glastür. Draußen saß wieder das Känguru und legte friedlich seine Nase in Falten.

»Entschuldige, mein Lieber«, murmelte ich und nahm meine Tasche. »Ich weiß, dass man Halluzinationen ernst nehmen soll. Ehrenwort, wenn ich mit dieser Sache fertig bin, hole ich mir sofort einen Termin beim Psychiater. Aber im Moment geht es nicht, sei mir nicht böse!«

Ich war pünktlich zur Stelle, doch Valeria war schon da und trat nervös von einem Fuß auf den anderen.

»Endlich«, rief sie erleichtert. »Kommen Sie.«

Wir gingen ein paar Schritte weiter und suchten uns ein Plätzchen in einer gemütlichen »Maxima Pizza«. Valeria wollte unbedingt in der hintersten Ecke sitzen. Eine völlig unnötige Vorsichtsmaßnahme, denn die Pizzeria war fast leer. Nur am Eingang turtelte ein verliebtes Pärchen. Das hatte etwas anderes zu tun, als sich nach den Gästen umzuschauen und deren Gesprächen zu lauschen.

Ich saß noch nicht richtig, als Valeria bereits flüsternd fragte: »Wieviel wollen Sie für das Tagebuch?«

»Wofür?«

»Für Shannas Tagebuch«, wiederholte Valeria nervös. »Sagen Sie nur nicht, Sie hätten es nicht!«

»Tja …«, ließ ich hören und überlegte krampfhaft, wie ich auf diese Wendung der Dinge reagieren sollte. »Tja …«

»Sie haben es sicher schon gelesen!«, stellte Valeria fest.

»Hm …«

»Also doch! Nennen Sie schon Ihren Preis!«

»Wieso sind Sie eigentlich so sicher, dass Shanna ein Tagebuch geführt hat?«

Valeria starrte dumpf auf die Pizza, die die Kellnerin gerade gebracht hatte.

»Lassen Sie das! Nennen Sie Ihren Preis.«

»Ich habe kein Tagebuch.«

»Was haben Sie mit ihm gemacht?!« Valeria schrie jetzt fast.

»Ich hatte es gar nicht!«

»Das lügen Sie! Warum haben Sie dann Andrej gesagt, dass Sie mit mir sprechen wollen?«

»Ich suche das Tagebuch selber. Ich dachte, Sie wüssten vielleicht, wo Shanna es versteckt hat.«

Valeria sackte zusehends in sich zusammen. Mit dem Fingernagel strich sie den geschmolzenen Käse auf dem Pizzateig breit. Dann seufzte sie tief auf und sagte: »Wenn das Tagebuch trotz allem bei Ihnen ist, dann verraten Sie mir jetzt endlich, was Sie dafür haben wollen!«

Nun wurde ich ernsthaft böse.

»Zum Teufel noch mal! Wie soll ich es Ihnen denn noch erklären? Ich habe überhaupt nicht gewusst, dass Shanna Aufzeichnungen gemacht hat. Ich habe das Ding nicht genommen! Das müssen Sie mir glauben!«

»Von wem wissen Sie, dass ein Tagebuch existiert?« Valeria ließ nicht locker. »Von Nikita? Geben Sie es mir doch, bitte. Ich zahle jeden Preis! Für Sie ist es völlig uninteressant, aber mein Leben hängt davon ab!«

Ich war ziemlich ratlos. Sollte ich ihr sagen, dass ich ihr Telefongespräch zufällig mitgehört hatte? Oder lieber nicht? Valerias Nerven waren zum Zerreißen gespannt. Mit zitternden Händen nahm sie ein Päckchen Zigaretten aus ihrer Tasche und zündete sich eine an. Sie war leichenblass geworden. Immerhin war Valeria nicht bei bester Gesundheit, hatte mehrere Operationen hinter sich …

Sie sog den Rauch so tief ein, dass sie einen Hustenanfall bekam. Ich goss Mineralwasser in ein Glas und hielt es Valeria hin.

»Trinken Sie.«

Valeria nahm krampfhaft ein paar Schlucke. Voller Mitleid sah ich, wie an ihrem dünnen, fast durchsichtigen Hals eine Ader klopfte.

»Sie sollten nicht so viel rauchen. Das Nikotin schadet Ihnen.«

Valeria verschluckte sich, Wasser lief ihr über das Kinn.

»Was sind Sie bloß für ein Mensch?«, flüsterte sie vor sich hin. »Spielen mit mir wie die Katze mit der Maus. Wollen Sie den Preis hochtreiben?«

»Was meinen Sie damit?«

»Sie haben das Tagebuch gelesen!«

»Habe ich nicht!«

»Haben Sie doch!«

»Nein!«

»Woher wissen Sie dann, wie es um meine Gesundheit steht?«

»Das sieht doch ein Blinder. Sie sind blass und dünn, haben dunkle Ringe unter den Augen. Da ist es mir halt herausgerutscht.«

Jetzt begann Valeria zu weinen. Ich erschrak und murmelte: »Na, na, beruhigen Sie sich doch. So ein Unsinn. Im Konservatorium kannte ich eine Professorin, die schon 1949 so eine Operation überstanden hat. Jetzt haben wir das neue Jahrtausend, sie ist immer noch gesund und munter, denkt überhaupt nicht ans Sterben. Machen Sie sich doch nicht solche Sorgen.«

Valeria ließ den Kopf auf die Arme sinken. Ihre Schultern zuckten. Ich strich ihr sacht übers Haar. Sie fuhr zurück, als hätte ich sie mit einem glühenden Eisen berührt, und schrie mich an: »Also gut, wenn Sie wollen, dass ich es Ihnen selber sage, dann soll es eben sein! Ich bin HIV positiv! Und jetzt geben Sie mir das Tagebuch!«

Ich erschrak zutiefst.

»Was haben Sie gesagt?«

»Was Sie hören wollten!«, antwortete Valeria zornig. »Sind Sie jetzt zufrieden? Stecken Ihre lange Nase überall hinein, stehlen die Geheimnisse anderer Leute und quälen mich bis aufs Blut. Hören Sie endlich auf damit! Ich habe

Ihnen doch gleich Geld angeboten! Aber das genügt Ihnen wohl nicht? Sie wollen, dass ich weine und mich vor Ihnen winde! Also, wieviel?«

Ich schwieg, denn nun wusste ich überhaupt nicht mehr, was ich sagen sollte. Valeria tupfte sich das Gesicht mit einer Serviette ab.

»Sind Sie wirklich HIV positiv?«, frage ich leise.

Valeria nickte.

»Und wie ist das gekommen?«

Sie schwieg eine Weile. Dann sagte sie: »Ich weiß es nicht. Ich hatte nie etwas mit einem anderen Mann. Aber ich habe mehrfach Bluttransfusionen erhalten. Bevor ich ins Krankenhaus ging, war ich eindeutig negativ. Das Blut wurde zuvor untersucht. Einen Monat nach der Operation musste ich wieder in die Klinik. Als ich das Ergebnis der Blutuntersuchung hatte, bin ich vor Schreck beinahe tot umgefallen – positiv! Bislang bin ich nur Virusträger. Ich habe keine Beschwerden, aber das kann sich jederzeit ändern.

»Deshalb behaupten Sie also, Ihr Mann sei für Sie sexuell nicht mehr attraktiv! Und ich habe mich schon gewundert. Auch bei einer Totaloperation muss man eigentlich nicht auf die Freuden der Ehe verzichten.«

»Geben Sie mir endlich das Tagebuch«, flüsterte Valeria. »Jetzt bin ich ganz sicher, dass Sie es gelesen haben.«

»Weiß Ihr Mann Bescheid?«

Valeria schüttelte verzweifelt den Kopf. »Nein.«

»Warum nicht? Es heißt doch, Andrej liebt Sie und hat sich tadellos verhalten, als Sie im Krankenhaus waren.«

Valeria schob die völlig kalte Pizza weg und stöhnte. »Werden Sie jetzt, da Sie von der Krankheit wissen, mir noch die Hand geben?«

»Natürlich«, sagte ich verwundert. »Der HIV-Virus wird nur durch Blut oder Sperma übertragen, das weiß doch jedes Kind. Über Speichel sind sich die Mediziner noch uneins. Ebenso, was Muttermilch betrifft. Ich will ja nicht mit Ihnen ins Bett gehen!«

Valeria schaute auf meine ausgestreckte Hand und meinte: »Überlegen Sie sich das gut. Vielleicht haben Sie ja irgendwo einen kleinen Hautriss und ich einen Kratzer am Finger.«

Meine Hand zuckte unwillkürlich zurück. Valeria lächelte traurig. »Wenn das ruchbar wird, verliere ich meinen Job, und Andrej verlässt mich.«

»Das ist kein Entlassungsgrund!«

»Na, Sie wissen doch, wie man das macht. Ein Vorwand findet sich immer! Ich brauche nur ein, zweimal zu spät zu kommen. Und Andrej ...«

Sie winkte ab.

»Geben Sie mir das Tagebuch. Nikita wollte zehntausend dafür. Das ist ein guter Preis, denke ich.«

»Wie konnten Sie nur mit einem solchen Hundsfott befreundet sein?«

»Er war nie ein Freund, auch nicht für Andrej. Sie hatten nur geschäftlich miteinander zu tun. Nikita war hinter dem Geld her wie kaum ein Zweiter. Ständig schnorrte er bei fremden Leuten. Er konnte Shanna wegen einer zerrissenen Strumpfhose Vorwürfe machen. Er hat sie gedrängt, immer wieder neue Affären anzufangen. Shanna hatte keine Lust mehr, aber Nikita hat sie geradezu gezwungen. Er hat sie sogar geschlagen, wenn sie nicht wollte. Als sie tot war, hat er das Tagebuch gefunden und wollte auch daran noch verdienen!«

»Hat Shanna schon lange Aufzeichnungen gemacht?«

»Ich habe nichts davon gewusst«, erklärte Valeria zornig. »Sie war sehr verschlossen. Auch mir hat sie nicht alles erzählt!«

»Vielleicht gibt es das Tagebuch gar nicht?«

Valeria drehte schweigend das Messer in den Händen, dann meinte sie: »Es muss es geben. Woher wüsste Nikita sonst von meiner Krankheit? Außerdem: Sie haben es doch auch gelesen, verstellen Sie sich nicht.«

Ich stürzte ein Glas Wasser hinunter und hatte endlich einen Entschluss gefasst.

»Valeria, hören Sie bitte ruhig zu, was ich Ihnen jetzt sage. Von dem Tagebuch habe ich zufällig erfahren. Ich stand im Supermarkt hinter dem Regal, als Sie auf Ihrem Handy mit Nikita telefonierten. Dass Sie lange im Krankenhaus waren, hat mir Frau Prof. Melkumjan gesagt. Von HIV war allerdings keine Rede. Das ist Ihnen selber jetzt eben herausgerutscht. Ich habe nie ein Tagebuch gesehen.«

Valeria lief dunkelrot an. Tränen strömten aus ihren Augen. Sie fielen auf die vertrocknete Pizza und in die Kaffeetasse. Sie tat mir unendlich leid.

»Beruhigen Sie sich doch, Valeria. Nikita ist tot, und ich kann den Mund halten. Bei mir ist Ihr Geheimnis sicher. Ich habe es schon fast vergessen.«

»Das Tagebuch«, stammelte Valeria, »irgendwer wird es lesen ...«

»Na und?«

»Darin steht alles über mich. Obwohl es gemein von Shanna war, ein fremdes Geheimnis niederzuschreiben.«

»Geheimnisse sollte man niemandem ausplaudern.«

»Wissen Sie, wie schwer es ist, so etwas allein mit sich herumzuschleppen?«

»Ruhig, ruhig. Und wenn es da steht, was ist schon dabei? War auch von Analysen die Rede?«

»Natürlich nicht.«

»Dann können Sie doch alles bestreiten. Sie hat sich das eben ausgedacht. Und Andrej sagen Sie die Wahrheit. Er liebt Sie und wird bestimmt nicht so reagieren, wie Sie denken. Außerdem ist ein Virusträger nicht wirklich krank!«

Valeria hörte nicht auf zu weinen. Unter Tränen murmelte sie: »Gehen Sie bitte, ich flehe Sie an.«

Ich stand gehorsam auf und ging zur Tür. Dort wandte

ich mich noch einmal um. Valeria hatte zu weinen aufgehört und wollte sich eine Zigarette anstecken. Klein und gebeugt, wie sie dort hockte, wirkte sie wie ein zerzauster Spatz, der sich aufplustert, um die Kälte zu ertragen. Mir gab es einen Stich ins Herz. Ich trat auf die Straße hinaus. Es schneite immer noch. Die Flocken schmolzen auf der Straße zu einem zähen Matsch. Es war feucht und kalt, graue Wolken hingen über dem Leningrader Prospekt wie eine schwere, schmutzige Decke.

Langsam lief ich zur Metro, bemüht, nicht in eine Pfütze zu treten. Jeder Mensch hat seine Geheimnisse, seine Ängste, seine Vorlieben und schlechten Gewohnheiten. Heilige gibt es nicht. Zumindest ist mir noch keiner begegnet. Heute habe ich ein fremdes Geheimnis erfahren, bin den Kortschagins gleichsam unter die Bettdecke gekrochen und habe ihre Schwachstelle gesehen ... Was bedeutete das? Überhaupt nichts. Denn mit dem Mord an Shanna hatten sie offenbar nichts zu tun. Weder Andrej noch Valeria konnten aus ihrem Tod Nutzen ziehen. Ich musste sie abhaken und mich mit den beiden Personen befassen, die noch übrig blieben – Sjuka und dieser Herr Dubowski, der mit Zyankali Schmetterlinge tötete.

15. Kapitel

Wenn ich Leonid Dubowski, den früheren Milizionär und heutigen erfolgreichen Galeristen aufsuchen wollte, musste ich mich gründlich vorbereiten. Mit meiner Story von der Privatdetektivin oder gar offiziellen Ordnungshüterin kam ich bei ihm nicht durch. Solche Manöver durchschaute er sofort.

Nach einer Stunde intensiven Grübelns beschloss ich, mich als Biologielehrerin vorzustellen, die sich brennend für Schmetterlinge interessiert. Nun weiß ich so gut wie nichts über diese hübschen Insekten, höchstens, dass sie aus Raupen schlüpfen und der Landwirtschaft Schaden zufügen. Aber beschränkte Menschen gibt es überall, auch unter Lehrern. Das Einzige, was mir Sorgen machte, war mein Äußeres. Zwar achtet man in der Regel nicht auf das Personal, und auch Leonid hatte mir an jenem Abend keine besondere Aufmerksamkeit geschenkt. Als Boris jedoch Anna des Mordes bezichtigte, hatte er mit dem Finger auf mich gezeigt und wütend gezischt: »Sie hat mir im Hause nachspioniert!«

So war Leonid Dubowski auf mich aufmerksam geworden. Er hatte mir einen scharfen Blick zugeworfen, mit dem mich der ehemalige Milizionär gleichsam abtastete. Vielleicht sah ich auch Gespenster, und er konnte sich gar nicht an mich erinnern, aber ich wollte kein Risiko eingehen. Daher musste ich mich äußerlich stark verändern.

Im Alltag benutze ich so gut wie keine Schminke. Nicht, dass ich grundsätzlich gegen Kosmetik wäre. Nur habe ich meistens keine Zeit und, ehrlich gesagt, auch keine Lust, ganze Stunden vor dem Spiegel zu verbringen, um mich für die Außenwelt herzurichten. Ich besitze auch nur das Allernötigste – Make-up, Lippenstift und Eyeliner. Aber in Irinas Zimmer war ein ganzes Arsenal von Schönheitsmitteln zu finden.

Dorthin begab ich mich. Ich hätte es besser nicht tun sollen. Der Raum hatte sich in ein Warenlager verwandelt. Der Kleiderschrank ging nicht mehr zu, überall – auf Sessel, Stuhl und sogar dem Schreibtisch Berge von Sachen – Strickjacken, Hosen, Röcke, Kleider … Auf dem Fensterbrett eine riesige Reisetasche. Als ich sie öffnete, traute ich meinen Augen nicht. Das war eine fliegende Werkstatt für Maskenbildner. Die Hälfte der Gerätschaften kannte ich gar nicht.

Wozu brauchte man wohl dieses Röhrchen, aus dem sich ein blassblauer Stab herausdrehen ließ? War das Lippenpomade oder Lidschatten? Wofür benutzte sie die Schaumstoffstückchen mit der Klebefläche? Wozu war die kleine Metallbürste mit den gebogenen Borsten gut? Sicher konnte man damit einem Hund durchs Fell gehen … Und die Flüssigkeit in dem winzigen Flakon, die in allen Regenbogenfarben schimmerte? Nagellack? Aber das Pinselchen fehlte …

Nachdem ich lange in der Tasche gewühlt hatte, fasste ich einen Entschluss. Ich bedeckte mein Gesicht mit einer Schicht bräunlichem Puder, zog die Augenbrauen kräftig nach, verpasste mir einen schwarzen Lidstrich und schminkte die Lippen tiefrot. Meine Haare steckte ich unter eine große Strickmütze, die ich tief ins Gesicht zog. Draußen war es kalt, und die Kopfbedeckung musste eine Frau im Raum nicht abnehmen. Sicher lag der Klub in einem Keller, wo man immer fröstelte.

Wie aber kleidete sich eine bescheidene, leicht verschrobene Biologielehrerin? Da würde ich bei Irina wohl kaum etwas Passendes finden. All ihre Tops, bunten Kniehosen und grellfarbigen Stretchkleider waren dafür nicht zu gebrauchen. Ebensowenig lederne Hosen, Westen mit Nieten oder ein riesiger Panamahut. Besser war da schon ein Jäckchen im englischen Stil – hoch geknöpft, mit langen Ärmeln und Bubikragen. Nur schade, dass es aus vollkommen durchsichtigem Stoff genäht war, der mehr sehen ließ, als er verhüllte. Dazu gab es eine passende Hose. Ich konnte mir gut vorstellen, wie sexuell hellwache Teenager reagieren würden, wenn eine Lehrerin in diesem Aufzug vor ihnen erschiene. Am Ende holte ich aus Irinas Schrank einen ganz gewöhnlichen dunkelgrün karierten Rock hervor, der auf wundersame Weise dorthin geraten sein musste. Darüber zog ich einen Angorapullover, reichlich mit Glasperlen in allen Größen und Farben bestickt.

Aber der Pullover hing an mir wie ein Sack an einer Vogelscheuche. Irina hat einen fülligen Busen, ich dagegen brauche kaum BH-Größe 1. Frauen mit üppigen Rundungen beneide ich heiß. Daher gehe ich wie eine Ballerina mit durchgedrücktem Rücken, um ein wenig eindrucksvoller zu erscheinen. Manch eine quält sich mit Diäten, Wundermitteln oder Gymnastik. Meist ohne sichtbaren Erfolg. Kaum isst sie einmal, was ihr schmeckt, wird sie von der Waage grausam bestraft. Ich aber kann jeden Abend eine Tafel Schokolade von »Roter Oktober« in mich hineinstopfen und bleibe dabei dürr wie eine Bohnenstange. Gott der Herr scheint ein großer Spaßvogel zu sein, denn er verteilt seine Gaben nie so, wie die Menschen es wollen. Ich, der eine schlanke Figur völlig gleichgültig ist, habe die Maße 88-56-88, die einem Model alle Ehre machen würden. Nur an der Länge hat er etwas gespart. Andere Frauen hätten liebend gern eine schmale Taille, werden sie aber bei aller Mühe nie erreichen.

Bei solch philosophischen Gedanken stopfte ich dicke Watteknäuel in meinen BH. Nun sah die Sache schon etwas besser aus. Mit dem Rock hatte ich auch ein Problem. Er rutschte ständig an mir herunter. Aber auch hier fand ich eine Lösung. Ich zog eine dicke Strumpfhose über und schlang mir ein Handtuch um die Hüften. Jetzt saß der Rock wie angegossen. Zudem zog ich den Pullover weiter herunter. Sehr gut. Aus dem Spiegel blickte mich ein stark geschminktes Weib unbestimmbaren Alters an, dessen Busen, Bauch und Taille zu einem einzigen kompakten Rumpf verschmolzen waren. Aus dem langen Rock lugten zwei dünne Beinchen in großen Schuhen. Bei meiner lichten Höhe von 1,60 Metern bin ich nämlich mit Schuhgröße 39 gesegnet.

Zufrieden mit dem Ergebnis, griff ich nach dem Telefon und wählte die Nummer der Galerie.

»Hallo«, meldete sich eine angenehme Frauenstimme.

»Ich möchte Herrn Dubowski sprechen.«

»Einen Moment, bitte.«

Aus dem Hörer ertönte flotte Musik. Ein kurzes Motiv

wiederholte sich immer wieder, was einen Menschen mit meinem musikalischem Gehör zur Verzweiflung bringen konnte. Endlich ein tiefer Bass.

»Hallo!«

»Herr Dubowski?«

»Am Apparat.«

»Entschuldigen Sie die Störung«, stammelte ich, »ich habe gehört, Sie sind ein berühmter Schmetterlingssammler …«

Leonid sagte gar nichts, nur sein Atem war zu hören.

»Verzeihen Sie …« Ich setzte noch einmal an. »Ich bin Biologielehrerin und interessiere mich ebenfalls für Schmetterlinge. Ich habe einige ganz interessante Exemplare, aber leider ist mein Gehalt sehr klein wie bei allen, die von der Gnade des Staates leben …«

»Was wollen Sie?«, unterbrach mich Leonid.

»Ihnen meine Sammlung zeigen. Vielleicht möchten Sie etwas erwerben …«

»Kommen Sie am Samstag zum Klub der Papillonisten! Kennen Sie die Adresse?«

»Ja.«

»Gegen Mittag bin ich dort in Raum 2 zu finden. Woher haben Sie eigentlich meine Telefonnummer?«

»Ich habe eine Schülerin namens Irina. Ihr Stiefvater ist Maler. Sie hat mir von Ihnen erzählt und mir auch die Telefonnummer gegeben.«

»Alles klar«, brummte Leonid und legte ohne ein Abschiedswort auf.

Nicht gerade ein netter Zeitgenosse. So hatte ich mir das nicht vorgestellt. Nun war die ganze Maskerade umsonst gewesen. Nach einer halben Stunde, die ich brauchte, um mein normales Äußeres wiederherzustellen, griff ich erneut zum Telefon. Wenn Leonid mich erst am nächsten Tag sehen wollte, konnte ich es ja bei Sjuka probieren. Wieder sagte eine melodische Frauenstimme freundlich: »Hallo!«

»Seien Sie so nett und verbinden Sie mich mit Frau Iwanowa.«

»Sinaida oder Soja Iwanowa?«

Beinahe hätte ich »Sjuka« gesagt, besann mich aber gerade noch rechtzeitig und antwortete: »Die Chefredakteurin von ›Zeit der Kunst‹.«

»Also Sinaida Iwanowa«, korrigierte mich die Dame und fügte hinzu: »Einen Moment, bitte.«

Wieder Musik, die mir auf die Nerven ging, diesmal Variationen ohne Ende. Dann knackte es im Hörer, und die Sekretärin teilte mit: »Entschuldigen Sie, Frau Iwanowa ist gerade zur Eröffnung einer Ausstellung gefahren. Rufen Sie bitte Montag wieder an.«

Wütend warf ich das Telefon auf die Couch. Heute wollte mir überhaupt nichts gelingen. Da hörte ich die Wohnungstür gehen. Es war Irina.

»So früh?«, fragte ich verwundert.

»Unsere Russischlehrerin liegt krank im Bett, und die für Englisch hat Zahnschmerzen!«, teilte sie mir freudig erregt mit. »Toll, was? Ich esse schnell ein bisschen, und dann kriegt mich keiner mehr vom Fernseher weg!«

»Hast du die Schlüssel für die Wohnung deiner Mutter?«

»Klar.«

»Gibst du sie mir?«

»Kannst du haben, aber wozu?«

»Ich muss etwas nachprüfen.«

Irina hielt mir ihr Schlüsselbund hin. Erleichtert griff ich danach. Doch dann durchfuhr mich der Gedanke, dass Boris noch dort wohnte. Ich musste hinein, wenn er nicht da war. Wie sollte ich den richtigen Zeitpunkt herausfinden?

»Was machst du für ein Gesicht?«, fragte Irina besorgt.

»Wie soll ich herausbekommen, wann Boris nicht da ist?«

»Der alte Bock hockt meistens zu Hause. Aber den werden wir schon los!«

»Wie denn?«

»Ganz einfach, Watson«, gab sie fröhlich zurück. »Hauptsache, du muckst dich jetzt nicht!«

Sie nahm das Telefon, tippte die Nummer ein und plapperte mit hoher, völlig fremder Stimme los: »Verzeihen Sie, Herr Ljamin, dass ich Sie störe. Ihre Telefonnummer habe ich von Mark Michailowitsch, kennen Sie den? Sehr schön! Er hat gesagt, Sie hätten ein Bild, das gut in mein Haus auf dem Lande passen würde, mit einem Wald und so einem zugewachsenen Teich im Mondschein, alles wunderbar romantisch ...«

Aus dem Hörer dröhnte es mächtig. Offenbar hatte Boris sofort angebissen und lobte nun die Vorzüge seines Werkes über den grünen Klee. Irina verzog angewidert das Gesicht und sagte nur immer wieder: »Ja, ja, natürlich!«

Dann holte sie tief Luft und legte noch einmal los.

»Leider kann ich wegen meiner Geschäfte nicht frei über meine Zeit verfügen. Zeit ist Geld, Sie wissen schon. Deshalb seien Sie bitte heute um 14.00 Uhr am Eingang der Metrostation Kachowskaja. Dort wird ein schwarzer Mercedes mit der Nummer 847 auf Sie warten. Der bringt Sie zu mir. Natürlich Zahlung in bar. Wie hätten Sie es gern – in Rubel oder in Dollar?«

Wieder dröhnte der Hörer. Irina runzelte ärgerlich die Brauen, sagte noch ein paar Mal: »Gut, okay«, und legte auf.

»Den hätten wir!«, rief sie und rieb sich zufrieden die Hände. »Wenn wir uns beeilen, dann sehen wir noch, wie er zu seiner ›Kundin‹ rennt.«

»Du solltest zum Theater gehen«, sagte ich erstaunt.

Irina musste lachen.

»Ach, ich musste es jahrelang mit diesem Kerl aushalten. Daher kenne ich ihn in- und auswendig. Der ist hinter dem Geld her wie der Teufel hinter der armen Seele! Und Mark Michailowitsch, ein alter Professor, hat ihm schon öfter Kunden angeschleppt. Er arbeitet in einem Antiquitätenladen, wo sich solche Typen rumdrücken. Einer soll mal auf einen Schlag alles gekauft haben, was er gerade im Geschäft hatte. So ein reicher Krösus kriegt dann Boris' Telefonnummer zugesteckt!«

Sie zog sich eine Jacke über.

»Wo willst du denn jetzt hin?«

»Ich komme mit, wollte mir sowieso noch eine Decke holen.«

Zehn vor eins bezogen Irina und ich in dem Bäckerladen gegenüber von Annas Haus Stellung.

»Da rennt der Kerl! Und wie er sich aufgedonnert hat!«

Boris machte in der Tat einen imposanten Eindruck. Er trug einen dunkelblauen eleganten Mantel aus leichtem Wollstoff, Hut und frisch geputzte Schuhe. Als er um die nächste Ecke verschwunden war, verließen wir unser Versteck und betraten mutig das Haus.

Im Korridor hing noch eine Wolke teuren Parfüms. Irina musste niesen und sagte giftig: »Hat sich auch noch eingedieselt, der alte Bock! Will bei der reichen Scharteke Eindruck machen! Nach dem Mercedes kann er lange suchen! Schade, dass ich das nicht sehen kann!«

Hämisch lachend lief sie den Korridor entlang. Ich ging in die Küche. Das Büchlein, in das ich alle Ausgaben eingetragen hatte, stand in der Regel auf dem Fensterbrett zwischen einem Krug mit abgekochtem Wasser und dem Toaster. Aber die Stelle war leer. Manchmal legte es Anna auch in die Hausbar. Ich ging in den Salon, öffnete das verspiegelte Schränkchen und ließ meinen Blick über die Flaschenreihen gleiten. Da lag das Gesuchte auf dem obersten Bord neben einer Stange Malboro. Ich zog es heraus, klappte es auf und sah die Kassenbons durch. Aber ich fand nur Belege für Zucker, Butter, Eier, Waschpulver … Hatte ich das Corpus delicti etwa weggeworfen? Nein, dies schien mein Glückstag zu sein, da war der Bon. »Likör Baileys – 1927 Rubel, eingegeben 18.40 Uhr.«

Ich wollte das Büchlein wieder zurücklegen, aber es ließ sich nicht in die Lücke zwängen. Das war mir egal. Boris erinnerte sich bestimmt nicht, wo es gelegen hatte. Ich wollte es irgendwo zwischen die Flaschen stopfen. Damit es natürlicher aussah, bewegte ich sie ein wenig. Da stieß ich in der hintersten Ecke auf eine dunkelbraune Buttel. »Baileys« stand auf dem Etikett! Sollte die Miliz die Flasche mit dem vergifteten Zeug nicht mitgenommen haben? Das konnte nicht sein!

Ich zog den Fund aus dem Schrank und betrachtete ihn genauer. Die Flasche war noch versiegelt, überhaupt nicht angerührt! Weshalb sollte Anna eine zweite für teures Geld erworben haben, wenn noch eine im Schrank stand? Oder hatte Boris den Likör nach Shannas Tod gekauft? Bestimmt nicht, denn er konnte ihn nicht ausstehen. Mehrfach hatte er in meiner Anwesenheit von »Whisky mit Milch« geredet und erklärt, schon von dem Geruch werde ihm übel. Außerdem hatte er auch nicht so viel Geld, um fast 80 Dollar für ein Getränk auszugeben, das er selbst nicht anrühren würde. In den paar Tagen, die ich für Anna gearbeitet hatte, konnte ich studieren, was für ein Geizhals Boris war. Das ging bis zum Lächerlichen. Er kaufte sich glatt eine Schachtel Pralinen, trug sie in sein Atelier und verspeiste sie dort ganz allein. Wahrscheinlich gab ihm Anna nicht viel Geld, daher die Tricks. Sie selbst war ganz anders. In Geschäftsdingen und im Alltag sehr umsichtig und sparsam, war ihr für einen Gast nichts zu schade. Es passte zu ihr, dass sie wegen des Likörs für Shanna eigens noch einmal in den Supermarkt gelaufen war. Aber warum hatte sie eine Flasche von dem Zeug gekauft, wenn in ihrer Bar schon eine stand? Hatte sie die vergessen? Das konnte ich mir nicht vorstellen.

Bevor sie an jenem Unglückstag zur Arbeit gegangen war, sah ich, wie sie noch einmal in die Hausbar geschaut und gemurmelt hatte: »Wodka ist genug da, Wein auch …«

Das heißt, sie war der Meinung, es sei kein Baileys im Hause und hatte deshalb die Flasche gekauft. Aber dann …

Die Idee kam mir so unvermittelt, dass ich mich auf die Couch plumpsen ließ, meine Hände um die soeben gefundene Flasche Baileys gekrampft. So war das also!

Einer von den Gästen, der genau wusste, wie gern Shanna diesen Likör trank, musste eine präparierte Flasche bei sich gehabt haben. In einem passenden Moment hatte er sie einfach ausgetauscht. Annas Kauf stellte er in die Hausbar und sein Mitbringsel auf den Tisch. Das war überhaupt kein Problem, wenn die Person nur für einen Moment allein im Wohnzimmer war. Die Gäste waren grüppchenweise bald in Boris Atelier gewesen, bald in Annas Schlafzimmer, wo die stolz einen neuen Pelzmantel vorgeführt hatte …

Warum aber hatte der Mörder die Flasche in die Hausbar gestellt? Ganz einfach. Er wusste, dass das Zyankali sofort wirkte. Es musste große Aufregung geben, die Miliz würde kommen und die Gäste durchsuchen. Eine weitere Flasche dieses teuren Zeugs, die unangebrochen in einer Tasche lag, konnte Verdacht erregen. In der Bar dagegen? Zwischen den vielen anderen Flaschen und Karaffen, mit denen das Schränkchen vollgestopft war, fiel sie überhaupt nicht auf. Ich hatte also recht! Anna hatte mit der Sache nichts zu tun! Der Täter war einer der Gäste, der genau wusste, dass Shanna nur Baileys trank. Und Boris? Warum sollte der außen vor bleiben? Zuerst musste ich aber feststellen, ob in der Bar die Flasche stand, die Anna gekauft hatte. Zum Glück hatte ich ja den Bon! Sofort musste ich mit dem Corpus delicti in den Supermarkt fahren, den Bon vorlegen und …

»Was hast du hier zu suchen, du Miststück?«, hörte ich plötzlich Boris' Stimme im Korridor rufen.

Erschrocken huschte ich hinter einen Sessel. Mein »Beweisstück« hielt ich fest umkrampft.

»Ich bin hier zu Hause«, antwortete Irina, »ich kann kommen und gehen, wann ich will!«

»Gib sofort die Schlüssel her und lass dich hier nicht mehr blicken!«

»Deine Schlüssel will ich haben und du, scher dich zum Teufel! Das ist Mamas Wohnung!«

»Schön wär's!«, brüllte Boris. »Anna hat sie mir geschenkt!«

»Wohl verrückt geworden, du widerliches Aas!«

Es krachte, etwas fiel schwer zu Boden, und ich hörte Irina spitz aufschreien. Ich war mehr tot als lebendig und wusste nicht, was ich tun sollte. Dann sagte Boris langsam und deutlich, so wie in alten Zeiten ein Fernsehsprecher artikuliert hatte: »Hör mir genau zu! Wenn ich nicht zu Hause bin, hast du hier nichts zu suchen! Sonst mache ich eine Anzeige bei der Miliz, dass du mich bestohlen hast!«

»Ich bin hier gemeldet«, gab Irina leise zurück.

»Da liegst du falsch!«, kam es von Boris. »Deine Mama hat den Staat betrügen wollen, um weniger Steuern zu zahlen!«

»Was soll das?«, fragte Irina.

»Ich erkläre es dir«, antwortete der Stiefvater unerwartet ruhig.

Es gibt ein Gesetz, das offenbar erdacht worden ist, um den Reichen das Leben zu erleichtern. Wenn man in Russland eine Immobilie, zum Beispiel eine Wohnung, erwirbt, dann wird man für das laufende Jahr von der Steuer befreit. Diese Operation kann Jahr für Jahr wiederholt werden. Wichtig ist nur, dass die Wohnung gekauft, aber nicht verkauft wird. Das heißt, man kann sie nach einigen Monaten nicht wieder losschlagen und eine neue erwerben. Wenn man also in den Genuss der Steuerbefreiung kommen will, muss man sich eine zweite Wohnung zulegen, danach eine dritte usw ... Das machte sich Anna zunutze.

Im Dezember 1999 wurde sie Besitzerin einer kleinen Einzimmerwohnung in der Gratschowskaja Uliza. Dort meldete sie Irina an. Für die zwölf Monate diesen Jahres, die für ihr Geschäft sehr erfolgreich waren, brauchte sie dem Staat also keine Kopeke Steuern zu zahlen. Verkaufen konnte sie die Wohnung nicht. Da fiel ihr Boris ein, der arme Künstler, von dem der Staat nichts zu erwarten hatte. Er machte nicht einmal eine Steuererklärung, weil er nur Kopeken verdiente. Anna schenkte also die große Wohnung pro Forma ihrem Gatten. Boris wurde zum rechtmäßigen Besitzer. Anna wollte die Wohnung verkaufen und auf ihren eigenen Namen eine andere in gleicher Größe in einem anderen Bezirk erwerben. Umzug und Neueinrichtung wären durch die Steuerersparnis für das Jahr 2000 mehrfach kompensiert worden. Für 2001 plante Anna, sich eine Datsche zuzulegen. Auch dieses Jahr sollte das Finanzamt leer ausgehen! Für sich selbst hatte sie bereits am Kutusow-Prospekt in der Nähe des Hotels »Ukraina« eine geeignete Wohnung gefunden. Ende April hatte sie Boris' Wohnung verkaufen wollen. Dazu war sie nicht mehr gekommen. Daher konnte der Künstler Irina jetzt seelenruhig erklären: »Alles klar? Nimm, was du hier gesucht hast, und verschwinde. Die Wohnung gehört mir!«

»Aber«, murmelte Irina verwirrt, »warum hat Mama mir von der Einzimmerwohnung nichts gesagt? Und wieso hat sie mich dort angemeldet, ohne mich zu fragen? Das lügst du, Boris!«

»Erstens bin ich für dich nicht Boris, sondern habe einen Vatersnamen! Ich heiße Boris Lwowitsch«, gab der Stiefvater würdevoll zurück. »Und dass sie dir nichts gesagt hat ... Es sollte ein Geschenk zum Schulabschluss sein.«

»Alles gelogen«, erwiderte Irina scharf, »ohne meine Zustimmung hätte sie mich gar nicht anmelden können.«

»Da muss ich aber lachen!«, sagte der Maler und grinste hämisch. »Wo lebst du denn? Hier ist doch nicht Deutschland, wo man sich an das Gesetz hält! Für ein paar Scheinchen wird sie schon einen willigen Schreiberling gefunden haben, der ihr deine Anmeldung auf dem silbernen Tablett präsentiert hat! Schaust du denn nicht in deinen Pass?«

»Nein«, antwortete Irina bedrückt, »wozu?«

»Na, dann guck mal nach, welche Adresse drinsteht«, brummte Boris. »Dort, wo du jetzt wohnst, wirst du ihn schon finden.«

»Er ist hier im Schrank …«

»Na, umso besser!«, gab Boris erfreut zurück und kam ins Wohnzimmer. Ich machte mich hinter meinem Sessel ganz klein. Eine Tarnkappe müsste man jetzt haben!

»Was hast du an der Hausbar zu suchen!«, brüllte der Künstler.

»Ich hab nicht …«, setzte Irina an, besann sich aber und schrie zurück: »Ich brauch dich nicht um Erlaubnis zu fragen! Hier ist alles von Mamas Geld gekauft!«

»Das gehört jetzt mir!«, erklärte Boris. »Los, nimm deine Sachen und verdufte! Ein Glück, dass ich die Brieftasche zu Hause vergessen habe und noch einmal zurückgekommen bin. Verschwinde, aber dalli!«

»Ich habe noch einiges zusammenzusuchen.«

»Dann musst du eben noch einmal wiederkommen! Ruf aber vorher an. Im Moment habe ich keine Zeit, eine Kundin erwartet mich.«

Er schob Irina mit Gewalt aus der Wohnung. Wieder wurde es laut im Korridor.

»Hör auf!«, schrie das Mädchen mit tränenerstickter Stimme. »Ich beschwere mich bei meinem Vater, der schneidet dir die Nase ab!«

Boris lachte laut auf. »Das ist aber mal ein guter Witz! Wo willst du denn einen Papa hernehmen! Deine Mutter, die Hure, weiß doch nicht einmal, unter welchem Strauch sie dich gemacht hat!«

»Du Sauhund, verdammter!«, kreischte Irina auf.

»Raus mit dir!«, brüllte jetzt auch Boris. Die Wohnungstür fiel krachend ins Schloss.

Ich atmete tief durch und versuchte erst einmal, meine eingeschlafenen Beine wieder zu bewegen. Das waren vielleicht Neuigkeiten! Die arme Anna. Warum hatte sie diesen Boris ins Vertrauen gezogen? Als ich endlich fest auf meinen Beinen stand, klingelte es an der Tür. Vor Schreck huschte ich noch einmal hinter den Sessel. Aber das Schrillen wollte nicht aufhören. Auf Zehenspitzen schlich ich hin und lugte durch den Spion. Draußen stand Irina.

»Dieses Schwein, dieser gehörnte Ochse!«, brüllte sie, als sie an mir vorbei wieder in die Wohnung stürzte. »Er hat mir die Schlüssel abgenommen, das Stinktier!«

»Los, schnell weg, vielleicht kommt er noch einmal wieder!«

»Nein«, zischte Irina, immer noch wütend, »er ist in ein Taxi gestiegen und will jetzt zu seiner Kundin! Na, dem werd ich's zeigen ...«

Wie ein Sturmwind raste sie durch alle Zimmer.

»Irina, tu das nicht!«, rief ich und wollte sie aufhalten.

»Lass mich!« Sie schüttelte mich grob ab. »Ich nehme mir jetzt, was mir gehört! Und du lauf lieber hinaus auf den Prospekt und hol ein Taxi! Am besten einen Kleinbus oder einen LKW!«

Mir blieb nichts anderes übrig, als zu tun, was sie verlangte. Eine Stunde später stopfte Irina schnaufend das letzte Bündel in den Wagen. Die Fahrstuhlführerin, die gespannt zusah, was wir da trieben, fragte freundlich: »Wohin fährst du denn, Irina?«

»Lass mich in Ruhe!«, blaffte die und rannte noch einmal nach oben.

Ich folgte ihr. Die eben noch ordentlich aufgeräumte Wohnung war ein einziges Chaos. Mit großen Augen sah ich mich um. Irina hatte wirklich ganze Arbeit geleistet.

Der Fußboden war mit Glassplittern übersät, die Vorhänge hatte sie heruntergerissen, Kissen aufgeschnitten, im Bad Spiegel, Waschbecken und Bidet zerschlagen. Auch die Klosettschüssel lag in Scherben. Die riesigen Ledersofas, die Anna hatte nach Maß anfertigen lassen, waren aufgeschlitzt, in der Küche hatte das verrückte Mädchen Kaffee, Tee, Zucker und Graupen gleichmäßig über den Boden verstreut.

»Irina! Warum hast du das getan?«

»Was ich nicht wegtragen kann, lasse ich ihm nicht! Der soll mich noch kennenlernen!«, brüllte sie wie von Sinnen.

Dann stürzte sie in Boris' Atelier. Ich stand auf der Schwelle und trat nervös von einem Bein aufs andere. Wenn Boris den Mercedes an der Metrostation nicht fand, konnte er bald wieder hier sein. Das wollte ich nicht erleben.

Als wir dann beide im Wagen saßen, sagte ich vorsichtig: »Das hättest du nicht tun sollen.«

Irina wandte mir ihr immer noch hochrotes Gesicht zu und sagte dann leise, aber von tiefem Hass erfüllt: »Dieser Hurensohn!«

»Irina! So was sagt ein Mädchen nicht!«

»Weißt du was Passenderes für ihn?«

Darauf hatte ich keine Antwort. Das Schlimmste war, dass sie recht hatte. Auf Boris passte einfach kein anständiges Schimpfwort.

»Jedes Stück in dieser Wohnung, absolut jedes, hat meine Mutter gekauft«, zischte Irina.

»Was hast du im Atelier angestellt? Ich hoffe, du hast die Bilder nicht angetastet.«

»Habe ich nicht«, antwortete sie jetzt erstaunlich friedfertig. »Die gehören ihm, die fasse ich nicht an.«

»Was wolltest du dann dort?«

Irina grinste heimtückisch.

»Ich habe mit der Schere alle Pinsel abgeschnitten. Die sehen jetzt aus wie Igel mit Typhus. Der wird verrückt, wenn er das merkt. Ein guter Pinsel kostet eine Menge Geld!«

Im Wagen herrschte bedrücktes Schweigen. Dann plötzlich lachte Irina zufrieden auf.

»Mein Gott, was denn noch?«

»Ich habe mir gerade seine Fresse vorgestellt, wenn er die

Tür aufmacht!« Ihr Lachen, zuerst nervös und gequält, ging schließlich in schallendes Gelächter über. Tränen liefen ihr über die Wangen. Am Ende schluchzte und heulte sie wie ein Schlosshund. Dazwischen wieder dieses hysterische Lachen. Ich nahm sie in den Arm und drückte sie an mich. Irina zitterte und konnte sich lange nicht beruhigen.

»Ruhig, ruhig«, murmelte ich und suchte ihren fülligen Körper festzuhalten. »Alles wird gut, bald ist deine Mama wieder da, nur ruhig.«

Irina drückte ihre laufende Nase gegen meine Schulter. Sie schluchzte noch einige Male heftig auf und beruhigte sich dann allmählich. Unser Wagen stand in einem Stau auf dem Gartenring. Das von all dem Stress völlig erschöpfte Mädchen lag schwer auf meiner Brust und war eingeschlafen. Ich hielt es fest im Arm und wünschte Boris mit allen Fasern meines Herzens die Pest an den Hals.

Zu Ramstore kam ich erst gegen Abend. Zuerst mussten wir Irinas Habseligkeiten in unsere Wohnung schleppen. Sie hatte ohne große Umstände alles, was sie finden konnte, in Kissen- und Bettbezüge gesteckt. Auch Laken hatte sie verwendet.

»Wie schön«, sagte Lisa und betrachtete neidisch einen prächtigen Bettbezug. Die gelbe Seide war offenbar von Hand mit Blumen bestickt – blauen Iris und violetten Stiefmütterchen.

»Gefällt's dir?«, fragte Irina und blies sich eine Haarsträhne aus der Stirn.

»Ja, sehr.«

»Das waschen wir jetzt und ziehen es dann über deine Decke«, versprach Irina. »Los, Lisa, beweg dich, die Tischdecke auf den Tisch, das Kristall in den Schrank, und du, Kira, nimm die Wolldecken und verteile sie auf die Betten. Euer Zeug können wir gleich in die Lumpen werfen!«

Ich biss mir auf die Zunge und verschwand in der Küche.

Mit Irina wollte ich mich jetzt nicht anlegen. Das Kind hatte gerade erst einen Hysterieanfall hinter sich, ein zweiter wäre ihr sicher nicht gut bekommen. Sollte sie ihre Sachen verteilen. Wenn Anna wieder frei war, nahm sie sich ohnehin, was ihr gehörte.

Ich stellte Tassen auf den Tisch und schaute traurig auf die duftige Pastete, die Lisa gebacken hatte. Ob ich wohl je beweisen konnte, dass Anna mit dem Mord nichts zu tun hatte? Was für eine schreckliche Macht ist doch die Justiz. Wie eine Mauer, gegen die man mit dem Kopf rennt ... Es kracht, aber sie erzittert nicht einmal.

Jetzt reicht's, Tanja, sagte ich mir. Mit Jammern kommen wir auch nicht weiter. Also, ab in den Ramstore!

Am Eingang in den Supermarkt prangte ein Plakat mit einem riesigen grünen Känguru, dem Logo des Unternehmens. In der letzten Zeit habe ich großen Respekt vor diesen Beuteltieren, daher drückte ich mich so rasch wie möglich vorbei.

Nachdem ich lange zwischen den Regalen umhergeirrt war, fand ich schließlich eine Verkäuferin, die mich ins Büro brachte. Dort fragte ich die stattliche Dame, die hinter einem Schreibtisch thronte, in höflichem Ton: »Kann man feststellen, ob diese Flasche bei Ihnen gekauft ist?«

Die Frau zeigte ein offizielles Lächeln und antwortete: »Wenn die Qualität des Getränks nicht in Ordnung ist und Sie den Kassenbon haben, wird es Ihnen ohne weiteres umgetauscht.«

»Nein, ich habe die Flasche noch gar nicht geöffnet. Ich möchte nur wissen, ob sie bei Ihnen gekauft ist.«

Die Dame zog die tiefschwarzen Brauen hoch. »Wozu?«

»Es ist mir sehr wichtig, ich bitte Sie.«

Die Frau nahm die Flasche, drehte sie in den Händen und sagte dann: »Ja, der Likör ist von uns.«

»Wie haben Sie das festgestellt?«

»Ganz einfach. Sehen Sie hier den aufgeklebten Strichcode? Damit markieren wir unsere Ware. Der wird vom Kassierer eingescannt, dann gibt die Kasse den Preis an.«

»Und was sagt Ihnen der Kassenbon?«

Die Frau besah sich den Papierschnipsel.

»Er ist von unserer Kasse Nr. 2 um 18.40 Uhr ausgedruckt worden. Wahrscheinlich ist der Käufer Mitglied unseres Ramstore-Klubs.«

»Was ist denn das nun wieder?«

»Kommen Sie von der Miliz?«, fragte mich die Leiterin des Supermarktes.

»Sie sind eine gute Beobachterin«, antwortete ich ausweichend.

Sie öffnete eine Schublade ihres Schreibtischs und nahm eine dunkelblaue Karte heraus. In der linken Ecke prangte ein grünes Känguru mit einer orangefarbenen Schleife um den Hals, in der Mitte mit großen Buchstaben die Aufschrift Ramstore-Klub.

»Kunden, deren Umsatz eine bestimmte Summe übersteigt, bekommen diese Karte. Sehen Sie hier die Nummer?«

Ich nickte.

»Auf die Karte erhält man Rabatt. Wenn man die Preise eingibt, erscheint unten die Kundennummer.« Sie zeigte mit dem Finger darauf.

Ich starrte auf die Zahl 10950 und war beeindruckt.

Wieder zu Hause, hätte ich beinahe schon an der Türschwelle gerufen: Irina, war deine Mutter Mitglied im Ramstore-Klub? Gut, dass ich mir das verkniff, denn in der Küche saß Wolodja und verspeiste seelenruhig ein Stück Pastete.

»Bei euch sieht es ja aus wie in einem Warenlager«, sagte der Major und schaute sich um. »Woher kommt denn das viele Zeug?«

»Hat Irina angeschleppt«, klärte ihn Lisa auf und schob sogleich die Frage nach: »Wie ist die Pastete?«

»Nicht toll«, gab Wolodja gleichmütig zurück, »viel Teig und wenig Füllung. Der Kohl schmeckt wie Fußlappen.«

»Das stimmt überhaupt nicht!«, zischte Lisa böse. »Ich habe sie genau nach Rezept gemacht!«

»Die hast du gebacken?« Unser Freund war sichtlich bedrückt und versuchte die Scharte auszuwetzen. »Ja, also, der Teig ist wunderbar, zergeht förmlich im Mund.«

»Jetzt schwindle nicht auch noch!« Lisa war nun ernsthaft böse und gab dem Major einen leichten Klaps mit dem Geschirrtuch.

Es gab ein kleines Geplänkel.

Ich schaute zum Fenster hinaus. Es schneite schon wieder, und der Himmel war grau wie im Dezember. Genauso sah es auch in meinem Inneren aus. Ich brachte überhaupt nichts zuwege. Ich musste mich wieder einmal in aller Ruhe hinsetzen und meine Gedanken ordnen. Warum nur hatte ich mich von Irina breitschlagen lassen, den Mörder zu jagen! Je mehr ich erfuhr, desto verwickelter erschien mir die ganze Angelegenheit. Warum war ich nicht Lehrerin, Verkäuferin oder Ärztin geworden! So schöne, friedliche Berufe. Nein, mich musste der Teufel geritten haben, mich mit der Agentur »Alibi« einzulassen. Hätte ich das nicht getan, wäre ich nie in Annas Haus geraten und müsste mir jetzt nicht über die chaotischen Angelegenheiten dieser Leute den Kopf zerbrechen ... Allerdings – bevor sie Semjon Grebnew umgebracht hatten, hatte es mir dort gefallen: Ein gutes Team und ein sehr ordentliches Gehalt ... Moment mal! Semjon hatte man auch mit Zyankali vergiftet ... Der unerwartete Gedanke trieb mir den Schweiß auf die Stirn. Wie konnte ich nur Semjon vergessen! Hatte doch die Miliz sofort geschlussfolgert, dass auch er auf Annas Konto ging!

Als ich den etwas naiven und für diese Arbeit viel zu jungen Maxim gefragt hatte, was Anna zu erwarten hätte, war von dem nur zu hören gewesen: »Also, eine Reise in die Türkei bestimmt nicht! Bei zwei Morden!«

»Wieso zwei?«

»Na, Semjon Grebnew!«

»Glauben Sie etwa …?«

»Das ist für mich sonnenklar«, erklärte Maxim und setzte sich in Positur wie ein erfahrener Kriminalkommissar. Zuerst hat Bürgerin Remeschkowa die Bürgerin Malyschewa vergiftet, und dann hat sie das Gleiche dem Bürger Grebnew angetan.«

»Weshalb sollte sie denn Semjon ermorden?«

»Sehr einfach. Sie behauptet ständig, Grebnew hätte ihr nicht den Namen der Geliebten ihres Mannes genannt. Er hätte ihr Fotos zeigen wollen, aber sie habe ihn nicht mehr aufsuchen können, weil sie angeblich zu ihrem Stand auf dem Markt beim Armeesportklub gerufen wurde. Dort habe sie Verkäufer entlassen müssen, die der Unterschlagung verdächtig waren. Dann musste sie nach Hause, weil die Geburtstagsgäste warteten. Den Kauf des Likörs hat sie allerdings nicht bestritten. In Wirklichkeit war es aber ganz anders. Grebnews Sekretärin Nadja hat gesehen, wie Anna Remeschkowa in das Büro ihres Chefs gerannt ist, danach wieder herauskam und geschrien hat: ›Wo ist er?‹«

Als Semjon von der Toilette zurückkam, sei Anna mit Fäusten auf ihn losgegangen.

»Na und?«, fragte ich verwirrt. »Wie hat sie ihn dabei vergiften können?«

Maxim schaute mich mitleidig an und verkündete streng: »Die Ermittlungen sind geheim.«

Dabei hatte er sowieso schon alles ausgeplaudert, was er an Fakten in der Hand hielt.

»Sie wissen doch selber nicht, wie es war«, neckte ich den Knaben.

Empört gab Maxim zurück: »Wer? Ich? Das ist meine Version: Anna Remeschkowa ist in das Büro gerannt, hat das Gift in das Glas geträufelt und ist wieder gegangen. Sie wusste genau, dass aus dem blauen Becher nur Grebnew trinkt.«

Als ich mit meinen Überlegungen so weit gekommen war, musste ich mir ausgiebig den Kopf kratzen. Wenn Anna Shanna nicht umgebracht hatte, weshalb sollte sie dann Semjon vergiftet haben? Es musste ein anderer gewesen sein! Gab es einen Zusammenhang zwischen Semjon und Shanna? Oder musste ich zwei verschiedene Mörder suchen? Aber die Methode war die gleiche. Na und? Alles ist möglich, und Zufälle gibt es genug.

»Zufälle gibt es genug«, sagte Wolodja zustimmend.

Ich fiel aus allen Wolken und stellte fest, dass ich in der Küche dem lächelnden Major gegenübersaß. Hatte ich etwa laut gedacht?

»Was ist?«

»Du sagst: ›Alles ist möglich, und Zufälle gibt es genug‹, meinte mein Gegenüber friedlich. »Da kann ich dir nicht widersprechen.«

»Was ist ein Zufall?«, fragte Lisa, die bei einer Tasse Tee saß.

»Nach offizieller Lesart ist das eine Handlung, die im Unterschied zu einer absichtlich oder aus Versehen begangenen äußerlich wie ein Vergehen oder Verbrechen wirkt, aber des Elementes der Schuld entbehrt und strafrechtlich nicht verfolgt werden kann. Daher werden in der Rechtsprechung Zufall und Schuld einander gegenübergestellt. Vom Zufall ist aber wiederum der Begriff der höheren Gewalt zu unterscheiden …«

»Toll«, sagte Kira mitten in die Darlegungen des Majors hinein. »Kannst du lange so reden?«

»Solange mein Wissen über den Gegenstand nicht erschöpft ist«, erklärte ihm Wolodja und bestrich eine Scheibe Brot dick mit Butter. Essen konnte er auch eine ganze Menge!

»Cool«, lobte auch Irina. »Aber ich verstehe überhaupt nichts.«

»Na gut«, meinte der Major lächelnd, »dann will ich euch

ein Beispiel geben. Das wurde uns auf der Polizeischule immer als klassischer Zufall vorgeführt.

Ein Mann, nennen wir ihn Iwan Iwanow, hatte sein Leben satt und stürzte sich von der zehnten Etage in die Tiefe. Er hatte aber nicht bedacht, dass unterhalb des neunten Stockwerks ein Netz gespannt war. Die gab es früher an Hochhäusern öfter. Eine nützliche Sache – sie sollten die Passanten im Winter vor herabstürzenden Eiszapfen schützen … Iwan Iwanow fiel also in das Netz und hätte eigentlich nicht tot sein dürfen. Aber die Miliz konnte nur noch eine Leiche bergen. Bei der Untersuchung stellte sich heraus, dass der Mann eine Kugel im Kopf hatte. Nun wurde wegen Mordes ermittelt. Und was war das Ergebnis? Ach so, ich muss noch sagen, dass das Ganze an einem heißen Sommertag passierte, als alle Fenster offen standen. Unser Iwan fällt also vom zehnten Stock herunter, am offenen Fenster der Wohnung im neunten Stock vorbei. Dort liegen gerade Mann und Frau in heftigem Streit. Der Mann droht dem Weib mit einem Revolver. Er drückt ab, ein Schuss geht los und trifft den fallenden Iwanow in den Kopf.«

»Geil!«, schrie Kira begeistert.

»Wart's ab, das ist noch nicht alles«, sagte Wolodja. »Es ging also um Mord. Bei den weiteren Ermittlungen stieß man auf eine erstaunliche Sache. Die Eheleute im neunten Stock stritten jeden Tag, und der Mann fuchtelte dabei häufig mit seiner Pistole herum, die aber sonst immer ungeladen war. Vielleicht hatten sie sogar Spaß daran und brauchten den Kick. Der Bruder des Mannes, der diese Szene oft beobachtet hatte, lud die ›Makarow‹, weil er wusste, dass der Ehemann immer abdrückte. Er wollte die gemeinsame Datsche für sich allein haben. Aber die Sache ging schlecht aus. Besagter Bruder war nämlich Iwan Iwanow, und per Zufall traf die Kugel bei dem Streit ihn selber, der sich den heimtückischen Plan ausgedacht hatte! Nun wurde wegen Selbstmord ermittelt. Der Fall hat sich in den fünfziger

Jahren in Leningrad ereignet. Seitdem taucht er in den Lehrbüchern immer wieder auf. Habt ihr jetzt begriffen, was ein Zufall ist?«

»Und was ist höhere Gewalt?«, fragte jetzt Kira. Wieder setzte Wolodja zu einer langen Erklärung an. Ich schlich mich leise in mein Zimmer, schlüpfte ins Bett und löschte das Licht. Sollten meine Leute doch denken, ich hätte mich schlafen gelegt. Zehn Minuten später ging die Tür leise auf, und ich hörte den Major flüstern: »Tanja, schläfst du schon?«

Leise und regelmäßig schnaufte ich vor mich hin. Knarrend schloss sich die Tür wieder. Ich setzte mich auf, nahm eine Zigarette und blickte gedankenlos in Richtung Balkontür. Die Übergardinen waren zurückgezogen, und die Nacht schaute zum Fenster herein. Wenn es draußen dunkel ist, mag ich keine unverhüllten Fenster. Ich musste also aufstehen und zur Balkontür gehen, um die Vorhänge zu schließen. Dabei fiel mein Blick hinaus, und ich erstarrte. Direkt vor meiner Nase tanzten zwei große Schatten herum. Sie hatten runde Köpfe und überlange Arme. Zwei Affen spielten Fangen und stießen dabei kehlige Laute aus. Einen Moment später waren sie wieder verschwunden.

Ich drückte meine Stirn gegen das kalte Glas. Was war das nur? Wurde ich jetzt tatsächlich langsam verrückt? Musste ich doch einen Psychiater aufsuchen? Es hieß, der Mann, der in unserem Hause wohnte, sollte wirklich gut sein!

Am nächsten Morgen hatte ich eine komplizierte Aufgabe zu lösen. Wie sollte ich mich schminken und verkleiden, ohne dass die anderen etwas merkten? Wenn sie etwas mitkriegten, dann würden sie mir so viele Fragen stellen, dass ich nie rechtzeitig zum Klub der Papillonisten kam. Ohne zu wissen, wie ich das Problem lösen sollte, schleppte ich mich in die Küche. Die Kinder waren bereits vollzählig um den Tisch versammelt.

»Was ist denn hier los? Wir haben doch Sonnabend!«

»Wir wollen in den Zoo!«, verkündete Irina freudestrahlend. »Die Affen und Bären anschauen! Bei dem schönen Wetter …«

Ich goss mir schweigend eine Tasse Kaffee ein und nahm ein Stück Käse. Sie waren doch noch richtige Kinder! Da färbten sie sich die Haare, zogen die wildesten Sachen an und schminkten sich wie mannstolle Frauen, aber dann wollten sie plötzlich in den Zoo!

»Dort kann man Pony reiten!«, rief Kira begeistert, »und Zuckerwatte schlecken! Cool!«

Sie schlangen das Frühstück hinunter und waren schon auf dem Weg. An der Schwelle wandte sich Lisa noch einmal zu mir um. »Willst du vielleicht mitkommen?«

»Nein, auf keinen Fall«, murmelte ich verlegen. »Macht euch einen schönen Tag!«

Der Lift brummte, und von meinen »Kleinen« keine Spur mehr. Dieses Wetter aber auch! Die Wolken waren wie weggepustet, und die Sonne verbreitete wohlige Wärme. Ich trat auf den Balkon hinaus, um Lisa, Irina und Kira nachzuschauen. Da sah ich, wie Irina mit der Hand ein Zeichen gab. Eine riesige ausländische Limousine mit getönten Scheiben fuhr vor. Irina stieg neben dem Fahrer ein, Lisa und Kira schlüpften auf die Rücksitze. In mir stieg Sorge auf. Sie waren zwar zu dritt, aber ich musste Irina beibringen, dass sie keine Schwarz-Taxis benutzen sollten. Wer weiß schon, was für ein Typ da am Steuer sitzt!

Ich schob die trüben Gedanken beiseite, schminkte mich und hüllte mich in mein Kostüm. Bevor ich aber dem gestrengen Leonid Dubowski unter die Augen treten konnte, musste ich noch ein kleines Problem lösen: Ich brauchte eine Schmetterlingssammlung! Schließlich hatte ich ja angekündigt, einige interessante Exemplare zum Verkauf mitzubringen. Ohne mir große Gedanken zu machen, rief ich in der nächsten Zoohandlung an und fragte: »Haben Sie Schmetterlinge im Angebot?

»Einheimische aus Mittelrussland«, antwortete mir eine junge Männerstimme. »Sie können jederzeit kommen, wir schließen mittags nicht.«

Erfreut, dass die Lösung so einfach war, zog ich mich an und machte mich auf den Weg. Schmetterlinge konnte man in zweierlei Verpackung kaufen. Die teureren und aus meiner Sicht sehr hübschen lagen einzeln in kleinen Schächtelchen mit durchsichtigem Deckel. Billigere waren in Tüten verpackt. Außerdem gab es noch ein armseliges Album mit dem Titel »Insekten – Schädlinge der Landwirtschaft«.

»Das nehmen Schüler oft«, erklärte mir der Verkäufer, der selbst gerade erst die Mittelschule abgeschlossen haben mochte. »Sie kriegen die Aufgabe, über den Sommer Schmetterlinge zu sammeln, und dann kommen sie zu uns.«

»Na, die Faulpelze!« Ich musste lachen.

»Sagen Sie das nicht«, widersprach mir der Verkäufer. »Stellen Sie sich vor, wie schwer das einem tierliebenden Kind fallen muss!«

»Wieso?«

»Es muss die Schmetterlinge doch töten! Ich zum Beispiel kann keinen Schmetterling lebend auf eine Nadel spießen. Außerdem ist es sowieso abscheulich, tote Wesen zu sammeln, und wenn sie noch so schön sind!«

Da konnte ich ihm nicht widersprechen. Was gestorben war, sollte eigentlich begraben werden. Katja hat eine merkwürdige Bekannte namens Aljona. Als deren Katze das Zeitliche segnete, brachte sie sie zum Ausstopfen. Jetzt steht das Tier, dem lebenden Liebling zum Heulen ähnlich, auf ihrem Fernseher. Eine echte Schnapsidee, wie ich finde. Katja sagte auch schon, dass sie jetzt Aljona gar nicht mehr gern besucht, weil auf dem Fernseher das gute Tier rätselhaft mit seinen Glasaugen blitzt. Dabei ist Katja Chirurgin, hat in ihrem Leben mehr als eine Leiche gesehen und eigentlich vor gar nichts Angst.

Aber da war nichts zu machen. Ich kaufte drei von den durchsichtigen Schachteln, zwei Tüten und das Album.

Draußen war es warm geworden. Die Sonne brannte vom Himmel wie im Sommer. Der Frühling hatte die Stadt vor kaum zwei Stunden erobert und rächte sich jetzt am Winter für die lange Kälte. Die Straßen glichen Sturzbächen, von den Dächern tropfte es unaufhörlich. In Jacke, Pullover, dickem Rock und Stiefeln kam ich schnell ins Schwitzen. Außerdem hatte ich, wie vorher ja schon mal geprobt, die Hüften mit einem Handtuch umwickelt und eine extra dicke Strumpfhose angezogen. Als ich mein Ziel erreicht hatte, war ich beinahe am Verdursten. Ich konnte nur hoffen, dass es im Keller der Papillonisten kühl war.

Aber aus dem Souterrain schlug mir eine Wolke feuchtwarmer Luft entgegen. Die Frau am Einlass war bereits luftig gekleidet.

»Zu wem möchten Sie?«

»Ich bin mit Herrn Dubowski verabredet.«

»Lassen Sie Ihre Jacke am besten gleich hier«, sagte sie freundlich.

Ich hängte meinen mit Daunen gefütterten Anorak gehorsam zwischen elegante Mäntel und machte mich auf die Suche nach meinem Galeristen.

Mochte Leonid Dubowski in seinem früheren Leben auch ein mittelmäßiger Kriminalist gewesen sein, in diesem machte er einen tadellosen Eindruck. Er trug einen eleganten dunkelbraunen Anzug, wozu der Schlips und das teure Hemd hervorragend passten. Unter der Manschette lugte eine flache Uhr an schlichtem Lederband hervor. Ihren Preis konnte ich mir ungefähr vorstellen. Mein Mann, der inzwischen hinter Gittern saß, hatte eine ähnliche besessen. Eine echte Rolex tragen nur wirklich reiche Leute, die nicht mit ihrem Wohlstand prahlen müssen. Auch Leonids Hände waren sehr gepflegt und ohne protzige Goldringe. Er trug nicht einmal einen Ehering. War er nicht verheiratet?

Der Kopf beeinträchtigte allerdings das schöne Gesamtbild beträchtlich: Auf einem kurzen massigen Hals saß ein runder, glatt rasierter Schädel mit kleinen, misstrauisch dreinblickenden Augen. Eine breite Nase zerfloss zwischen glatt rasierten Wangen. Der Mund mit der dicken Unterlippe zeugte davon, dass sein Besitzer irdischen Freuden durchaus nicht abhold war.

»Sie wollen zu mir?«, fragte Leonid lächelnd.

Während sich seine Lippen zu einem Grinsen verzogen, blieb sein Blick starr und kalt. Wenn ich diesem Typ Mensch begegne, wird mir ganz unheimlich. Daher sagte ich ein wenig zu laut: »Ich habe Sie vor einigen Tagen wegen meiner Sammlung angerufen... Die Biologielehrerin.«

»Und was haben Sie mir mitgebracht?«, fragte Dubowski.

Zuerst zückte ich das Album. Mein Gegenüber wusste offenbar, was sich gehörte, denn er blätterte mit seinen manikürten Händen die Seiten um und bemerkte schließlich höflich: »Eine hübsche Sammlung, aber für mich ist nichts Interessantes dabei.«

»Hier habe ich noch etwas anderes«, behauptete ich kühn und holte die Tütchen heraus.

Leonid sah sich das bunte Häufchen an und sagte seufzend: »Nein, danke. Kommen Sie doch am Sonntag gegen 14.00 Uhr wieder.«

»Wozu?«

»Da sind die Anfänger hier.«

»Ich habe auch noch einige rare Exemplare«, sagte ich hartnäckig.

»Na, zeigen Sie mal!«

Nun legte ich die kleinen Schachteln auf den Tisch. Leonids Geduld ging offenbar zur Neige, denn jetzt sagte er in etwas schärferem Ton: »Ich muss Sie enttäuschen: Das ist alles nichts Besonderes.«

»Tatsächlich?« Ich heuchelte großes Erstaunen. »Man hat mir gesagt, das seien einzigartige und sehr teure Exemplare!«

»Wieviel?«, fragte Dubowski und grinste sich eins.

»300 Rubel das Stück!« Ich nannte kühn das Dreifache des Ladenpreises.

Nun musste Leonid ehrlich lachen.

»Da hat man Sie wohl übers Ohr gehauen. Das sind alles ganz gewöhnliche einheimische Arten. Die kosten im Geschäft 80 bis 100 Rubel. Jetzt entschuldigen Sie mich!«

»Na so was«, sagte ich tief enttäuscht. »Wie schade! Und ich dachte, für so viel Geld hätte ich etwas ganz Besonderes erworben!«

Leonids Laune wurde immer besser. »Aber, meine Liebe, wie lange befassen Sie sich denn schon mit Schmetterlingen?«

»Wie soll ich sagen, ... nicht allzu lange.«

»Und woher kennen Sie mich?«

»Ich bin Biologielehrerin. In der 11. Klasse habe ich eine Schülerin, Irina Remeschkowa. Sie hat mir von Ihnen und Ihrem Klub erzählt ...«

»Soso«, brummte Leonid und musterte mich scharf.

In dem Raum war es unerträglich heiß. Ich schwitzte unter meiner dicken Mütze, und meine Kopfhaut juckte furchtbar. Ich musste bereits am ganzen Körper schweißnass sein, und mein Gesicht glühte sicher wie eine rote Rübe.

Leonid fragte besorgt: »Ist Ihnen nicht heiß?«

Ich schüttelte den Kopf und fürchtete, gleich in Ohnmacht zu fallen. Leonid stand plötzlich auf, verschloss die Tür von innen, steckte den Schlüssel in die Tasche und trat dicht an mich heran.

»Hat Irina Remeschkowa Sie nicht vor der Gefahr gewarnt?«

»Vor welcher Gefahr?«, piepste ich und spürte, wie ein Rinnsal mir den Rücken hinunterlief.

Leonid legte seine schweren Hände auf meine Schultern und erklärte: »Ich bin als großer Ladykiller bekannt und liebe besonders pummelige, verschwitzte, dumme Biologielehrerinnen, die von Schmetterlingen keine Ahnung haben. Also, mein Kätzchen, jetzt schälen wir dich erst mal aus!«

Mit einem Ruck riss er mir die Mütze vom Kopf und starrte auf meinen verschwitzten Schopf. Dann kam er mit seiner Visage ganz dicht an mich heran. Ich wollte zurückweichen, aber er hielt mich mit seinen Pranken fest. Er war mir so nahe, dass seine beiden eng zusammenstehenden Augen zu einem einzigen verschmolzen. Ein Geruch von Männerparfüm, teurem Kognak und noch etwas anderem, das Vanille sein konnte, stieg mir in die Nase. Als ich dieses Gebräu einatmete, wurde mir schwarz vor Augen.

16. Kapitel

»Ist Ihnen jetzt besser?«, fragte eine Frauenstimme.

Ich schlug die Augen auf. Ich lag auf einem Ledersofa. Neben mir stand eine nette Frau mit einem Flakon in der Hand, aus dem es unangenehm roch.

»Nehmen Sie das Zeug weg, darauf bin ich allergisch!«

»Verzeihung, das wusste ich nicht«, antwortete die Dame höflich.

»Verschwinde, Olga«, ertönte eine Baßstimme, und ich erblickte Leonid Dubowski.

Olga war nicht mehr zu sehen. Als ich mich aufsetzen wollte, sah ich die Katastrophe. Man hatte mir den Rock aufgeknöpft und den Pullover ausgezogen ... Instinktiv suchte ich meinen Leib mit den Händen zu bedecken. Leonid brummte: »Keine Angst, ich werde Sie nicht vergewaltigen. Dürre Stengelchen sind nicht mein Geschmack.«

»Ich stehe auch nicht auf Typen wie General Lebed!«, gab ich in gleicher Münze zurück.

Dubowski musste lachen.

»Du bist mir ja eine! Wenn du das nächste Mal als Schmetterlingssammlerin durchgehen willst, dann befasse dich vorher ein bisschen mit der Materie! Und zieh dich wenigstens richtig an!«

»Sie haben mich also sofort erkannt?«

»Nein«, antwortete der Galerist belustigt. »Erst als Olga dich gewaschen und ausgezogen hat. Vorher habe ich tatsächlich bei mir gedacht, was es doch für verrückte Biologielehrerinnen gibt! Also, was willst du? Hat dich Boris geschickt?«

»Wer?«

»Boris Ljamin.«

»Nein.«

»Wer dann?«

»Niemand.«

»Also, jetzt erzähl mir nicht wieder, dass du dich für Schmetterlinge interessierst! Das glaubt dir keiner!«

»Und was machst du jetzt mit mir?«, fragte ich in frechem Ton. »Hängst du mich an den Heizkörper und verdrischst mich mit einem Gartenschlauch?«

Leonid spuckte wütend aus.

»Ich habe noch nie ein Weib angerührt, nicht einmal ein so blödes wie du! Wer hat dich geheißen, mir nachzuspionieren?«

Ich schaute in sein wütendes Gesicht und sagte, für mich selbst unerwartet, die Wahrheit: »Ich arbeite nicht mehr für ›Alibi‹.«

»Wie das?«

»Die Agentur ist verkauft worden, und da hat man …«

»… dich als beste Mitarbeiterin hinausgeworfen«, meinte Dubowski grinsend. »Und was habe ich mit der Sache zu tun?«

Ich habe in meinem Leben nicht wenige dumme Sachen angestellt, bin manchmal hereingefallen und zuweilen auch in fast ausweglose Situationen geraten. Aber manchmal erwacht in mir eine unwahrscheinliche, fast tierische Intuition. So findet der Fuchs, der vor den Jägern flieht, das einzige

Schlupfloch und läuft in die Richtung, wo die Treiberkette eine Lücke hat … So tut der verzweifelte Wolf unerwartet etwas, das kein Jäger von ihm erwartet – er taucht unter der Leine mit den roten Fähnchen durch und verschwindet im Dickicht. Plötzlich wurde mir klar, dass Leonid Dubowski mit der Sache nichts zu tun hatte. Weder Shanna noch Semjon hatte er angerührt … Ich kam nicht einmal dazu, den Gedanken zu Ende zu denken, als mein Mund sich wie von selbst öffnete und hervorstieß: »Ich soll den wahren Mörder finden.«

»Wer hat Sie damit beauftragt?«

»Der Mann der Beschuldigten.«

»Welcher? Doch nicht Boris Ljamin?«

»Herr Gwosd.«

Leonid ließ ein verblüfftes Pfeifen hören.

»Na, mein Kätzchen, da sitzt du aber bis über beide Ohren in der Bredouille. Dieses Subjekt hat es gar nicht gern, wenn jemand seine Kreise stört. Weißt du, woher der seinen Spitznamen hat?«

»Nein.«

»Das ist lange her«, meinte Leonid seufzend. »Er war damals noch ganz jung und geriet durch ein Missverständnis im Lager in die Brigade der schweren Jungs …«

Dubowski setzte heißes Wasser auf, stellte ein Glas mit sündhaft teurem kolumbianischen Kaffee Marke »Ambassador« vor mich hin, legte eine Schachtel »Blauer Samt«, für meine Verhältnisse unerschwingliche Pralinen, auf den Tisch und fragte: »Den Kaffee mit Zucker?«

»Ja, aber ohne Zyankali, bitte!«

Leonid brummte nur und meinte: »Soll ich einen Schluck aus deiner Tasse nehmen?«

»Ich bitte darum, aber nicht hineinspucken!«

Leonid nahm einen Schluck und reichte mir die Tasse.

»Danke«, sagte ich höflich und trank nun meinerseits ruhig das angenehm heiße Gebräu.

»Wie ich schon sagte«, fuhr Leonid fort, »unser Rodion Gromow, so steht es in seinem Pass, wenn ich nicht irre, war in eine gefährliche Umgebung geraten. Eigentlich hätte er zu den Anfängern kommen müssen; irgendwer hatte da etwas durcheinandergebracht. Die neuen ›Kollegen‹ beschlossen, den Grünschnabel auf die Probe zu stellen. Das Ganze spielte sich in der Sowjetzeit ab. Alle Häftlinge hatten zu arbeiten. Der eine oder andere Mafiaboss suchte das zwar zu umgehen, aber das war schwierig. Gromows Brigade montierte Federböden für Betten. Als der Aufseher eine Rauchpause machte, traten drei der Kerle an Rodion heran. Vor ihren Augen griff sich Gromow drei Eisenbolzen und trieb sie sich durch den Arm. Am meisten beeindruckte die schweren Jungs die Tatsache, dass er dabei keine Miene verzog und noch darüber lachte, wie sein Blut auf den schmutzigen Werkstattboden rann. So etwas hatten selbst diese hartgesottenen Männer noch nicht gesehen. Rodion aber legte den Hammer weg und sagte, als sei nichts gewesen: ›Ich hoffe, ihr Schafsköpfe habt verstanden, dass ich keinen Schmerz verspüre. Mir ist das sogar angenehm!‹

›Bist du ein Sadist?‹, fragte ihn der Belesenste von den Dreien.

›Ein Masochist‹, korrigierte ihn Rodion. ›Wenn euch das nicht reicht, wisst ihr, was ich dann mit euch mache?‹

›Was denn?‹ Die Banditen waren wie vor den Kopf geschlagen. Sie kannten nur Opfer, die bei ihrem Anblick zitterten und um Gnade flehten.

›Was denn, was denn ... Das da!‹, äffte sie Gromow nach. Er packte einen der scharf angespitzten Bolzen und schleuderte ihn mit voller Wucht auf einen Kalender, der an der Wand hing. Den Männern blieb der Mund offen stehen. Rodion hatte Leonardos unsterbliches Meisterwerk, die Mona Lisa, genau ins linke Auge getroffen. Schon flog ein zweiter Bolzen, und die Dame mit dem rätselhaften Lächeln verlor auch noch das rechte Auge.

›Na‹, fragte Rodion mit einem unguten Grinsen, ›wer will der erste sein?‹

Die Burschen wechselten unsichere Blicke, aber da tauchte der Aufseher wieder auf, sah den verdorbenen Kalender und brüllte: ›Wer von euch Hundesöhnen war das?‹

›Ich‹, sagte Rodion laut.

Der Aufseher zeigte sich von Rodions blutigem Arm unbeeindruckt. Er nannte ihn einen Selbstverstümmler und verabreichte ihm eine schallende Ohrfeige. Rodion hielt den Mund und gab die drei Kerle nicht preis. Mit Püffen und Fausthieben wurde er ins Krankenrevier gebracht.

Abends in der Baracke kam einer der Schuldigen an sein Bett und brummte: ›Willst du ’n Tee?‹

Gromow trat an den Tisch, erhielt einen Becher Tee, Zucker und zwei steinharte Karamelbonbons. Damit war er in die Brigade aufgenommen. Dort gab man ihm den Spitznamen Gwosd, der Nagel.«

Die Geschichte hatte mich völlig aus der Fassung gebracht. Leonid schaute grinsend zu, wie ich mit krampfhaften Schlucken den Kaffee austrank.

»Nun weißt du hoffentlich, was Gwosd mit dir macht.«

Ich nickte.

»Gut!«, lobte mein Gegenüber. »Gut, wenn ein Mensch sich der Gefahr bewusst wird. Jetzt pack mal aus, was du bisher rausgekriegt hast.«

Völlig durcheinander, erzählte ich ihm alles, was ich wusste. Dass Nikita und Shanna in Wirklichkeit Bruder und Schwester waren, was es mit dem »antiken« Schmuck auf sich hatte, wie Anna ihre Wohnungskäufe getätigt hatte und dass es eine zweite Flasche Likör gab. Das Einzige, was ich für mich behielt, war Valerias Krankheit. Die hatte nun mit Shannas Tod wirklich nichts zu tun.

»Alle Achtung.« Leonid wiegte anerkennend den Kopf. »Du bist ja ein richtiges Talent, und fleißig dazu. Einfach erstaunlich. Und wie bin ich unter die Verdächtigen geraten?«

»Ich überprüfe alle, die an dem Abend bei Anna zu Gast waren. Nur Sjuka und du waren noch übrig … Außerdem hat man mir gesagt, dass du deine Schmetterlinge mit Zyankali tötest!«

»Was?!«, fragte Leonid verblüfft. »Wer hat sich denn das ausgedacht?«

Ich überlegte. Wer hatte das behauptet?

»Valeria? Andrej …«

»Interessant«, sagte Leonid nachdenklich und erläuterte: »Früher hat man das wirklich so gemacht, aber das tut seit langem niemand mehr. Es ist viel zu gefährlich, man kann sich dabei leicht selber vergiften. Lieber kaufe ich präparierte Exemplare. Allerdings gibt es Leute, die so einem Schmetterling mit Vergnügen eine Nadel durch den Körper rammen …«

Er ging ein paar Schritte durch den Raum, streckte sich und befahl dann in einem Ton, der keinen Widerspruch duldete: »Also: Von jetzt an arbeiten wir zusammen. Als erstes machen wir einen Plan.«

»Du bist mir ja ein ganz Schlauer!«, gab ich wütend zurück. »Die Arbeit ist im Prinzip getan, ich muss nur noch Sjuka und Boris überprüfen. Dafür brauche ich niemanden. Das kann ich auch allein.«

Leonid schnaufte laut. »Hör mal, Geld habe ich genug, darum geht es mir nicht.«

»Geld hat man nie genug!«

»Meinetwegen, aber ich brauche im Moment ohnehin eine Mitarbeiterin … Ich helfe dir, und du hilfst mir.«

»Ich verstehe nicht …«

Leonid stapfte durch den Raum, die Hände auf dem Rücken verschränkt. »Du weißt, dass ich Direktor einer Galerie bin?«

»Ich weiß, ›Moscow Art‹. Ist die dein Eigentum?«

»Oh, spitze Zungen sind gefährlicher als eine Pistole!« Dubowski lachte laut auf. »Ob ich der Besitzer bin, ist unwichtig, das Sagen habe ich. Und ich brauche eine Vertrauensperson, sozusagen eine Geheimagentin.«

»Wofür?«

»Für alles Mögliche. Die finanziellen Verhältnisse eines Künstlers aufklären, den Weg eines Bildes verfolgen usw. Ich suche schon lange, habe aber bisher niemanden gefunden, der auf diese Stelle passt. Du kommst mir wie gerufen! Ich zahle gut und bin kein Streithammel, in Ordnung?«

»Darüber muss ich erst mal nachdenken!«

Leonid lächelte. »Entschuldige schon, aber ich glaube, wenn du über etwas lange nachdenkst, kommt meist nicht viel dabei heraus. Doch wenn du spontan handelst … Damit du siehst, dass ich es ehrlich meine, sage ich dir jetzt, wie du weiter vorgehen musst.«

»Und wie?«

»Zuerst musst du die Sekretärin des guten Semjon Grebnew ausfindig machen und herauskriegen, ob Anna tatsächlich einmal allein in seinem Büro war.«

»Aber man hat mir gesagt …«

»Glaube nie, was man dir erzählt. Prüfe alles selber nach. Als nächstes sind in der Tat Sjuka und Boris an der Reihe. Ich werde über meine Kanäle versuchen, etwas über sie herauszubekommen. Am Sonntag verständigen wir uns per Telefon. Hier ist meine Handynummer, gib mir deine auch.«

»Was?«

»Deine Nummer.«

»Ich habe kein Handy …«

»Auch keinen Pieper?«

»Nein.«

Leonid seufzte schwer. »Aber zu Hause wirst du doch ein Telefon haben?«

Ich gab ihm die Nummer und stand auf. Sofort rutschte der Rock über meine Hüften und lag mir zu Füßen. Ich lief rot an, bückte mich und verfluchte im Stillen die ganze Welt. Leonid hielt sich den Bauch vor Lachen.

»Nimm eine Sicherheitsnadel, wenn du nicht wieder den Handtuchtrick benutzen willst …«

Mit feuerroten Ohren bewegte ich mich zur Tür, wobei ich den Rockbund krampfhaft festhielt. Auf der Schwelle wandte ich mich noch einmal um und fragte: »Was findest du eigentlich an mir?«

Leonid ließ sich in einen Ledersessel fallen und erklärte: »Du gefällst mir einfach. Auch deine Beine sind nicht schlecht, wenn du keinen Rock anhast, nur ein bisschen dünn. Ich mag Skistöcke nämlich nicht.«

Empört lief ich in den Korridor hinaus. Leonids höhnisches Lachen gellte mir in den Ohren. Von der freundlichen Olga bekam ich zwei Sicherheitsnadeln. Damit steckte ich den Rockbund irgendwie zusammen. Der Rock konnte nun nicht mehr rutschen, aber vorn schlug er tiefe Falten, die mich beim Gehen behinderten.

Ich hatte das Gefühl, dass draußen nicht Frühling, sondern schon Sommer war. Die Passanten trugen die Mäntel über dem Arm. Auch ich musste meine Daunenjacke ausziehen und schleppte mich irgendwie zur Metro. Viele verwunderte Blicke streiften mich. Im Wagen starrte mich ein Mädchen in Lisas Alter lange an und flüsterte dann kichernd mit ihrem Begleiter.

Als ich wieder zu Hause war, schaute ich im Korridor in den Spiegel. Ich bot wirklich ein Bild des Jammers. Meine zerzausten Haare standen nach allen Seiten. Die Augenbrauenfarbe war auf der Stirn verschmiert und die Wimperntusche nach unten getropft. Zusammen mit dem Teintpuder ergab das eine unbeschreibliche Maske. Auch das Outfit war entsprechend. Über den Schultern hing mir ein formloser Sack aus Angorawolle, der mit bunten Steinen übersät war. Um die Hüften hatte ich etwas, das wie ein kühn drapierter Staubfänger wirkte. Einzig die Stiefel sahen einigermaßen normal aus. Ich hatte die guten Stücke von »Salamander« vor meinem Auftritt ordentlich geputzt. Und wenn Leonid wirklich etwas an mir fand, dann hatte das gewiss nicht mit Schönheit oder Sex-Appeal zu tun. Eher mit Geist, Witz und Phantasie.

17. Kapitel

Ich badete lange und trank in aller Ruhe Tee. Dann schaute ich nach der Zeit. Siebzehn Uhr. Die Kinder waren noch nicht zurück. Darüber wunderte ich mich gar nicht. Moskaus umtriebiger Oberbürgermeister Lushkow hatte den neuen Zoo gerade erst mit Musik und viel Tamtam eröffnet. Es hieß, der Ort habe sehr gewonnen und sei jetzt um viele Attraktionen reicher – Eis, Pizza, Zuckerwatte … Lisa, Kira und Irina waren offenbar voll beschäftigt, und ich konnte in aller Ruhe weiter meinen Ermittlungen nachgehen.

Bei Semjons früherer Sekretärin Nadja war ständig besetzt. Eine halbe Stunde lang wählte ich mir die Finger wund. Dann ließ ich es sein. Am besten, ich suchte sie persönlich auf. Sie wohnte mitten im Zentrum, nicht weit von der Metrostation Belorusskaja. Die nette Nadja hatte mich mehrmals zu sich eingeladen, und ich kannte den Weg. Von der Metro nach links, vorbei am Café »Feuervogel« bis zum Friseur, dann in den Hof …

Diesmal war ich klüger und zog leichte Sachen an. Unter den beigefarbenen Jeans trug ich nur Söckchen, oben herum ein T-Shirt und eine leichte Jacke. Als ich von der Metro durch die bereits trockenen, staubigen Straßen ging, freute ich mich an der Sonne und dem leichten Lüftchen. Wie viele Musiker habe ich nicht nur ein sehr gutes Gehör, sondern auch ein ausgezeichnetes visuelles Gedächtnis. Daher fand ich das graue dreistöckige Haus ohne Probleme, trat in den mit Gerümpel vollgestellten Eingang und klingelte an der Wohnung Nr. 1.

»Ich komme«, ertönte es drinnen, und die Tür wurde ohne jede Frage oder Vorsichtsmaßnahme geöffnet.

Vor mir stand ein runzliges Männlein, das an eine vertrocknete Paprikaschote erinnerte.

»Zu wem möchtest du, Kindchen?«, fragte es freundlich.

»Zu Nadja, rufen Sie sie bitte.«

»Sie ist auf Arbeit.«

»Aber heute ist Sonntag.«

Der Alte murmelte zweifelnd: »Hm, ich weiß nicht recht. Sie hat gesagt, sie geht zum Dienst ...«

»Wo arbeitet sie denn jetzt?«

Der Alte verschwand im Korridor, und ich blieb abwartend an der Tür stehen. Nach einer Weile kam er wieder und gab mir einen Zettel.

»Hier, das ist ihre Telefonnummer ...«

Ich starrte verwundert auf das Papier. Das war die Nummer von »Alibi«. Sicher hatte der Großvater sich geirrt ...

»Darf ich mal rasch das Telefon benutzen?«

»Bitteschön«, sagte der Alte höflich. »Aber es steht in der Küche. Sie müssten Ihre Schuhe ausziehen.«

Das tat ich, lief zu einem altmodischen Apparat, wählte die Nummer und hörte kurz darauf Nadjas helle Stimme: »Agentur ›Alibi‹, immer zu Ihren Diensten.«

Bald saß ich wieder in der Metro, die mich in Richtung »Alibi« fuhr. Was das wohl zu bedeuten hatte? Der widerwärtige Fedortschuk, der wie aus dem Nichts anstelle von Semjon bei uns aufgetaucht war, hatte mich und die Sekretärin am selben Tag hinausgeworfen. Ich sah noch vor mir, wie mir Nadja empört das Kuvert mit dem jämmerlichen Gehalt gezeigt hatte. Und jetzt war sie wieder bei »Alibi«? Wie sie das wohl geschafft hatte? Es gab jede Menge Arbeitslose, auf dem Arbeitsamt wimmelte es von Sekretärinnen wie von Schaben in einer Gemeinschaftsküche! Außerdem hatte Fedortschuk uns klar zu verstehen gegeben, dass er niemanden behalten wollte, der für Semjon gearbeitet hatte. Natürlich, Nadja war nett, exakt, eine gute Mitarbeiterin, aber … Über besondere Fähigkeiten verfügte sie nicht. Solche wie sie gab es zu Hunderten. Warum durfte sie bleiben?

Nadja war nicht gerade erfreut, als sie mich erblickte.

»Tanja?«

»Ich war in der Nähe und wollte mal reinschauen: Du arbeitest also immer noch hier?«

Die Sekretärin warf einen raschen Blick auf die geschlossene Tür des Chefzimmers und kicherte nervös.

»Das kann man so sagen.«

Ich seufzte bedrückt auf.

»Ich finde einfach nichts. Was meinst du, vielleicht kann ja auch ich wieder hier unterschlüpfen?«

»Auf keinen Fall!« erklärte Nadja kategorisch. »Der neue Chef nimmt keinen von den alten!«

»Aber dich hat er genommen …«

Verlegen schob sie die Stifte und Büroklammern auf ihrem Schreibtisch hin und her. Als ich sah, wie durcheinander sie war, legte ich nach. »Du willst mir einfach nicht helfen! Hab ich dir was getan?«

»Wo denkst du hin, Tanja!«, flüsterte die Sekretärin aufgeregt. »Du weißt doch, dass ich vor dem Weggehen alle Dateien auf Disketten kopiert und dem Kerl einen leeren Computer hinterlassen habe. Der neue Bürochef hat mich angerufen und eine Erklärung verlangt. Da habe ich ein bisschen Druck gemacht. Wenn er die Informationen will, habe ich gesagt, dann muss er mich wieder einstellen. Jetzt sitze ich hier und zittere ständig vor ihm. Der neue Chef ist ein harter Hund.«

Sie hatte kaum geendet, als die Tür zu Semjons Büro aufsprang und ein Bursche von höchstens 35 Jahren mit blassem Gesicht herauskam. Er warf uns einen scharfen Blick zu und fragte ärgerlich: »Warum muss eine Kundin bei Ihnen warten, wo ich doch frei bin?«

»Das ist eine Bekannte von mir«, stammelte die Sekretärin.

»Fremde haben in unserem Sekretariat nichts zu suchen«, erklärte er unwirsch. »Gehen Sie bitte. Privatgespräche können Sie nach der Arbeit führen.«

Nadja wurde rot und rutschte fast unter ihren Schreibtisch. Sie tat mir leid, und ich wollte das dem Kerl nicht durchgehen lassen.

»An Ihrer Stelle würde ich etwas mehr auf meine Worte achten! Ich wollte gerade Kundin bei Ihnen werden!«

»Ich bitte vielmals um Entschuldigung«, antwortete der Kerl mit einem schmierigen Lächeln, »aber Sie werden verstehen, unsere Agentur ist etwas Besonderes, sie lebt von Diskretion, daher können wir keine Fremden in unseren Räumen dulden. Treten Sie bitte näher.«

Ich musste mit ihm in das Büro gehen, das ich so gut kannte. Es sah einfach prachtvoll aus. Alles war neu – die Möbel, der Computer, Wände und Teppichboden. Der Raum erfreute das Auge und sogar die Nase, denn in der Luft hing der Duft nach etwas Angenehmem, das an frisch gebackene Brötchen erinnerte. Nur einen guten Kognak gab es hier für mich wohl nicht mehr.

Der junge Mann nahm in einem Ledersessel mit hoher Lehne Platz und fragte: »Was kann die Agentur ›Alibi‹ für Sie tun?«

Ich dachte krampfhaft nach. Wieder einmal hatte ich mich in eine dumme Lage gebracht, aus der ich mich jetzt herauswinden musste.

»Ich möchte eine Person beobachten lassen. Da wollte ich mal nachfragen, was so etwas bei Ihnen kostet.«

Mein Gegenüber begann nun sehr gekonnt mit Zahlen zu jonglieren. Für mich war interessant, dass sie die Preise erhöht hatten. Als er fertig war, schüttelte ich den Kopf.

»Das wird ja sehr teuer! Darüber muss ich erst noch einmal nachdenken.«

»Natürlich«, gab der Chef verständnisvoll zurück. »Kommen Sie wieder, wenn Sie sich die Sache überlegt haben. Wir werden Ihnen auf jeden Fall helfen können.«

Für mich war das Gespräch beendet. Ich verabschiedete mich und ging ins Vorzimmer hinaus, wo ich meinen Plausch mit Nadja fortsetzen wollte. Aber der Chef brachte mich bis zum Ausgang und machte mir damit einen Strich durch die Rechnung. Mit einem schiefen Lächeln trat ich auf die Straße. An der Ecke schaute ich mich kurz um und sah, wie sich am Fenster von Semjons altem Büro die Gardine bewegte.

Tief in Gedanken, ging ich in ein Café, setze mich auf einen hohen Barhocker und starrte in den Spiegel gegenüber. Es war 19.00 Uhr. Natürlich konnte ich jetzt hier in aller Ruhe sitzen bleiben und bei einer Tasse Kaffee abwarten, bis Nadja nach dem Dienst zur Metro ging ... Aber leider war die Arbeit bei »Alibi« eine völlig unvorhersehbare Angelegenheit. Früher saßen wir manchmal bis Mitternacht im Büro, einmal hatten wir sogar dort übernachtet ... Per Telefon konnte ich auch nicht mit ihr reden. Schon Semjon hatte die Regel eingeführt, dass jeder Anruf im Sekretariat von seinem Apparat aus mitgehört werden konnte. Sicher hatte das der neue Chef beibehalten. Ich wollte nicht, dass Nadja Schwierigkeiten bekam. Das Beste war, ich fuhr nach Hause und versuchte sie später privat zu erreichen.

»Was wünschen Sie?«, ertönte es hinter meinem Rücken in gleichgültigem Ton.

Ich drehte mich um. Da stand ein beleibtes Weib in einem fleckigen roten Kittel. In der Hand hielt sie aus unerfindlichem Grunde einen Kamm. Merkwürdige Kellnerinnen hatten die in diesem Café!

»Welchen Kaffee führen Sie hier?«

»Kaffee?« Die Dicke riss die Augen auf. »Kaffee?«

Was glotzte die so? Man konnte denken, ich hätte ein Glas Zyankali verlangt.

»Bei uns gibt es keinen Kaffee!«, knurrte die Frau.

Ich stöhnte auf.

»Dann eben Tee, aber möglichst ceylonesischen, und ohne Zucker!«

»Bist du nicht ganz bei Trost?«, fragte die Kellnerin.

Jetzt wurde es mir langsam zu dumm.

»Das sind ja tolle Sitten! Haben Sie die Zeit verschlafen? Einem Gast so grob zu kommen! Was ist denn das hier für eine Stampe? Kein Kaffee, kein Tee …«

»Wo wollten Sie denn hin?«, erkundigte sich die Frau müde.

»Was heißt, wohin? In ein Café!«

»Hier sind Sie beim Friseur.«

Erst jetzt bemerkte ich, dass ich vor einem riesigen Spiegel saß und vor mir auf dem Marmortisch Bürsten, Scheren, zerlesene Zeitschriften und ein Handtuch lagen …

»Entschuldigen Sie bitte, ich war wohl so in Gedanken, dass ich mich in der Tür geirrt habe. Eigentlich wollte ich nach nebenan …«

Die Friseuse betrachtete mich mitleidig. »Nebenan sind ein Schuhmacher und eine Apotheke.«

»Verzeihen Sie, verzeihen Sie«, murmelte ich und zog mich in Richtung Tür zurück.

»Macht nichts«, sagte die Dicke versöhnlich, »das kann doch jedem mal passieren.«

Ich war noch nicht ganz draußen, da rief sie mir nach: »Warten Sie einen Moment!«

Ich blieb verwundert stehen.

»Ich habe viele Kundinnen«, erklärte die Friseuse, »ich schneide gut.«

»Sie sehen doch, wie kurz mein Haar ist«, gab ich zurück, »da kann ich mir eigentlich nur noch eine Glatze rasieren lassen.«

»Davon rede ich nicht.« Die Haarkünstlerin schüttelte den Kopf. »Ich wollte Ihnen nur sagen: Unter meinen

Kundinnen ist eine Doktorin, die sich mit Psychiatrie befasst, eine bekannte Koryphäe. Möchten Sie Ihre Telefonnummer haben? Wenn Sie ihr sagen, dass Sie auf meine Empfehlung kommen, behandelt sie Sie wie die eigene Schwester. Sie verschreibt Ihnen ein paar Tabletten, und alles ist wieder gut.«

»Danke, nicht nötig«, brummte ich verlegen und war schon draußen.

Sollte ich vielleicht wirklich einmal unseren Nachbarn aufsuchen? Alle sagten, er sei ein hervorragender Arzt, und mit mir stimmte ja in der Tat etwas nicht. Erst das Känguru, dann der Affe, und jetzt auch noch dieses blöde »Café«. Plötzlich stieg Kälte in mir hoch. Die Sonne war schon lange untergegangen, und die Feuchtigkeit am Boden begann zu gefrieren. Ich zog mein dünnes Jäckchen fester um mich und spürte, wie der Eiswind meine nackten Beine in den Jeansröhren zwickte. Rasch suchte ich die nächste Bushaltestelle auf. Aber der Bus kam und kam nicht. Als alles Springen und Armkreisen nichts mehr half, rannte ich über die Höfe zur nächsten Metrostation, wo ich wie ein Eisklumpen ankam.

Zu Hause stürzte ich als erstes zum Herd und setzte den Wasserkessel auf. Merkwürdig, die Kinder waren immer noch nicht da. Ich führte die Hunde aus und fütterte die übrige Menagerie. Da mich nach wie vor fröstelte, ging ich zu Bett. Dort hüllte ich mich rundherum in das riesige Schaffell ein, das mir Katja zum meinem Geburtstag als Überdecke geschenkt hatte. Jetzt war erst einmal die Zeitung an der Reihe. Und wenn meine Ausflügler nach Hause kamen, wollte ich ihnen ordentlich den Kopf waschen.

Als die Hunde sahen, dass ihr Frauchen ins Bett gekrochen war, kamen sie alle angesprungen. Mulja schlüpfte wie gewohnt unter die Decke und drückte sich mit ihren heißen Flanken an meine eisigen Füße. Ada richtete sich hinter meinem Rücken ein. Von den Hunden ging eine gleichmäßige angenehme Wärme aus, und ich taute langsam auf. Rachel ließ sich geräuschvoll auf den Teppich fallen und fing friedlich an zu schnarchen. Ramik suchte ein Weilchen nach dem geeigneten Platz und schlief schließlich vor der Balkontür ein. Nun sägten beide um die Wette, Rachel im Bass und Ramik eher im Diskant. Als letzte fanden sich die Katzen ein. Pinguin sprang auf den Fernseher und ließ ihren buschigen Schwanz herabhängen. Das kann man ihr einfach nicht abgewöhnen. Manche Sendung habe ich so schon durch einen halb verhängten Bildschirm anschauen müssen. Semiramis machte es sich neben mir auf dem Kissen bequem, und Klaus kroch mir auf den Bauch, wo er ein Weilchen herumtapste, als wollte er meinen Magen massieren. Dabei schnurrte er wie ein kleiner Motor und schaute mich mit seligem Blick an.

Ich wollte ihn fortjagen und endlich in Ruhe meine Zeitung lesen, aber die Arme wurden mir schwer. Ohne dass ich es merkte, fielen mir die Augen zu.

18. Kapitel

Ich wachte auf, weil ich Durst verspürte. Ein trüber, grauer Morgen schaute durch das unverhängte Fenster. Der Wecker zeigte halb acht. Ich war gerade zur rechten Zeit munter geworden. In zehn Minuten musste ich die Kinder wecken. Nachdem ich noch ein paar Augenblicke im warmen Bett genossen hatte, stand ich schließlich auf, ging in den Korridor hinaus, öffnete die Tür zu Lisas Zimmer und rief: »Aufstehen, heute ist Schultag! Die Hähne haben schon lange gekräht!«

Mir blieben die Worte im Halse stecken. Das Zimmer war leer und das Bett unberührt.

Mit weichen Knien schlich ich zu Irinas Tür und suchte mich dabei zu beruhigen. Unsinn, wahrscheinlich hatten die Mädchen zusammen geschlafen ... Bestimmt war beim Schwatzen die halbe Nacht vergangen. Gleich würde ich sie sehen – die eine auf der Couch, die andere im Bett ...

In Irinas Zimmer türmten sich immer noch Berge von Sachen, aber es war keine Menschenseele zu sehen. Mir drehte sich vor Schreck fast der Magen um. Halb von Sinnen, schleppte ich mich über den Treppenabsatz zu Wolodjas Tür und hämmerte mit den Fäusten dagegen. Doch der Major reagierte nicht. Starr vor Entsetzen, rannte ich, so wie ich war, vor die Haustür. Von seinem roten Lada weit und breit nichts zu sehen. Entweder hatte auch er nicht zu Hause übernachtet oder war schon in aller Frühe zum Dienst gestartet.

Ich stürzte wieder die Treppe hinauf, überzeugte mich davon, dass auch von Kira keine Spur zu entdecken war, und wählte dann mit zitternden Fingern die 02.

»Hier spricht die Miliz«, erklang es in gleichmütigem, offiziellem Ton.

»Die Kinder sind über Nacht nicht nach Hause gekommen! Was soll ich machen?«

»Wie alt sind die Kinder?«, fragte die Frau ruhig zurück.

»Es sind drei, 12, 14 und 17 Jahre alt.«

»Haben Sie schon auf der Unfallstelle angerufen?«

»Nein.«

»Dann wählen Sie bitte zuerst ...« Und sie nannte eine Telefonnummer.

Ich wählte die genannten Ziffern. In diesem Büro hörte niemand, bei Wolodja auch nicht. Wo konnten sie nur alle hin sein? Slawa Samonenko, Mitrofanow – niemand meldete sich. Die ganze Abteilung war wie ausgestorben. Als ich gar nicht mehr wusste, was ich tun sollte, nahm schließlich doch jemand den Hörer ab.

»Hallo!«

»Drei Kinder sind verschwunden.«

»Geschlecht?«

»Zwei Mädchen und ein Junge.«

»Alter?«

»12, 14 und 17 Jahre.«

»Was haben sie an?«

Ich suchte mich zu erinnern und zählte alles sorgfältig auf.

»Besondere Kennzeichen? Augen- und Haarfarbe?«

Ob ich wohl mit einem Computer redete? Der Teilnehmer war kalt wie Hundeschnauze und unerschütterlich, als sei er der Terminator persönlich.

»Einen Moment«, hieß es dann.

Die Minuten zogen sich hin. Selbst die Hunde, die begriffen, dass ihr Frauchen vor Angst zitterte, drängten sich bedrückt unter dem Küchentisch zusammen. Schließlich wieder eine Frauenstimme: »Zu den Mädchen haben wir keine Informationen, aber ein Junge ist da, nur ausgezogen. Was hat Ihrer für Schlüpfer an?«

»Weiß«, stammelte ich, »einen weißen Baumwollslip.«

»Genau«, antwortete die Stimme, »ein Junge, etwa zwölf bis dreizehn Jahre alt, schlank, blond, grau-blaue Augen, Zähne vorhanden, Narbe von einer Blinddarmoperation und weiße Schlüpfer. Ist er das?«

Ich nickte und zitterte immer stärker. Weshalb? Warum nur waren sie in diese Luxuskarosse gestiegen? Wie hatte ich sie allein gehen lassen können?

»Ist es nun Ihrer oder nicht?«

»Er ist es«, flüsterte ich. »Kira Romanow.«

»Kommen Sie her.«

»Wohin?«

»Ins Leichenschauhaus der Sklifossowski-Klinik«, sagte die Stimme und fügte hinzu: »Aber bitte vor zwölf. Danach haben wir Mittagspause.«

Keiner soll mich fragen, wie ich zu dieser Klinik gekommen bin. Ich kann mich nicht daran erinnern. Von der Metrostation ging oder rannte ich. Was danach kam – völliger

Filmriss. Irgendwer muss mich über Korridore geführt haben, aber vielleicht kam ich auch gleich in jenen Raum. Eine Person in weißem Kittel schlug ein Laken zurück.

Auf einer Trage, den Kopf weit nach hinten gebeugt, lag ein Junge. Er war blond, doch sein Haar war dunkler und länger, es reichte fast bis zu den knochigen Schultern. Er hatte eine Kartoffelnase und schmale Lippen. Das spitze Kinn zeigte zur Decke.

»Wollen Sie auch den Körper sehen?«, fragte das Wesen im weißen Kittel. »Seine Sachen liegen dort.«

Unwillkürlich folgte mein Blick dem dicken Finger und fiel auf schwarze Jeans, einen weinroten Pullover und eine Jacke von unbestimmbarer Farbe, die auf einem Hocker oder niedrigem Tischchen lagen. Darunter auf dem Fußboden stand einsam ein Paar hohe Schuhe mit dicken Gummisohlen.

»Wenn Sie sein Gesicht nicht erkennen, dann schauen Sie sich seine Figur an«, sagte die Stimme.

»Nicht nötig«, hörte ich mich erwidern, »das ist nicht mein Junge.«

»Na, ein Glück!«, kam es unerwartet freudig von der vor mir stehenden Person.

»Was soll daran Glück sein?«, fragte ich mechanisch zurück. Aus dem Nebel vor mir trat nach und nach das Gesicht des Mannes hervor, der die ganze Zeit mit mir gesprochen hatte.

»Ein Glück, dass es nicht Ihrer ist«, meinte der Kerl. »Beruhigen Sie sich, er kommt bestimmt zurück. Vielleicht hat er mit seinen Freunden einen gesoffen. Wenn er wieder da ist, dann ziehen Sie ihm mit dem ersten, was Ihnen in die Hand fällt, eins über. Soll er wissen, der Schweinehund, was er seiner Mutter angetan hat. Gut, dass es nicht Ihrer ist.«

Aber jemandem gehörte der kleine Kerl in Kiras Alter doch. Noch heute würde eine andere Mutter den Weg gehen müssen, den ich gerade hinter mir hatte. Ich gab mir die größte Mühe, diesen Gedanken abzuschütteln. Auf dem Rückweg zur Metro trat ich in eine Konditorei, kaufte mir aus unerfindlichem Grunde ein Eclair und schlang es hinunter. Ich spürte weder Geschmack noch Geruch.

Die fettige Creme lag mir schwer im Magen. Erschöpft ließ ich mich in der Metrostation auf eine Bank sinken. Da passierte es auch schon. Mein Blick suchte krampfhaft nach einem Abfallbehälter, aber die hatte man sämtlich weggeräumt, seit die Furcht vor Terroranschlägen umging. Ich hätte auch eine Plastiktüte aus meiner Tasche zerren können, doch dafür war es zu spät.

»Was machst du hier für eine Schweinerei!«, schrie mich eine Aufsichtsperson an, die herbeieilte. »Sich in der Metro zu besaufen! Und auch noch eine Frau! Hast du denn gar kein Gewissen?«

»Verzeihen Sie …«

»Ist dir nicht gut?« Die Angestellte dämpfte ihren Ton.

Ich nickte.

»Fahr nach Hause«, sagte die Frau schon wieder friedlich. »Oder soll ich besser einen Arzt rufen?«

Ich schüttelte den Kopf und stieg in den nächsten Zug. Erst als ich auf unserer Station ausstieg, konnte ich wieder normal denken. Ich wollte mich ans Telefon setzen und jeden anrufen, der mir einfiel. Tränen halfen auch nicht weiter. Ich musste die Kinder finden!

Das Erste, was ich sah, als ich unsere Wohnung betrat, war Kiras Jacke, die in einer Ecke auf dem Fußboden lag, und daneben Irinas Stiefel mit den lächerlich dicken Sohlen. Aus der Küche schlug mir lebhaftes Stimmengewirr entgegen. Mir wurde ganz schwarz vor Augen.

Einen Stiefel in der Hand, rannte ich auf den Lärm zu. Als erstes stieß ich auf die ahnungslose, fröhlich lachende Irina. Ihre unbeschwerte Miene ließ mich endgültig zur Furie werden. Mit Gebrüll stürzte ich mich auf sie und drosch wütend mit dem schweren Stiefel auf das Mädchen ein, das mich entgeistert anstarrte.

»Au, Tanja, au, hör auf!«, schrie sie und hielt die Arme schützend über den Kopf.

Aber ich gebrauchte den Stiefel wie einen Hammer. Alle bekamen etwas ab – Lisa, die erschrocken herbeilief, der grinsende Kira und sogar Ramik, der mir ahnungslos zwischen die Beine geriet.

»Was ist denn los mit dir, Tanja?«, brüllte Kira voller Angst.

Ich ließ den Stiefel sinken und starrte ihn schwer atmend an.

»Welche Farbe haben deine Schlüpfer!?«

»Weiß«, stotterte Kira verständnislos.

»Das ist für die Schlüpfer!«, schrie ich auf und bearbeitete jetzt ihn mit dem Stiefel, »für die Wäsche, für den weißen Slip ...!«

Plötzlich packten mich starke Hände mit eisernem Griff bei den Schultern, und eine unbekannte, aber angenehme Männerstimme sagte: »Irina, schaff den Stiefel weg, Kira, bring Wasser, Lisa, setz sie ...«

Man setzte mich auf einen Stuhl und flößte mir eine braune Flüssigkeit ein. Plötzlich war meine Wut wie weggeblasen, und ich fing bitterlich an zu weinen.

»Tanjuscha«, fragte Irina mitleidig, »was ist denn passiert?«

»Wie ... Wie konntet ihr da-da-das tun?«, brüllte ich auf, stotterte und verschmierte die Tränen auf dem ganzen Gesicht. »Wie konntet ihr nur? Wo wart ihr die ganze Nacht? Ich bin in der Sklifossowski-Klinik gewesen und musste mir dort einen toten Jungen im weißen Schlüpfer ansehen!«

»Das ist ja furchtbar«, flüsterte Lisa, »arme Tanja!«

»Warum hast du dir denn solche Sorgen gemacht?«, ratterte jetzt Kira los. »Weißt du, wie viele Jungen in weißen

Schlüpfern rumlaufen? Bei uns fast die ganze Klasse! Weshalb hattest du solche Angst?«

Ich nahm mir ein Geschirrtuch, schnäuzte mich geräuschvoll und antwortete: »Ich habe gesehen, wie ihr in einen ausländischen Wagen mit dunklen Scheiben eingestiegen seid. Wisst ihr überhaupt, was für Kerle heutzutage in der Stadt herumfahren? Pädophile und, und ...!«

»Also, Tanja«, redete Lisa in beruhigendem Ton auf mich ein, »uns konnte gar nichts passieren.«

»Ich bitte Sie, schimpfen Sie nicht mit den Kindern. Sie haben keine Schuld«, hörte ich hinter mir wieder den angenehmen Bariton.

»Tanja, darf ich vorstellen, mein Vater!«, trompetete Irina stolz.

Erschrocken drehte ich mich um und wäre beinahe vom Stuhl gefallen. Beim Kühlschrank stand ein hochgewachsener, etwa vierzigjähriger Mann von glänzendem Aussehen. Das dunkelbraune Kraushaar war exakt gekämmt, die durchdringenden Augen schauten freundlich, und der kräftige Mund lächelte. Er trug einen schlichten, aber offenbar teuren Pullover und Jeans. Keine Ketten, Ringe oder Goldzähne.

»Ich habe die Kinder gestern Morgen mit meinem Wagen abgeholt«, erklärte er mir. »Wir sind in den Zoo gefahren und danach zum Essen hinaus zu mir nach Wichrjowo. Leider ist es dabei etwas spät geworden.«

»Onkel Rodion hat einen Swimmingpool!«, klärte mich Kira auf. »Stell dir vor, es gab Eistorte. Und der Koch hat die sogar angezündet!«

»Und warum habt ihr mir nicht Bescheid gesagt?«

»Wir haben nachmittags angerufen, da ist keiner rangegangen«, sagte Lisa eilig. »Dann war besetzt. Später hörte wieder keiner. Da haben wir gedacht, du bist inzwischen schlafen gegangen ...«

»Aber ihr hättet doch heute zur Schule gehen müssen ...«

»Ich nicht!«, rief Kira sofort. »Ich bin krank, habe alles gebrochen! Lisa und Irina sind Schulschwänzer! Ich habe einen Krankenschein!«

»Ich wollte mich persönlich bei Ihnen bedanken, dass Sie sich um meine Tochter kümmern«, sagte Rodion lächelnd. »Irina sagt, ihr gefällt es so bei Ihnen, dass sie gar nicht mehr weg will!«

Ich schaute ihn mit großen Augen an. War das der Mann, der sich einmal Eisenbolzen durch den Arm getrieben hatte? Der Gwosd, der keinen Schmerz kannte? Der Verbrecherboss, der mehrere Banden befehligte? Der vorbestrafte Kriminelle? Das konnte nicht sein.

Er kam mir eher wie ein Pianist oder Geiger vor. Wo waren die vulgäre Kleidung und die obligatorischen Tatoos? Wo die Goldzähne? Und wie dieser Herr Gwosd sprach – fast wie ein Pope – in einem wunderbar fehlerfreien Russisch …

Mein Blick fiel auf die zerzauste Irina.

»Ja, … mit dem Stiefel habe ich wirklich zum ersten Mal gehauen!«

»Ich weiß nicht, was ich an Ihrer Stelle getan hätte«, unterbrach mich Gwosd sofort. »Vielleicht hätte ich zu meinem Hosengurt gegriffen! Ich kann mir vorstellen, wie Ihnen zumute war … Ganz allein in dem Leichenschauhaus.«

»Einfach furchtbar«, sagte ich leise und zitterte schon wieder.

»Das glaube ich Ihnen.«

»Waren Sie schon mal in der Sklifossowski-Klinik?«

»Gelegentlich«, antwortete Gwosd in höflichem Ton. Dann sagte er: »Also, Kinder, lasst uns jetzt bitte einen Moment allein. Ich habe mit Tatjana etwas zu besprechen.«

Zufrieden, dass sie so glimpflich davongekommen waren, trollten sich Irina, Lisa und Kira. Gwosd nahm am Küchentisch Platz.

»Möchten Sie einen Kaffee?«

»Lieber Tee, am besten ceylonesischen ohne Zucker«, sagte der Mann.

Ich musste lächeln. Irinas Papa gefiel mir immer besser.

Als ich ihm heißes Wasser in die Tasse goss, fiel aus Versehen ein Tropfen auf seinen Oberschenkel.

»Au!«, rief Rodion und zuckte zusammen.

Ich blickte ihn erstaunt an.

»Hat es wehgetan?«

»Ist Ihnen schon mal ein Mensch begegnet, der ruhig zusieht, wenn ihm kochendes Wasser aufs Bein tropft?«, fragte Gwosd grinsend zurück.

»Man hat mir erzählt, Sie verspüren keinen Schmerz.«

Rodion warf mir einen verwunderten Blick zu, krempelte dann seinen linken Ärmel bis zum Ellenbogen auf, zeigte auf mehrere Narben und fragte: »Meinen Sie diese Geschichte?«

Ich nickte.

Gwosd nahm die Tasse und trank mit sichtbarem Genuss.

»Ihr Tee ist ausgezeichnet, ich habe es nicht gern, wenn er zu dünn ist. Schwaches kann ich überhaupt nicht leiden, starke Männer und Frauen sind mir lieber. Was den Schmerz betrifft – glauben Sie solche Geschichten nicht.«

»Aber sich Bolzen durch den Arm zu treiben!«

»Ich hatte keine andere Wahl«, sagte Rodion in ruhigem Ton. »Entweder ich sie oder sie mich. Sie waren in der Überzahl und hatten ein Heimspiel, da musste ich sie schockieren.«

»Das muss doch furchtbar wehgetan haben!«

»Was ist körperlicher Schmerz, wenn die Seele weint und den Tod erwartet?«, antwortete Rodion und schlürfte seinen Tee.

Ich war fassungslos. Ein Ex-Knacki kannte Shakespeare!

Ohne den Eindruck zu beachten, den er erzeugt hatte,

sprach Gwosd in aller Ruhe weiter. »Anna ist meine erste und wahrscheinlich einzige große Liebe. Glauben Sie nicht, dass ich lebe wie ein Mönch. Aber Anna bedeutet mir nach wie vor sehr viel.«

»Warum haben Sie sie dann nicht geheiratet? Sie lieben doch auch Ihre Tochter?«

Über Rodions Gesicht huschte ein zärtliches Lächeln.

»Irina ist, wie ihre Mutter mit siebzehn war, aber sie hat auch etwas von mir. All diese Frisuren, Ringe, Lippenstifte und Klamotten bedeuten gar nichts. Eine Frau muss ihren Weg finden, und das geschieht am besten in früher Jugend. Wenn sie das erst mit vierzig erkennt, kann es schiefgehen. So stößt sie sich rechtzeitig die Hörner ab und wird klug fürs Leben. Lassen Sie sich von ihren Kapriolen nicht beeindrucken. Das Wichtigste ist innere Stärke, und davon hat Irina genug.«

»Glauben Sie nur nicht, dass ich die Kinder jeden Tag anschreie und mit dem Stiefel bearbeite!«

»Das weiß ich doch«, sagte mein Gast. »Und Sie selbst haben ja auch nichts gegen Mode – bei dem scharfen Tatoo an Ihrem Hals.«

Ich legte erschrocken die Hand an die Kehle und erklärte verlegen: »Das ist ein Abziehbild. Irina hat es da angebracht, und jetzt will es einfach nicht mehr abgehen …«

Gwosd lächelte. »Das sieht doch gut aus, so ungewöhnlich. Sie können so was tragen.«

»Ich stelle mir immer vor, was die Leute denken …«

»Die sind nur neidisch«, erklärte Rodion ungerührt. »Sie ärgern sich, dass sie sich selber so etwas nicht trauen. ›Wenn die Alten kein schlechtes Beispiel mehr geben können, geben sie gern gute Ratschläge.‹«

Jetzt zitierte er auch noch den genialen Franzosen La Rochefoucault!

»Warum ich Anna nicht geheiratet habe?«, fuhr Gwosd ruhig fort. »Bis vor kurzem war mein Leben wild und unberechenbar. Solche Leute sollten besser keine Familie haben. Natürlich wünscht sich keiner den Tod, aber noch schlimmer ist es, wenn man Frau und Kind mit hineinzieht. Irina ist 1983 geboren. Damals saß ich bereits hinter Stacheldraht. Was hätte Frau und Tochter eines verurteilten Verbrechers erwartet? Sie wären von allen gemieden worden. Und Anna hätte ganz bestimmt nicht im Handel arbeiten dürfen. Das Mädchen brauchte einen Vater. Daher auch Annas Bemühungen, sich erfolgreich zu verheiraten. Aber der Herr hat uns wohl füreinander bestimmt. Vor kurzem haben wir beide lange über dieses Thema gesprochen. Wir haben beschlossen, dass sich Anna so rasch wie möglich von Boris Ljamin scheiden lässt. Endlich wollten wir ganz zusammenkommen. Aber nun ist sie in diese Sache hineingeraten. Ich hoffe, Sie können mir berichten, was Sie bisher erreicht haben …«

»Mit Ihrem Geld und Ihren Möglichkeiten«, brummte ich, »wäre es wohl einfacher gewesen, Anna dort herauszuholen. Richter sind auch nur Menschen.«

»Das stimmt«, antwortete Gwosd, »aber ich will nicht, dass Anna wegen Mangels an Beweisen freikommt. Sie soll vollständig rehabilitiert werden. Allerdings habe ich mich darum gekümmert, dass sie unter humanen Bedingungen einsitzt und es ihr an nichts fehlt. Sie ist im besten Untersuchungsgefängnis untergebracht.«

Ich musste schmunzeln, denn mir fiel auf, dass er vom Gefängnis redete, als sei es ein Hotel. Ich berichtete ihm kurz, was ich herausgefunden hatte. Rodion hörte mir zu, ohne mich zu unterbrechen. Dann fragte er: »Haben Sie mir alles gesagt, Tanja?«

»Ja.«

»Wirklich alles?«

»Natürlich!« Ich konnte nur staunen, wie sehr er mich durchschaute.

Wiederum hatte ich das Geheimnis von Valerias Krankheit für mich behalten. Aber das tat nun wirklich nichts zur Sache.

»Auf jeden Fall sollten Sie Leonid Dubowski nicht zu sehr vertrauen«, bemerkte Rodion finster.

»Weil er ein ehemaliger Bulle ist?«, frage ich spöttisch.

»Nicht deshalb«, antwortete mein Gegenüber betont höflich. »Unter den Mitarbeitern der Miliz gibt es viele, vor denen ich Respekt habe. Aber Dubowski ist ein Mann ohne Grundsätze. Er hat das eine Ufer verlassen und ist am anderen nie angekommen. Er treibt hin und her wie ein Stück faules Holz, tut so, als stünde er mit beiden auf gutem Fuß. Ein unangenehmer Typ! Für Geld ist der zu allem fähig. Ein korrupter Bulle! Es hat ihm nie etwas ausgemacht, Beweise zu manipulieren, ein Blatt aus einer Akte zu entfernen ... Ein sehr zweifelhafter Kerl.«

Ich musste lachen.

»Da staune ich aber! Ehrlich gesagt, ich habe geglaubt, genau die Sorte Beamter sei Ihnen sympathisch ...«

Gwosd zog in aller Ruhe eine Schachtel Zigaretten aus der Tasche und fragte: »Erlauben Sie?«

Der hatte aber Manieren! Als ob er in einer Schule für höhere Töchter erzogen worden wäre.

»Rauchen Sie, wenn es Ihnen Spaß macht.«

Dann erkundigte ich mich, welche Schulen er besucht hatte. Gwosd antwortete bereitwillig: »Leider nur die Zehnklassenschule. Aber in meiner Familie gab es viele Bücher. Bis ich dreißig war, habe ich alles Mögliche durchgeschmökert, manchmal ganze Werkausgaben.«

»Wie das?«

Rodion rührte gedankenverloren in seinem Tee, der inzwischen kalt geworden war.

»Zur Sowjetzeit hat man Literatur doch vor allem über Beziehungen bekommen – Zola, Balzac, Hugo, Dumas, Jack London und natürlich auch die russischen Klassiker – Tschechow, Gorki, Tolstoi oder Dostojewski ... Bei uns zu

Hause standen von allen gesammelte Werke. Ich habe zuerst das gelesen, was unten in den Schränken stand, weil ich leichter herankam. Dann habe ich mich langsam nach oben gearbeitet. Als letztes habe ich das »Decamerone« entdeckt. Mein Vater hatte es ins oberste Fach, fast unter der Decke, gesteckt …«

Ich musste lachen. Genauso war ich durch meines Vaters Bücherschränke gegangen. Aber bei uns hatte Boccaccios unsterbliches Werk über das Liebesleben von Mönchen und lüsternen Damen auf der Höhe des Kronleuchters gestanden …

»Wer war Ihr Vater?«

»Akademiemitglied Pjotr Gromow, der Historiker.«

Ich war wie vom Donner gerührt.

»Der berühmte Gromow?! Als ich jung war, habe ich oft seine Sendungen im Fernsehen geschaut. An sein Programm ›Die Geheimnissee der ägyptischen Pyramiden‹ kann ich mich noch gut erinnern. Aber wieso …«

»Sie wollen wissen, wie man in einer solchen Familie kriminell wird?«, fragte Rodion ungerührt. »Das sind wohl die Gene meines Urgroßvaters. Großmutter erzählte mir, er sei ein Räuber gewesen, der Reisenden auflauerte. Übrigens haben weder mein Vater noch meine Mutter sich je von mir losgesagt. Sie haben schrecklich gelitten, aber mich regelmäßig besucht und mir geschickt, was erlaubt war. Auch Anna hat keine Chance verpasst, mich zu sehen. Dafür werde ich ihr ewig dankbar sein. Was Leonid Dubowski betrifft, so haben Sie natürlich recht. Geldgierige Mitarbeiter der Miliz ohne moralische Grundsätze sind für uns nützliche Leute. Mit ihnen ist es einfach. Alles hat seinen Preis, man muss nur zahlen. Aber solchen Typen gebe ich nicht die Hand. Mit ihnen würde ich mich auch nie an einen Tisch setzen. Bedenken Sie bitte: Dubowski tut nichts ohne Berechnung. Dass er Ihnen helfen will, kommt mir sehr verdächtig vor. Nehmen Sie sich vor ihm in Acht!«

Nun hatte er mich völlig durcheinandergebracht. In der Lage, in die ich geraten war, sollte ich mich wohl vor allen hüten, die etwas mit dem Fall zu tun hatten – vor genialen Künstlern, geschickten Juwelieren, Galeriebesitzern, Mitarbeitern des Kunstfonds und bestimmt auch vor wohlerzogenen Kriminellen …

19. Kapitel

Zu Sjuka machte ich mich ohne jede Verkleidung auf. Mir war aufgefallen, dass sie ständig die Augen zusammenkniff. Sie war also kurzsichtig und trug keine Brille, weil sie das hässlich fand oder aus einem anderen Grund.

Sjukas Büro war mit Gemälden, Fotos und Wandteppichen dekoriert. Sie selbst, die, nicht ganz der Jahreszeit entsprechend, ein elegantes weißes Kostüm mit Plisseerock trug, sah blendend aus.

»Nehmen Sie Platz«, flötete Sjuka.

Sie kniff die Augen zusammen und murmelte: »Wir müssen uns schon irgendwo begegnet sein, Ihr Gesicht kommt mir bekannt vor …«

»Das glaube ich nicht. Aber ich sehe meiner Cousine sehr ähnlich – Shanna Malyschewa.«

»Du meine Güte!«, entfuhr es Sjuka, »Sie sind mit der Ärmsten verwandt?! Und zur Beerdigung nach Moskau gekommen?«

Ich nickte.

»Was für ein Unglück, was für ein unheimlicher, viel zu früher Tod!«, fuhr Sjuka in aufgeregtem Ton fort. »Es tut mir so leid um sie, jung, gesund, schön und begabt, wie sie war …«

»Shanna hat mir gesagt, ihre Arbeiten hätten Ihnen nicht sehr gefallen …«

Die Chefredakteurin stutzte, fing sich aber rasch wieder.

»Anfangs waren die Kritiker in der Tat von Shanna nicht begeistert, aber in der letzten Zeit ist ihr Talent aufgeblüht und gereift ... Wie schrecklich, dass dieser unsinnige Tod eine so vielversprechende Karriere beendet hat ...«

»Es heißt, Sie waren bei dem Mord anwesend?«

»Ja, entsetzlich! Es ist auf der Geburtstagsfeier von meinem guten Freund Boris Ljamin passiert. Wir saßen so nett beieinander, hatten etwas getrunken, waren völlig entspannt, und da ... Ach, es war einfach furchtbar.«

»Ist Ihnen etwas Besonderes aufgefallen?«

»Was soll mir denn aufgefallen sein?«

»Vielleicht hat sich jemand anders verhalten als sonst ...«

»Eigentlich nicht«, bemerkte Sjuka achselzuckend. »Valeria wollte wie immer im Mittelpunkt stehen. Sie ist Vegetarierin, müssen Sie wissen, isst überhaupt kein Fleisch ... Wenn andere auf Diät sind, machen sie nicht viel Aufhebens darum. Aber sie muss immer auffallen. So ist sie eben. Sehr versnobt, gibt Leuten nicht die Hand, wenn sie der Meinung ist, dass sie nicht zu ihrem Kreis gehören ... Die hat's gerade nötig! Wissen Sie, wer ihr Vater ist?«

»Nein.«

Sjuka lächelte freundlich.

»Heute ist er ein hoch geachteter Geschäftsmann. Aber früher war unser intelligenter, netter Papa Gepäckträger auf dem Kasaner Bahnhof. Koffer hat er geschleppt! Als dann die Perestroika, die große Stunde des Plebs kam, ist er irgendwie zu Geld gekommen und hat zu handeln angefangen. Mir fällt nur gerade nicht ein, womit – Hühnerschenkel, Wodka oder Makkaroni ...?«

Vor Eifer verschluckte sie sich und musste husten. Ich nahm vorsichtshalber etwas Abstand, denn wäre ein Tröpfchen von ihrem Gift auf meine Jeans gefallen, es hätte glatt ein Loch hineingebrannt.

»Andrej hat wie immer mit einem gut verkauften Bild geprahlt. Boris saß so finster da wie stets, Leonid Dubowski aß Fisch mit dem Messer, und Nikita warf ihm wütende Blicke zu …«

»Warum denn das?«

Sjuka rollte die Augen. »Toten soll man nichts Schlechtes nachsagen, aber Nikita konnte so eifersüchtig sein! Othello war nichts dagegen! Leonid hatte Shanna ein paar von seinen plumpen Komplimenten gemacht, weil er Nikita ein bisschen ärgern wollte. Der wird doch so schnell hysterisch. Und unser Leonid stänkert gern. Wenn andere sich streiten und er Öl ins Feuer gießen kann, dann ist er in seinem Element!«

Von all den Bosheiten wurde mir langsam übel, doch Sjuka war nicht zu bremsen.

»Anna und Tochter Irina, diese unmöglichen Marktweiber, trugen neue Klamotten zur Schau. Nein, wie unanständig, vor Gästen mit der Garderobe zu prahlen! Aber das machen die immer so! Die Mutter wie die Tochter – der Apfel fällt nicht weit vom Stamm! Die beiden sind einfach abscheulich, ohne jeden Geschmack …«

»Wieso hat dann Boris, diese empfindsame Natur, eine Frau wie Anna heiraten können?«

Sjuka schlug die Hände zusammen.

»Wo leben Sie denn, meine Liebe? Madame Remeschkowa ist eine erfolgreiche Geschäftsfrau, scheffelt eine Menge Geld und schafft so den Wohlstand für die ganze Familie. Boris ist ein schwacher, verwöhnter Kerl und nicht fähig, sein Brot selbst zu verdienen. Seine beiden ersten Frauen haben ihn wegen Faulheit hinausgeworfen. Anna hat ihn buchstäblich aus der Gosse gezogen und wieder aufgepäppelt. Zum Dank dafür wechselt er die Frauen wie die Hemden. Wenn er wenigstens ein toller Liebhaber wäre. Aber er soll auch im Bett nur Durchschnitt sein, dazu ist er geizig und nicht gerade charmant …«

»Was finden die Frauen denn an ihm?«

Sjuka kicherte.

»Dumme Gänschen gibt es genug, und Boris kann etwas hermachen, wenn er will. Dann schmeißt er sich in einen eleganten Anzug, bindet sich einen Schlips um, begießt sich von oben bis unten mit Parfüm und schwärmt den Damen vor, was für ein kreativer Typ er wäre, der nur seinen Eingebungen lebt, dem alles Gewöhnliche fremd ist … Auf Menschen, die der Kunst fernstehen, kann das durchaus Wirkung haben. Boris ist schlau, der sucht sich seine Mädchen außerhalb unserer Kreise, weil ihn hier keiner ernst nimmt. Jeder weiß: Wenn Anna Boris an die Luft setzt, dann landet er auf der Straße, und zwar im wahrsten Sinne des Wortes.«

»Wie das?«

»Er hat nicht einmal eine eigene Bleibe, war immer nur Gast bei seinen Frauen. Wenn eine nichts mehr von ihm wissen wollte, hat ihn die nächste aufgelesen. In jungen Jahren soll er ganz ansehnlich gewesen sein, aber jetzt ist er doch nur noch wie ein gebrauchtes Schnupftuch!«

Sjuka musste Luft holen.

»Wieso hat sich dann Shanna mit diesem widerwärtigen Kerl eingelassen?«

»Ach was« – Sjuka winkte ab –, »ich kann Ihnen gleich zehn bildschöne Geliebte von ihm aufzählen – Lena Rokotowa von der Galerie ›Mars‹, die Fernsehmoderatorin Tamara Sedych …«

»Moment mal, eben haben Sie doch gesagt, Boris würde in Ihren Kreisen bei Frauen keine Beachtung finden …«

»Habe ich? Unsinn! Boris ist mit jeder ins Bett gegangen, die bereit dazu war!«

Mir drehte sich der Kopf. Da kenne sich einer aus! Erst goss sie eimerweise Schmutz aus, dann war plötzlich alles nicht wahr …

»Da ist also zwischen Boris und Anna überhaupt nichts gelaufen?«

»Meine Teuerste«, sagte Sjuka vertraulich, »was soll denn zwischen einem Ziegenbock und einer Kröte laufen?«

Ich wollte gerade fragen, wen von beiden sie zu den Lurchen und wen zu den Säugetieren zählte, da klingelte das Telefon.

»Oh, meine Liebe«, zwitscherte Sjuka in den Hörer, »ich warte schon ganz verzweifelt …«

Als sie aufgelegt hatte, fragte sie freundlich: »Was wollten Sie eigentlich von mir?«

»Etwas mehr über Shanna hören, über ihre letzten Stunden …«

»Ich habe Shanna sehr gemocht«, erklärte Sjuka leidenschaftlich. »Mit ihrem Tod habe ich eine meiner besten Freundinnen verloren!«

Ich konnte nur mühsam ein Lächeln unterdrücken.

»Ich habe gehört, Shanna sei sehr gekränkt darüber gewesen, dass Sie sie in Ihrer Zeitschrift verrissen haben …«

»Was sind Sie von Beruf, meine Liebe?« fragte Sjuka und kniff wieder die Augen zusammen.

Wenn Sie sich nicht schnell eine Brille zulegte, würde die ganze Wirkung ihrer zahlreichen Schönheitsoperationen bald futsch sein!

»Ich bin Musiklehrerin in einer Schule.«

»Ah, ja«, machte Sjuka und erklärte in herablassendem Ton: »Einem kreativen Menschen darf man nicht schmeicheln. Er muss die Peitsche spüren, nur dann schafft er wahre Kunstwerke. Wer immer nur lobt, erweist dem echten Künstler einen Bärendienst, hemmt sein Wachstum. Das ist meine Position, und Shanna hat mich am Ende auch verstanden. In den letzten Jahren waren wir uns sehr nahe!«

»Dann wissen Sie vielleicht, wo ihr Tagebuch geblieben ist?«

»Was?«

»Shanna hat ein Tagebuch geführt, in dem sie jeden Tag festgehalten hat …«

Sjukas Gestalt spannte sich.

»Davon höre ich zum ersten Mal ... Bringen Sie da nichts durcheinander?«

»Nein, sie hat alle ihre Erlebnisse sorgfältig aufgeschrieben. Sie sagten doch, Sie hätten ihr sehr nahegestanden ...«

»Na ja«, Sjuka wand sich wie ein Aal, »jeder Mensch muss natürlich auch sein Eigenes, seine Privatsphäre haben ...«

»Von dem Tagebuch wissen Sie also nichts?«

Jetzt fing Sjuka an, in einer Schreibtischschublade zu wühlen.

»Meine Teure, ich würde furchtbar gerne weiter mit Ihnen plaudern, aber leider muss ich jetzt zu einem Termin. Machen wir es doch so: Ich rufe Sie an, sobald ich eine Minute frei habe. Ich melde mich ganz bestimmt noch diese Woche. Geben Sie mir bitte Ihre Telefonnummer.«

»Ich wohne nicht in Moskau, ich bin aus Irkutsk gekommen.«

»Und wo sind Sie abgestiegen?«

Da entfuhr es mir, ohne dass ich lange nachdenken musste: »Im Hotel ›Morskaja‹.«

Sjuka zuckte mit keiner Wimper.

»Wo soll denn das sein?«

Das weiß ich auch nicht, hätte ich beinahe gesagt, besann mich aber gerade noch rechtzeitig.

»Wenn man aus der Provinz kommt, ist es schwer, sich in Moskau zurechtzufinden. Schlagen Sie mich, aber ich kann mir all die Straßennamen einfach nicht merken. Ich steige ins Taxi und sage: Bringen Sie mich zum Hotel ›Morskaja‹.«

»Richtig«, stimmte mir Sjuka zu. »In Paris mache ich das auch so. Aber auf dem Zimmer müssen Sie doch ein Telefon haben.«

»Wahrscheinlich.«

»Dann rufen Sie mich an«, bat die Chefredakteurin liebenswürdig und gab mir mit dem schönsten Lächeln der

Welt ihre Visitenkarte. Dann schob sie mich ins Vorzimmer hinaus. »Entschuldigen Sie, ich bin sehr in Eile!«

Noch nie hatte ich ein Gespräch so dilettantisch geführt. Außer Klatsch und Tratsch war nichts dabei herausgekommen.

Sjukas Vorzimmer war leer. Ein abgeräumter Schreibtisch und nicht einmal ein Telefon war zu sehen. Das hieß, die Sekretärin hatte frei oder war krank. Links neben der Tür zum Chefzimmer sah ich Wandschränke. Ohne lange nachzudenken, öffnete ich einen und kroch hinein. Die geschwätzige Sjuka würde gleich zu ihrem Termin eilen, und ich konnte inzwischen in ihr Büro schleichen und in ihrem Schreibtisch wühlen. Vielleicht fand sich dort etwas von Interesse.

In dem Schrank hingen zwei Mäntel, die Männer zu gehören schienen. Einer roch stark nach Eau de Cologne. Ich konnte nur mit Mühe ein Niesen unterdrücken und lauschte gespannt auf die Laute, die von draußen zu mir drangen.

Sjuka lief mit klappernden Absätzen in ihrem Büro auf und ab. Dann ertönte ihre erregte Stimme: »Na endlich! Warum nimmst du nicht ab?«

Der Teilnehmer suchte sich offenbar zu rechtfertigen, denn bald unterbrach ihn die Chefredakteurin unwirsch: »Das reicht, lügen kannst du später. Hör lieber zu! Die Kacke ist am Dampfen. Eben war das Weib bei mir, das Anna bei der Agentur angeheuert hat, um Boris zu bespitzeln. Eine unverschämte Person! Die hat gedacht, ich erkenne sie nicht. Ist hier als Shannas Cousine aufgekreuzt und hat mich ganz plump ausgefragt … Ich habe ihr natürlich nichts gesagt, nur Dinge, die ohnehin alle wissen. Ich habe die dumme Gans vollgequatscht und dann rausgeschmissen.«

Einen Moment war Stille, dann legte Sjuka wieder los. »Ich bin noch nicht fertig. Erstens sucht sie ein Tagebuch, das Shanna geführt haben soll. Zweitens hat sie gesagt, sie sei keine Moskauerin und wohne im Hotel ›Morskaja‹.«

Wieder war es einen Moment still. Dann kreischte Sjuka empört auf: »Du Idiot! Wie konntest du ihr gegenüber das ›Morskaja‹ erwähnen! Ich bin fast in Ohnmacht gefallen, habe mich gerade noch zusammennehmen können. Herr im Himmel, soll denn jetzt wirklich alles rauskommen? Das überlebe ich nicht, ich häng mich auf ...«

Erneut Stille. Schließlich hörte ich Sjuka seufzen. »Na gut, ich bin gleich da.«

Als sie den letzten Satz in ihr Handy sprach, stand sie schon im Vorzimmer. Ich drückte mich gegen die Rückwand des Schrankes und war starr vor Aufregung. Dann klapperten wieder die Absätze, eine Plastiktüte knisterte, und die Tür quietschte leise. Vorsichtshalber wartete ich fünf Minuten ab und verließ dann mein enges Versteck.

Das Vorzimmer war leer, nur der Duft von teurem französischem Parfüm hing noch in der Luft. Als ich ins Chefzimmer gehen wollte, fand ich die Tür verschlossen. Da musste ich wohl unverrichteter Dinge abziehen. Aber weit gefehlt! Die wachsame Sjuka hatte auch das Sekretariat hinter sich abgeschlossen. Mehrere Minuten lang bewegte ich die Türklinke, doch ohne Erfolg. Was sollte ich nun tun? In der Redaktion übernachten? Und was würde ich sagen, wenn jemand kam?

Da drehte sich schon der Schlüssel im Schloss. Ohne nachzudenken, schlüpfte ich noch einmal in den Schrank und verbarg mich zwischen den Männermänteln. Wieder dieses Eau de Cologne! Diesmal konnte ich ein lautes Niesen nicht unterdrücken. Ehe ich mich darüber erschrecken konnte, schlug mir grelles Licht ins Gesicht. Ein Mann um die vierzig, kahlköpfig, aber sehr gut aussehend, starrte mich an.

»Wer sind Sie denn?«, kam es von ihm.

Eine idiotischere Frage konnte man sich kaum vorstellen.

Ich lächelte freundlich und teilte ihm mit: »Eine Motte.«

»W-w-was?« Vor Aufregung kam der Typ ins Stottern. Vielleicht hatte sich noch nie jemand mit ihm einen Witz erlaubt, nicht einmal am 1. April.

»Eine Motte, ein kleines Tierchen, das an Wollsachen knabbert …«

»Die Motte ist ein Insekt …«, korrigierte mich der Mann.

»Tatsächlich? Entschuldigen Sie, ich kenne mich in der Zoologie nicht so aus«, sagte ich und kroch aus dem Schrank.

Er stand mit offenem Mund da.

»Also«, säuselte ich und schüttelte mich dabei, »ich komme hier vorbeigeflattert und spüre, da sind Mäntel im Schrank. Einer stinkt furchtbar nach Parfüm, das ist überhaupt nicht mein Geschmack! Aber der andere! Einfach ein Genuss!« Mit raschem Schritt ging ich zur Tür. Dann drehte ich mich noch einmal um. Der Idiot stand wie erstarrt, die Kinnlade hing ihm immer noch herunter.

»Mein Süßer«, sagte ich, so zärtlich ich konnte, »wir beide haben uns nie gesehen, nicht wahr?«

»Wieso?«, fragte er töricht.

»Na, denk doch mal nach, kann eine Motte sprechen?«

»Nein.«

»Siehst du, das heißt, ich bin …«

»Was?«

»Nur ein Trugbild«, schloss ich meinen Satz in eindringlichem Ton. »Stell dir vor, was deine Kollegen sagen, wenn du ihnen erzählst, du hättest mit einer Motte geplaudert. Folge meinem Rat: Nimm ein paar Tropfen Baldrian und behalte die Sache für dich! Du siehst mich auch nie wieder, Ehrenwort! Höchstens im Suff!«

Nachdem ich mich so hinausgeschlichen hatte, sprang ich draußen auf den nächsten Autobus. Meine schlechte Laune war fort wie ein Hut, den der Wind davonträgt. Na warte, Sjuka! Selten war ich auf einen Menschen so böse wie auf sie. Diese mehrfach geliftete Schöne glaubte also, sie hätte mich hinters Licht geführt. Die sollte mich kennenlernen! Jetzt musste ich einfach herausfinden, was im Hotel »Morskaja« passiert war. Dabei wusste ich noch nicht einmal, wo es sich befand.

Zu Hause angekommen, griff ich mir als erstes das Telefonbuch mit dem Titel »Ganz Moskau«. Ein Hotel dieses Namens gab es in den Gassen in der Nähe des Nordhafens. Zufrieden rieb ich mir die Hände. Jetzt musste ich nur noch überlegen, in welcher Rolle ich den Direktor aufsuchen wollte. Als Mitarbeiterin der Kriminalpolizei? Keine gute Idee, dass sich die Miliz plötzlich für das Hotel interessierte. Als Frau von der Hygiene-Inspektion? Die kannten sie bestimmt persönlich. Als Kontrolleurin vom Brandschutz? Auch dort hatten sie bestimmt einen Verbindungsmann. Als Weinlieferantin für das Restaurant? Dümmer ging es nicht! Als Gast? Das war schon besser, aber dann musste ich mich einige Tage dort aufhalten. Was sollte inzwischen aus den Kindern werden? Als Reporterin? Das war es!

»Irina, zu mir!«

»Was ist?«, fragte die atemlos, so schnell war sie herbeigeeilt.

»Du rufst jetzt sofort bei dieser Nummer an und stellst dich als Chefredakteurin der Zeitschrift ›Urlaub‹ vor.«

»Habe ich ja noch nie gesehen«, meinte Irina nachdenklich. »Ist bestimmt interessant!«

»Die gibt es gar nicht!«

»Aber du hast doch eben gesagt …«

»Ich?«

»Na, ich bestimmt nicht!«

»Also, Irina, hör gut zu«, sagte ich unwirsch. »Die Zeitschrift gibt es nicht, aber du rufst diese Nummer an und schwindelst denen vor, du seist die Chefredakteurin und wolltest den Direktor sprechen. Dem sagst du dann: ›Hallo, wir möchten gern eine Reporterin bei Ihnen vorbeischicken.‹«

»Cool«, rief Irina begeistert. »Das mach ich sofort!«

Den ersten Teil der Aufgabe hatte sie im Handumdrehen gelöst. Sie wurde sofort mit der Leitung des Hauses verbunden. Der Direktor hatte einen mächtigen Bass, so dass ich neben Irina auf dem Sofa jedes Wort verstehen konnte.

»Sehr gut, ausgezeichnet, die Presse ist uns immer willkommen. Wann dürfen wir Ihre Kollegin erwarten?«

Irina sah mich fragend an.

»Morgen«, flüsterte ich.

»Morgen«, wiederholte Irina wie ein Papagei.

»Hervorragend!« Der Direktor schien hocherfreut. »Und der Name?«

»Irina!«

Ich trat ihr gegen das Schienbein.

»Was trittst du mich denn?«, rief Irina empört in den Hörer.

»Wie bitte?«, fragte der Direktor. »Meinen Sie mich?«

Ich riss dem dummen Ding den Hörer aus der Hand, drohte ihr mit der Faust und flötete ins Telefon: »Wenn Sie gestatten, bin ich morgen gegen elf bei Ihnen. Aber ich habe mich noch gar nicht vorgestellt: Korrespondentin Tatjana Romanowa vom Ressort Lokales.«

Den Abend verbrachte ich in aller Ruhe vor dem Fernseher. Ich konnte mein Glück kaum fassen: Die »Bullen« und auch noch die Nachrichten konnte ich von Anfang bis Ende sehen, ohne dass jemand ins Zimmer gestürzt kam und etwas von mir wollte.

Als ich gegen elf in die Küche ging, fand ich dort Irina, Lisa und Kira, die friedlich um den Tisch saßen und Monopoly spielten.

»Geht's euch gut?«, fragte ich besorgt.

»Wieso?«, fragten die Kinder im Chor zurück.

»Weil ihr hier so ruhig sitzt und einmal gar nichts von mir wollt …«

Kira machte einen Zug und murmelte: »Weißt du, Tanja,

um mit dir auszukommen, braucht man eine Engelsgeduld.«

»Dir passt aber auch gar nichts«, legte Irina nach. »Lassen wir dich in Ruhe fernsehen, knurrst du, unterbrechen wir dich dabei, ist es dir auch nicht recht!«

»Das ist ja interessant!« Jetzt war ich empört. »Wo findet ihr denn noch eine so verträgliche Mutter wie mich? Ich erlaube euch doch alles und schimpfe nie mit euch …«

Kira brummte etwas in sich hinein, Lisa dagegen legte ihre Karten entschlossen auf den Tisch und antwortete: »Du musst die Sache auch mal von der anderen Seite sehen.«

»Wie denn?«

»Wo hat es je so wunderbare Kinder gegeben? Denk mal nach, wann bist du das letzte Mal wegen uns in der Schule gewesen?«

»Was soll die Frage?«

»Na, viele Eltern werden dauernd zum Direktor bestellt!«, warf Kira ein. »Wir dagegen sind die reinsten Engel! Weißt du, wie weh mein Arm tut? Hörst du mich vielleicht jammern?«

»Und schließlich kritisieren wir dich auch nicht!«, gab Lisa zu bedenken.

»Ihr mich? Wofür wollt ihr mich denn kritisieren?«

»Zum Beispiel dafür, dass wir schon eine Woche lang nur Makkaroni und Fertigbouletten essen«, seufzte Kira. »Ist das vielleicht die passende Ernährung für ein unglückliches, krankes Kind?«

»Für ein gesundes auch nicht«, stimmte Irina in den Chor ein. »Eine Mutter sollte selber kochen und ihre Kinder nicht mit Fertiggerichten traktieren.«

Beinahe wäre mir herausgerutscht, dass sie in keiner Weise mit mir verwandt sei, aber ich konnte es mir gerade noch verkneifen. Dabei hatte Irina recht. Solange Anna im Gefängnis saß, war ich für ihre Tochter verantwortlich. Irina wirkte schon so erwachsen, in Wirklichkeit war sie nur drei Jahre älter als Lisa … Und auch die Vorwürfe der Kinder waren berechtigt. Regelmäßig kam ich jetzt spät nach Hause, warf ein paar Fertigbouletten in die Pfanne und setzte sie meinen Lieben vor. Das war wirklich nicht in Ordnung.

»Könnt ihr mir noch einmal verzeihen?«, murmelte ich. »Ich weiß auch nicht, wie das gekommen ist …«

»Macht nichts«, sagte Lisa versöhnlich, »wir sind doch gute Kinder, andere hätten schon lange den Aufstand geprobt …«

»Und am Ende ist es auch egal, was auf den Tisch kommt, wenn Bouletten, dann eben Bouletten!« Auch Kira musste seinen Senf dazu geben.

»Außerdem hat vor unserem Haus eine Bude mit Kartoffelgerichten aufgemacht«, teilte mir Irina mit. »Als du ferngesehen hast, sind Lisa und ich hinuntergegangen und haben für uns und Kira Kartoffeln mit drei verschiedenen Füllungen geholt.«

»Mit Pilzen, mit Salat und mit Schafskäse. Hat toll geschmeckt!« Kira leckte sich die Lippen. »War alles im Nu verputzt.«

»Und was habt ihr mit den Bouletten gemacht?«

»Die haben wir den Hunden gegeben«, verkündete Irina seufzend. »Wir haben sie einfach nicht mehr runtergekriegt.«

»Ein furchtbares Zeug«, fügte Lisa hinzu.

»Nicht mal Ada wollte sie fressen«, erklärte mir Kira.

Ich schaute in die roten Hundenäpfe und erblickte dort eine bräunliche Masse, die aussah wie vertrockneter Lehm.

Wenn nicht einmal Ada die Bouletten wollte, dann mussten sie widerlich sein. Unsere Möpse sind nämlich große Vielfraße. Sie schlingen alles in beliebiger Menge hinunter – Brei, Quark, Gemüse, Fisch, Fleisch, Suppe oder Nudeln verschwinden in ihren quadratischen Mäulern. Mulja hat etwas gegen drei Dinge: Zwiebel, Knoblauch und Zitrone. Ada ist nicht so wählerisch. Allein die Zitrone verschmäht sie. Eine Knoblauchzwiebel kann sie mit behaglichem Knurren verspeisen und verbreitet dann in der ganzen Wohnung deren üblen Geruch. Schon in Büchern über Hundezucht kann man lesen, dass diese Tiere den Geruch von Zitrusfrüchten nicht mögen. Alle Anti-Dog-Sprays, die Ihre Lieblinge von der neuen Couch abhalten sollen, duften nach Mandarine oder Apfelsine. Unsere Hunde fressen diese Früchte gleich mit der Schale, wenn man nicht aufpasst. Auch eine Grapefruit verachten sie nicht. Nur von Zitronengeruch müssen sie niesen.

»Ada«, lockte ich, »Ada, meine Kleine, friss die Boulette ...«

Die Möpsin schnupperte ein wenig an dem Angebot, wedelte dann mit ihrem dicken Schwanz und wandte sich ab. Ihre ganze Haltung sagte mir: Entschuldige schon, Frauchen, aber das fresse ich nicht einmal dir zuliebe.

»Siehst du«, erklärte mir Irina vorwurfsvoll, »und deine armen Kinder haben das die ganze Woche schweigend in sich hineingestopft. Erst heute war es damit genug.«

»Wir stellen weniger Ansprüche als die Hunde«, meinte Lisa seufzend.

»Ihr seid einfach Goldkinder, die besten auf der Welt!«

»Ja«, gaben alle drei einstimmig und ohne übertriebene Bescheidenheit zurück. »Genauso ist es.«

20. Kapitel

Das Hotel »Morskaja« sah ziemlich heruntergekommen aus. Von außen wirkte es wie ein kommunaler Kindergarten. Anfangs dachte ich daher, ich sei eine Querstraße zu früh abgebogen. Ich ging noch einmal zurück, und erst da entdeckte ich eine kleine Tafel neben der Haustür.

Drinnen konnte man sich des Eindrucks nicht erwehren, man sei durch ein Zeitfenster in ein Kulturhaus auf dem Lande von Mitte der siebziger Jahre gefallen.

Das nicht sehr geräumige Foyer war mit Sesseln vollgestellt, deren Bezüge an Gobelins erinnerten. Auf kleinen Tischchen lagen zerlesene Zeitschriften herum. An den Fenstern hingen schwere dunkelrote Plüschvorhänge mit einer Borte aus kleinen Bommeln. Die gleichen hatte es in der Aula meiner Schule gegeben. Wenn wir dort zusammengerufen wurden, um Rezitationen oder einen Vortrag zu hören, dann hatte ich mir immer ein Plätzchen auf dem Fensterbrett gesucht und mit den Bommeln gespielt, weil ich sonst vor Langeweile gestorben wäre. Nie hätte ich geglaubt, dass ich so etwas noch einmal zu Gesicht bekomme.

Auch die Frau an der Rezeption schien dieser Zeit entsprungen. Es war eine Dame von imposanter Gestalt mit blondierter Turmfrisur. Ihre Lippen waren stark geschminkt, die Wangen trugen eine dicke Schicht Rouge. Dieser Typ war mir lange nicht mehr begegnet. Auch die ersten Sätze, die ich aus ihrem Munde hörte, wollten so gar nicht ins dritte Jahrtausend passen: »Zu wem möchten Sie, Bürgerin? Wir sind ein behördliches Hotel.«

»Wo finde ich den Direktor?«

»In welcher Angelegenheit?« Die Frau an der Rezeption ließ sich nicht so ohne weiteres übergehen.

»Sagen Sie ihm bitte, die Reporterin von der Zeitschrift ›Urlaub‹ ist da.«

»Oh, bitteschön, immer geradeaus, Zimmer 22«, sagte die bisher so abweisende Dame unerwartet freundlich.

Ich tappte über einen langen halbdunklen Flur, der mit einem roten Läufer ausgelegt war.

Kaum hatte ich die Tür geöffnet, als der Direktor des Hotels, den die Dame offenbar telefonisch vorgewarnt hatte, auch schon freudig aufsprang.

»Sehr angenehm, wirklich sehr angenehm! Ich sage ganz offen: Von der Presse werden wir nicht gerade verwöhnt. Darf ich mich vorstellen – Pjotr. Und wie heißen Sie?«

Ich nannte meinen Namen und fuhr gleich fort: »Unsere

Zeitschrift hat sich vorgenommen, ihren Lesern Moskauer Hotels vorzustellen. Wir möchten dabei neue Wege gehen. Was bringt es schon, zum x-ten Mal über ›Intourist‹, ›Metropol‹ oder ›Rossija‹ zu schreiben ... Die kennen doch alle, außerdem sind sie für das breite Publikum viel zu teuer ... Dabei gibt es in der Hauptstadt so viele nette kleine Hotels wie zum Beispiel Ihres! Allerdings hat mir die Dame an der Rezeption gesagt, Sie seien eine behördliche Einrichtung.«

Pjotr musste lachen.

»Ach, das ist Ada Markowna, wie sie leibt und lebt. Sie hat immer hier gearbeitet und vergisst zuweilen, dass wir inzwischen ein neues Jahrtausend schreiben. Eine Zeit lang haben wir in der Tat dem Fischereiministerium der UdSSR unterstanden.«

»Dem Fischereiministerium?«, fragte ich verwundert. »Ich dachte, irgendeiner Hotelverwaltung.«

»Zur Sowjetzeit hatte so gut wie jedes Ministerium sein eigenes Hotel«, erläuterte mir der Direktor. »Es gab jede Menge Dienstreisende, die aus allen Teilen des Landes in die Hauptstadt kamen. Im ›Peking‹ oder ›Leningrad‹ konnten sie nicht absteigen. Die waren viel zu teuer, keine Buchhaltung hätte das bezahlt. Außerdem waren sie immer voll ...«

Im Hotel ihrer eigenen Dienststelle dagegen waren sie stets willkommen, allerdings nur, wenn sie dazugehörten. Es konnte jedoch sein, dass der Direktor vom Hotel des Kohleministeriums anrief und bat: »Pjotr, bring doch mal ein paar von meinen Leuten unter, ich bin voll bis unters Dach!«

Und Pjotr half dem Kollegen natürlich aus, denn er wusste, dass auch er ihn einmal brauchen konnte. Dann half der Bergbau der Fischwirtschaft.

Besonders komfortabel war das Hotel »Morskaja« nicht. Dusche und Toilette lagen am Ende des Korridors, und ein Zimmer hatte meist drei bis vier Betten. Die Einrichtung war denkbar einfach. Aber Beschwerden gab es kaum, weder über das Mobiliar noch über die Bettwäsche. Es war sauber und alles Notwendige vorhanden. Die Gäste verlangten keinen Kühlschrank und bestanden nicht darauf, dass jedes Zimmer einen Fernseher hatte. Die Menschen waren noch nicht durch übermäßigen Service verwöhnt. Sie schätzten sich glücklich, aus der Provinz nach Moskau fahren zu können und dort ein Nachtlager zu finden, und sei es in der Gesellschaft von drei Männern, die schnarchten, als ob sie pro Nacht einen Wald zersägen wollten.

Fernsehgeräte gab es im »Morskaja« immerhin zwei – in den Foyers von Parterre und erstem Stock. Wer wollte, konnte sich dort die Nachrichtensendung »Wremja« und dann einen Film anschauen. Um elf Uhr abends war das Programm zu Ende, und die Gäste trollten sich auf ihre Zimmer.

Als dann im Lande die stürmischen Veränderungen einsetzten, segnete das Fischereiministerium der UdSSR das Zeitliche. Das »Morskaja« aber blieb. Es überstand alle Wirren und wurde schließlich in eine Aktiengesellschaft umgewandelt ... Mehr Komfort erhielt es dadurch aber nicht. Weder kamen neue Fernsehgeräte und Kühlschränke hinzu, noch wechselte man die Möbel in den Zimmern aus. Aber wegen seiner niedrigen Preise war das Hotel durchaus konkurrenzfähig. Sogar Ausländer stiegen hier manchmal ab – wenig verwöhnte Polen, Bulgaren und Deutsche aus der ehemaligen DDR.

»Können Sie sich an interessante Zwischenfälle erinnern?«, fragte ich sehr direkt.

»Woran denken Sie dabei?«, fragte Pjotr.

»Na, zum Beispiel, ob jemand ausgeraubt worden ist oder sich umgebracht hat ...«

»Um Gottes willen!« Der Direktor hob die Hände. »Kein Hoteldirektor wird Ihnen so etwas erzählen! Die Gäste sind abergläubisch, das könnte unserem Ruf schaden. Aber bei uns hat es in der Tat nie einen Kriminalfall gegeben ...«

»Keinen einzigen?«, fragte ich deprimiert.

Pjotr schüttelte den Kopf. »Zumindest in den Jahren, seit ich hier arbeite. Doch, einmal hat es gebrannt.«

»Wann war das?«

Mein Gegenüber griff zum Telefon.

»Ada Markowna, kommen Sie doch bitte einen Augenblick zu mir.«

Die Frau von der Rezeption, die kurz darauf eintrat, fragte nachdenklich zurück: »Ein Brand?! Ach, Sie meinen den Zwischenfall von Nr. 27 im ersten Stock! Warten Sie … Da habe ich noch nicht hier gearbeitet … Das muss 1968 oder 1969 gewesen sein. Gribojedow müsste das wissen.«

»Wer?«

»Unser Wirtschaftsleiter«, klärte mich Ada Markowna auf. »Gribojedow, Oleg Jakowlewitsch.«

»Das ist unser ältester Mitarbeiter.« Pjotr nahm das Heft wieder in die Hand. »Das ›Morskaja‹ wurde 1960 eröffnet. Seitdem kümmert er sich hier um Kissen und Bettlaken. Ein wandelndes Geschichtsbuch.«

»Ob sein Gedächtnis nicht schon etwas gelitten hat?«, fragte ich seufzend.

»Wo denken Sie hin«, gab Ada Markowna eifrig zurück. »Er ist noch keine siebzig und sieht aus wie Ende fünfzig. Ein toller Mann, und dieses Gedächtnis! Manchmal tauchen frühere Gäste hier auf, die sich fünfzehn Jahre lang nicht haben sehen lassen. Oleg Jakowlewitsch erkennt sie sofort, erinnert sich an ihren Namen, weiß, wo sie herkommen, und kann sagen, in welchem Zimmer sie zuletzt gewohnt haben. Der reinste Computer!«

»Das ist aber interessant!«, jubelte ich wie eine exaltierte Reporterin. »Wir könnten doch einen Artikel über Gribojedows Leben schreiben, das so eng mit der Geschichte des Hotels verwoben ist!«

Pjotr und Ada Markowna wechselten skeptische Blicke.

»Wie Sie wollen«, brummte der Direktor. »Er wird sich bestimmt freuen.«

»Ein ausgezeichneter Mitarbeiter«, bekräftigte jetzt auch Ada Markowna. »Stets nüchtern, nur Lob in seinem Arbeitsbuch. Als Sekretär der Parteiorganisation empfehle ich, dass die Presse über ihn berichtet!«

»Ada«, unterbrach sie Pjotr vorwurfsvoll, »einen Parteisekretär haben wir doch schon lange mehr.«

»Na und? Ich empfehle ihn trotzdem! Marina Sudina würde ich zum Beispiel nicht empfehlen!«

»Ach, das liebe Langzeitgedächtnis«, meinte Pjotr schmunzelnd. »Marina Sudina arbeitet doch schon hundert Jahre nicht mehr hier!«

»Wer ist das?«, fragte ich interessiert.

»Eine Zimmerfrau«, erklärte Pjotr bereitwillig, »und eine flinke dazu. Sie tauchte 1998 hier auf und wollte wieder eingestellt werden. Ich wusste ja nicht, was das für eine ist. Aus ihrem Arbeitsbuch konnte ich nur ersehen, dass sie von 1969 bis 1980 im ›Morskaja‹ gearbeitet hat. Als langjährige Mitarbeiterin hätte ich sie beinahe wieder eingestellt. Zum Glück hat Ada Markowna das verhindert.«

»Eine schreckliche Person«, sagte die Diensthabende spitz. »Wir hatten den begründeten Verdacht, dass sie in den Zimmern herumschnüffelt. Ab und zu ist dieses und jenes weggekommen.«

»Geld?«

»Nein, eher Kleinigkeiten. Mal ein Stück Importseife, dann ein polnisches Shampoo, Pralinen ... Insgesamt keine große Sache, aber für das Kollektiv war es peinlich. Marina ging allerdings sehr geschickt vor. Ihr konnte nie etwas nachgewiesen werden.«

»Da fällt mir ein ...«, rief Pjotr plötzlich aus und hieb mit der flachen Hand auf den Tisch. »Das war vor etwa eineinhalb Jahren. Ich gehe die Twerskaja entlang, da hält ein ausländischer Wagen neben mir, und heraus steigt Marina. In

Pelzmantel, Hut und voller Kriegsbemalung. Ich habe sie gar nicht erkannt, sie hat mich angesprochen. Ich kam aus dem Staunen nicht heraus! Als sie seinerzeit wieder bei uns anfangen wollte, war sie in einem Kostüm vom Vietnamesenmarkt erschienen. Und dann das! Ich habe sie natürlich gefragt: ›Haben Sie eine tolle Stelle gefunden?‹ – ›Nein, ich habe geheiratet‹, gab sie lächelnd zurück.«

Der Direktor war total verblüfft. Es war noch nicht so lange her, dass er den Pass der Frau in der Hand gehalten hatte. Ihr Geburtsjahr – 1942 – hatte sich ihm eingeprägt. Als hätte Marina seine Gedanken gelesen, fügte sie hinzu: »Liebe hat mit dem Alter nichts zu tun. Meinen Sie, da ich jetzt schon fast sechzig bin, soll's das gewesen sein, und ich gehöre schon zum alten Eisen?«

»Natürlich nicht!«, rechtfertigte sich Pjotr. »Daran habe ich nicht im Traum gedacht! Herzlichen Glückwunsch zur Eheschließung!«

Da steckte ein junges, sehr hübsches Mädchen den Kopf aus dem Fenster und rief: »Mein Katerchen, fahren wir denn nun zum ›Rosa Reiher‹, oder nicht?«

»Ich komm ja schon«, antwortete Marina und stieg zurück in den Wagen.

»Sie können sich vorstellen, dass ich aus allen Wolken gefallen bin«, erklärte der Direktor.

»Wieso? Was ist denn dabei, wenn eine knapp sechzigjährige Frau noch einmal heiratet? Vielleicht ist der Bräutigam ja um die achtzig. Dann hat er noch eine Junge abgekriegt. Sechzig ist doch heute kein Alter ...«

Pjotr blickte mich mitleidig an.

»Der ›Rosa Reiher‹ ist ein ganz besonderes Café, ein Klub beim Hotel ›Katharina‹. Beide Etablissements leitet Anastasia Klinskaja. Dort werden nur Leute eingelassen, die das eigene Geschlecht bevorzugen.«

»Schwule?«

»Nein, Männer kann die Klinskaja nicht ausstehen. Lesben. Na, sagen Sie selbst, hat eine frischverheiratete Frau nichts Besseres zu tun, als in den ›Rosa Reiher‹ zu fahren?«

Das klang natürlich interessant, aber die Bettgeschichten anderer Leute lassen mich kalt. Ich bin der Meinung, dass der Mensch das Recht hat, mit seinem eigenen Körper so umzugehen, wie er will. Wenn eine Frau mit einer Frau oder ein Mann mit einem Mann leben möchte – bitte schön, solange sich beide darin einig sind. Warum auch nicht? Zwei Erwachsene sollten tun können, was sie wollen. In meiner Studienzeit war das Moskauer Konservatorium dafür bekannt, dass es unter Studenten und Lehrkräften viele Schwule und Lesben gab. Manchmal tauchten Männer in merkwürdigen grauen Einheitsanzügen bei uns auf. Sie ließen sich im Parteikomitee nieder, wohin dann ausgewählte Studenten einzeln vorgeladen wurden. Auch ich habe einmal dort gesessen und auf Fragen antworten müssen.

Ein Mann, der sich als Iwan Iwanowitsch vorstellte, fragte mich zunächst nach lauter Banalitäten. Wie mein Studium läuft, ob das Essen in der Kantine schmeckt, ob die Harfe ein kompliziertes Instrument ist usw. Dann die Überraschungsfrage: »Wollen Sie nicht bald heiraten?«

»Bislang nicht, es ist auch kein Kandidat in Sicht«, gab ich lächelnd zurück.

»Tatsächlich?«, meinte Iwan Iwanowitsch verwundert. »Und Kostja Myskow? Nicht der Richtige?«

Als ich bemerkte, wie gespannt er mich ansah, wusste ich sofort, dass er nur wegen dieser Frage ins Konservatorium gekommen war. Kostja Myskow, den Mädchen kalt ließen und der nahezu offen mit dem Dozenten Lew Solomonow zusammenlebte, war ein netter Kerl, eine richtige Freundin. Er gab gute Ratschläge, was Lippenstifte oder Haarfarben betraf. Wenn er in der öffentlichen Toilette neben dem Geschäft »Wanda« wieder einmal den seltenen perlmuttfarbenen Nagellack erstanden hatte, gab er uns großzügig davon ab. Außerdem war er ein hervorragender Geiger und ließ uns in Musiktheorie abschreiben. Aber im Strafgesetzbuch der UdSSR gab es damals den Schwulenparagraphen noch …

All das schoss mir in Sekundenschnelle durch den Kopf. Auf Iwan Iwanowitschs Frage senkte ich schüchtern den Blick und antwortete kaum hörbar: »Hat es sich also doch herumgesprochen …«

»Was?«, fragte mein Gegenüber gespannt. »Was hat sich herumgesprochen?«

»Das ist mir so peinlich.« Ich wand mich wie ein Aal. »Ich weiß gar nicht, wie ich es sagen soll, und auch noch einem Mann …«

»Na, nicht so schüchtern«, kam es aufmunternd von Iwan Iwanowitsch, »denken Sie, ich bin Ihr Vater. Mir können Sie alles sagen.«

»Ich lebe mit Kostja in wilder Ehe«, log ich, ohne mit der Wimper zu zucken, »wir können die Sache nicht offiziell machen. Er ist aus der Provinz, und meine Eltern wollen unbedingt einen Moskauer …«

Iwan Iwanowitsch zuckte zusammen.

»Sind Sie sich da ganz sicher?«

»Worin?« Ich klappte erstaunt mit den Augenlidern. »Ob ich mir Kostjas Liebe sicher bin? Ich denke schon. Er kann ohne mich nicht leben, wir gehen sogar Hand in Hand zur Vorlesung …«

Iwan Iwanowitsch hüstelte enttäuscht und sagte kalt: »Romanowa, Sie können gehen.«

Etwa zehn Tage später trat Kostja in der Kantine an mich heran und drückte mir ein kleines Päckchen in die Hand.

»Was ist das?«, fragte ich erstaunt.

»Parfüm, heißt ›Vielleicht‹«, sagte er mit einem Lächeln. »Ist sehr gefragt. So etwas hast jetzt nur du. Ich habe dafür im GUM einen halben Tag angestanden.«

»Danke«, murmelte ich verlegen.

»Ich muss dir danken«, sagte Kostja lächelnd, »nur, die

Sache ist etwas merkwürdig ausgegangen. Lena Poloskowa und Natascha Schenina haben dem Kerl auch gesagt, dass sie mit mir schlafen. Jetzt werden sie mich wohl wegen Unmoral rankriegen.«

Wir mussten beide lachen und sind bis heute gute Freunde. Beim Dozenten Solomonow hatte ich von Stund an eine Eins in allen Prüfungen sicher.

Marina Sudina, die ich nicht kannte, ließ mich also ziemlich kalt. Viel mehr interessierte mich der alte Gribojedow, der so für sein Gedächtnis gerühmt wurde.

Oleg Gribojedow hatte alle Hände voll zu tun. Als ich unter dem wachsamen Blick von Ada Markowna den Lagerraum des Hotels betrat, stand er gerade am Fenster und betrachtete wütend einen Bettbezug.

»Was sind das nur für Menschen!«, rief er aufgebracht und zeigte uns ein ziemlich großes Loch in der Wäsche. »Ein ganz neues Stück! Und schon versengt! Diese Parasiten!«

Ada Markowna stellte mich vor, und Oleg wurde gleich freundlicher.

»Geh wieder auf deinen Posten, meine Liebe«, sagte er zu meiner Begleiterin, »du wirst dort mehr gebraucht als hier.«

Ada Markowna presste gekränkt die geschminkten Lippen zusammen und verließ hoch erhobenen Hauptes den Raum. Gribojedow blickte ihr lächelnd nach.

»Die platzt noch mal vor Neugier! Alles muss sie wissen, jedes Wort hören! Keine Frau, die reinste Geheimagentin! Also, worum geht's?«

Ich bat ihn, mir etwas von der Geschichte des Hotels zu erzählen. Sofort flogen mir Zahlen von Zimmern, Gästen, Bädern und Toiletten um die Ohren.

»Können Sie sich an interessante Vorkommnisse erinnern?«, fragte ich, nachdem er schon eine Viertelstunde geredet hatte.

Oleg hob die Hände.

»Bei uns passiert nicht viel. Manche Dienstreisende betrinken sich, kriegen sich in die Haare ... Da geht auch mal eine Fensterscheibe zu Bruch ... Oder eine Frau gerät ›aus Versehen‹ in ein Männerzimmer ... In früherer Zeit hatten wir solche Vorkommnisse zu melden. Ada hat aber immer ein Auge zugedrückt und keinem die Karriere verdorben. Was ist auch dabei, wenn zwei mal eine Nummer schieben. Und heute interessiert das sowieso keinen mehr ...«

»Was hat das mit Ada Markowna zu tun?«

»Sie ist doch jahrelang unsere Direktorin gewesen! Seit sie in Rente ist, macht sie hier die Rezeption. Familie hat sie keine. Zu Hause fällt ihr die Decke auf den Kopf ...«

»Und in all den Jahren ist überhaupt nichts vorgefallen?«

»Nein«, meinte Oleg achselzuckend, »hier ist es still wie im Grab!«

»Aber irgendwann hat's doch mal gebrannt ...«

Oleg seufzte.

»Das war 1970. Ada Markowna war zu Tode erschrocken. Kann man ja auch verstehen. Sie war gerade erst zur Direktorin aufgestiegen, und dann so was!«

»Wer hat denn das Feuer verursacht?«

Der Alte musste lachen.

»Natürlich die Gäste! Mit denen hat man doch nur Scherereien! Dabei hing im ersten Stock ein riesiges Schild: ›Genossen, benutzt in den Zimmern keine Elektrogeräte und raucht nicht im Bett.‹ Heute hat jeder einen Wasserkocher. Da drücken wir ein Auge zu, denn damit passiert nichts. Aber früher haben sie mit dem Tauchsieder herumhantiert. Wie oft kam unsere Zimmerfrau Marina Sudina angelaufen: ›Schau dir das an, Oleg, wieder hat ein Gast ein Loch in den Tisch gebrannt!‹ Wahrscheinlich hatte er in einem Glas Wasser heiß gemacht und es dann vergessen, ist entweder ins Bad gegangen oder hat sich gar schlafen gelegt. Und die schöne polierte Tischplatte war futsch. Auf Marina konnte man sich aber auch nicht verlassen!«

»Wie meinen Sie das?«

»Konnte sie nicht rechtzeitig bemerken, dass unser Möbel beschädigt war? Wahrscheinlich hat ihr der Gast etwas zugesteckt, und sie hat es erst ›bemerkt‹, als er weg war. 1970 ist allerdings ein Zimmer völlig ausgebrannt. Das war Nummer 26 im ersten Stock. Teppich, Gardinen, Bett samt Bettwäsche, alles war weg. Nur gut, dass Ada einen kühlen Kopf bewahrt und sofort die Feuerwehr gerufen hat. Die konnte den Brand schnell löschen, so dass das Feuer nicht auf andere Zimmer übergesprungen ist. Nur etwas war merkwürdig an der Sache …«

»Was?«, fragte ich gespannt.

»An dem Tag war das Zimmer leer, und nachts hat es darin gebrannt. Es war überhaupt ein besonderes Zimmer.«

»Inwiefern?«

»Damals waren wir immer voll belegt. Nummer 26 war unsere stille Reserve. Für besondere Fälle, zum Beispiel wenn plötzlich ein hohes Tier anrollte. Allerdings …«

Oleg stoppte und wischte sich die Stirn.

»Und weiter?«, fragte ich aufgeregt.

Der Alte seufzte.

»Jetzt gibt es diese Reserve nicht mehr. Es kommen keine hohen Tiere, und Ada ist auch nicht mehr Direktorin.«

»Was meinen Sie damit …?«

»1970 habe ich ganze 80 Rubel im Monat verdient«, erzählte Oleg lächelnd weiter. »Ein Paar Winterschuhe hat damals 120 gekostet, erinnern Sie sich noch?«

»Ich bin erst 1964 geboren …«

»Tatsächlich.« Oleg lächelte immer noch. »Verzeihen Sie mir altem Mann. Ada hatte das höchste Gehalt – 150 Rubel. Auch damit konnte man keine großen Sprünge machen. Eine junge Frau möchte aber mal ein neues Kleid, Strümpfe, Schuhe … Und erst Marina Sudina! Die war damals achtundzwanzig, musste sich also einen Mann suchen. Wer aber wollte schon eine, die in abgetragenen Sachen herumlief …«

Ungeduldig wartete ich, dass der Alte auf den Kern der Sache kam. Was er da erzählte, war mir nicht neu. Offiziell hieß das, was das Personal des Hotels da getrieben hatte, »Missbrauch der Dienststellung«.

Nummer 26, die für hohe Vorgesetzte freigehalten wurde, aber im Alltag meist leer stand, wurde an Leute vermietet, die mit der Fischwirtschaft nichts zu tun hatten. Natürlich für gutes Geld. Und man nahm nicht jeden. Eine Empfehlung von verlässlichen Leuten musste schon sein. Mit der Zeit bildete sich ein fester Kundenkreis heraus.

Nach und nach wurde das zu einer Geldquelle besonderer Art. Wo fanden zur Sowjetzeit Verliebte einen Unterschlupf? In ein Hotel kamen sie nicht, wenn in ihrem Pass nicht »verheiratet« eingestempelt war ... Blieb für das Liebesspiel nur seine oder ihre Wohnung. Aber wenn dort Kinder waren, ein Schwiegervater oder gar eine Schwiegermutter? Und dann konnte man vom eigenen Partner überrascht werden ... Unter freiem Himmel? Ja, wenn es das Wetter erlaubte ... Aber im Winter war es draußen ziemlich ungemütlich, und das Auto hat der sowjetische Mensch im Unterschied zum Amerikaner nie als Liebesnest entdeckt ...

Ada Markowna stellte Nummer 26 Ehebrechern ohne Bleibe zur Verfügung. Alle waren es zufrieden. Das Personal – Marina Sudina und Oleg Gribojedow – bekam ein fettes Trinkgeld. Den Rahm schöpfte Ada Markowna ab. Sie trug allerdings auch das Risiko.

An jenem denkwürdigen Tag, dem 18. Mai 1970, stand Nummer 26 leer. Der alte Oleg wunderte sich immer noch.

»Wie konnte dort überhaupt Feuer ausbrechen? Es gab dann allerdings ein Gutachten von der Feuerwehr. Angeblich ein Kurzschluss...«

»Kann ich mir das Zimmer einmal anschauen?«

Oleg wischte sich wieder die Stirn.

»Das können Sie, aber da ist jetzt keiner. Wozu also?«

»Es interessiert mich, wie es aussieht ...«

Der Alte nahm sein Schlüsselbund, führte mich ganz ans Ende des Korridors und schloss eine Tür auf.

Das Zimmer war nicht groß, höchstens 15 Quadratmeter. Zwei Betten mit dunkelroten gesteppten Überdecken, dazwischen ein Nachttisch und Wandlampen am Kopfende. Ein Wandschrank, Sessel, dazwischen ein Tischchen mit einer Karaffe und einer leeren Vase.

»Was ist dort?«, fragte ich und zeigte auf eine kleine Tür.

Oleg stieß sie auf. Dahinter waren Dusche und Toilette.

»Merkwürdig«, sagte ich verwundert, »Ihr Direktor hat mir gerade gesagt, er hätte nur Drei- und Vierbettzimmer. Bad und Toilette seien am Ende des Korridors.«

»Das stimmt«, bestätigte Oleg. »Nummer 26 galt als Luxusappartement für hohe Chefs. Es ist auch jetzt noch etwas teurer.«

»Da ist ja sogar ein Balkon!«

»Nein«, stellte Oleg lächelnd fest, »das ist der Zugang zur Feuerleiter.«

Ich öffnete die schmale Tür und schaute hinaus. Dahinter führte eine eiserne Leiter nach unten.

»Ich hätte aber Angst, hier auszusteigen!«

»So hat man früher gebaut. Das war gar nicht so dumm, denn wie oft sind Menschen verbrannt, weil die Treppe nicht mehr benutzt werden konnte.«

»Damals ist niemand umgekommen?«

»Zum Glück nicht. Ich sagte doch schon, das Zimmer stand in jener Nacht leer.«

»Das muss ja ein Schreck gewesen sein!«

»Ich war gar nicht da. Das Feuer ist erst nach Mitternacht ausgebrochen. Marina hatte damals Nachtdienst. Sie ist vor Angst fast in Ohnmacht gefallen. Dann hat sie Ada informiert, und die hat die Feuerwehr gerufen!«

Als ich das Hotel wieder verließ, blieb ich an der Rezeption noch einmal stehen. Ada Markowna verzog das Gesicht zu einem Lächeln.

»Wenn Ihr Artikel erscheint, dann schicken Sie uns doch bitte ein Exemplar Ihrer Zeitschrift!«

»Ganz bestimmt. Etwas ist mir allerdings noch unklar.«

»Was denn?«

»Vorhin beim Direktor haben Sie gesagt, das Zimmer Nummer 27 wäre verbrannt und Sie hätten damals noch gar nicht hier gearbeitet.«

»Genauso war es.«

»Herr Gribojedow meint, gebrannt hätte Nummer 26 und Sie wären damals hier Direktorin gewesen ...«

Ada Markowna zog ihre viel zu schwarzen Augenbrauen hoch. »Da bringt er etwas durcheinander!«

»Aber Sie selbst haben doch geschwärmt, was für ein tolles Gedächtnis er hat!«

»Das kann schließlich auch mal versagen. Der Brand war 1968 oder 1969. Ich habe hier erst 1970 angefangen. Und auch an die Zimmernummer kann ich mich genau erinnern. Es war die 27, und wir mussten dafür neue Gardinen anschaffen. Aber das ist doch eine banale Sache und ewig her! Da sollte man nicht so ein Gewese drum machen! In Nummer 27 waren drei Männer aus Wladiwostok untergebracht. Die hatten mächtig einen gehoben und geraucht, wie das damals so war. Danach hat man rasch alles wieder renoviert. Ich kann mir denken, warum Oleg das durcheinanderbringt. Als Nummer 27 renoviert wurde, hat man bei der Gelegenheit auch Nummer 26, dem Luxusappartement, einen frischen Anstrich verpasst. Neue Möbel kamen ebenfalls hinein. Nummer 26 stand damals leer ...«

Langsam ging ich durch den Park zur Metrostation. Warum wohl Ada Markowna so beharrlich abstritt, dass sie zur Zeit des Brandes anwesend war? Und was bedeutete das Spiel mit den Zimmernummern? War es nicht egal, in welchem Zimmer es gebrannt hatte? Das Hin und Her wäre verständlich gewesen, wenn ich diese Frage im Jahre 1972 gestellt hätte. Aber heute? Es musste einen Grund geben, weshalb die ehemalige Direktorin sich so aufregte … Über diesen Brand musste ich Genaueres erfahren. Aber von wem?

21. Kapitel

Die Antwort auf meine Frage fiel mir ein, als ich gegen sechs Uhr abends Kiras letztes Hemd gebügelt hatte, mich genussvoll streckte und das Bügeleisen beiseitestellte. Marina Sudina, die Zimmerfrau, die eine so gute Partie gemacht hatte, musste über alles Bescheid wissen. Wo sollte ich sie finden? Ob sie im Moskauer Telefonbuch stand? Aber ihren Vatersnamen wusste ich nicht. Ihren Namen und Vornamen musste es in Moskau tausendfach geben … Da fiel mir etwas ein. Ich machte vor Freude einen Luftsprung, griff mir das Telefonbuch und suchte dort nach dem »Rosa Reiher«. Doch ein Café dieses Namens gab es nicht. Ich fand zwar einen »Rosa Flamingo« und einen »Fröhlichen Reiher«, aber an beiden Orten – Fehlanzeige. Ich musste es anders probieren.

Unter der Spalte »Hotels« suche ich nach einem namens »Katharina«. Wieder nichts. In Moskau hatten in der letzten Zeit so viele neue Hotels eröffnet, die Personennamen trugen. Da gab es eine »Lisa«, einen »Max«, sogar eine »Virginia«, aber nichts, was einer Katharina auch nur nahekam, weder eine Cat noch eine Jekaterina … Aber eine kleine Hoffnung hatte ich noch.

Katja hat eine Bekannte namens Aljona Reschetilowa, die sich offen zu ihrer Vorliebe für Frauen bekennt. Nach kurzem Zögern rief ich sie an.

»Hallo«, hörte ich einen freundlichen Mezzosopran sagen.

»Grüß dich, Aljona, hier ist Tanja.«

»Grüß dich, mein Krümelchen!«, antwortete Aljona aufgeräumt, wurde aber sofort ernst. »Dir tut doch nicht etwa ein Zahn weh?«

Aljona ist Zahnärztin, und eine sehr gute dazu. Aber diesmal wollte ich mit ihr nicht über Gebissprobleme plaudern, sondern den Stier bei den Hörnern packen.

»Hör mal, Aljona«, sagte ich sehr direkt, »kennst du ein Café namens ›Rosa Reiher‹?«

»Wozu willst du denn das wissen?«, fragte Aljona vorsichtig zurück.

»Ich will da nicht hin«, antwortete ich. »Ich habe eine Bekannte aus Petersburg zu Besuch, die sich dafür interessiert.«

»Da kommt man nicht so einfach rein«, erklärte mir Aljona, »es ist ein geschlossener Klub, nur für Mitglieder.«

»Und keine klitzekleine Ausnahme?«

Aljona überlegte eine Weile und meinte dann: »Nur, wenn du eine Empfehlung hast.«

»Wer kann die geben?«

Aljona fragte noch einmal nach: »Ist es dir sehr wichtig?«

»Mir nicht, aber ...«

»Deinen Gast kenne ich nicht ... Deshalb muss ich dich fragen.«

»Ich möchte ihr schon sehr gern den Gefallen tun«, antwortete ich aufrichtig.

»Also gut, gedulde dich einen Moment.« Aljona legte auf.

Eine Viertelstunde später klingelte das Telefon.

»Schreib auf: Artjomowski Projesd Nr. 4. An der Tür ist kein Schild, es sieht aus wie ein ganz gewöhnliches Wohnhaus, nur, die Haustür ist verschlossen. Du klingelst und sagst, dass ich dich empfohlen habe. Aber sei nicht vor acht Uhr abends dort, sonst triffst du niemanden an. Später gibt es ein Show-Programm ... Außerdem ...«

»Ja?«

Aljona stockte einen Moment und fuhr dann fort: »Wenn deine Bekannte dort Anschluss finden will, dann muss sie allein in den ›Rosa Reiher‹ gehen. Wenn sie nur Unterhaltung sucht, dann geht besser zu zweit, damit sie niemand anmacht. Solche Weiber gibt es da auch, leider. Ich habe dort deinen Namen hinterlassen. Wenn deine Bekannte allein hingeht, dann soll sie sich mit deinem Namen melden.«

Ich legte auf und schaute auf die Uhr. Es war gerade sieben. Wenn ich mich beeilte, konnte ich es schaffen. Die Gelegenheit schien günstig. Lisa, Irina und Kira mit seinem Hinkebein waren im Lushniki-Stadion bei irgendeiner Show. Am Abend zuvor hatten sie lange und heftig darüber gestritten, sich aber schließlich geeinigt, dass sie um 17.00 Uhr das Haus verlassen wollten.

»Heute wird es spät«, sagte Lisa. »Das Programm beginnt um sieben und dauert drei Stunden.«

»Soll ich danach an der Metrostation beim Stadion sein und euch abholen?«, fragte ich vorsichtig.

»Auf keinen Fall!«, sagte Irina empört. »Wir gehen mit Leuten aus meiner Klasse. Die lachen uns dann aus! Notier dir lieber meine Handy-Nummer. Dann kannst du uns anrufen, wenn du wieder Angst bekommst.«

»Meine auch«, sagte Lisa selbstbewusst.

»Dann auch meine«, fügte Kira stolz hinzu.

Ich konnte mich nur wundern.

»Ihr habt alle Handys?«

»Hat Irina heute gekauft«, plapperte Lisa, »mit einer Karte ›B-Plus‹! Ohne Grundgebühr! Und der Monitor zeigt immer die Gebühren an. Neun Sekunden sind kostenlos!«

»Was kann man schon in neun Sekunden sagen?«

»Eine ganze Menge!«, antwortete Kira aufgeregt. »Zum Beispiel: ›Ich komm jetzt nach Hause‹ oder ›Ich ruf gleich zurück‹. Sehr sparsam. Und sieh mal, wie cool die Dinger aussehen, mit Tasche, die kann ich sogar am Gürtel tragen!«

Ich drehte das winzige Ding von Siemens in den Händen und sagte streng: »Irina, warum gibst du so viel Geld für solches Spielzeug aus?«

»Das ist kein Spielzeug«, antwortete sie, »sondern eine sehr notwendige Sache!«

Später wollte ich diese Segnung der Zivilisation auch ausprobieren. Sehr konzentriert, um keinen Fehler zu machen, tippte ich die erste Nummer ein. Der dritte Versuch gelang. Es knackte, dann tutete es, und plötzlich erklang Kiras aufgeregte Stimme. Ich konnte ihn sehr gut hören.

»Hallo!«

»Wie ist es?«

»Klasse!«, brüllte der Junge. »Einfach toll!«

»Die Schlüssel habt ihr bei euch?«

»Ja.«

»Also dann, viel Spaß! Ich gehe ins Theater. Wundert euch nicht, wenn ich noch nicht zu Hause bin.«

»Geh nur, Tanja, mach dir einen schönen Abend!« Nach dieser großzügigen Erlaubnis schaltete Kira ab.

Als ich den Kleiderschrank öffnete, konnte ich nur verzweifelt aufstöhnen. Wie kleidet sich eine Lesbe? Jede Party hat ihren eigenen Stil. Ballettmädchen kommen zum Beispiel nach ihrem Auftritt sämtlich in Jeans zum Empfang, Geigerinnen dagegen bevorzugen schwarze Hosen …

Fünf Minuten lang schwankte ich hin und her, dann entschied ich mich für Katjas senffarbenen Hosenanzug. Schließlich ging ich zum ersten Mal in den »Rosa Reiher« und konnte auf Nachsicht rechnen, wenn ich mich nicht genau an die Regeln hielt …

Aljona hatte mich korrekt informiert. An dem bewussten Haus fehlte jedes Hinweisschild. Mir fiel nur auf, dass der Eingang mit Videokamera und Sprechanlage gesichert war.

»Wohin möchten Sie?«, fragte von irgendwoher eine Stimme unbestimmbaren Geschlechts.

»Zum ›Rosa Reiher‹.«

Das Schloss knackte, und ich trat in ein geräumiges Vestibül. Nur zwei Schritte von der Tür entfernt saß ein

Mädchen in der schwarzen Uniform eines Sicherheitsdienstes an einem Schreibtisch, auf dem ein kleiner Monitor installiert war.

»Dies ist ein privater Klub«, teilte sie mir mit einem höflichen Lächeln mit.

»Ich weiß, ich bin hierher empfohlen worden.«

»Von wem?«

»Von Aljona Reschetilowa.«

»Darf ich Ihren Namen wissen?«, fragte die Sicherheitsbeamtin, lächelte wieder und klickte dabei mit ihrer Maus.

Ihre Miene wurde noch etwas freundlicher, als sie mir erklärte: »Nehmen Sie das bitte nicht persönlich, ich musste Ihre Angaben überprüfen. Schließlich wollen wir, dass man sich bei uns wohl und sicher fühlt. Wenn Sie öfter herkommen, kenne ich Sie vom Sehen.«

Auf ihren Hinweis ging ich einen langen Korridor entlang, wandte mich nach links und trat dann durch eine große Flügeltür. Die führte in einen Saal, der mit vielen kleinen Tischen bestückt war.

Der Sündenpfuhl machte auf den ersten Blick eher einen gutbürgerlichen Eindruck. Es gab keine Deckenbeleuchtung. Von irgendwoher kam weiches, gedämpftes Licht. Leise Musik spielte. Gegenüber dem Eingang sah ich ein rundes Podium mit einer Stange. Dort war noch alles ruhig, offenbar begann das Programm erst später. Rechts davon bewegten sich einige Paare über eine kleine Tanzfläche. All das wirkte eher wie das Klubhaus einer Textilfabrik. Überall Frauen unterschiedlichen Alters und Aussehens. Gekleidet waren sie wie andere auch. Extravagante Roben wie enge Latexjacken waren nicht zu sehen, auch keine wilden Frisuren …

Ich nahm an einem Tischchen in einer Ecke Platz und schaute mir die Gäste an. Es waren etwa dreißig Frauen. Marina Sudinas Alter war kaum vertreten. Nur zwei der Damen mochten um die sechzig sein. Die meisten waren fünfunddreißig bis vierzig Jahre alt. Auch keine ganz jungen – so um die zwanzig – fielen mir auf.

»Möchten Sie zu Abend essen?«, fragte mich eine klingende Stimme.

Ich drehte mich um. Ein hübsches Mädchen in schwarzem Seidenkleid, dem ich kaum mehr als sechzehn Jahre gegeben hätte, hielt mir eine in rotes Leder gefasste Speisekarte hin. Ich schlug sie auf und fragte verwundert: »Warum haben Sie für alles zwei verschiedene Preise? Weshalb kostet Forelle mit weißer Soße einmal 52 Rubel und einmal 104? Sind das halbe und ganze Portionen?«

Die Kellnerin schüttelte den Kopf.

»Der ermäßigte Preis gilt für Klubmitglieder. Gäste zahlen die volle Summe.«

Ich überflog rasch das Angebot. Mitglied im »Rosa Reiher« zu sein lohnte sich in der Tat.

Das Mädchen nahm meine Bestellung auf und war kaum fort, als ich von einem angenehmen Mezzo angesprochen wurde: »Sie sind allein?«

Ich hob den Blick. Jetzt stand eine elegante Dame in tadellos sitzendem Kostüm vor mir. Ihr Revers schmückte eine goldene Brosche in Form eines blühenden Zweiges. Ihr kastanienbraunes Haar war zum Pagenkopf geschnitten und ihr Make-up sehr dezent.

»Sind Sie allein?«, wiederholte die Dame ihre Frage.

Ich nickte.

»Fühlen Sie sich einsam?«, fragte sie und nahm, ohne meine Aufforderung abzuwarten, auf einem der mit rotem Samt beschlagenen Stühle Platz. »Sind Sie zum ersten Mal hier?«

Ich nickte wieder und hoffte dabei, dass sie sich nicht zu lange bei mir aufhalten werde. Da rief die Dame bereits: »Sweta!«

Die Kellnerin wandte sich nach ihr um und kam herbeigeeilt.

»Ja, Nina Andrejewna …«

»Bring uns bitte zwei Kaffee, etwas Gebäck und fünfzig Gramm Kognak.«

»Kommt sofort!«, schnarrte die Serviererin. Beinahe dachte ich, sie würde stramm stehen und salutieren. So schnell sie ihre Beine trugen, eilte sie zur Küche.

»Na, na«, entfuhr es mir, »ist das nötig? Sie muss großen Respekt vor Ihnen haben! Bei meiner Bestellung ist sie nicht so gerannt.«

Mein ungebetener Gast musste lachen.

»Ich bin die Chefin hier. Darf ich mich vorstellen: Nina Andrejewna Markowa. Ich möchte, dass sich alle Gäste bei uns wohlfühlen. Mir ist aufgefallen, dass Sie allein dasitzen. Von wem wissen Sie, dass es uns gibt?«

»Von Frau Reschetilowa …«

»Ach, von Aljona! Gefällt es Ihnen hier? Oder soll ich Sie mit jemandem bekannt machen? Sehen Sie, dort am Podium sitzt Natascha, die ist auch allein …«

»Danke der Nachfrage«, murmelte ich, »ich mag ältere Damen, so um die sechzig.« Nina Andrejewna schien dabei gar nichts zu finden.

»Leider kommen nur wenige Frauen dieses Alters hierher«, sagte sie etwas bedrückt, »übrigens auch nur wenige junge.«

»Na ja«, erwiderte ich lächelnd, »dort drüben sitzen doch ziemlich junge Persönchen.«

Ihr Blick verdüsterte sich.

»Die hat Sonja Artamonowa mitgebracht. Sie hat die schlechte Angewohnheit, alle möglichen Figuren auf der Straße oder gar auf dem Bahnhof aufzulesen und in den ›Rosa Reiher‹ zu schleppen. Wir mussten sie schon mehrfach verwarnen, aber sie kümmert das nicht. Sie wartet wohl darauf, dass die Klubleitung sich dazu entschließt, ihr die Mitgliedschaft zu entziehen. Auch heute hat sie wieder Gott weiß wen mitgebracht … Diese Dämchen sind ganz bestimmt nicht von unserem Schlag. Die wollen hier einfach mal umsonst gut essen und trinken! Und die einfältige Sonja erwartet, dass die sie lieben!«

In ihrem Ärger war sie wohl doch etwas zu weit gegangen, denn plötzlich biss sie sich sozusagen auf die Zunge und war im Nu wieder die höfliche Klubmanagerin.

»Leider haben wir heute Abend im reiferen Alter nur Klawa und Oxana hier. Aber die sind schon viele Jahre miteinander liiert. Vielleicht möchten Sie doch Natascha kennenlernen? Eine sehr nette Frau und langjähriges Klubmitglied …«

»Nein, danke«, beharrte ich, »seien Sie mir nicht böse, aber ich möchte eine Partnerin, die wesentlich älter ist.«

»Schade«, gab Nina seufzend zurück. »Ich kann Sie gut verstehen. Jede hat ihre Vorzüge, und es ist gut, wenn man dazu steht. Heute werde ich schwerlich passende Gesellschaft für Sie finden.«

»Eigentlich«, sagte ich jetzt mutig und stach meine Gabel in die Forelle, die inzwischen auf dem Tisch stand, »bin ich wegen einer bestimmten Dame hergekommen.«

»Ach so?«, kam es verwundert von Nina.

»Ich habe sie einmal zufällig auf einer Party getroffen. Seitdem ist sie verschwunden«, log ich unverschämt und goss dabei die hervorragende weiße Soße über den Fisch. »Es war Liebe auf den ersten Blick.«

»Das gibt es«, sagte Nina abwartend.

»Ich finde keinen Schlaf, und das Essen schmeckt mir nicht mehr«, fuhr ich fort und tupfte dabei mit Kartoffelstückchen genussvoll die weiße Soße auf. »Wo bin ich nicht schon überall gewesen, um sie wiederzusehen. Bisher ohne Erfolg. Da hat Aljona mir empfohlen, es einmal im ›Rosa Reiher‹ zu versuchen …«

»Wie ist ihr Name?«

»Marina Sudina.«

Jetzt trommelte Nina nervös mit ihren Fingern auf die

Tischplatte und fragte: »Wenn es kein Geheimnis ist – wo sind Sie dieser Dame begegnet?«

Ohne lange nachzudenken, sagte ich: »Im Hotel ›Morskaja‹. Dort gibt es eine gewisse Ada Markowna. Als ich bei ihr war, …«

»Ada«, sagte Nina Andrejewna in warmem Ton. Das Misstrauen, das ich bisher in ihrem Blick gelesen hatte, war mit einem Mal wie weggeblasen. Ihr Gesicht entspannte sich und zeigte ein Lächeln.

»Sie kennen Ada?«

»Ja«, sagte ich vorsichtig.

»Ach, Ada«, kam es von Nina träumerisch. »Mit ihr habe ich einmal eine unvergessliche Woche in Sotschi verbracht. Ich bin etwas jünger als sie, allerdings nicht viel.«

»Und ich dachte, Sie sind noch keine vierzig …«

»Danke, meine Liebe.« Nina musste lachen. »Leider zähle ich schon mehr an Jahren, wie viel, sage ich nicht. 1979 war ich ganz allein in Sotschi im Urlaub. Heute braucht man seine sexuelle Orientierung zum Glück nicht mehr zu verstecken, aber damals! Man hätte glatt seine Arbeit verlieren können! Es war sehr schwer, eine Partnerin zu finden.«

Aber das Schicksal meinte es gut mit Nina. In Sotschi bekam sie Ada Markowna als Zimmernachbarin.

»Gott im Himmel!« Nina rollte die Augen. »Was war das für eine Woche! Nie im Leben habe ich wieder etwas Ähnliches erlebt. Ada war intelligent, klug, sensibel und nicht ohne Geld … Einfach märchenhaft …«

»Und was hat Sie daran gehindert, sich auch in Moskau weiter mit ihr zu treffen?«

»Ach, meine Teure!« Nina zerfloss beinahe. »Das ist eine Tragödie, wie sie nicht einmal ein Shakespeare erfunden hat. Ada hatte in Moskau eine Geliebte, eine schreckliche Person. Ada ist sehr verletzlich, bei ihr liegen die Nerven blank, und sie liebte ausgerechnet ein solches Dreckstück!

Wie oft hat sie nachts in ihr Kissen geheult, wenn sie vergeblich auf das treulose Weib wartete …«

Wahrscheinlich weckte all das in Nina sehr unangenehme Erinnerungen, denn sie hatte sich richtig in Rage geredet.

Ich blieb stumm, um ihre Gedanken nicht zu unterbrechen.

»Dieses Weibsbild hat sie ausgenutzt«, schäumte Nina, »Adas Zuneigung gnadenlos ausgebeutet! Stellen Sie sich vor, sie ist regelmäßig mit irgendeiner Straßendirne bei Ada erschienen und hat verlangt, dass die ihr ein Zimmer gibt. Die arme Ada …«

»Warum hat sie das Weib nicht einfach hinausgeworfen?«

»Ach, meine Liebe, die Leidenschaft! Wenn Ada das Flittchen auch nur sah, verlor sie völlig den Kopf. Sinaida hat sie erpresst. Sie hat gedroht: ›Wenn du nicht tust, was ich will, dann verlasse ich dich!‹ Ada hat getan, was sie wollte … Nur einmal hat sie versucht, die Schlange loszuwerden. Sie ist allein nach Sotschi gefahren. Dort sind wir uns begegnet und haben diese wunderbare Zeit miteinander verbracht. Aber in Moskau blieb alles beim Alten! Ada ist ein sehr aufrichtiger Mensch. Sie sah, dass ich mich in sie verliebt hatte. Sie wollte mich nicht verletzen, aber mit zwei Partnerinnen konnte sie nicht leben. Sie hat mir also offen gesagt: ›Verzeih mir, Nina, ich habe geglaubt, ich könnte das Band zu Sinaida zerschneiden, aber es ist stärker als ein Drahtseil …‹«

»Und Sie?«

»Ich habe mir die Augen ausgeheult«, bekannte Nina seufzend. »Dann habe ich mir die Person aus reinem Interesse angesehen. Die war damals in der Redaktion der Zeitschrift ›Theater‹ beschäftigt. Sie hätten es nicht für möglich gehalten: Blass und farblos war sie, und ungebildet dazu … Was Ada nur an der fand? Das war's dann. Ada und ich haben uns noch einige Male getroffen, aber mit der Zeit immer seltener. Seit zehn Jahren habe ich sie nicht mehr gesehen. Leitet sie immer noch das ›Morskaja‹?«

»Nein«, antwortete ich leise, »sie ist inzwischen in Rente und sitzt dort an der Rezeption.«

»Wissen Sie, warum ich Ihnen die Geschichte erzählt habe?« fragte Nina unerwartet. »Ich habe den Eindruck, Sie sind eine ruhige, zurückhaltende Frau, können aber sehr leidenschaftlich lieben ... Irre ich mich?«

»Nein ...«

»Machen Sie keinen Fehler. Vergessen Sie Marina Sudina. Sie erinnert mich sehr an Adas unverschämte Geliebte. Eine absolut skrupellose Person. Übrigens ist sie nicht Mitglied unseres Klubs. Renata Rogatschowa hat sie mitgebracht, die Blondine, die dort drüben neben dem Podium sitzt. Renata hat sie hier eingeführt und mit allen bekannt gemacht ... Wissen Sie, wie Marina ihr das gedankt hat? Sie hat sich Vera Worobjowa an den Hals geworfen! Um Geld ging es ihr. Vera hat Marina von Kopf bis Fuß eingekleidet, umsorgt und in Watte gepackt. Auch Renata ist nicht gerade arm, aber Vera spielt in einer anderen Liga, sie besaß damals das Restaurant ›Goldene Laterne‹. Lange hat das Glück nicht gedauert.«

»Warum?«

»Das Etablissement ging pleite, und Vera stand mit leeren Händen da. Marina hat sie sofort fallen lassen. Seitdem reden Vera und Renata nicht mehr miteinander. Ich bekomme jedesmal Kopfschmerzen, wenn beide gleichzeitig hier auftauchen. Ich fürchte immer, die prügeln sich noch mal auf offener Szene.«

»Und Marina?«

Nina verzog verächtlich die Lippen.

»Die hat sich hier nicht mehr blicken lassen. Bestimmt hat sie eine neue Verehrerin mit Geld gefunden.«

»Trotzdem möchte ich Sie bitten, mir ihre Adresse oder ihre Telefonnummer zu geben ...«

Nina schlug die Hände zusammen.

»Denken Sie daran, wie es Ada ergangen ist! Weshalb auch nur einen Tag an so eine Person verschwenden?«

»Ich kann einfach nicht anders ... Verstehen Sie?«

»Sicher«, antwortete Nina seufzend, »ich verstehe durchaus.«

»Vielleicht muss ich sie erst näher kennenlernen, um zu begreifen, wie sie wirklich ist!«

»Also gut. Wenn Sie gehen, dann bitten Sie unsere Sicherheitsbeamtin Schura um die Adresse. Sie hat sie in ihrem Computer. Sagen Sie, ich hätte es erlaubt. Ich denke nur, es wäre besser für Sie, heute schon Natascha kennenzulernen und Marina Sudina für immer zu vergessen. Die erinnert mich unheimlich an die schreckliche Sinaida Iwanowa ...«

»An wen?«, fragte ich verdattert zurück. »An wen?«

»Na, an Adas Schicksalsgeliebte mit dem ganz gewöhnlichen Namen Sinaida Iwanowa.«

Vor Schreck ließ ich mein Messer fallen. Der schöne weiße Teller mit Goldrand und einem blauen Blumenmuster zersprang in tausend Stücke.

22. Kapitel

Um keinen unnötigen Verdacht zu erregen, blieb ich noch zwei geschlagene Stunden in dem Klub sitzen und heuchelte Verzückung. Das Essen im »Rosa Reiher« war hervorragend, Kaffee und Kuchen ebenso. Das Unterhaltungsprogramm bestand im Wesentlichen aus Striptease. Aber die Mädchen waren wunderschön, kamen nach dem Auftritt nicht in den Saal und setzten sich den Besucherinnen nicht auf den Schoß, sondern blieben hinter den Kulissen verschwunden. Alles war sehr dezent, wenn man das von einem derartigen Etablissement überhaupt sagen kann.

Als ich später wieder in meinem Bett lag, ließ ich mir Ninas Geschichte noch einmal durch den Kopf gehen. Ada Markownas Verhängnis hieß also Sinaida Iwanowa. Und

Sjuka, die mit bürgerlichem Namen ebenso hieß, hatte vor etwas Angst, das im Hotel »Morskaja« vorgefallen war. Vielleicht wollte sie nicht, dass ihre lesbische Neigung bekannt wurde? Das war wenig wahrscheinlich, denn neuerdings galt unter Künstlern die Zugehörigkeit zu sexuellen Minderheiten als schick. Vielleicht waren es zwei verschiedene Frauen? Der Name kam doch sehr häufig vor.

Bis gegen drei Uhr morgens wälzte ich mich im Bett hin und her. Mehr und mehr gewann ich den Eindruck, dass Sjuka das Auge des Sturms war. Die Sache konnte sich folgendermaßen zugetragen haben: Shanna hat irgendwie von Sjukas Geheimnis erfahren. Im »Morskaja« ist etwas passiert, das irgendwie mit dem Brand zu tun hat! Shanna, die per Zufall auf das Geheimnis stößt, will Sjuka damit erpressen. Sie sucht sie auf, bringt die Unterhaltung auf das »Morskaja« und lässt die Bombe platzen. Die Chefredakteurin ist zu Tode erschrocken und preist von nun an in ihrer Zeitschrift Shannas Landschaftsmalerei.

Die ahnt jedoch nicht, welchen Geist sie da aus der Flasche gelassen hat. Sjuka beschließt, sie umzubringen, und geht sogleich daran, ihren Plan in die Tat umzusetzen. Dass Shanna bei einem Glas »Baileys« nicht nein sagen kann, ist in ihren Kreisen allgemein bekannt.

Wenn ich mich recht erinnere, erschien Sjuka auf Boris' Geburtstagsparty als Erste. Ich war noch mit dem Decken der Festtafel beschäftigt, rannte zwischen Küche und Wohnzimmer hin und her und konnte nicht darauf achten, was der erste Gast trieb. Die Flaschen auszutauschen wäre daher für sie eine Kleinigkeit gewesen. Ich dachte angestrengt nach, um mir alle Einzelheiten jenes Abends ins Gedächtnis zurückzurufen.

Die Uhr zeigte fünf vor sieben. Anna stürzte in die Wohnung. Hochrot und verschwitzt drückte sie mir die Tüte von Ramstore mit der Flasche, einer Stange Zigaretten und dem Kassenbon in die Hand.

»Noch niemand da?«, fragte sie und atmete erleichtert auf. »Ich gehe schnell unter die Dusche.«

Irina machte sich zu dieser Zeit in ihrem Zimmer zurecht. Ihr Kopf steckte noch voller dicker rosa Lockenwickler. Boris hatte gerade erst seine frisch gebügelte Hose von mir in Empfang genommen, war wieder in seinem Atelier verschwunden und pfiff einen Song der Gruppe »Ljube« so falsch vor sich hin, dass mir die Ohren wehtaten.

Fünf Minuten später zeigte die große Standuhr sieben. Fast auf den Schlag genau klingelte es an der Wohnungstür. Ich öffnete. Sjuka trat ein, legte ihren Mantel aus beigefarbenem Flanell ab und erkundigte sich: »Wo sind denn die Gastgeber?«

»Die kleiden sich noch an.«

»Nichts ist schlimmer als ein Gast, der pünktlich vor der Tür steht«, bemerkte sie lachend. »Das kenne ich. Wenn ich es eilig habe, misslingt immer mein Make-up.«

Sie trat ins Wohnzimmer und rief: »Liebe Gastgeber, lasst euch Zeit, ich sitze friedlich auf eurer Couch.«

Ich musste lachen und lief in die Küche zurück, wo Bratkartoffeln bedrohlich in der Pfanne zischten. Sjuka blieb etwa zehn Minuten allein. Ich kam vom Herd nicht weg, und die Gastgeber machten sich immer noch schön. In dieser Zeit musste die Flasche ausgetauscht worden sein. Dafür hatte die Chefredakteurin mehr als genug Zeit! Eigentlich blieb jetzt nicht mehr viel zu tun. Ich musste nur noch herausbekommen, was damals im »Morskaja« passiert war.

Am Morgen schaute ich mir die Adresse genauer an, die ich von der netten Schura erhalten hatte. Sirenjewy Boulevard! Weit weg, fast am anderen Ende von Moskau. Ich hatte aber keine Telefonnummer von Marina Sudina, die war im »Rosa Reiher« nicht vermerkt. Mein Schicksal verfluchend, warf ich mich in die Sachen und lief zur Metro. Ich musste bis zur Station Preobrashenskaja fahren und dann in den Bus Nummer 230 steigen, der endlos durch Straßen und Gassen kurvte. Das Haus, das ich suchte, stand in einem großen Hof. Die enge Einfahrt war von Autos verstopft, zwischen denen ich mich hindurchzwängen musste.

Hinter der Tür der Wohnung Nr. 65 rührte sich nichts. Kein Radio war zu hören, keine Kinder schrien, kein Hund bellte, und niemand kam zur Tür. Mein langes Klingeln verhallte ungehört. Als mein Finger steif wurde, ließ ich den Knopf los. Eigentlich nichts Besonderes. Um diese Zeit waren die meisten Menschen auf der Arbeit. Marina Sudina musste eigentlich Rentnerin sein, aber wer konnte schon von dem Geld leben, das der Staat zahlte? Vielleicht verdiente sie sich etwas dazu … als Concierge oder als Zimmerfrau. Ihr ehemaliger Kollege Oleg Gribojedow hatte erwähnt, sie sei 1942 geboren. Sie musste also jetzt an die sechzig sein. In diesem Alter waren heutzutage die meisten Frauen noch voller Saft und Kraft …

Ich war mit diesem interessanten Gedanken noch nicht zu Ende, als sich die Tür geräuschlos öffnete und aus der Tiefe der Wohnung ein übler Geruch an meine Nase drang. Entweder hatten die Bewohner ihre Toilette ein Jahr lang nicht gereinigt, oder drinnen hauste ein Haufen Katzen, die direkt auf den Fußboden machten. Ich hielt die Luft an und lugte durch den Türspalt. Vor mir stand eine alte Frau, vertrocknet wie eine Mumie. Sie war etwa so groß wie ich, schien aber das Gewicht eines Kanarienvogels zu haben. Mit meinen 48 Kilo kam ich mir vor wie eine für das Weihnachtsfest gemästete Pute. Die fast körperlose Greisin war in etwas eingehüllt, das wohl einst eine chinesische Daunenjacke gewesen sein mochte. Jetzt war sie grauschwarz, und aus allen möglichen Öffnungen spießten Hühnerfedern hervor. Um den Kopf hatte sie ein weiches wollenes Orenburger Umschlagtuch geschlungen, und ihre Füße steckten in abgeschnittenen Filzstiefeln. Wegen mangelnder Körperfülle war ihr sicher ständig kalt.

Die Alte, die glatt als Hexe Baba-Jaga aus dem russischen Märchen hätte durchgehen können, pustete sich eine ungewaschene Haarsträhne aus der Stirn und zischte heiser: »Was willst du?«

Bestimmt war sie früher kokett gewesen, denn ihr aschfarbenes Haar mit einem Rest von Dauerwelle zeigte kastanienbraune Spitzen. Vielleicht hatte sie sich vor einem Jahr noch das Haar gefärbt und mehr auf sich geachtet. Was wohl in den letzten zwölf Monaten mit ihr geschehen war? Ob sie sich einfach dem Alter ergeben hatte? Ich hoffte, sie hatte nichts getrunken, denn so, wie sie da vor mir stand, war alles möglich ...

»Ich möchte mit Marina Sudina sprechen ...«

Mit seinen tiefliegenden Augen starrte das Mütterchen entgeistert auf mich. Ich zog den Kopf ein. Mir war, als blickte mich ein Totenschädel an. So etwas hatte ich noch nie gesehen. Ob sie an Krebs litt?

Nun drehte sich die Greisin schweigend um und stapfte in ihre stinkende Behausung zurück. Ich nahm das als Aufforderung und folgte ihr. Die Wohnung hatte viele Zimmer. Schlurfend schleppte sich die Alte an speckigen Türen vorbei, die sicher einmal weiß gewesen waren ... Schließlich gelangten wir in eine Küche, wo sie auf einen durchgesessenen Stuhl niedersank.

»Was willst du?«, fragte sie wieder im Flüsterton.

Ich sah, wie stark ihre Hände zitterten, und seufzte auf. Die Frau litt offensichtlich an Parkinson. Von ihr würde ich wohl nichts erfahren. Ich sollte besser gehen.

»Ich möchte Marina Sudina sprechen«, wiederholte ich für alle Fälle meine Bitte.

»Ich höre«, antwortete die Alte, und ihr Atem ging pfeifend.

»Wo ist Marina?«

»Das bin ich«, antwortete die Frau hüstelnd und wickelte sich fester in ihre Lumpen. »Ich! Was willst du von mir?«

Ich war so verblüfft, dass ich mich auf den nächsten Stuhl niederließ.

»Sie sind Marina Sudina?«

»Glaubst du mir nicht?«, brummte die Alte mürrisch und zeigte in Richtung des Fensters. »Dann sieh dort nach …«

Ich tat, wie mir geheißen. Auf einem Stapel alter Zeitungen entdeckte ich das dunkelrote Büchlein. Von dem Passfoto blickte mir eine intelligente Brünette mit großen Augen und einem üppigen, etwas launischem Mund entgegen. Marina Jewgenjewna Sudina, geboren 1942 in Moskau, stand darunter. Ich traute meinen Augen nicht und murmelte: »Das sind Sie?«

»Klar«, antwortete die Frau und schlug ihre Jacke auf.

Darunter hatte sie alles Mögliche übereinandergezogen – einen Pullover, die Jacke eines Jogginganzugs und ein blauschwarz gewürfeltes Männerhemd aus Flanell. Pullover und Jacke legte sie ab. Offenbar war ihr warm geworden, denn auf ihrer Oberlippe zeigten sich Schweißtröpfchen. Zu dem Brodem in der Küche kam jetzt noch der Geruch von einem lange nicht gewaschenen Körper.

»Wer hat dich geschickt?«, fragte sie plötzlich interessiert.

Völlig verwirrt, platzte ich, ohne es zu wollen, heraus: »Ada Markowna vom Hotel ›Morskaja‹.«

»Endlich!«, murmelte Marina und hielt mir die Hand hin. »Her damit!«

»Womit?«

»Na los, beweg dich«, sagte Marina ärgerlich. »Gib her, was sie geschickt hat! Du siehst doch, wie schlecht es mir geht …«

Ich schaute sie bestürzt an. Die einstige Zimmerfrau heulte plötzlich los: »Machst du dich lustig über mich?«

Sie hörte nicht auf zu jammern und legte auch noch das Flanellhemd ab, so dass sie jetzt nur noch in einem T-Shirt mit dem Logo »Adidas« vor mir saß. Das hing an ihrem vertrockneten Körper wie ein Scheuerlappen am Schrubber. Die dürren Arme ragten aus den Ärmeln des Shirts hervor. Vom Ellenbogen bis zum Handgelenk ein Hämatom am anderen. Jetzt war plötzlich alles klar. Vor mir saß eine Drogensüchtige. Das erklärte, warum sie so abgemagert war, warum sie bald schwitzte, bald fror. Ich war noch nie einem Menschen begegnet, der von Heroin oder einer anderen Droge abhängig war. Aber Katja hatte seinerzeit einen Patienten gehabt, der an der Nadel hing. Jetzt fiel mir ein, dass sie erzählt hatte, der Wärmehaushalt dieser Menschen sei gestört, sie litten ständig Durst, fielen von einer Stimmung in die andere und seien bereit, für den nächsten Schuss alles zu tun …

»Gib her!«, flüsterte Marina und streckte mir flehend die Hand entgegen. »Du siehst doch, wie ich mich quäle … Ada ist ein guter Mensch. Ich habe sie gestern angerufen. Sie hat gesagt, ich soll mich zum Teufel scheren und hat aufgelegt. Aber jetzt hat sie dich geschickt. Los, her damit …«

Mit einem dumpfen Laut ließ sie ihren Kopf auf den Küchentisch fallen und schlug mehrmals mit der Stirn auf die Wachstuchdecke. Ich war zu Tode erschrocken und stürzte zum Kühlschrank. Vielleicht fand ich dort Baldrian oder Valocordin? Aber der war völlig leer. Auch in den Küchenschränken entdeckte ich nichts, was nach Essbarem oder Medizin aussah. Offenbar war Marina lange nicht einkaufen gewesen. Die Drogen hatten alles andere ersetzt …

»Warum sollte Ada dir Stoff schicken?«, fragte ich.

Marina hörte plötzlich auf, mit dem Kopf auf den Tisch zu schlagen, kam wieder hoch und lachte heiser auf.

»Ada schickt mir, was ich will! Ich weiß alles über sie! So habe ich gestern auch zu ihr gesagt: ›Wenn du mir nichts schickst, erzähle ich alles!‹«

»Was denn?«

Marina schaute mich böse an.

»Du bist ja eine ganz Schlaue! Erst gibst du mir, was du mitgebracht hast!«

»Ich habe nichts mitgebracht«, sagte ich mit fester Stimme.

Marina fiel in sich zusammen.

»Aber Ada …«

»Ada Markowna hat mir nur deine Adresse gegeben …«

»Und mir ist so schlecht, ich sterbe …«, jammerte die Alte. »Jedes einzelne Knöchelchen tut mir weh, ich muss brechen …«

Mit diesen Worten ging sie zum Waschbecken und beugte sich darüber. Schreckliche Würgelaute ertönten, aber die Unglückliche hatte schon lange nichts mehr im Magen, und es kam nur ein wenig Gallensaft.

Völlig durcheinander, schaute ich auf ihren gekrümmten Rücken. Offenbar wusste Marina eine Menge, aber sie konnte es mir wohl kaum erzählen. Was sollte ich tun? Plötzlich kam mir eine Idee. Ich nahm das Telefon und wählte eine endlos lange Nummer.

»Hallo«, klang es leise im Hörer.

»Irina?«

»Nein, hier ist Lisa«, flüsterte das Mädchen. »Du hast die Handynummern verwechselt! Ich sitze gerade in der Mathematikstunde.«

Ich seufzte verzweifelt auf und wählte noch einmal.

»Hallo«, hörte ich Irinas Stimme.

»Irina, hat dein Vater ein Handy?«

»Natürlich.«

Ich gab mir alle Mühe, mir die Zahlen, die sie nannte, fest einzuprägen, und wählte dann erneut. Interessant, wieso Marinas Telefon noch nicht abgeschaltet war. Rechnungen bezahlte sie sicher schon lange nicht mehr.

»Hallo«, erklang der angenehme Bariton im Hörer.

»Rodion? Hier ist Tanja. Können Sie mir sagen, woher ich rasch etwas Heroin bekommen kann?«

»Hängen Sie schon lange an der Nadel?«, brummte Gwosd.

Der Witzbold! Ziemlich verworren erklärte ich ihm, worum es ging, aber Irinas Vater erfasste die Lage sofort.

»Wo sind Sie jetzt? Am Sirenjewy Boulevard? Bleiben Sie dort. Es wird Ihnen gebracht.«

Ich blickte auf Marina. Der war kalt geworden, denn sie zog gerade ihre zahlreichen Hüllen über.

»Also, Marina«, sagte ich mit kalter Stimme. »Ada Markowna hat dir nichts geschickt, aber du tust mir leid. Deshalb wird jetzt gleich jemand kommen und dir einen Schuss geben.«

»Aber ich habe kein Geld«, krächzte Marina heiser, »keine einzige Kopeke! Geh ins Wohnzimmer, vielleicht findest du was. Ein bisschen Kristall ist noch da, und im Schlafzimmer liegt eine Bibel. Die ist alt, von meiner Großmutter, vielleicht ist sie etwas wert.«

»Ich will kein Geld von dir!«

»So gute Menschen gibt es doch gar nicht«, brummte Marina und fuhr wieder wie von einem Stromstoß zusammen. »Machst du mir auch nichts vor? Sag, was du willst!«

»Was ist 1970 im Hotel ›Morskaja‹, in Zimmer 26 oder 27 passiert? Wieso hat es dort gebrannt? Und warum bekommt Ada Markowna bis heute so einen Schreck, wenn von diesem Vorfall die Rede ist?«

»Zuerst der Schuss, dann rede ich«, erklärte Marina Sudina mit leiser Stimme. »Ich weiß genau, wenn es raus ist, gehst du und lässt mich allein!«

»Das tue ich nicht, Ehrenwort …«

Als Marina das hörte, lachte sie laut auf.

»Du gibst mir dein Ehrenwort! Oh, es bringt mich um, ihr Ehrenwort! Was bist du doch für ein edler Mensch! Hier hast du mein Ehrenwort! Erst der Schuss, dann die Wahrheit!«

Jetzt fing sie wieder an, ihre Hüllen abzuwerfen. Die Minuten flossen zäh dahin.

»Hast du was zu rauchen?«, fragte Marina.

Ich hielt ihr eine Packung Mentholzigaretten hin.

»Was für ein widerliches Zeug«, brummte sie, nahm die Zigaretten aber und begann gierig zu paffen.

Bei allen weiteren Versuchen, ihr auch nur ein Wort zu entlocken, rannte ich gegen eine Wand: Zuerst das Heroin, dann alles andere.

Da klingelte es. Draußen stand ein junger Mann, dessen langes schwarzes Haar von einem Gummi im Nacken zusammengehalten wurde.

»Ich möchte zu Tanja!«, sagte er laut.

»Das bin ich.«

»Gwosd schickt mich«, meldete der Bursche abgehackt. »Hier, nimm.«

Er übergab mir ein kleines Päckchen.

»Was ist das?«

»Wieso? Das Bestellte.«

»Aber sie braucht eine Injektion ...«

Der Junge schaute mich an, seufzte tief auf und fragte dann: »Wo ist die Kundin?«

»In der Küche.«

Mit schwerem Schritt stapfte der Dealer in die Küche, maß Marina mit einem abschätzigen Blick und zündete aus irgendeinem Grunde das Gas an. Da klingelte das Telefon. Marina starrte wie gebannt auf den jungen Mann und reagierte auf gar nichts mehr. Mechanisch nahm ich den Hörer ab.

»Hallo!«

»Bist du es, Tanja?« Es war Gwosd.

»Ja«, antwortete ich verwundert. Ich fragte mich, wie er wohl die Telefonnummer herausbekommen hatte.

»Ist mein Bote eingetroffen?«

»Er ist hier.«

»Gib ihn mir mal.«

»Das ist für Sie«, murmelte ich.

Der Bursche griff nach dem Hörer und schnarrte nur mehrmals: »Ja. Ja. Jawohl.«

Dann warf er den Hörer auf die Gabel und sagte zu mir: »Das Weib darf erst mal keine Spritze kriegen. Dann ist sie sofort high, und Sie bekommen kein Wort mehr aus ihr heraus …«

»Mach hin«, flüsterte Marina, deren Augen fiebrig glänzten.

»Nein, meine Hübsche«, antwortete der Dealer lächelnd. »Erst singst du!«

Wie in Trance begann sich Marina wieder auszuschälen.

»Ja«, sagte der junge Mann lächelnd, »das machst du richtig, pack vor Tanja alles aus, was die wissen will, dann bekommst du was von mir!«

Das zitternde alte Weib, das gar nicht mehr wusste, wie ihm geschah, tat mir unendlich leid.

»Gib ihr doch die Spritze, dann wird sie schon reden.«

Der Bursche lachte.

»Sie haben wohl noch nie mit Junkies zu tun gehabt?«

Ich schüttelte den Kopf.

»Das sieht man. Für einen Schuss verspricht die Ihnen das Blaue vom Himmel. Aber wenn sie ihn hat, ist alles zu spät. Zuerst kommt der Rausch, dann schläft sie wie ein Stein, und Sie kriegen nichts aus ihr raus. Deswegen hat Gwosd ja angerufen. Ich sollte Sie warnen. Zuerst muss das Vögelchen singen. Das stecken Sie jetzt in Ihre Handtasche.«

Er reichte mir die Spritze. Ich legte sie vorsichtig in meine Tasche. Marina barmte und seufzte noch ein bisschen, dann zischte sie: »Also, womit soll ich anfangen?«

»Na bitte, es geht doch«, sagte der junge Mann lächelnd. »Ich bin schon weg. Und das ist für Sie.«

Sieh an, eine Visitenkarte. Darauf stand »Nikolai« und eine Telefonnummer.

»Wenn Sie wieder mal was brauchen, rufen Sie an. Über den Preis werden wir uns schon einig.«

»Und was schulde ich Ihnen jetzt?«

Nikolai hob die Hände.

»Um Himmels willen, nichts! Gwosd hat bestellt, und er zahlt.«

Mit raschen Bewegungen knüllte der Bursche das Blatt Papier, auf dem er gerade das Pulver zubereitet hatte, zu einem Knäuel zusammen und warf es aus dem Fenster. Weg war er.

»Los«, drängte Marina, »was willst du wissen?«

»Erzähl mir alles, was du von der Sache weißt, und zwar ganz von vorn.«

23. Kapitel

Als Marina Sudina im »Morskaja« zu arbeiten begann, war sie gerade fünfundzwanzig. Zuerst hatte sie das Erdgeschoss – Vestibül, Zimmer und Toiletten – sauber zu halten. Unten waren die Zimmer groß und mit Betten vollgestellt. In einem Zimmer schliefen bis zu fünf, sechs Personen. Die Arbeit war schwer. Die Gäste, meist Männer, machten schrecklich viel Dreck. Manchmal hatte Marina den Eindruck, dass viele zum ersten Mal im Leben auf eine richtige Toilette gingen. Und bei der kleinen Notdurft das Becken zu treffen gelang durchaus nicht jedem. Das Gehalt war für diese Knochenarbeit jämmerlich – ganze 60 Rubel. Trinkgeld gab keiner. Aber Marina hatte keine andere Wahl. Sie war schon nach der achten Klasse von der Schule abgegangen und hatte keinen Beruf gelernt. Vielleicht hätte sie ja eine Lehre als Friseuse oder Schneiderin machen können. Aber noch einmal die Schulbank zu drücken war nicht ihr Ding. Da zog sie die »Karriere« einer Putzfrau vor.

Später wechselte der Direktor, und Ada Markowna übernahm das Ruder. Sie sah, wie sehr sich Marina mühte, und versetzte sie in den ersten Stock. Das freute die sehr. Oben wohnten ganz andere Gäste. Die Zimmer waren kleiner, maximal für drei Personen, meist niedere Provinzbeamte. Sie hatten bessere Manieren, hielten die Toilette sauber und steckten dem hübschen Zimmermädchen, das seine Sache gut machte, immer mal eine Tafel Schokolade oder ein paar Rubel zu. Ada Markowna beförderte sie bald darauf zur Zimmerfrau. Das bedeutete, Marina erhielt jetzt 100 Rubel – viel Geld für ein Mädchen ohne jede Ausbildung.

Bald fiel ihr auf, dass sich in dem Luxusappartement auf ihrer Etage merkwürdige Dinge zutrugen. Dort tauchten immer wieder kurzzeitig Männer und Frauen auf, die nicht angemeldet waren. Was die da trieben, wusste Marina allerdings nicht genau. Dieses Zimmer räumte Ada Markowna stets persönlich auf und ließ niemand anderen hinein. Die Angestellten des Hotels »Morskaja« konnte man ohnehin an den Fingern abzählen. Es waren nur die Direktorin, der Wirtschaftsleiter, der zugleich als Portier fungierte, eine Putzfrau im Parterre, Jelena Pawlowna, die nicht ganz bei Troste war, und Marina, die oben für Ordnung sorgte. Einen Imbissraum, gar ein Restaurant oder eine Bibliothek gab es nicht. Die Buchhaltung wurde direkt im Ministerium erledigt. Als Marina einmal für ihren Lohn unterschrieb, sah sie auf der Liste Namen, die sie nicht kannte. Danach waren im »Morskaja« zwei Empfangsdamen und drei weitere Zimmerfrauen beschäftigt … Marina begriff sofort, dass Gribojedow und Ada Markowna einige ihrer Bekannten auf der Liste führten und deren Lohn unter sich aufteilten.

Als nach einiger Zeit eine Wirtschaftsprüfung anstand, tauchten plötzlich bisher nie gesehene Mitarbeiter im »Morskaja« auf. Die Prüfung ging glatt über die Bühne. Am nächsten Tag rief Ada Markowna Marina zu sich und händigte ihr ein weißes Kuvert aus.

»Gut gemacht«, sagte die Chefin nur kurz. »Ich weiß das zu schätzen.«

In dem Umschlag fand Marina einen 50-Rubel-Schein. Sie

begriff, dass sie von nun an dazugehörte. Das war aber noch nicht alles. Zum Wochenende, am Samstag, gab Ada Markowna Marina einen Schlüssel mit dem Auftrag: »Geh ins Luxusappartement und schau nach, ob alles in Ordnung ist.«

Marina schloss das Zimmer auf, wischte ein wenig Staub, zog die Sesselbezüge zurecht und meldete dann: »Alles fertig.«

Am Sonntagmorgen bat Ada Markowna sie, das Zimmer wieder aufzuräumen.

Als sie hineinkam, entfuhr ihr vor Staunen ein Pfiff. Da hatten zwei offenbar das ganze Programm durchgezogen. Überall standen leere Flaschen, lagen Essensreste herum. Die Bettwäsche war völlig zerknüllt. In der Wanne stand noch das Wasser, in dem eine Flasche des einzigen Schaumbades schwamm, das es damals gab – »Badusan«.

Marina krempelte die Ärmel auf und brachte das Zimmer im Handumdrehen wieder in beste Ordnung. Im Schwung der Begeisterung lief sie sogar ins Parterre, griff sich dort einen Strauß Tulpen aus Plastik, spülte sie ab und stellte sie in Zimmer 26 auf den Schreibtisch. Als Ada Markowna ihre Arbeit abnahm, lächelte sie. »Gut, Marina! Ich sehe, du gibst dir Mühe.«

Ada Markowna war nicht viel älter als die Zimmerfrau, aber sie hatte eine Fachschule für Kommunalwirtschaft besucht und konnte deshalb im Hotelwesen Karriere machen. Marina beneidete ihre Chefin nicht allzu sehr. Nur manchmal, wenn sie ihr Gehalt bekam, seufzte sie auf. Als sie dann aber das Luxusappartement betreuen durfte, entfiel für Neid auch der letzte Grund.

Zur Sowjetzeit wurde der Lohn pünktlich zweimal im Monat ausgezahlt. Beim ersten Mal gab es einen Abschlag, und dann den Rest der Summe, die einem zustand. Das waren in Marinas Fall einmal 38 und einmal 50 Rubel, denn ihr wurden 12 Rubel Steuern abgezogen. Damit kam sie irgendwie zurecht. Allerdings hatte Marina jedesmal eine komplizierte Rechenaufgabe zu lösen – wie sie zu neuen Strumpfhosen kommen sollte, die 7,70 Rubel das Stück kosteten …

Man schrieb den 3. März 1970. Marina hatte in Ada Markownas Büro die Lohntüte quittiert, deren Inhalt in die Geldbörse gesteckt und wollte gerade gehen. Da hielt sie die Direktorin zurück und steckte ihr noch einmal vier Zehn-Rubel-Scheine zu.

»Das ist für mich?«, fragte Marina verwundert.

»Im oberen Stock habe ich eigentlich Planstellen für zwei Zimmerfrauen«, erklärte ihr Ada Markowna. »Aber du kommst sehr gut allein zurecht. Weshalb soll ich noch jemand einstellen? Lieber zahle ich dir doppeltes Gehalt. Das darf aber keiner wissen, sonst gibt's Ärger.«

Marina nickte froh.

Bald war sie Ada Markownas rechte Hand und kannte alle Geheimnisse. Inzwischen wusste sie auch über die Männer und Frauen Bescheid, die tagsüber stundenweise aufkreuzten. Manchmal blieb ein Paar über Nacht. Das waren häufig zwei Frauen. Marina begriff bald, welcher sexuellen Orientierung Ada Markowna zuneigte, doch das störte sie weiter nicht. Die Direktorin ließ sie in Ruhe, denn sie hatte eine feste Partnerin, die dünne, langnasige Sinaida, die häufig im »Morskaja« auftauchte. Zwar hatte Ada Markowna das Mädchen als ihre Cousine vorgestellt, aber da konnte Marina nur in sich hineinlächeln. Sinaida gefiel ihr überhaupt nicht, so frech und unverschämt wie sie war. Die intelligente Ada Markowna tat ihr leid. Die gab Sinaida alles, was die von ihr verlangte. Noch erstaunlicher war, dass sie sie sogar mit anderen Frauen im Luxusappartement übernachten ließ. Manchmal tauchte Sinaida spätabends auf, wenn Marina Dienst tat, und verlangte den Schlüssel. Beim ersten Mal hatte Marina ihn ihr nicht gegeben. Sinaida belegte sie mit einem kurzen Schimpfwort und entfernte sich wieder. Am nächsten Morgen bat Ada Markowna Marina mit niedergeschlagenem Blick: »Wenn Sinaida wieder einmal kommt, und ich bin nicht da, dann schließe ihr bitte das Zimmer auf.«

Das war Marina nun doch zu viel.

»Sie ist mit einem dreckigen Straßenweib aufgekreuzt! Die hätte sich erst mal richtig waschen sollen, bevor sie sich in ein anständiges Haus traut. So eine lässt am Ende noch was mitgehen …«

»Ich weiß«, antwortete Ada leise.

Aber Marina war nicht zu bremsen.

»Warum gestatten Sie es Sinaida, so auf Ihnen herumzutrampeln? Geben Sie dem unverschämten Weib endlich den Laufpass! Es sind doch genug andere Mädchen da! Sie brauchen nur zu pfeifen, da kommen gleich zehn angerannt!«

Ada Markowna seufzte tief auf.

»Ach, Marina, ich weiß alles über Sinaida. Ich kenne alle ihre Kapriolen. Aber ich liebe sie, dagegen kann man nichts machen. Überhaupt nichts!«

Marina zuckte nur die Schultern. Sie konnte einem Liebhaber gnadenlos und ohne zu zögern den Laufpass geben. Aber wer blickt schon in das Herz eines anderen Menschen? Wenn Ada Markowna es so wollte, dann war Marina die Letzte, die mit ihr stritt. Seit jenem Gespräch händigte sie der unverfrorenen Sinaida den Schlüssel aus, ohne mit der Wimper zu zucken.

An jenem Tag im Mai schleppte sich Marinas Dienst endlos hin. Gegen zwölf Uhr nachts hatten sich die Gäste schließlich auf ihre Zimmer zurückgezogen, die Fernseher waren aus, und niemand klingelte mehr nach heißem Wasser. Marina schaltete den Wasserboiler ab und klappte die Couch auf, um sich hinzulegen. Der Nachtdienst durfte eine Mütze Schlaf nehmen, wenn er sich nicht zu weit vom Schlüsselbrett entfernte. Sie wollte gerade die Eingangstür verschließen, als Sinaida im Vestibül erschien. Sie hatte ein Mädchen im Minirock aus Wildlederflecken und durchsichtigem Pulli bei sich, das auf Zwölf-Zentimeter-Absätzen unsicher daherschwankte. Dass beide nicht mehr ganz nüchtern waren, sah Marina sofort.

»He, du«, herrschte Sinaida sie an, »her mit dem Schlüssel, los!«

Marina schwankte. Erst vor einer Stunde hatte das letzte Paar das Luxusappartement verlassen. Der Mann und die Frau hatten Marina eine Schachtel teurer Pralinen und fünf Rubel zugesteckt, weil sie in dem Zimmer das reine Chaos, eine richtige Schweinerei, hinterlassen hatten. Marina, von dem langen Tag todmüde, wollte dort am Morgen aufräumen, denn so spät war wohl niemand mehr für dieses Zimmer zu erwarten. Aber da hatte sie sich geirrt.

»Das Zimmer ist nicht aufgeräumt«, wandte Marina ein.

»Verdammt!«, fluchte Sinaida und griff nach dem Telefon. »A-a-a-ada«, lallte sie in den Hörer, »deine Marina gibt mir den Schlüssel nicht. Sie sagt, sie hätte das Zimmer nicht aufgeräumt ...« Dann stieß sie Marina den Hörer ins Gesicht.

»Also«, hörte die Ada Markownas erschöpfte Stimme sagen, »schick sie in Nummer 27, die ist frei.«

Ihren Zorn nur mit Mühe unterdrückend, gab Marina Adas Freundin den Schlüssel.

»Na also!«, sagte die nur.

Das Pärchen ging nach oben. Marina konnte nicht schlafen, denn sie schäumte vor Wut auf die unsägliche Sinaida. Außerdem befürchtete sie, die berauschten Damen würden lärmen und andere Gäste wecken. Dann konnte es großen Ärger geben.

Aber es blieb still, und so schlummerte Marina schließlich ein. Gegen drei Uhr morgens wurde sie wach gerüttelt. Vor ihr stand die zu Tode erschrockene Sinaida. Ihr Rausch schien plötzlich verflogen. Sie zitterte am ganzen Körper.

»Was ist passiert?«, fragte Marina ergeben. Offenbar hatten sich ihre schlimmsten Vorahnungen erfüllt. Die Mädchen hatten die ganze Etage wach gemacht ...

Aber Sinaida, die nicht nur kreidebleich war, sondern

geradezu blau anlief, nahm Marina bei der Hand, und auf Zehenspitzen schlichen sie zu Nummer 27. Als Marina eintrat, musste sie sich den Mund zuhalten, um nicht laut aufzuschreien. Sie glaubte, sie sei in einen Alptraum geraten. Wohin sie auch blickte, alles war voller Blut. Mitten auf dem Teppich lag splitternackt und mit durchschnittener Kehle Sinaidas Begleiterin.

»Das war sie selber!«, flüsterte Sinaida. »Ich schwöre, sie hat es selbst getan! Sie hat ein Rasiermesser genommen und es sich durch die Kehle gezogen, da ist das Blut nur so herausgespritzt! Sogar ich hab was abgekriegt!«

Sie wies Marina ihre zitternden Hände vor. Die wich vor ihr zurück und fühlte sich einer Ohnmacht nahe. Aber es gelang ihr noch, Ada Markowna anzurufen. Die eilte herbei, wie von Hunden gehetzt. Zum Glück wohnte sie nicht weit.

Ada musste Nerven haben wie Stricke, denn sie verlor nicht den Kopf. Die Direktorin steckte die völlig verwirrte Sinaida erst einmal in Nr. 26 unter die Dusche. Dann holte sie mit Marinas Hilfe einen großen Sack aus dunkelgrünem Segeltuch herbei, in dem sie die Schmutzwäsche zur Wäscherei transportierten. Dort hinein steckten sie das noch nicht erkaltete Mädchen.

Aber wie sollte man die grausige Last aus dem Hause bringen? Auf keinen Fall konnten sie dafür den Haupteingang benutzen. Erstens hätten sie die Leiche über zwei Korridore und eine ziemlich steile Treppe schleppen müssen. Das war auch für zwei kräftige Frauen zu viel. Zweitens konnten sie einem Gast begegnen, der zur Toilette musste …

Wenn es ganz schlimm kommt, mobilisiert das menschliche Hirn aber offenbar die letzten Reserven. Ada Markowna fand eine Lösung. Sie und Marina schleppten den zentnerschweren Sack mit letzter Kraft ins Luxusappartement. Ada war die Feuerleiter eingefallen, die in einer kleinen, schmutzigen Gasse endete. Nach kurzer Verschnaufpause nahm sie den Sack bei dem einen Ende und befahl Marina: »Fass an.« Marina bekam ihn nicht gleich zu greifen, und Ada, der das entgangen war, zerrte die Last mit aller Kraft nach oben. Der schlecht zugebundene Sack ging auf, und die Leiche rollte auf den Teppich. Die beiden Frauen fielen vor Schreck beinahe tot um. Nun mussten sie den leblosen Körper noch einmal in den Sack bugsieren. Es war schon gegen vier, und der erste Silberstreif zeigte sich am Horizont.

Marina konnte sich nicht mehr erinnern, wie Ada und sie den Sack schließlich hinuntergebracht hatten. Direkt am Fuße der Leiter befand sich ein eiserner Gullydeckel. Ada holte eine Brechstange herbei, und mit letzter Kraft gelang es ihnen, das schwere Ding aufzuhebeln. Unten schoss das Abwasser der Großstadt in starkem Strom dahin. Unweit des Hotels floss die Moskwa vorbei, der die Abwässer zustrebten. Vielleicht war es aber auch einer der unterirdischen Wasserläufe, deren es in Moskau so viele gibt ... Marina wusste das nicht genau. Sie warfen den Sack in das Loch, und das Wasser riss ihn mit sich fort. Ohne sich eine Pause zu gönnen, gingen die beiden daran, die Spuren zu beseitigen.

Die ganze Feuerleiter musste mit einem feuchten Lappen abgewischt werden. Als sie in das Luxusappartement kamen, wurde ihnen klar, in welcher Lage sie sich befanden. Auf dem riesigen Teppich hatten sich dunkelrote Flecken ausgebreitet, die nicht mehr zu entfernen waren. Noch schlimmer sah Nummer 27 aus, wo das Schreckliche geschehen war ... Marina zitterte, als hätte sie nackt im strengen Frost gestanden. Mit Lippen, die ihr kaum noch gehorchten, stammelte sie: »Wir hätten wohl doch die Miliz rufen sollen.«

»Bist du verrückt geworden?«, schrie die sonst so beherrschte Ada Markowna. »Die reißen uns den Kopf ab! Wir haben Fremde ins Hotel gelassen! Nein, das müssen wir selber erledigen!«

Sie rollten den Teppich zusammen und brachten ihn ins Nachbarzimmer. Dann steckte Ada, ohne mit der Wimper zu zucken, Nummer 27 in Brand. Die Sachen des fremden Mädchens hatte sie zuvor zu einem Paket zusammengeschnürt. Als die Flammen aus den Fenstern schlugen, rief Ada die Feuerwehr an. Inzwischen schleppten sie und Marina mit Eimern Wasser aus dem benachbarten Luxusappartement und suchten den Brand zu löschen. Dabei verursachten sie in Nummer 26 beträchtlichen Wasserschaden.

Die Feuerwehrleute schöpften keinen Verdacht, schoben die Sache auf die uralten Elektroleitungen und fuhren wieder ab. Oleg Gribojedow, der die Frage stellte, wohin der Teppich aus dem Luxusappartement verschwunden war, erhielt sogleich von Ada die passende Antwort.

»Marina und ich haben völlig den Kopf verloren! Da die Feuerwehr ewig nicht kam, haben wir angefangen, aus Nummer 26 Wasser zu schleppen. Wir haben auch versucht, die Flammen mit dem Teppich zu ersticken, aber es brannte nur noch schlimmer!«

»Ein Glück, dass kein Gast in dem Zimmer war«, meinte der Wirtschaftsleiter kopfschüttelnd. »Was da hätte passieren können!«

Nach der schrecklichen Nacht wurden beide Zimmer renoviert. Wie die Unglückselige hieß, die schließlich in der Moskauer Kanalisation endete, hat Marina nie erfahren. Ermittlungen wurden nicht aufgenommen. Ada Markowna besaß einen ausgezeichneten Ruf, und die Leitungen im Hotel waren in der Tat uralt. Sinaida ließ sich nicht mehr blicken. Marina kümmerte sich weiterhin um Nummer 26 und erhielt von Ada ihre Briefumschläge. Die schreckliche Nacht erwähnten beide nie. Sie vergaßen sogar, dass sie damals zum Du übergegangen waren.

Die Jahre vergingen. 1980 empfahl Ada Markowna Marina ins Hotel »Sowjetskaja«. Das Gehalt lag bei 250 Rubel, und die Gäste waren mit Trinkgeldern nicht knauserig.

Marina war klar, dass ihre Direktorin eine lästige Zeugin loswerden wollte. Ihr war es recht.

An ihrem neuen Arbeitsort arbeitete Marina bis 1995. In den ersten Jahren war sie nicht nur als Zimmerfrau zu Diensten, sondern auch anderweitig, wenn der Gast gut zahlte. Das konnte ein Mann oder auch eine Frau sein. Offenbar war Marina bisexuell veranlagt. Ein Vermögen verdiente sie damit nicht, aber als ihr Mann starb, besaß sie eine schöne Wohnung am Sirenjewy Boulevard.

Ende 1995 war Marinas Zeit im »Sowjetskaja« vorbei. Das Hotel wurde in eine Aktiengesellschaft umgewandelt. Der neue Direktor wollte nur junges Personal haben. Sämtliche älteren Angestellten wurden hinausgeworfen. Fast ein Jahr lang schlug sich Marina mit Gelegenheitsarbeiten durch. Dann kam sie auf die Idee, wieder ins »Morskaja« zu gehen. Offenbar hatte Ada Markowna jedoch dem neuen Direktor Pjotr einen Wink gegeben, denn der lehnte höflich, aber entschieden ab …

Für Marina brachen nun harte Zeiten an. Zunächst meldete sie sich auf dem Arbeitsamt. Dann schickte man sie, die viele Arbeitsjahre aufzuweisen hatte, vorzeitig in Rente. Aber von dem, was der Staat zahlte, konnte sie nicht leben. Fieberhaft suchte sie nach einem Ausweg.

Die Erleuchtung kam, als ihr ein weggeworfenes Exemplar eines Anzeigenblattes in die Hände fiel. Abends las Marina aus Langeweile die Annoncen. Besonders die Rubrik »Bekanntschaften« hatte es ihr angetan. Am nächsten Morgen gab sie selbst eine Annonce folgenden Inhalts auf: »Attraktive Dame in den besten Jahren, erfahren und tabulos, ohne Geld- und Wohnungsprobleme entdeckt mit Vergnügen gemeinsam mit einem Mädchen aus guter Familie das Land der Liebe.«

Diese Behauptung stimmte natürlich nur zum Teil. Außer ihrer Wohnung hatte Marina nichts. Ansehnlich war sie allerdings nach wie vor. Nie hätte sie gedacht, wie viele

Antworten sie erhalten sollte. Sie kamen von Frauen und Männern, jungen und alten, nüchternen und vom Alkohol verfallenen ...

Mit einigen verabredete sich Marina zum Rendezvous. Anfangs lief es nicht ganz so, wie sie es sich vorgestellt hatte, aber schließlich stieß sie auf die reiche, verwöhnte und launische Renata.

Die hatte reiche Eltern, starb fast vor Langerweile und wusste nichts mit sich anzufangen. Sie führte Marina im »Rosa Reiher« ein, wo sie zahlreiche Lesben kennenlernte. Anfangs ging sie von Hand zu Hand und blühte sichtlich auf. Nun hatte sie Geld, neue, schöne Sachen und sogar Schmuck ... Ihre Liebhaberinnen verstieß Marina gnadenlos, wenn sich eine bessere Partie bot. Bis 1998 ging es ihr gut. Dann aber verabreichte ihr eine ihrer Partnerinnen Heroin, ohne ihr zu sagen, was sich in der Spritze befand.

»Keine Sorge«, ermunterte sie das Weib, »nur ein leichtes Stimulanzmittel, da macht das Leben viel mehr Spaß!«

Wahrscheinlich hatte Marinas Organismus eine Prädisposition für Rauschgift, denn schon der erste Schuss machte sie süchtig.

Anfangs hatte sie großen Spaß. Sie fühlte sich leicht, bunte Bälle tanzten vor den Augen, die Empfindungen wurden schärfer. Aber dann musste sie die Dosis erhöhen, und ihr Geld verflüchtigte sich wie ein aufgescheuchter Vogelschwarm.

Marina benötigte ständig größere Summen, ihre Geliebten wollten nicht zahlen und ließen sie sitzen. Auch ihr war immer weniger nach Liebe zumute. In den »Rosa Reiher« ging sie nur noch, um dort jemanden um Geld anzupumpen.

Eines Tages stieß sie auf Sinaida. Die war älter geworden und wirkte sehr gepflegt. Offenbar fehlte es ihr an nichts. Kleidung, Parfüm und Schmuck der verflossenen Geliebten Ada Markownas waren jedenfalls vom Feinsten.

Sinaida, die sich im »Rosa Reiher« nur Sjuka nennen ließ,

war bei Marinas Anblick zu Tode erschrocken. Auf deren erstes Ansuchen öffnete sie sofort ihre superelegante Handtasche und gab ihr hundert Dollar. Marina hatte eine neue Geldquelle gefunden. Sjukas Adresse und Telefonnummer zu erfahren war kein Problem. Nun fing sie an, die Chefredakteurin zu erpressen. Die gab ihr zunächst, was sie verlangte. Von dem Erfolg beflügelt, machte sich Marina auch zum »Morskaja« auf und knöpfte Ada Markowna Geld ab.

»Ich weiß, warum sie mir immer wieder was geben«, lallte Marina, der kaum noch die Zunge gehorchte. »Die denken, ich werde an einer Überdosis verrecken. Aber da können sie lange warten!«

»Kanntest du Shanna Malyschewa?«, fragte ich Marina.

»Nein«, keuchte die heiser, »von der hör ich zum ersten Mal. Verkehrt die auch im ›Rosa Reiher‹?«

»Soviel ich weiß, steht Shanna mehr auf Männer …«

»Nein«, zischte Marina, »nie gehört.«

Sie verstummte. In der Stille waren nur ihr Schnaufen und das Tropfen des Wasserhahns zu hören.

»Also«, kam es dann von Marina, »jetzt reicht's! Weiter habe ich nichts zu sagen! Los, her mit dem Zeug!«

Ich reichte ihr die Spritze. Hysterisch kichernd holte sie aus einer Schublade einen Gummischlauch hervor, den sie um ihren linken Arm schlang. Ich stand auf.

»Marina, wenn ich morgen mit einem Anwalt wiederkomme, wiederholst du dann deinen Bericht noch einmal?«

»Wenn du gut zahlst, kein Problem«, gab die Süchtige zurück und lächelte selig.

Ihr Gesicht glättete sich. Die Falten verschwanden, ihre Stimme gewann an Fülle …

»Morgen um zehn Uhr bin ich hier«, sagte ich zu ihr.

Aber Marina war schon in einer anderen Welt. Die Wellen des Rausches hatten sie fortgetragen. Sie hörte weder, was ich sagte, noch, dass ich sorgsam die Tür hinter mir schloss.

24. Kapitel

Wieder zu Hause, ließ ich mich in meinem Zimmer auf der Couch nieder und starrte gedankenverloren auf die Balkontür. Meine Aufgabe war im Wesentlichen erfüllt, die Mörderin gefunden. Mir blieb nicht mehr viel zu tun. Ich brauchte nur noch einen Anwalt. Danach wollte ich nicht lange suchen, sondern gleich Rodion anrufen. Der war offensichtlich in der Lage, jedes Problem zu lösen.

Ich sollte recht behalten. Gwosd hörte sich meine Bitte an und reagierte sofort. »Morgen früh Punkt neun Uhr stehen Sie bitte am Hauseingang. Ich schicke einen Wagen mit meinen Leuten vorbei.«

»O je!«, rief ich aus.

»Was ist denn«, fragte Rodion verwundert. »Passt Ihnen die Zeit nicht?«

»I wo, auf meinem Balkon sitzt gerade wieder ein Känguru! Es ist, als ob es jedesmal vom Himmel fällt ...«

»Was?«, fragte Rodion zurück, weil er wohl glaubte, sich verhört zu haben.

»Ein Känguru«, erklärte ich. »Immer wieder taucht so ein Beuteltier in meiner Loggia auf!«

»Und was macht es dort?«, fragte Rodion.

»Sitzt da, klopft manchmal mit der Pfote ans Fenster oder balgt sich mit einem Affen.«

»Und wo kommt der Affe her?«

Nein, Männer sind furchtbare Wesen! Auch die Besten unter ihnen haben kein bisschen Phantasie! War das wirklich so schwer zu verstehen?

»Gib mir Irina!«, sagte Gwosd im Befehlston.

Die antwortete auf seine Fragen sehr einsilbig.

»Ja. Hm. Nun ...«

Dann plötzlich sprudelte sie los: »Da ist gar kein Känguru! Der Balkon ist leer! Das hat sie schon ziemlich lange.«

»Wieso, leer!«, rief ich und wandte mich um.

Auf dem Balkon war nichts.

»Papa hat gesagt, du sollst Tee und ein Glas Kognak trinken und dich schlafen legen«, übermittelte Irina die Anordnung ihres Vaters.

»Aber es ist ja noch nicht einmal sieben Uhr!«

»Na und? Er meint, du bist so übermüdet, dass du schon Halluzinationen hast!«

»Das Känguru saß so vor mir wie du jetzt!«

»Natürlich, natürlich«, sagte Irina nachsichtig. »Reg dich nicht auf, ich glaub dir ja …«

Wie der Blitz war sie aus der Tür. Wütend warf ich mich auf die Couch und schaltete den Fernseher ein. Ein Sprecher berichtete mit versteinertem Gesicht von den Kämpfen in Tschetschenien. Ich starrte dumpf auf den Bildschirm. Plötzlich fühlte ich mich todmüde. Ich streckte mich aus und konnte nur noch denken: Wie gut, dass alles vorbei ist. Ein Privatdetektiv hat es ganz schön schwer. Morgen unterschreibt Marina ihre Aussage, der Anwalt beglaubigt die Unterschrift und dann schicken wir das Ganze an die Kriminalpolizei …

»He, Tanja!«, Lisa rüttelte mich an der Schulter. »Schläfst du?«

Auch eine Art, einen Menschen zu wecken, um herauszubekommen, ob er schläft oder nicht.

»Jetzt nicht mehr.«

»Dann komm Tee trinken.«

Gähnend schlurfte ich in die Küche und staunte. Am Tisch saß der Nachbar aus der Wohnung unter uns, in der wir neulich eine Überschwemmung angerichtet hatten. Soweit ich mich erinnerte, ein netter, intelligenter Mann … Obwohl ihm das Wasser schon auf den Kopf tropfte, hatte er nicht mit uns geschimpft und nicht die Miliz gerufen. Mehr noch, als er sah, wie Kira hinfiel, hatte er uns eigenhändig ins Krankenhaus gefahren … Und ich unhöfliches Weib hatte ihn nicht einmal nach seinem Namen gefragt.

»Sehr, sehr erfreut!«, rief unser Nachbar aus und erhob sich. »Ich wollte einfach mal bei Ihnen vorbeischauen! Ist alles wieder trocken?«

»Ich glaube schon«, antwortete ich und nahm mir eine Tasse.

»Vor allem darf unter dem Linoleum keine Feuchtigkeit zurückbleiben«, bemerkte Kira sachkundig.

»Sehr richtig«, stimmte ihm der Nachbar zu und fragte mich: »Sind Sie auch dieser Meinung?«

»Ist doch halb so schlimm«, sagte ich leichthin. »Das Verdorbene werfen wir weg und legen neues aus.«

»Das wird aber teuer«, bemerkte Lisa.

Angesichts meines bevorstehenden Erfolges konnte mich nichts mehr erschüttern.

»Na und? Wir verdienen doch Geld.«

»Sie sind Optimistin«, stellte unser Nachbar fest.

»Wegen eines verdorbenen Fußbodens breche ich jedenfalls nicht in Tränen aus!«

Für einen Moment schwiegen alle. Dann fragte mich unser Nachbar unerwartet: »Wie fühlen Sie sich heute? Mit der Gesundheit alles in Ordnung?«

Diese Frage von einem Mann zu hören, den ich eigentlich nicht kannte, wunderte mich sehr. Verdutzt antwortete ich: »Mir geht es gut, alles in Ordnung.«

Wieder wurde es still. Nur das Klappern der Teelöffel war zu hören. Mir kam das Ganze seltsam vor. Was war geschehen? Lisa, Kira und Irina saßen still und bedrückt da wie bei einer Beerdigung, redeten und zankten nicht miteinander. Eher hätte man sie und nicht mich fragen müssen, wie sie sich fühlten. Aber unser Nachbar fand stille Kinder nicht merkwürdig. Wahrscheinlich war er Junggeselle und hatte selber keine. Nach wie vor interessierte er sich nur für mich.

»Wie ist Ihr Schlaf?«

»Normal.«

»Haben Sie häufig Kopfschmerzen?«

»Eher selten.«

»Und der Appetit?«

»Ist in Ordnung.«

»Probleme mit dem Magen?«

Allmählich wurde es mir nun doch zu viel. Ich blaffte: »Wollen Sie nicht gleich einen ausgefüllten Fragebogen haben?«

»Unmotivierte Aggressivität«, stellte der Nachbar fest und seufzte.

»Was?«, fragte ich irritiert.

»Hören Sie manchmal Stimmen?«

»Natürlich. Meine Ohren sind in Ordnung.«

»Wessen Stimmen zum Beispiel?«

»Im Moment Ihre.«

Der Nachbar verstummte. Wieder war es totenstill in der Küche.

»Verzeihen Sie!« Er ließ einfach nicht von mir ab. »Können Sie mir das Känguru einmal beschreiben, das Sie angeblich auf Ihrem Balkon sehen?«

»Was heißt hier angeblich? Es sitzt wirklich manchmal dort.«

»Ja, ja, natürlich« – der Nachbar nickte zustimmend –, »viele meiner Patienten ...«

»Ach, Sie sind der Psychologieprofesor, der in unserem Haus wohnt!« Endlich war bei mir der Groschen gefallen. »Wer hat Sie gerufen?«

Jetzt griff Kira ein.

»Essen Sie doch ein Brötchen!«

»Ja«, kam es von Lisa, »am besten schmecken sie mit Butter.«

»Also, dass ihr es wisst«, rief ich in drohendem Ton, »in meiner Familie hat es nie Verrückte gegeben, nicht einen einzigen!«

»Das hat nichts zu sagen«, warf der Nachbar ein. »Jeder kann einmal krank werden.«

Ärgerlich stand ich auf und ging in mein Zimmer. Natürlich, das Känguru saß da und pochte leise mit seiner Pfote an die Tür. Ich wandte mich ab und setzte mich auf die Couch.

»Wir wollten dir doch nur helfen«, erklang es von der Schwelle.

Lisa, Kira und Irina waren leise in mein Zimmer gekommen.

»Indem ihr mich für verrückt erklären lasst?«

»Natürlich nicht!«, rief Lisa mit einer abwehrenden Handbewegung. »Du bist einfach erschöpft! Nimm ein paar Tropfen, und das Känguru verschwindet.«

»Da sitzt es doch, dort auf dem Balkon!«

Kira kam zu mir und strich mir mit der Hand über den Kopf.

»Arme Tanja, schade, dass du den Doktor nicht wolltest. Der hätte dir vielleicht einen klugen Rat gegeben.«

Ich schaute hinaus. Der Balkon war wieder leer. Langsam kamen mir selber Zweifel, ob ich noch ganz bei Trost war.

Am nächsten Morgen stand ich Punkt neun vor unserer Haustür. Eine große schwarze Limousine blinkte kurz mit den Scheinwerfern. Darin saßen drei Personen. Vorn der Fahrer, ein düster dreinblickender Mann von etwa 35 Jahren, der entweder eine Vollglatze hatte oder glatt rasiert war, neben ihm ein Junge, der nicht viel älter als Kira sein mochte. Hinten hatte eine füllige Frau mit einer großen Aktentasche Platz genommen. Ich setzte mich neben sie, und der Wagen schoss durch die nassen Straßen.

Marina Sudina öffnete nicht. Ich klingelte und klingelte. Schließlich wurde es dem Bürschchen, der mich an Kira erinnerte, zu viel.

»Da ist wohl niemand zu Hause.«

»Sie kann nicht weggegangen sein«, sagte ich verwundert.

Die Anwältin stellte schweigend ihre Tasche ab und lehnte sich gegen die Wand.

»Dann machen Sie mal Platz!«, kommandierte der Junge.

Gehorsam trat ich zur Seite. Er holte einige winzige Werkzeuge aus der Tasche und hatte die Tür im Handumdrehen geöffnet.

»Toll!«, entfuhr es mir.

»Quatsch!«, brummte der »Meister«. »Das ist doch kein Schloss!«

Wir gingen den endlosen Korridor entlang und schauten in alle Zimmer. Aber außer Schaben war dort nichts zu sehen. Schließlich kamen wir in die Küche.

Der Junge ließ einen lauten Pfiff hören. »Jelena Pawlowna, warten Sie doch bitte im Wagen auf uns.«

Die Anwältin, die bisher keinen Ton von sich gegeben hatte, lief schnell wieder zur Tür. Ich sah mir an, was von Marina übrig war.

Ihre kleine, vertrocknete Gestalt, die jetzt wieder in der chinesischen Daunenjacke steckte, war vor dem Fenster zusammengesunken. Der Gummischlauch lag neben ihr. Auf dem Tisch bemerkte ich die Spritze und ein paar kleine Fläschchen.

»Der goldene Schuss«, sagte der Junge seufzend.

»Was?«

»Der goldene Schuss. Sie hat sich mehr gespritzt, als sie vertrug«, erklärte er mir.

»Und was machen wir jetzt?«

»So schnell wie möglich verschwinden.«

»Sollten wir nicht die Miliz rufen?«

»Besser nicht«, brummte der Bursche. Da waren wir schon wieder draußen.

Ich hörte nicht auf ihn. Nachdem ich den Wagen bei unserer Metrostation verlassen hatte, ging ich zu einer Telefonzelle, wählte die 02 und machte eine anonyme Meldung. Ich war am Boden zerstört. Um nicht laut loszuheulen, ging ich in die nächste Imbissstube, kaufte mir ein Brot mit Räucherlachs, ein Glas Saft und machte es mir an einem Tischchen in der Ecke bequem. Neben mir taten sich zwei

Mädchen, die offenbar die Schule schwänzten, an Kuchen gütlich. Plötzlich kicherte die eine los und zeigte mit dem Finger auf die Wand.

»Guck mal, Vera! Cool!«

Ich folgte ihrem Finger und sah ein Plakat. Darauf war ein Storch abgebildet, der im Sumpf stand. In seinem Schnabel steckte ein grüner Frosch. Sein Kopf war schon verschwunden, die langen Hinterbeine zappelten in der Luft, aber mit den Vorderbeinen drückte er dem verhassten Vogel den Hals fest zu. Selbst in dieser fast ausweglosen Lage dachte der Frosch gar nicht daran, sich einfach so verspeisen zu lassen. Er drückte seinem Feind die Luft ab und kämpfte so bis zum letzten Atemzug um sein Leben. Offenbar mit Erfolg. Der Storch sah verblüfft drein, die Augen waren ihm aus den Höhlen getreten. Jeden Moment musste er den Schnabel öffnen ... Über der Szene las ich auf Englisch: »Never give up.«

»He, ihr beiden, was heißt das auf Russisch?«

»Gib niemals auf!«, antwortete die eine, den Mund voller Kuchenkrümel.

Plötzlich strömte eine heiße Welle von meinem Kopf durch den ganzen Körper. Das war es! Man durfte nicht einfach den Schwanz einziehen und sich den Umständen unterwerfen! Rasch schluckte ich den letzten Bissen hinunter und sagte: »Danke, ihr zwei! Den Unterricht schwänzen solltet ihr trotzdem nicht.«

»Das tun wir auch nicht«, antwortete die etwas ältere.

»Und was macht ihr hier?«

»In unserer Schule hat man eine Bombe gefunden!«, teilte mir die andere freudig mit. »Jetzt sucht die Miliz mit Hunden das Gelände ab. Wir wurden alle nach Hause geschickt.«

Nach ihren glücklichen Mienen zu urteilen, hatte ihnen die Gefahr für ihr Leben nicht die Laune verdorben.

Zu Hause rief ich als erstes im Hotel »Morskaja« an. »Hallo«, meldete sich der Direktor.

Woher hatte der Kerl nur seine gute Laune? Vielleicht manipulierte er auch die Gehaltsliste und betrog die Besitzer des Etablissements?

»Pjotr? Hier ist Tatjana Romanowa, die Reporterin von ›Urlaub‹.«

»Ja, ich erinnere mich!«

»Sagen Sie bitte, wann macht Ada Markowna Feierabend?«

»Sie ist verreist.«

»Wohin?«, schrie ich auf, weil ich das überhaupt nicht erwartet hatte.

»Ada Markowna nimmt immer im April Urlaub«, erklärte mir Pjotr. »Sie hat hohen Blutdruck und kann Hitze nicht vertragen. Daher fährt sie in der Vorsaison ans Meer.«

»Wissen Sie, wo sie sich aufhält?«, fragte ich, entschlossen, die frühere Direktorin überallhin zu verfolgen. Ob nun auf die Krim oder in den Kaukasus.

»Sie ist in Tunesien«, antwortete Pjotr seelenruhig. »Dort soll jetzt das Paradies sein: Luft und Wasser 25 Grad, Erdbeeren, so viel man möchte.«

Wie bedeppert schaute ich auf den Hörer. Nein, nach Afrika wollte ich nun gerade nicht.

Ungefähr zwei Stunden lang lief ich in der Wohnung hin und her, bemüht, die liegen gebliebene Hausarbeit zu erledigen. Der Berg Bügelwäsche wurde immer höher, in den Korb mit der Schmutzwäsche ging nichts mehr hinein, in den Ecken lag der Staub, und im Kühlschrank hatten wir wieder nichts außer gefrosteten Fertigbouletten ... Der Mülleimer zeigte, wovon sich meine Familie ernährte. Er quoll über von Verpackungen aus dem Kartoffelkiosk vor unserem Haus und Alufolie von mitgebrachten Grillhähnchen. Offenbar hatten es die Kinder aufgegeben, ein Abendessen von mir zu erwarten, und lösten das Problem auf ihre Weise. Wenigstens die Hunde und Katzen bekamen noch ihr passendes Futter!

Als die Wohnung wieder einigermaßen bewohnbar aussah und die volle Waschmaschine lief, setzte ich Wasser für eine Suppe auf. Mechanisch schälten meine Hände Kartoffeln, aber in meinem Kopf ging es zu wie in einem Ameisenhaufen. Was sollte ich tun? Zwei Wochen warten, bis Ada aus dem Urlaub zurückkam? Ganz plötzlich fiel mir die Lösung ein. Ich warf die letzte Kartoffel in den Topf und lachte laut auf. So einfach war das! Warum ich darauf nicht früher gekommen war?

Diesmal meldete sich auf meinen Anruf in der Redaktion Sjuka persönlich.

»Ich höre«, erklang es geziert. »Was wünschen Sie?«

»Sinaida«, krächzte ich mit heiserer Stimme, »hörst du, Sinaida, rück was rüber, ich bin pleite, und mir geht's schlecht!«

»Komm heut Abend wie immer«, gab Sjuka kurz zurück.

»Wohin?«, krächzte ich.

»Herr im Himmel!«, blaffte die Chefredakteurin, »hast du dir schon das letzte bisschen Hirn weggespritzt? Zu mir nach Hause, um acht! Aber nicht später, um halb neun muss ich weg! Hast du verstanden, du stinkende Kifferin?«

»In Ordnung«, murmelte ich, »um acht bin ich da.«

»Verrecken sollst du!«, wünschte Sjuka freundlich und legte auf.

Jetzt war ich wieder ganz die alte. Die Hausarbeit flutschte nur so. Als die Kinder aus der Schule kamen, konnten sie nur staunen. Dann saßen alle drei um den Tisch herum. Kira fragte: »Wieso hast du heute Eintopf gekocht?«

»Ich hatte halt Zeit«, antwortete ich kurz angebunden und sagte nur: »Nehmt euch selbst, ich muss noch die Wäsche aufhängen.«

Lisa griff sofort nach der Kelle. Ich lief ins Bad, aber da hörte ich sie rufen: »Was ist denn das?«

Ohne mich kamen sie wohl doch nicht zurecht. Ich ging in die Küche zurück.

»Schau dir das an!« Lisa hielt mir empört ihren Teller unter die Nase.

Ich schaute verblüfft auf einen Haufen Kartoffelschalen. Inzwischen hatte Kira rasch den Mülleimer geöffnet, zeigte mit dem Finger auf die geschälten Kartoffeln, die darin lagen, und sagte mitfühlend: »Da hast du dich wohl geirrt, Tanja. Die Kartoffeln gehören in den Borschtsch und die Schalen hier hinein.«

Völlig entgeistert rührte ich in der Suppe. So etwas war mir noch nie passiert. Ob ich es vielleicht doch einmal mit Tropfen versuchen sollte?

Sjukas Privatadresse herauszubekommen war kein Problem. Ich rief einen anderen Apparat ihrer Redaktion an und fragte, so freundlich ich konnte: »Ist dort das Sekretariat der Redaktion von ›Zeit der Kunst‹?«

»Ganz recht«, antwortete eine nette Frauenstimme.

»Hier ist die Sekretärin des Bildhauers Surab Zereteli.«

»Ja, bitte?« Die Stimme wurde noch freundlicher.

»Herr Zereteli lädt die Presse zur Vorstellung seiner neuen Plastik ein. Auch Frau Iwanowa steht auf seiner Liste, aber er möchte ihr die Einladung gern nach Hause schicken. In Redaktionen gelangen selbst namentliche Einladungen oft in die falschen Hände.«

»Notieren Sie bitte«, sagte die Sekretärin sofort. »Rubaschetschny Projesd 2.«

Zehn Minuten vor acht stand ich vor einer Stahltür, die mit weinrotem Leder beschlagen war. Ich erschien im passenden Aufzug. Ich hatte mir eine völlig verbeulte und verdreckte Trainingshose übergezogen. Die trägt Katja, wenn sie auf der Datsche hingebungsvoll in ihren Gemüsebeeten wühlt. Darüber prangte eine uralte Jacke von Kira voller Dreiangel und Schmierflecken. Da er sie immer noch tragen wollte, hatte ich alle Waschpulver daran ausprobiert, die ich aus der Werbung kannte. Ohne Erfolg. Ich hätte sie eigentlich wegwerfen müssen, aber aus irgendeinem Grunde in die letzte Ecke des Kleiderschranks gestopft. Jetzt leistete sie mir gute Dienste. Die große Kapuze verdeckte fast völlig mein Gesicht. Meine Füße steckten in Gummistiefeln.

25. Kapitel

Sjuka öffnete schon beim ersten Klingeln. Als sie »Marina« vor sich sah, knurrte sie angewidert: »Komm rein, du Schönheit!«

Ich drückte mich schüchtern in den Korridor, der ausgesprochen versnobt eingerichtet war: Helle lederbezogene Möbel, ein weißer Wandteppich und eine Stehlampe mit dunkelblauem Schirm …

Sjuka ging in ein Zimmer, und ich wollte hinterher.

»Bleib stehen, wo du bist!«, rief sie empört. »Mach mir nicht den Teppich schmutzig!«

Ich stoppte gehorsam. Nach einer Weile kam Sjuka zurück und hielt mir mit spitzen Fingern einen Hundert-Dollar-Schein hin.

»Danke«, krächzte ich.

»Übrigens«, sagte sie scharf, »du bist diesen Monat schon das zweite Mal hier! Eigentlich dürfte ich dir nichts mehr geben …«

»Ada ist in Urlaub gefahren«, sagte ich hüstelnd, »nach Tunesien.«

»Das weiß ich auch ohne dich, du Abschaum! Troll dich jetzt!« knurrte Sjuka.

Unerwartet packte ich sie beim Handgelenk.

»He, was machst du da?«, kreischte Sjuka auf. »Bist du verrückt geworden? Lass sofort los! Was nimmst du dir heraus?!«

»So muss man es mit Ihnen machen«, sagte ich laut mit meiner natürlichen Stimme und nahm die Kapuze ab.

Noch nie hatte ich erlebt, dass einem Menschen auf einen Schlag sämtliche Farbe aus dem Gesicht weicht. Ein phantastischer Anblick. Zuerst war es nur ein kreidebleicher Streifen, der Sjukas Stirn bedeckte, dann lief er über Nase und Wangen rasch nach unten, erfasste Kinn und Hals … Wahrscheinlich war Sjuka von Kopf bis Fuß erbleicht, denn ihre Hand wurde sofort eiskalt und verfärbte sich bläulich.

»Wer sind Sie?«, fragte sie kaum hörbar.

»Schon vergessen?«, fragte ich scharf. »Tatjana Romanowa, die Sie an der Nase herumführen wollten, indem sie ihr stadtbekannten Tratsch vorsetzten.«

»Und wo ist Marina?«, fragte sie töricht.

Das hörte ich gern, denn offenbar hatte Sinaida Iwanowa ihre sprichwörtliche Selbstbeherrschung verloren.

»Marina Sudina ist bei der Miliz«, log ich. »Ihnen ist doch klar, dass sie dort nicht lange schweigen wird. Wenn Sie aus der Sache wieder herauskommen wollen, dann haben Sie nur noch eine Chance.«

»Welche?«, fragte Sjuka leise. »Was verlangen Sie von mir?«

»Sie sagen mir jetzt klipp und klar, wie und warum Sie Shanna umgebracht haben! Ich sorge dann dafür, dass Sie nur für eine Tat zur Rechenschaft gezogen werden. Sie wissen doch: Mord verjährt nie. Für zwei Leichen kriegen Sie auf jeden Fall lebenslänglich an so einem paradiesischen Ort wie der Feuerinsel und in sehr angenehmer Gesellschaft … Dort können Sie dann mit Triebtätern Ihre Hofspaziergänge machen und Erfahrungen austauschen …«

Sjuka starrte mich mit offenem Mund an. Schaum trat ihr vor den Mund, und sie begann krampfhaft nach Luft zu schnappen.

»Dort«, stieß sie hervor, »in der Küche, der Inhalator …«

Ich rannte über den prächtigen Teppich, auf dem ich dunkle Fußtapfen hinterließ. Sjuka riss mir das weiße

Fläschchen aus der Hand und drückte ein paar Mal auf den Zerstäuber. Es roch scharf nach Medizin.

»Ich habe Asthma«, sagte sie dann schon ruhiger und ließ sich auf die weiße Couch fallen. »Woher wissen Sie, was im ›Morskaja‹ passiert ist?«

»Marina hat es mir erzählt«, sagte ich. »Es war ein Fehler, auf ihre Verschwiegenheit zu bauen. Wussten Sie nicht, dass eine Drogensüchtige für einen Schuss zu allem bereit ist?«

Sjuka durchbohrte mich mit einem fiebrigen Blick.

»Wie viel verlangen Sie für Ihr Schweigen?«

Mir fiel die Volksweisheit ein: Wenn Gott einen Menschen strafen will, raubt er ihm als erstes den Verstand.

»Was haben Sie davon, wenn Sie mich kaufen? Marina erzählt der Miliz sowieso die Wahrheit. Wenn sie ihren Stoff braucht, packt sie aus ... Aber ich kann dafür sorgen, dass der Vorfall im ›Morskaja‹ mit dieser Sache nicht in Zusammenhang gebracht wird ...«

»Was?«, fragte Sjuka ohne jede Hoffnung. »Was?«

Von ihrer imposanten Erscheinung war nichts mehr übrig. Auf dem soeben noch wunderbar glatten Gesicht erschienen Fältchen, von der Nase zum Kinn zogen sich plötzlich tiefe Furchen. Jetzt sah Sjuka mindestens wie fünfzig aus, und das war sie wohl auch.

»Was?«, kam es von der Chefredakteurin immer wieder.

»Wenn Sie mir sagen, weshalb und wie Sie Shanna umgebracht haben, dann helfe ich Ihnen zu verschwinden. Nach Zypern, zum Beispiel. Mir liegt nichts daran, dass Sie bestraft werden. Ich will nur, dass Anna Remeschkowa wieder freikommt. Sie ist unschuldig ...«

Plötzlich lachte Sjuka schrill auf.

»Herr im Himmel! Ich habe Shanna kein Haar gekrümmt! Begreifen Sie das endlich!«

Ich warf die Plastiktüte auf den Sessel, die mir in meiner Verkleidung die Handtasche ersetzte, und drohte Sjuka mit dem Finger.

»Lassen Sie das Lügen! Damit machen Sie alles nur noch schlimmer!«

Die schüttelte müde den Kopf.

»Ich habe Shanna nicht angefasst.«

»Das mag ja sein«, gab ich zurück, »aber Sie haben so viel Zyankali in die Flasche gekippt, dass man damit eine ganze Division hätte umbringen können.«

»Nein!« kreischte Sjuka.

»Doch!«, rief ich, nun ernsthaft wütend. »Das ist doch ganz logisch. Sie knöpfen den Leuten Geld für positive Rezensionen ab. Aber Shanna wollte nicht zahlen. Sie waren sauer und haben sie in Ihrem Blatt heruntergemacht. Die Arme hat sehr darunter gelitten. Dann ist ihr per Zufall die Geschichte im ›Morskaja‹ zu Ohren gekommen. Damit hat sie Ihnen einen furchtbaren Schrecken eingejagt. Das war wohl etwas zu viel für Sie. Um von ihr in Ruhe gelassen zu werden, haben Sie Baileys gekauft... Und sich keinen Kopf darüber gemacht, dass außer ihr noch andere davon hätten trinken können! Eine Leiche mehr oder weniger, das war Ihnen egal. Haben Sie doch schon eine im Schrank – das arme Ding im Wildlederröckchen, wie war doch gleich ihr Name?«

»Ljuba«, flüsterte die Chefredakteurin, »Ljuba Worotnikowa. Aber sie hat es selber getan, das schwöre ich! Und mit Shanna war es auch ganz anders«, fügte sie hinzu und nahm sich mit zitternder Hand eine Zigarette. Dann packte sie endlich aus.

Sinaida Iwanowa war aus Irkutsk nach Moskau gekommen. Sie ergatterte einen Studienplatz in der Abteilung Kritik am Literaturinstitut. Als Studentin hungerte sie sich durch. Sie hatte nur ihre Mutter, die für das Feuilleton einer Lokalzeitung arbeitete. Deren Beziehungen hatten ausgereicht, um die Tochter an einer Hochschule der Hauptstadt unterzubringen. Aber für ihren Unterhalt musste die schon selbst sorgen. Das konnte sie auch, denn Sinaida war bereits erwachsen. Nach der Zehnklassenschule hatte sie mehrere Jahre als Botin bei der Zeitung ihrer Mutter gearbeitet. Moskau zeigte sich ihr wie allen Zugereisten nicht gerade von der besten Seite. Das Wohnheim war schlecht, das Essen kümmerlich, und sie hatte niemanden, bei dem sie sich ausheulen konnte.

Aber wenn man jung ist, nimmt man solche Dinge nicht so schwer. Sinaida frischte ihre abgeschabten Schuhe mit Tinte auf, kaufte im Kinderkaufhaus weiße T-Shirts für Teenager und färbte sie so, dass sie von echten Markenshirts fast nicht zu unterscheiden waren. Da sie kaum etwas aß, wurde aus dem Pummelchen bald eine schlanke Schöne mit großen, rätselhaften Augen ... Die ersten Verehrer stellten sich ein. Aber keiner hielt es lange bei ihr aus. Sinaida wollte keinen Sex. Beim Anblick nackter Männer wurde ihr übel. Liebhaber mussten stundenlang unter der Dusche stehen, um den »Männergeruch« von sich abzuwaschen. Als sie nach einer Party zufällig mit einer Frau im Bett landete, gingen ihr die Augen auf, woran das lag.

In den Künstlerkreisen, in denen sich die Studenten des Literaturinstituts bewegten, hatte niemand etwas gegen Schwule und Lesben. So fiel es Sinaida nicht schwer, Partnerinnen zu finden. Die brachten sie irgendwann mit Ada Markowna zusammen. Ausgerechnet eine Hoteldirektorin! Nicht gerade, was sich Sinaida erträumte. Aber Ada zeigte sich großzügig und kam bald völlig für ihren Lebensunterhalt auf. Ein Verhältnis entwickelte sich. Sinaida begriff rasch, dass sie von der verliebten Ada alles haben konnte. Sie brauchte sich keinen Zwang anzutun. Wenn es ihr gefiel, behandelte sie Ada wie den letzten Dreck, ließ sich auf Affären mit anderen ein ... Ada Markowna aber gehörte wohl zu der Sorte Mensch, die Demütigungen geradezu genießt ... Auf Sinaidas Kapriolen reagierte sie mit christlicher Nächstenliebe. Das unverschämte Ding konnte tun, was es wollte.

Die Hungerjahre waren für Sinaida nun vorbei. Mit Hilfe

ihrer Beziehungen gelang es Ada Markowna, sie als eine Cousine in ihrer Wohnung anzumelden. Wer die sechziger Jahre kennt, weiß, wie schwer das war. Aber Ada überwand alle Widrigkeiten. Als Sinaida das Studium beendet hatte, brachte sie sie bei einer kaum bekannten, aber auflagenstarken Zeitung unter, die der Künstlerverband der UdSSR für seine Mitglieder herausgab. So begann Sinaidas Journalistenkarriere.

An jenem Unglückstag im Mai 1970 hatte Sinaida nicht wenig getrunken. Ein berühmter Maler hatte seine Ausstellung eröffnet, und sie war eingeladen. Bei derartigen Empfängen flossen Wodka und Kognak in Strömen, mit dem Essen aber sah es weniger gut aus – nur etwas Käse, Wurst und ein paar Piroggen.

Sinaida konnte Süßes nicht ausstehen, die Teller mit Käse und Wurst aber waren im Handumdrehen leer. Sie trank trotzdem, obwohl sie nicht einmal etwas zu Mittag gegessen hatte. Vielleicht gelangte der Kognak deshalb nicht in den Magen, sondern stieg ihr direkt in den Kopf. Nur trübe konnte sie sich später erinnern, wie der restliche Tag verlaufen war.

Nach dem Empfang irrte sie zuerst ziellos durch die Straßen und landete dann in einem Kino. Als nächste Station tauchte der Kiewer Bahnhof in ihrem Gedächtnis auf. Dort hatte sich ein Mädchen im Wildlederrock zu ihr gesetzt. Ein Wort gab das andere, und bald war beiden klar, dass sie zueinander passten … Die Unbekannte nannte sich Ljuba Worotnikowa und war aus Charkow nach Moskau gekommen, um das Glück zu suchen. In der großen Stadt hatte sie niemanden – weder Freunde noch Verwandte, und natürlich auch keine Unterkunft. So landeten beide, ziemlich schwankend, schließlich im »Morskaja«.

In Nummer 27 angelangt, warfen sie ihre Kleider ab, und Sinaida ging duschen. Als sie wieder ins Zimmer kam, fand sie ihre neue Flamme in Tränen aufgelöst.

»Was ist passiert?«, fragte Sjuka erstaunt.

Statt einer Antwort streckte ihr Ljuba die rechte Hand entgegen. Darin hielt sie ein aufgeklapptes Rasiermesser. Sinaida erschrak fürchterlich. Ljuba hörte plötzlich auf zu schluchzen und lachte hysterisch auf.

»Leg das weg!«, sagte Sinaida scharf.

»Hast du Angst?«, fragte Ljuba lachend. »Brauchst du nicht, dir tue ich nichts.«

Bevor Sinaida etwas erwidern konnte, hatte sich Ljuba die Klinge mit einer heftigen Bewegung durch die Kehle gezogen. Blut spritzte, und die exaltierte Sinaida verlor fast das Bewusstsein. Als sie sich wieder unter Kontrolle hatte, lag das Mädchen tot vor ihr.

Entsetzt stürzte Sinaida zu ihr hin und riss ihr aus unerfindlichem Grund zuerst das Messer aus der Hand. Das Zimmer sah aus wie ein Schlachtfeld. Überall Spritzer, Flecken und ganze Lachen von Blut. Nie hätte Sinaida geglaubt, dass so viel davon aus einem Menschen herauslaufen kann. Als ihr klar wurde, dass sie allein nichts ausrichten konnte, schlüpfte sie aus ihren blutbefleckten Schuhen und rannte auf bloßen Füßen zu Marina.

»Das klingt ja wie ein Märchen aus Tausendundeiner Nacht«, brummte ich.

»Deswegen habe ich dieser Schlange Marina doch immer wieder gezahlt!«, warf Sjuka seufzend ein. »Niemand hätte mir das je geglaubt. Aber ich lüge nicht. Ich bin gar nicht fähig, einen Menschen umzubringen!«

»Und Shanna?«

»Die habe ich nicht angerührt!«, schrie Sjuka auf. »Ich hätte ihr doch Geld geben können. Und außerdem wäre ich ja blöd gewesen, so etwas selber zu tun, wo man heutzutage einen Auftragskiller fast per Zeitungsannonce bekommen kann!«

»Manche Sachen erledigt man eben besser selbst und zieht keinen Fremden ins Vertrauen«, gab ich zurück.

»Shannas Tod ist für mich eine einzige Katastrophe«, erklärte Sjuka bedrückt. »Seitdem ist alles nur schlimmer geworden. Ich finde kaum noch Schlaf. Wenn draußen der Fahrstuhl geht, denke ich immer, es ist die Miliz.«

»Warum denn das?«

»Shanna war vielleicht ein Vögelchen«, zischte Sjuka jetzt böse. »Als ich schrieb, was ich über sie dachte, war sie tief beleidigt. Dabei ist es doch nicht meine Schuld, dass sie so schlechte Landschaften malt. Im Vordergrund Blümchen, groß wie Tannenbäume, in der Mitte ein Teich und rundherum Birken – wie der letzte Laie vom Dorf. Und wie hat sie sich aufgeregt, als ich ihr ein paar sachliche Ratschläge gegeben habe! Dabei wollte ich ihr doch nur helfen … Nikita hat sich auf mich gestürzt wie ein Wilder!«

Mit der Zeit legten sich die Leidenschaften. Als Shanna Sinaida eines Tages in den Künstlerklub zum Mittagessen einlud, nahm die erfreut an. Ein schlechter Frieden war immerhin besser als ein guter Krieg. Aber es kam ganz anders, als die Kritikerin erwartet hatte. Shanna nahm keinen Bissen von den guten Sachen, die auf den Tisch gestellt wurden. Als Sjuka einen Löffel Soljanka zum Munde führen wollte, sagte sie schroff: »In Zukunft will ich von dir nur noch Gutes über mich lesen!«

Sjuka schaute sie verdattert an. »Bist du krank?«

»Durchaus nicht«, erwiderte Shanna mit einem bösen Grinsen, »du wirst tun müssen, was ich dir sage …«

»Und warum?«, erkundigte sich Sjuka.

»Weil ich sonst überall herumerzähle, was im ›Morskaja‹ passiert ist«, platzte Shanna heraus.

Vor Schreck goss sich Sjuka Suppe aufs Kleid. Auf eine solche Wendung war sie am allerwenigsten gefasst.

»Woher …?«, stammelte sie.

»Ist doch egal, woher, ich weiß es eben!«, kam es prompt von Shanna. »Gleich in der nächsten Nummer fängst du an! Ich muss dir ja nicht sagen, wie man so was macht. Von jetzt an hebst du mich in den Himmel, wie du es mit denen tust, die dir Geld dafür zahlen!« Sie sprang auf, stieß den Stuhl zurück und zischte: »Und sorge dafür, dass es mir immer gut geht ...«

Sjuka begriff gar nicht, was sie meinte, und starrte die Erpresserin nur verdattert an.

»Nicht dass ich plötzlich unter ein Auto gerate«, fuhr Shanna fort, als sie sah, dass Sjuka sie nicht verstanden hatte. »Das wäre dein Ende, meine Liebe. In meiner Freizeit male ich nämlich nicht nur Bilder, sondern führe auch ein Tagebuch, dem ich alles anvertraue, was tagsüber geschehen ist. Dort ist die Wahrheit über dich zu lesen, du gierige Kröte. Wenn mir also etwas zustößt oder ich, Gott bewahre, ums Leben komme, dann hat eine gute Freundin für diesen Fall klare Anweisungen. Sie nimmt das Tagebuch und geht damit zur Miliz. Und du, mein Täubchen, kannst dann in deine Heimat, nach Sibirien, fahren! Nur nicht im Schlafwagen, sondern hinter schwedischen Gardinen! Also achte darauf, dass mir kein Haar gekrümmt wird!«

»Auf so etwas würde ich nie kommen«, stammelte Sjuka.

»Na wunderbar!«, antwortete Shanna. »Dann warte ich jetzt auf deinen Artikel.«

Natürlich erschien bald darauf in »Zeit der Kunst« eine ganze Seite, wo Shannas Landschaften in den höchsten Tönen gepriesen wurden. Weitere folgten. Sjuka erstarrte bei der Vorstellung, Shanna könnte ihr Geheimnis verraten. Und jetzt, da die tot war, wartete sie stündlich darauf, dass die geheimnisvolle Freundin mit Shannas Tagebuch an die Öffentlichkeit ging.

Ich blickte sie mitleidig an.

»Ich habe sie nicht umgebracht«, wiederholte Sjuka pausenlos. »Ich habe ihr kein Haar gekrümmt. Klar wäre es mir lieber gewesen, Shanna wäre unter eine Straßenbahn oder ein Auto geraten. Aber sie selber beseitigen! So eine bin ich nicht, das musst du mir glauben. Um Geld tut es mir nicht leid! Du kannst von mir haben, so viel du willst, wenn du nur den Mund hältst. Ich bin nicht arm und weiß, wovon ich rede. Aber an deiner Version stimmt etwas nicht.«

»Was denn?«

»Wer hat Nikita umgebracht? Zwischen beiden Taten muss ein Zusammenhang bestehen. Warum hätte ich dem Kerl etwas zuleide tun sollen?«

»Weil auch er von deinem Geheimnis wusste!«

Sjuka hob den Kopf und sagte völlig erschöpft: »Jetzt mach aus mir keine Serienmörderin. Ljuba Worotnikowa hat sich selber umgebracht. Sie war psychisch krank.«

»Aha? Und woher weißt du das?«

Sjuka steckte sich eine neue Zigarette an.

»Ich habe damals ihre Handtasche an mich genommen. Darin lag ihr Pass. Ljuba hatte mir etwas vorgelogen. In Wirklichkeit war sie Moskauerin. Ich bin zu ihr nach Hause gefahren. Die Adresse hatte ich aus dem Pass. Dort habe ich mit den Nachbarinnen im Hof gesprochen. Weißt du, was sich da herausgestellt hat?«

»Na?«

»Sie hatte schon mehrere Selbstmordversuche hinter sich. Einmal hat sie sich die Pulsadern aufgeschnitten, dann Tabletten geschluckt und sich aufzuhängen versucht. Aber ihre Eltern haben aufgepasst und sie jedesmal vor dem Schlimmsten bewahrt. Irgendwann ist es ihnen zu viel geworden, und sie haben sie in eine geschlossene Anstalt einliefern lassen. Wie sie dort herausgekommen ist, weiß Gott allein ...«

Ich schwieg, denn irgendwie spürte ich, dass Sjuka die Wahrheit sagte.

»Warum sind Sie damals nicht zur Miliz gegangen?«

Sjuka seufzte tief auf.

»Ich war vor Angst wie von Sinnen. Als ich wieder klar denken konnte, hatten Marina und Ada schon das Feuer gelegt. Ada ging es vor allem um ihren Posten. Immerhin hatte sie uns ohne jede Befugnis Zimmer gegeben ... Das war 1970 ... Sie hätten sie ohne Abfindung hinausgeworfen, und nie wieder hätte sie eine leitende Stellung erhalten ... Da hat sie mir leid getan. Wer konnte denn damals wissen, dass einmal so etwas daraus wird! Und Marina ist ein Dreckstück. Sie hat auch Ada erpresst, und die hat immer brav gezahlt. Wann wird sie sich endlich ins Jenseits spritzen?«

»Schon geschehen«, sagte ich leise.

»Was?«, fragte Sjuka verständnislos und hob den Kopf.

»Es ist schon passiert«, wiederholte ich. »Marina ist an einer Überdosis gestorben.«

Die Chefredakteurin ließ den Kopf tief sinken und fing lautlos an zu weinen. Dicke Tränen rollten über ihr bleiches Gesicht. Sjuka ließ sie einfach laufen.

»Ist ja gut«, murmelte ich schließlich. »Wenn sich wirklich eine Frau mit dem Tagebuch melden sollte, dann treffen Sie sich mit ihr und bieten ihr Geld an, oder was sie sonst will. Sobald sie ein Treffen vereinbart haben, rufen Sie mich an, klar?«

Sjuka nickte. Als ich sie verließ, machte sie keine Anstalten, mich zur Tür zu bringen.

Den Weg zur Metrostation ging ich zu Fuß. Ja, es sah so aus, dass auch Sjuka nicht die Täterin war. Was hatte ich denn nun herausgefunden? War es niemand gewesen? Boris hatte keinen Grund, seine schöne, junge Geliebte zu töten. Nikita hatte seine Schwester nicht umgebracht. Ihr Tod traf ihn schwer, eine gute Geldquelle war versiegt. Auch Valeria und Andrej Kortschagin brachte Shannas Tod keinen Vorteil. Er hatte eine hervorragende Juwelierin und sie ihre beste Freundin verloren. Sjuka raubte die Vorstellung den Schlaf, nach Shannas Tod könnte die Wahrheit über die Geschehnisse im »Morskaja« ans Licht kommen. Wer blieb jetzt noch? Leonid Dubowski!!! Der nette ehemalige Bulle! Wie geschickt er mich losgeworden war. Hatte mir sofort seine Hilfe angeboten, mich darauf gebracht, mit der Sekretärin Nadja zu sprechen, und damit alle Fäden in die Hand genommen. Und ich hatte mich von ihm einwickeln lassen. Nicht schlecht! In einem hatte er allerdings recht: Ich musste wirklich aus Nadja herausholen, ob Anna in Semjons Büro wenigstens ein paar Minuten allein gewesen war. Wenn ich etwas überhaupt nicht begriff, dann, warum der unglückliche Semjon hatte sterben müssen. Bei der Miliz war man der Meinung, Anna hätte ihm Gift ins Glas getan, um sich an ihm zu rächen ... Dabei wusste ich doch, dass sie unschuldig war!

In meinem Kopf ging nun endgültig alles durcheinander. Fast bei der Metro angekommen, fiel mir ein, dass ich die Plastiktüte bei Sjuka vergessen hatte, in der meine Geldbörse, ein Krimi für den Weg und ein Diktiergerät, flach wie ein Zigarettenetui, steckten. Ich hatte es laufen lassen, um Sjukas Geständnis aufzuzeichnen. Zwar soll das vor Gericht nicht als Beweis anerkannt werden, aber die Ermittler von der Miliz hätte ich damit schon beeindrucken können ...

26. Kapitel

Ich musste also noch einmal zurück, um meine Plastiktüte zu holen. Dann eilte ich nach Hause, wo ich völlig außer Atem anlangte.

Schon von weitem sah ich die Menschenmenge in unserem Hof. Leute standen gestikulierend beisammen und umringten einen Rettungswagen. Eine düstere Vorahnung krampfte mir das Herz zusammen. War bei uns etwa wieder etwas passiert?

Ein paar Frauen lösten sich aus der Menge.

»Jetzt ist er völlig durchgedreht«, brummte die eine.

»Was ist denn los?«, fragte ich ungeduldig.

»Sotow aus Wohnung 95 hat sich nun endgültig um den Verstand gesoffen«, teilte eine andere bereitwillig mit.

»Jeden Tag, den Gott werden läßt, kippt er eine Flasche in sich hinein«, meinte wieder die erste. »Jetzt sieht er schon Gespenster!«

Ich atmete erleichtert auf. Bei uns schien alles in Ordnung zu sein. In diesem Augenblick flog die Tür des zweiten Aufgangs auf, und zwei vierschrötige Kerle in blauen Kitteln zerrten ein Männlein in Zwangsjacke auf die Straße. Neben den riesigen Pflegern nahm sich der Trinker Sotow aus wie ein Teenager. Aber seiner Brust entrangen sich sehr erwachsene Schreie.

»Ihr verdammten Sauhunde, lasst mich los!«, brüllte Sotow und versuchte seine auf dem Rücken gefesselten Arme freizumachen. »Ich komm nicht mit!«

Die Nachbarn verstummten erschrocken. Die beiden Männer gaben sich alle Mühe, den Widerspenstigen in den Rettungswagen zu bugsieren. Das wollte ihnen nicht gelingen.

»O je, o je«, rief eine Frau neben mir jammernd, »womit habe ich das verdient? Rundherum saufen die Männer den Wodka eimerweise, und es passiert nichts! Aber meinem brennen schon bei einer Flasche die Sicherungen durch!«

»Nehmen Sie es nicht so schwer. Das kriegen die wieder hin.« Ich wollte sie trösten.

»Ich habe das Känguru gesehen!«, schrie Sotow. »Es war lebendig! Ich rühre mich nicht vom Fleck! Es war lebendig!«

Die Pfleger konnte er damit nicht beeindrucken. Sie schoben und zerrten weiter an ihm, um ihn endlich in den Wagen zu bringen.

»Das Känguru war da!«, kreischte Sotow. »Manchmal auch ein Affe, und sie haben miteinander gezankt! Ihr glaubt es nicht? Aber es ist wahr!«

Endlich gelang es den Männern, den sich heftig Wehrenden in ihr vorsintflutliches Gefährt zu zerren. Der Motor heulte auf, und der Wagen ratterte davon. An der Rückscheibe war noch lange Sotows Gesicht mit dem im stummen Schrei aufgerissenen Mund zu sehen.

Die Menge zerstreute sich langsam.

»Was hat er da von einem Känguru geredet?«, fragte ich die heulende Frau des Trinkers vorsichtig.

Die schnäuzte sich erst einmal kräftig und erklärte mir dann bereitwillig: »Er ist ein richtiger Quartalssäufer geworden. Jeden Tag kippt er sich eine Flasche rein, manchmal auch zwei. Das machen ja viele, die hauen sich dann aufs Ohr und schlafen ihren Rausch aus. Aber nicht meiner! Stürzt durch die Wohnung, schlägt die Kinder und flucht wie ein Rollkutscher. Und das Schlimmste: Es macht ihm nichts aus! Valja Fedotowa von Nummer 120 hat Glück gehabt! Ihr Alter hat so lange gesoffen, bis sie ihm eine Niere rausgeschnitten haben! Dann war's gut. Jetzt traut er sich kaum, eine Flasche auch nur anzugucken. Plötzlich ist wieder Geld im Haus, sie haben sich neue Möbel gekauft ...«

Ich wartete geduldig ab, bis die völlig aufgelöste Frau zum Wesen meiner Frage kam – dem Känguru. Schon seit einigen Tagen hätte ihr Mann dieses putzige Tier auf ihrem Balkon gesehen. Anfangs dachten Frau und Kinder, ihr Vater wollte sie zum Narren halten. Aber dann begann er obendrein noch von einem Affen zu reden. Erst jetzt wurde klar, dass auch sie nun endlich Glück hatten: Das Familienoberhaupt war reif für die Klapsmühle. Verwundert waren sie nur, dass er ausgerechnet ein Känguru sah, für einen Alptraum ein sehr merkwürdiges Tier. Meist sehen Säufer doch grüne Teufel oder weiße Mäuse ... Der Notarzt, den die Frau schließlich zu Hilfe gerufen hatte, zerstreute alle ihre Bedenken. Im Delirium konnte ein Trunksüchtiger alles sehen, auch Kängurus.

»Wo ist denn Ihr Balkon?«, fragte ich schüchtern.

»Sehen Sie, dort, wo der kleine rote Schlitten am Geländer hängt«, antwortete Frau Sotowa bereitwillig und zeigte nach oben.

Ich folgte ihr mit meinem Blick. Das war ja interessant! Die Sotows wohnten zwar im Nachbaraufgang, aber ihr Balkon war der übernächste genau auf unserer Höhe. Direkt neben uns, doch ebenfalls im anderen Aufgang, lag die Wohnung der alten Anna Iwanowna, deren Balkon von unserem nur ein Meter trennte. Die kenne ich sehr gut, denn ihr Kater, ein prächtiger Perser namens Aljoscha, springt mit Leichtigkeit über die Lücke und kommt oft zu unseren beiden, Klaus und Semiramis, zu Besuch. Wir lassen ihn herein, geben ihm etwas zu fressen, rufen dann Anna Iwanowna an und reichen ihr den Kater zurück.

Nachdenklich ging ich nach Hause. Können Menschen gleiche Halluzinationen haben? Wenn nicht, hieße das doch, dass es das Känguru wirklich gab.

Bei der vielen Hausarbeit, die auf mich wartete, ging der Abend wie im Fluge vorbei. Zuerst bügelte ich Kiras Hemden und Lisas Röcke, dann setzte ich den Kindern Abendbrot vor. Danach spülte ich das Geschirr, hörte Hausaufgaben ab und flickte eine Hose, in die sich unser Nachbar Wolodja mit einem Nagel an seinem Arbeitsstuhl einen Dreiangel gerissen hatte. Der Major fluchte lästerlich, dass es bei der Miliz nicht einmal vernünftige Schreibtischsessel gab, und zog sich in seine Gefilde zurück. Endlich fand ich Zeit, mich in meinem Zimmer auf die Couch zu legen. Ich schaltete das Diktiergerät ein und hörte mir noch einmal in aller Ruhe Sjukas Bericht an. Auf neue Gedanken brachte mich das allerdings nicht.

Als sie ihre letzten Worte gesprochen hatte und ich das Gerät schon ausschalten wollte, war plötzlich ein tiefer Seufzer und danach ein leichtes Klicken zu hören. Dann vernahm ich Sjukas todmüde Stimme: »Hallo, hörst du mich?«

Ich erstarrte. Die Chefredakteurin hatte natürlich keine Ahnung gehabt, dass in der vergessenen Plastiktüte ein Diktiergerät lief. Kaum war ich aus der Tür, hatte sie schon das Telefon in der Hand.

»Hörst du mich?«, wiederholte Sjuka aufgeregt. »Sie war hier! Sie weiß alles über das ›Morskaja‹! Marina hat es ihr erzählt!«

Einen Moment Schweigen. Dann wieder Sjuka, jetzt in kreischendem Ton: »Verstehst du denn nicht, was das heißt? Sie denkt, ich hätte Shanna vergiftet. Der reine Wahnsinn! Sie behauptet, ich wollte die Erpresserin beseitigen. Du musst mir helfen, Leonid!«

Wieder war lange nur der schwere Atem der erregten Frau zu hören. Schließlich antwortete Sjuka mit dumpfer, lebloser Stimme: »Ich weiß, dass du die Wahrheit kennst. Aber vielleicht denkst du mal daran, wer dich beschränkten Bullen zum Direktor einer Galerie gemacht hat. Du konntest doch Repin von van Gogh nicht unterscheiden! Wer hat dich in die Gesellschaft eingeführt? Das war ich, ich ganz allein! Jetzt kannst du dich erkenntlich zeigen, Leonid …«

Es folgten seltsam glucksende Geräusche – Sjuka weinte still in sich hinein.

»Ich weiß doch«, wimmerte sie schluchzend, »wie du hinter dem Geld her bist. Du willst aus der Sache noch Gewinn schlagen, den Mörder erpressen! Über jeden hast du Informationen gesammelt! Und du hast längst heraus, wer Shanna in Wirklichkeit ermordet hat! Wenn du mich rettest, Leonid, dann werde ich …«

In dem kleinen Lautsprecher knackte es. Die Kassette war zu Ende. Ich saß stocksteif auf meiner Couch. Leonid – das war Dubowski, und Sjuka nahm an, dass er den Mörder kannte. Was sollte ich tun?

Aufgeregt rannte ich im Zimmer hin und her. Nach zehn Minuten hatte ich mich wieder etwas gefangen und konnte die Lage nüchtern überdenken. Jeder Widerspruch in den Aussagen der Zeugen war schließlich eine Chance für Anna. Am nächsten Tag wollte ich sofort noch einmal Nadja aufsuchen und mir Klarheit darüber verschaffen, ob sich Anna auch nur zwei Minuten allein in Semjons Büro aufgehalten hatte. Dann war Leonid Dubowski fällig. Ich wollte doch seine glatt rasierte Visage sehen, wenn ich ihm mein Band vorspielte.

In Nadjas Wohnung rief ich an, kaum dass mich der Wecker am nächsten Morgen aus dem Bett geworfen hatte. Das war Viertel vor acht. Es nahm niemand ab. Entweder war sie schon weg oder hatte das Telefon zur Nacht abgestellt. Ich eilte also unangemeldet zur Agentur »Alibi«. Dort war ich zwanzig Minuten vor der Öffnungszeit und legte mich im Hauseingang gegenüber auf die Lauer. Die Straße zur Metrostation war lang und gerade, so dass ich Nadja schon von weitem sehen musste. Zäh flossen die Minuten dahin. Allmählich belebte sich die Gegend, immer mehr Leute verschwanden hinter der Tür der Agentur. Nur von Nadja war weit und breit nichts zu sehen. Ungeduldig trat ich von einem Bein aufs andere und grübelte darüber nach, wo sie geblieben sein konnte.

Plötzlich hielt vor der Tür, von der ich kein Auge ließ, eine elegante ausländische Limousine. Ein Mann stieg aus. Ich erkannte ihn sofort – es war der widerliche Fedortschuk, der Besitzer der Agentur, der alle Mitarbeiter des verblichenen Grebnew mit einem jämmerlichen Entgelt hinausgeworfen hatte.

Fedortschuk, im eleganten Kaschmirmantel, öffnete den Schlag des Mercedes und half einer Dame heraus. Mir blieb vor Staunen fast der Mund offen stehen. Die Frau, die da im Leopardenpelz der Limousine entstieg, war keine andere als Valeria Kortschagina. Ich schnalzte mit der Zunge. Das war ja ein Ding! Was die unglückliche Valeria wohl mit diesem Blutsauger zu tun hatte? Wenn ich bedachte, was ich über ihre Gesundheit wußte, dann konnte dies wohl kaum ein Liebesverhältnis sein. Außerdem war der widerwärtige Fedortschuk bestimmt schon weit über sechzig … Allerdings kannte ich Paare mit noch wesentlich größerem Altersunterschied. Was bedeuteten heutzutage schon dreißig Jahre …

Kaum hatte ich diese Überraschung verdaut, da schlüpfte ein schlankes Figürchen mit roter Baskenmütze über die Schwelle der Agentur. Erst als das Mädchen verschwunden war, begriff ich, dass es Nadja gewesen sein musste. Vor Wut stampfte ich so mit dem Fuß auf, dass ich mir fast den Knöchel verstauchte. Was sollte ich denn jetzt machen? Mir blieb nichts als abzuwarten, bis Valeria mit ihrem Kavalier wieder aus dem Hause war.

Die aber hatten es gar nicht eilig. Geschlagene zwei Stunden stand ich nutzlos herum. Um mir etwas Bewegung zu verschaffen, trat ich von einem Bein aufs andere. Die jungen Mütter, die mit ihren Kleinen vorbeispazierten, maßen mich mit bösen Blicken. Eine knurrte sogar: »Untersteh dich … An der Metro ist ein Klo, die paar Kopeken wirst du wohl noch haben!«

Ich verkniff mir eine Antwort, begab mich statt dessen eine halbe Treppe höher und machte es mir auf einem Fensterbrett bequem. Sollten die doch denken, ich warte auf einen Hausbewohner.

Erst gegen halb zwölf bestieg das Pärchen endlich wieder seinen Mercedes und schwebte davon. Vor Ungeduld fast berstend, lief ich zur Agentur hinüber, stürzte ins Vorzimmer und rief schon von der Schwelle: »Nadja, lüg mich nur nicht an! Sag mir jetzt endlich, wer sich an jenem Tag in Semjons Büro aufgehalten hat! Wen hast du zu ihm durchgelassen?«

Nadja klappte entgeistert mit den Augenlidern. Als sie die Sprache wiederfand, stammelte sie schüchtern: »Ich lasse niemals Fremde allein ins Chefzimmer. Und unsere Leute haben es nur betreten, wenn Semjon anwesend war.«

»Du lügst!«, fauchte ich. »Streng gefälligst deinen Kopf an! Wieso hast du der Miliz erzählt, Anna Remeschkowa wäre allein da drin gewesen! Ich denke, du hättest so was nie zugelassen!«

Nadja bekam rote Flecken im Gesicht und wand sich wie ein Aal.

»Sie ist hier angekommen wie eine Furie, hat mich zur Seite gestoßen und ist hineingestürzt. Drinnen hat sie sich in einen Sessel geworfen und erklärt: ›Ich rühre mich hier nicht vom Fleck!‹ Semjon war gerade auf der Toilette. Was sollte ich denn machen? So ein Riesenweib! Hätte ich mich vielleicht mit ihr prügeln sollen?«

Ich beobachtete scharf Nadjas verkniffene Miene. Hier stimmte etwas nicht. Natürlich wäre sie mit der fülligen Anna nicht fertig geworden. Da hätte sie es auch gleich mit einem wild gewordenen Nashorn aufnehmen können. Aber warum hatte sie sie in Semjons Büro allein gelassen? Warum war sie nicht bei ihr geblieben, bis ihr Chef wieder da war?

Leider kam ich nicht mehr dazu, ihr diese Frage zu stellen. Die Tür zum Chefzimmer sprang plötzlich auf, und auf der Schwelle stand der durchtrainierte junge Mann. Als er meiner ansichtig wurde, zerfloss er förmlich in einem freundlichen Lächeln.

»Da sind Sie ja wieder! Möchten Sie unsere Dienste nun doch in Anspruch nehmen?«

Jetzt Nein zu sagen wäre überaus töricht gewesen. Mir blieb also nichts übrig, als zustimmend zu nicken.

»Treten Sie näher«, sagte er mit einer Verbeugung. »Was ist Ihr Problem?«

Ich holte erst einmal tief Luft, denn mir musste auf der Stelle eine überzeugende Geschichte einfallen. Mein Mann, ein schlimmer Schürzenjäger, habe sich eine Geliebte zugelegt, und ich wollte die beiden auf frischer Tat ertappen.

»Nichts leichter als das«, versicherte mir der Knabe.

»Aber ich habe nicht viel Geld«, fügte ich rasch hinzu. »Es reicht nur für einen Tag Beschattung.«

Sofort legte der Bursche seinen Stift wieder weg.

»Ich fürchte, in so kurzer Zeit ist das nicht zu machen.«

»Ja...«, sagte ich langgezogen und konnte meine Freude kaum verbergen, »dann eben nicht.«

Aber selbst eine so gering bemittelte Kundin wollte der Mann nicht sofort aus den Klauen lassen.

»Wir können es ja probieren, manchmal kriegt man das in zwei Stunden hin. Also: Name, Vorname, Vatersname ...«

»Von wem?«

»Von Ihrem Mann natürlich!«

»Fedin, Iwan Petrowitsch«, sage ich, was mir gerade einfiel.

»Arbeitsstelle?«

»Er arbeitet in unserer Wohnung, er ist Maler.«

»Und die Dame?«

Jetzt kam ich ernsthaft ins Grübeln.

»Kennen Sie sie?«

»Valeria Kortschagina«, platzte ich heraus, ohne recht zu wissen, warum. »Arbeitet im Kunstfonds.«

Ich musste sofort zahlen. Der bisher so freundliche Mann begleitete seine Kundin nicht hinaus. Ich musste meinen Weg allein finden. Auf dem Platz der Sekretärin saß jetzt eine hübsche Frau von etwa vierzig Jahren.

»Wo ist Nadja?«, fragte ich erstaunt.

»Hat Zahnschmerzen bekommen«, erklärte die Stellvertreterin, »ist zur Poliklinik gegangen.«

»Zu welcher?«

»Weiß ich nicht, zu ihrer wahrscheinlich.«

Nadjas Zahnschmerzen hatten sich genau zur rechten Zeit eingestellt. Irgend etwas verschwieg sie mir. Ich musste versuchen, anders an das Problem heranzukommen.

An der Metrostation suchte ich lange nach einer Telefonzelle. Immer wieder stieß ich auf die blauen Toilettenhäuschen. Es war schon gut, wenn man in unserer Stadt etwas unternahm, um das Problem des menschlichsten aller Bedürfnisse endlich auf zivilisierte Weise zu lösen. Für ganze vier Rubel konnte man nun bequem und komfortabel eine Sitzung abhalten. Aber ich musste gerade nicht. Dafür wollte ich dringend telefonieren. Als ich endlich einen Apparat gefunden hatte, war es ein Kartentelefon. Und ich hatte keins von diesen Plastikdingern dabei. Der ganze technische Fortschritt konnte mir gestohlen bleiben. Was waren das für Zeiten, als man von einer Telefonzelle nicht nur mit einer Zwei-Kopeken-Münze sein Gespräch führen konnte, sondern auch mit einem ganz gewöhnlichen Knopf oder im Notfall mit einem Faustschlag gegen das Gerät. Schon wollte ich über den breiten Prospekt zum Metroeingang laufen, um mir dort eine Karte zu kaufen, da hörte ich plötzlich ein dünnes Stimmchen.

»Tante, wollen Sie telefonieren?«

Ein zierliches Mädchen, das mir nicht älter als fünf Jahre zu sein schien, schaute mich von unten mit großen blauen Augen an.

»Ja, mein Kind.«

»Zehn Rubel«, piepste die Kleine und holte eine Telefonkarte aus ihrer Jackentasche, »aber sprechen Sie bitte nicht zu lange.«

Ich drückte ihr den geforderten Schein in das Händchen und telefonierte.

»Moscow Art«, sagte eine Frauenstimme höflich.

»Ich muss dringend Herrn Dubowski sprechen.«

»Wer sind Sie denn?«

»Tatjana Romanowa.«

Aus dem Hörer tönte eine aufdringliche Melodie.

»Tante!« Die Kleine zupfte mich am Ärmel. »Noch zehn Rubel, Sie reden ja so lange!«

Während ich in meiner Tasche nach dem nächsten Schein suchte, meldete sich eine Bassstimme. »Hallo!«

»Leonid, hier ist Tanja, erinnern Sie sich an mich?«

»Dich kann man gar nicht vergessen«, kam es lachend vom anderen Ende.

Nachdem ich mich mit Leonid für eine halbe Stunde später verabredet hatte, zog ich die Karte aus dem Telefon und fragte die winzige »Händlerin«: »Was verdienst du denn an einem Tag?«

»Mal so, mal so«, antwortete die sachlich. »Manchmal 100 Rubel. Es gibt aber auch Leute, die mir die Karte nicht wiedergeben.«

»Und was machst du mit dem Geld?«

»Komische Frage! Ich kauf was zu essen für mich und meine kleinen Brüder.«

»Arbeiten denn deine Eltern nicht?«

Das Mädchen runzelte die Stirn.

»Mama sitzt hier im Kiosk, kriegt höchstens 50 Rubel am Tag.«

»Und dein Vater?«

Das Mädchen seufzte und antwortete wie eine Erwachsene: »Gott sei Dank, der hat sich endlich totgesoffen. Früher mussten wir dem auch noch jeden Tag eine Flasche kaufen.«

Als ich zur Metro ging, blickte ich mich noch einmal verstohlen um. Das winzige Figürchen in der viel zu großen Jacke hüpfte neben der Telefonzelle frierend von einem Bein aufs andere und wartete auf den nächsten Kunden. Mitleid stieg in mir auf. Rasch wandte ich mich um und lief weiter.

Die Galerie »Moscow Art« lag in einer feinen Gegend unweit der Metrostation Majakowskaja. Irgendwann hatte sich in diesem Hause einmal ein großes Diätgeschäft befunden. Jetzt waren die riesigen Schaufenster mit Künstlerbedarf aller Art gefüllt – Staffeleien, Farben, Paletten, Papier und Pinsel jeder Größe. Das Geschäft nahm das ganze Parterre ein. Schon ein erster Blick sagte mir, dass Malen in unserer Zeit ein teures Vergnügen war. Ein winziger Pinsel kostete über 200 Rubel. Von den Preisen für Papier und Farben konnte einem schwindlig werden. Als ich dann die

Galerie im ersten Stock betrat, erschütterten mich die Preise mit den vielen Nullen am Ende nicht mehr allzu sehr.

Ich wollte mich erst ein wenig umschauen. Sofort trat eine elegante Dame auf mich zu. Sie trug ein klassisches englisches Kostüm, dessen Rock die Knie bedeckte, eine beigefarbene Bluse und passende Schuhe. Ihr kastanienbraunes Haar hatte sie im Nacken zu einem altmodischen Knoten zusammengesteckt.

»Möchten Sie ein Bild erwerben? Darf ich Ihnen behilflich sein?«

»Ich werde von Herrn Dubowski erwartet.«

»Über den Korridor nach links«, sagte sie kühl und hatte im Augenblick jegliches Interesse an mir verloren.

Ich ging in die angegebene Richtung und drückte auf die Bronzeklinke einer mächtigen Holztür. Die bewegte sich keinen Millimeter. Da warf ich mich mit meinem ganzen Körpergewicht dagegen, die Tür sprang auf, und beinahe wäre ich über Leonid gefallen. »Oh, heute ohne Maske und Kostüm?«, fragte Dubowski spöttisch. »Dabei habe ich mir die ganze Zeit den Kopf zerbrochen, welche Rolle du heute geben wirst. Die Königin der Nacht? Oder die Hexe Baba-Jaga aus dem Märchen?«

Ohne ihn weiter zu beachten, zückte ich kalt mein Diktiergerät und drückte auf die Play-Taste. Sjukas erregte Stimme füllte den Raum.

Leonid ließ sich in einen großen altertümlichen Sessel sinken und schloss die Augen. Als das Band zu Ende war, knurrte er: »Ich gebe zu, ich habe dich unterschätzt. Sehr gute Arbeit. Was willst du von mir?«

»Wer hat Shanna umgebracht?«

Leonid kratzte sich am Kopf.

»Das weiß ich nicht.«

»Du lügst!«

»Wie unhöflich du doch sein kannst! Ich weiß es wirklich nicht. Natürlich habe ich meine Vermutungen, aber keine Beweise.«

»Von welchen Informationen redet Sjuka?«

Dubowski grinste.

»Das ist so ein Hobby von mir. Ich sammle Material über Freunde und Bekannte. Einfach so. Der eine ist ein Homo, der nächste unterschlägt Geld, ein dritter hinterzieht Steuern ... Aber mit unserem Mordfall hat das alles nichts zu tun. Möchtest du meine professionelle Meinung wissen?«

»Durchaus.«

»Shanna hat einer der Gäste beseitigt, die damals bei Boris gefeiert haben.«

Ich prustete entrüstet. Das verstand sich wohl von selbst.

»Du brauchst gar nicht so hochnäsig dreinzuschauen«, sagte Leonid düster. »Diese Shanna war nicht so unschuldig, wie sie tat. Nikita, zum Beispiel, war nicht ihr Mann, sondern ihr Bruder.«

»Weiß ich.«

»Und die beiden haben ...«

»... Shannas Liebhaber ausgenommen«, ergänzte ich.

Leonid brummte zustimmend.

»Und jetzt zu Sjuka. Offenbar weißt du auch, was im ›Morskaja‹ passiert ist. Sinaida trifft daran keine Schuld. Das Mädchen hat sich in der Tat selber umgebracht.«

»Woher willst du das wissen?«

Jetzt verzog sich Leonids Gesicht zu einem breiten Grinsen.

»Meine Teuerste, die Welt ist ein Dorf, spuckst du einmal aus, triffst du einen Bekannten. Ich habe längere Zeit neben den Worotnikows gewohnt. Was haben die nicht alles mit Ljuba durchgemacht! Dabei war sie als Kind ganz normal, erst nach der Schule änderte sich das.«

Sommer und Winter bekamen ihr offenbar gut, aber im Frühjahr und im Herbst verhielt sich Ljuba merkwürdig. Manchmal verschwand sie tagelang, schlief in Kellern und auf Dachböden. Sie wurde zur richtigen Nymphomanin. Nach ihren »Ausflügen« musste sie regelmäßig abtreiben. War das vorbei, kam die Reuephase. Sie heulte wie ein Schlosshund und versuchte mehrfach, sich umzubringen ... Das Leben der Familie wurde zum Alptraum. Darunter litten ihre beiden jüngeren Geschwister sehr. Sie wollten sie vor sich selbst schützen und ließen sie nicht aus den Augen. Alle Medikamente bis auf ein paar harmlose Aspirintabletten mussten weggeschlossen werden. Man aß nur noch von Plastikgeschirr, und der Vater legte sich einen elektrischen Rasierapparat zu. Als Ljuba dann eines Tages versuchte, sich mit einem Badetuch über der Wanne zu erhängen, war die Geduld der Eltern zu Ende. Sie ließen sie in eine geschlossene psychiatrische Klinik einweisen. Wie sie von dort entkommen ist, weiß niemand. Der Fall erregte großes Aufsehen. Anfangs reagierten die Eltern auf Ljubas Verschwinden recht gefasst. Sie glaubten, sie sei wieder einmal bei den Obdachlosen abgetaucht. Aber nach zwei Wochen wurden sie doch unruhig. Der Vater wandte sich an Leonid, weil er wusste, dass der bei der Miliz arbeitete.

Dubowski kniete sich in die Sache hinein. Ihre Spur zu finden war nicht schwer. Die Obdachlosen vom Kiewer Bahnhof konnten sich an das hübsche Mädchen erinnern und sagten ihm, sie sei mit einer jungen Frau im Taxi davongefahren. Leonid fand den Chauffeur, der die beiden ins Hotel »Morskaja« gebracht hatte. Als er von dem Brand erfuhr, dachte er sich sein Teil. Der Familie sagte er nichts.

Jetzt erklärte er mir mit dem schönsten Lächeln: »Ljuba konnte ich nicht wieder herbeischaffen. Und, ehrlich gesagt, war ihr Tod für alle Beteiligten die beste Lösung. Die Eltern atmeten auf, und sie hatte ausgelitten. Sinaida hat mir leidgetan. Ich habe nichts gegen sie unternommen. Vater und Mutter habe ich gesagt, Ljuba sei zuletzt auf dem Bahnhof mit ein paar Obdachlosen gesehen worden und mit ihnen auf einem Güterzug in unbekannter Richtung davongefahren. Einige Jahre später wurde sie offiziell für tot erklärt. Seit jener Zeit bin ich mit Sjuka befreundet.«

Ich musste mir ein Lächeln verkneifen. Schöne Freundschaft! Wie viel Geld hatte wohl die arme Sjuka herausrücken müssen, um diesem Kerl das Maul zu stopfen?

»Sinaida ist zu einem Mord nicht fähig«, erklärte Leonid nachdrücklich. »Als Shanna sie zu erpressen begann, ist sie völlig aufgelöst zu mir gekommen und hat mich gefragt, was sie tun soll.«

Er hatte geantwortet, ohne lange nachzudenken: »Für solche Dinge kenne ich ein paar zuverlässige Jungs.«

»Das auf keinen Fall«, rief Sjuka erschrocken.

»Du hast mich falsch verstanden«, erklärte ihr Dubowski. »Niemand will Shanna umbringen. Die könnten ihr aber in einem stillen Winkel mal ins Gewissen reden.«

»Nein und nochmals nein! Zum Teufel mit ihr! Dann werde ich eben ihre Schmierereien loben. Mir kann das gleich sein. Sie will doch nur den Ruhm. Soll sie ihn eben kriegen. Ich könnte nicht damit leben, dass ein Mensch wegen mir Schaden nimmt.«

Leonid zuckte die Schultern.

»Ich habe es ja nur gut gemeint.«

Nun brachte Sjuka in ihrer Zeitschrift regelmäßig Lobeshymnen auf das junge Talent. Um seiner Freundin einen Gefallen zu tun, stellte Leonid ihre Landschaften sogar in seiner Galerie aus. Auch ein Schurke hat zuweilen schwache Momente.

»Sjuka hat mit alledem nichts zu tun, das kannst du mir glauben«, schloss Leonid die Diskussion.

»Wer hat es dann getan? Etwa du?«, sagte ich ihm auf den Kopf zu.

Leonid lachte laut auf.

»Also, du Neunmalkluge, aus welchem Grunde sollte ich bei meiner Stellung und meinem Geld Shanna vergiften?«

»Sie hat ein Tagebuch geführt, wo sie die Geheimnisse

anderer Leute festhielt. Vielleicht stand auch über dich etwas drin?«

Dubowski grinste breit.

»Ich habe nichts zu verbergen, mein Mäuschen. Ich bin ein ehrlicher Geschäftsmann. Du kannst jeden Künstler fragen, der bei mir ausstellt, ob ich ihn schon einmal übers Ohr gehauen habe. Zu einer Flasche Kognak sage ich nicht nein, die bringen viele angeschleppt, aber sonst ...«

Das wollte ich nun doch nicht unwidersprochen stehen lassen. »Heute bist du ein feiner Pinkel, aber als du noch ein Bulle warst, bist du nicht so zimperlich mit dem Gesetz umgegangen!«

Leonid ließ sich nicht beeindrucken. »Versteh doch, meine Teure«, sagte er in belehrendem Ton, »immerhin war ich ein Profi. Wenn ich Shanna wirklich hätte beseitigen wollen, dann doch nicht mit dieser Holzhammermethode! Eine Frau vergiften wie eine Küchenschabe, wenn man selber dabei ist. Und auch noch mit einem Gift, das jeder Einfaltspinsel ohne Laboranalyse sofort erkennt. Man braucht nur eine gute Nase. Ich bin doch nicht komplett verrückt!«

»Wie hättest du es denn gemacht, wenn man fragen darf?«

Leonid schaute mich mitleidig an.

»In unserer Welt, meine Kleine, gibt es für alles Spezialisten. Da merkt keiner was! Eine unvorsichtige Frau kann mit feuchten Händen nach ihrem Föhn greifen oder barfuß ihre Fenster putzen ... Wie schnell ist was passiert! Shanna hat ein blutiger Laie umgebracht! Bestimmt hat er oder sie zu viele Kriminalromane gelesen, das kannst du mir glauben!«

Darüber musste ich erst einmal nachdenken.

»Außerdem bin ich der Ansicht, dass dieselbe Person auch den armen Semjon beseitigt hat. Ich weiß nur bisher nicht, warum. Es gibt einen Zusammenhang zwischen den beiden Morden, aber ich habe ihn noch nicht gefunden.«

»Du siehst den Zusammenhang nicht und glaubst doch, dass es derselbe Mörder war? Wie soll ich das verstehen?«, gab ich scharf zurück.

»Ich habe eine Nase für solche Sachen«, sagte Leonid nachdenklich. »Manchmal sind alle Indizien gegen dich, und doch sagt dir dein Gefühl: Der war es! Ich habe ein Gespür für einen Täter wie der Jagdhund für die Ente. An so was glaubst du natürlich nicht!«

Ich ließ meinen Blick über Dubowskis Schreibtisch gleiten. Was stand und lag da nicht alles herum: ein paar Jadefiguren, eine Kette aus blinkendem Metall, mehrere Würfel, geschliffene Fläschchen, die wie abgeschnittene Pyramiden aussahen. An Intuition glaubte ich schon. Auch Wolodja Kostin redete zuweilen davon.

»Ich kann selber nicht sagen, wie das kommt«, hatte der Major mir einmal erklärt. »Einer tritt mir als Zeuge gegenüber. Er ist unschuldig wie ein Neugeborenes, hilft der Miliz bei den Ermittlungen, wirkt so ehrlich, dass ich ihm nur von Herzen danken müsste, denn immerhin opfert er seine Zeit. Aber plötzlich leuchtet in meinem Kopf ein rotes Lämpchen auf! Der ist es! Wie ich darauf komme, weiß ich nicht. Ob ich übersinnliche Fähigkeiten habe?«

Nun behauptete Leonid Dubowski das Gleiche …

»Und was sagt dir deine Nase?«, fragte ich.

»Weißt du«, antwortete Leonid langsam, »ehrlich gesagt, ich denke, man wollte gar nicht sie umbringen. Shanna war doch niemandem im Weg …«

»Aber sie ist tot«, erwiderte ich seufzend. »Ihr Tagebuch müsste man finden … Bei welcher Freundin sie es wohl versteckt hat? Und wir können niemanden fragen! Nikita ist auch tot … Vielleicht weiß Valeria mehr, als sie zugibt?«

Leonid zuckte die Achseln.

»Das Ding kann durchaus noch irgendwo in ihrer Wohnung herumliegen.«

»Aber sie hat doch zu Sjuka gesagt …«

»Ich weiß, was sie zu Sjuka gesagt hat!« Leonid winkte ab. »Das muss ja nicht stimmen. Das Ding ist noch in der Wohnung!«

»Woher willst du das wissen?«

Der Ex-Bulle grinste.

»Wie lange ist Shanna nun schon tot? Über zwei Wochen. Wieso ist die treue Freundin noch nicht aufgetaucht und hat das Corpus delicti präsentiert?«

Ich seufzte tief auf.

»Siehst du?«, fasste Leonid zusammen. »Das Tagebuch muss noch in der Wohnung versteckt sein.«

»Wie komme ich dort hinein?«, murmelte ich.

Jetzt klang Leonids Lachen höhnisch.

»Warum so schüchtern? So kenne ich dich doch gar nicht. Nimm die Gitarre und los!«

»Was soll die Musik dabei?«, fragte ich verwundert zurück. »Die Gitarre ist zwar wie die Harfe ein Saiteninstrument, aber ich weiß gar nicht, wie ich so ein Ding anfassen soll ...«

»Die Gitarre ist der Dietrich, du Expertin«, erklärte mir Dubowski lachend.

»Das ist doch nicht erlaubt!«

»Meine Güte«, brummte Leonid, »gehst du immer nur bei Grün über die Straße? Du kannst aber auch Herrn Gwosd um Hilfe bitten. Der sagt bestimmt nicht nein.«

27. Kapitel

Den Rest des Tages versuchte ich vergebens Rodion anzurufen. »Der Teilnehmer ist zeitweilig nicht erreichbar. Probieren Sie es später noch einmal!« tönte eine höfliche Frauenstimme. Irina, die ich zu Hilfe holte, erklärte mir: »Sicher hat er vergessen, seinen Akku aufzuladen. Das kommt bei ihm vor. Vielleicht ist er in der Sauna oder bei Freunden.

Spätestens morgen früh merkt er es. Keine Sorge, Tanja, er ruft bestimmt zurück.«

Da war nichts zu machen. Ich zwang mich, in Ruhe Tee zu trinken. Ganz abschalten konnte ich nicht, denn nebenan zankten Lisa und Kira darum, wer den Kanten des frisch gekauften Brotes kriegen sollte. Als mir der Streit zu heftig und die Schimpfworte zu kräftig wurden, hielt ich es nicht mehr aus und rief ihnen zu: »Das Brot hat zwei Kanten! Schneidet beide ab, damit endlich Ruhe wird!«

Auf diese einfache Lösung waren sie nicht gekommen. Kaum hatten sie das schöne Brot verunstaltet, da ließ sich Irina hören: »Ich will auch einen Kanten haben!« Die Debatte drohte mit neuer Macht zu entflammen.

»Nur kein Blutvergießen!« bat ich. »Lasst das Los entscheiden!«

»Und wie?«, fragten alle drei im Chor.

»Nehmt ein Kartenspiel und zieht jeder eine Karte. Die höchste Karte hat gewonnen.«

»So machen wir's!«, rief Kira und rannte in Katjas Arbeitszimmer. Lisa und Irina polterten hinterdrein.

»Warte!«, riefen die Mädchen. »Wehe, du mogelst!«

Da klingelte es an der Tür. Draußen stand die Großmutter von nebenan, deren Kater so gern auf unseren Balkon sprang.

»Anna Iwanowna«, sagte ich verwundert. »Hat sich Aljoscha wieder zu uns verirrt? Warum kommen Sie denn selber? Sie hätten doch anrufen können.«

»Ach, Tanja«, sagte die alte Frau leise, »ich muss etwas mit dir besprechen, eine delikate Angelegenheit. Aljoscha, der Schlingel, ist zu Hause. Er schläft auf meinem Kopfkissen.«

Verblüfft, was geschehen sein konnte, bat ich Anna Iwanowna in die Küche und bot ihr Tee an.

»Danke, jetzt lieber nicht«, sagte unsere Nachbarin. »Ich möchte dich nur eines fragen. Sag ehrlich, fällt dir etwas an mir auf?«

Ich schaute sie mir genauer an. Die alte Frau trug einen hübschen Trainingsanzug. Ihr Enkel, ein schlimmer Rowdy und Tunichtgut, der Schrecken von Eltern und Lehrern, hatte sich nach dem Abschluss der neunten Klasse in den Handel gestürzt und machte erfolgreich Geschäfte. Seine Großmuter, die ihn stets vor dem gerechten Zorn des Vaters geschützt hatte, vergötterte er. Ständig brachte er ihr Sachen zum Anziehen, orientiere sich dabei aber im Wesentlichen an seinem eigenen Geschmack. Von nun an lief Anna Iwanowna in Jogginganzügen, Jeans, Turnschuhen und Lederjacken herum. Das stand ihr sogar. Außerdem füllte der fürsorgliche Enkel ständig ihren Kühlschrank und wollte sie auf ihre alten Tage gar ans Biertrinken gewöhnen. Die Klatschtanten unseres Hofes wurden jedes Mal grün vor Neid, wenn der Junge seine Großmutter in seinem riesigen BMW Platz nehmen ließ und mit dem Schrei »Halt dich fest, Oma, jetzt geht's zur Poliklinik!« lospreschte, dass die Reifen nur so quietschten.

Auch Aljoscha bekam von dem Segen etwas ab. Er fraß nur noch Kalbfleisch für 90 Rubel das Kilo.

»Nein, mir fällt nichts Besonderes auf«, antwortete ich verwundert. »Nur Ihre Haarfarbe ist ein wenig anders.«

»Ach«, Anna Iwanowna winkte ab. »Das ist alles Petja. Ich habe ihn gebeten: ›Junge, kauf mir meine alte Haarfarbe, die ich schon mein Leben lang benutze.‹ Da hatte ich aber etwas gesagt. ›Oma, zum Schreiben nimmst du doch auch nicht den Federkiel, sondern den Kugelschreiber!‹ Er hat mich in einen feinen Frisiersalon zu so einer Dame geschleppt, die mir die Haare geschnitten und gefärbt hat. Und, wie sehe ich jetzt aus? Natalja Michailowna aus der 140, die Schlange, hat nur gezischt: ›Oh, meine Liebe, du wirst ja immer jünger! Bald läufst du noch im Minirock herum!‹«

»Ihr Haar ist wunderbar geschnitten«, antwortete ich, »und auch die Farbe ist sehr modern – kastanienbraun mit rosa Strähnchen! Das hätte ich auch gern! Aber dafür müsste ich tausend Rubel hinblättern!«

»Meinem Petja macht das nichts aus«, kicherte Anna Iwanowna. »Erst gestern habe ich ihn gebeten: ›Junge, bring mir doch bitte eine Flasche Mineralwasser mit.‹ Da schleppt er einen ganzen Kasten an, knallt ihn in die Küche und sagt: ›Trink, so viel du willst, Oma!‹ Und so ist das mit allem! Weißt du, Tanja, was ich jetzt am Abend mache?«

»Was denn?«

Anna Iwanowna sah sich ängstlich um und fragte dann leise: »Erzählst du es auch nicht weiter?«

»Um Gottes willen, nein.«

»Ich sitze am Computer. Die Spiele, wo geschossen wird, mag ich nicht, aber bei den schönen Geschichten geht mir richtig das Herz auf. Kennst du den ›Prinzen von Persien‹? Ein wunderbares Spiel, aber über die neunte Stufe komme ich einfach nicht hinaus. Das ist was anderes als die blöden Serien!«

Ich sagte gar nichts und bemühte mich, ernst zu bleiben. Ja, der liebe Petja! Er hatte seine Großmutter fest im Griff.

»Aber von meinen Haaren wollte ich gar nicht reden«, fuhr Anna Iwanowna schließlich seufzend fort. »Sag mir die Wahrheit, wirke ich auf dich ein bisschen verrückt?«

»Überhaupt nicht!«, rief ich empört, »wie kommen Sie denn auf so was?«

»Weißt du, Tanja«, raunte mir die Alte zu und pustete sich dabei eine bunt schillernde Strähne aus der Stirn, »ich habe Halluzinationen. Ich trau mich nicht, es jemandem zu sagen. Die schicken mich glatt in die Klapsmühle. Bei Petja habe ich es versucht. ›Junge‹, habe ich vorsichtig gesagt, ›auf unserem Balkon sitzt manchmal ein Känguru! Ganz echt! Es wackelt mit den Ohren, hat einen dicken Schwanz und runzelt so lustig die Nase. Ich sehe es so deutlich, wie du jetzt vor mir stehst …‹«

»Und was hat er gesagt?«, fragte ich aufgeregt, obwohl ich die Antwort bereits wusste.

Anna Iwanowna seufzte tief auf. »Ganz ruhig, Oma«, hat er gesagt. »Wenn vor dir eine Hand aus der Wand kommt, dann hab keine Angst, das sind Halluzinationen! Zum Arzt gehen will er mit mir! Ich habe ihm nicht gesagt, dass ich das Känguru jetzt häufig sehe.«

»Und einen Affen«, fügte ich hinzu.

»Woher weißt du das?«, fragte Anna Iwanowna erschrocken.

In diesem Moment huschte ein Schatten vor meiner Balkontür vorüber.

»Sieh mal«, flüsterte die Alte kaum hörbar, »da ist er schon!«

Ich starrte auf den Balkon. In der Dämmerung schnitt draußen ein Affe Grimassen, der ganz merkwürdig angezogen war. Auf dem Kopf hatte er eine Bommelmütze und um den Hals einen karierten Schal.

»Die Mütze hat er bestimmt irgendwo geklaut«, raunte Anna Iwanowna mir zu und bekreuzigte sich.

»Und den Schal dazu«, ergänzte ich.

»Du siehst ihn also auch?«, stellte die alte Frau erleichtert fest. »Ein Glück, die Psychopatin bin ich also nicht allein. Wo mag der wohl herkommen?«

»Keine Ahnung.«

»Jetzt bin ich beruhigt«, erklärte die Nachbarin erfreut. »Ich habe schon gedacht, nun geht's los, der Kopf macht nicht mehr mit. Aber vielleicht haben wir beide Halluzinationen?«

In diesem Augenblick kamen Irina, Lisa und Kira in die Küche gestürzt.

»So eine blöde Idee!«, brüllten die Mädchen. »Kira hat beide Kanten gewonnen, und wir gar nichts!«

Als Anna Iwanowna begriffen hatte, worum der Streit ging, sagte sie unerwartet: »Was zankt ihr euch so? Geht in den Laden und kauft noch ein Brot, dann sind es zwei Kanten mehr. Brot kommt bei euch doch nicht um!«

Diese einfache Lösung verschlug den Streithähnen glatt die Sprache.

»Recht hat sie!«, rief Irina. »Wir hätten schon längst dicke Butterbrote essen können!« Schubsend und schiebend drängten sie zur Tür.

Auch Anna Iwanowna hatte es auf einmal eilig.

»Also, wenn ich das Känguru wieder einmal sehe, brauche ich keine Angst mehr zu haben. Aber ich möchte doch zu gerne wissen, wo es herkommt.«

Als die Nachbarin fort war, spülte ich die Tassen und schaute dann noch einmal auf den Balkon. Er war leer. Es sah aus, als könnte ich an diesem Abend in Ruhe zu Bett gehen und noch ein wenig in meinem neuen Krimi blättern. Oder sollte ich mir lieber ein Bad einlaufen lassen, ein paar Brote knabbern und wohlig in dickem Schaum liegen? Eine verführerische Vorstellung.

Versonnen lächelnd ging ich ins Bad und roch an den vielen Fläschchen mit den bunten Etiketten. Seit Irina bei uns war, hatte die Kosmetik auf den Regalen beträchtlich zugenommen. Allein Shampoos gab es über zehn, und die Flaschen mit Badeschaum und aromatischen Ölen waren nicht zu zählen.

Ich goss eine rosafarbene Flüssigkeit, die nach Hyazinthen roch, in das heiße Wasser, warf den Badeschwamm hinein und wollte mich gerade ausziehen. Da klingelte das Telefon.

»Tanja«, ertönte eine leise Stimme, »Sie suchen doch Shannas Tagebuch!«

»Ja!«, rief ich in den Hörer, außer mir vor Freude. »Ja, natürlich! Haben Sie es?«

»Es liegt bei mir«, sagte die Frau noch leiser.

Entweder war sie krank oder sehr alt. So spricht nur jemand, der schon mit einem Bein im Grabe steht.

»Woher haben Sie meine Telefonnummer?«

»Herr Dubowski hat sie mir gegeben«, hauchte die Frau. »Kommen Sie zu mir.«

»Wo wohnen Sie?«

»In Lomakino. Sie müssen am Kiewer Bahnhof den Vorortzug nehmen ...«

»Jetzt gleich? Es ist doch schon nach neun!«

»Morgen früh um sieben verlasse ich Russland«, erklärte mir die Unbekannte. »Ich gehe nach Israel. Heute ist Ihre letzte Chance.«

Ohne auch nur eine Sekunde zu zögern, bat ich: »Geben Sie mir bitte Ihre Adresse.«

»Lomakino, Uliza Oktjabrskaja 18.«

»Und wie ist Ihr Name?«

»Olga Katz«, antwortete die Frau und legte auf.

Ich stürzte in der Wohnung hin und her, wollte mich gleichzeitig anziehen, kämmen und Make-up auflegen ... Zu allem Überfluss waren die Kinder weg und wollten einfach nicht wiederkommen. Als ich nicht mehr länger warten konnte, schrieb ich auf einen Zettel: »Musste dringend nach Lomakino, bin morgen zurück.« Den klebte ich an den Kühlschrank, griff nach Handtasche und Geldbörse und wollte gerade gehen, da klingelte es. Froh, dass die Kinder endlich zurück waren, riss ich die Tür auf. Draußen stand der Psychologieprofessor, der unter uns wohnte.

»Entschuldigen Sie die späte Störung«, begann er höflich, »aber ich muss ...«

»Was müssen Sie?«, unterbrach ich ihn und schlüpfte in meine Jacke.

»Entschuldigen Sie, aber bei mir tropft es schon wieder.«

Zum Teufel auch! Ich hatte die Wanne vergessen. Vielleicht hatte der Schwamm den Abfluss verstopft und sie war bereits übergelaufen. Aber ich hatte überhaupt keine Zeit, mich darum zu kümmern, denn ich fürchtete, den letzten Vorortzug zu verpassen.

»Ich hätte es niemals gewagt, Sie zu stören …«, fuhr unser Nachbar mit seiner höflichen Litanei fort …

»Also«, rief ich und lief bereits auf den Fahrstuhl zu, »wenn Sie wollen, dass Ihre Wohnung nicht zum Schwimmbassin wird, dann laufen Sie rasch in unser Badezimmer, drehen den Hahn zu und wischen das Wasser auf. Sie können dafür die Schmutzwäsche nehmen, die Sie im Korb finden, es ist genug davon da!«

»Sie meinen, ich soll …?«, fragte der Nachbar verwundert zurück.

»Na klar!«

»Ja, aber …«

»Entschuldigen Sie, ich bin schon viel zu spät dran!«, rief ich und schob ihn in unseren Korridor. »Keine Scheu, fangen Sie einfach an. Die Kinder kommen gleich wieder und helfen Ihnen!«

Ich sprang in den Fahrstuhl, drückte auf die 1 und sauste nach unten. Wenn wir wieder einmal eine Überschwemmung produzierten, musste ich den netten Herrn Professor endlich nach seinem Namen fragen.

Den Vorortzug erreichte ich im letzten Moment. Ohne eine Fahrkarte zu lösen, sprang ich hinein und suchte mir ein Abteil aus, wo mehrere Frauen saßen. So spät die Gesellschaft angetrunkener Männer zu riskieren war nicht ratsam. Der Zug fuhr durch dunklen Wald und ließ hin und wieder einen langen, klagenden Sirenenton hören. Häuser und Häuschen mit erleuchteten Fenstern flogen vorbei. Niemand wollte mir etwas verkaufen, ja nicht einmal ein Schaffner ließ sich sehen. So fuhr ich halt schwarz bis Lomakino.

Das war ein winziger Haltepunkt – ein Bahnsteig mitten im Wald. Der April war in diesem Jahr kälter als gewöhnlich, der Winter wollte absolut nicht gehen, aber in Moskau war der Schnee bereits getaut. Hier dagegen lag er noch überall in grauweißen Haufen herum. Kaum war der Zug verschwunden, herrschte ringsum absolute Stille.

Außer mir war in Lomakino niemand ausgestiegen. Als ich da allein auf dem einsamen Bahnsteig stand, wurde mir unheimlich. Wo sollte ich hier eine Uliza Oktjabrskaja suchen? Der Wald hatte keine Straßenschilder. Wohin mich wenden? Als ich überstürzt losrannte, hatte ich mir vorgestellt, auf dem Bahnhofsvorplatz von Lomakino würde ich bestimmt einen Kiosk finden, wo es rund um die Uhr Bier, Kaugummi und Wodka gab. Verkäufer in solchen Etablissements konnten einem immer den Weg zeigen. Aber bis hierher war der Fortschritt offenbar noch nicht vorgedrungen. Nicht einmal einen Fahrkartenschalter gab es …

Dann sah ich am Ende des Bahnsteigs einen glühenden Punkt aufleuchten. Erfreut rief ich, so laut ich konnte: »Warten Sie bitte einen Moment!«

Schritte ertönten, aus der Dunkelheit tauchten zwei Frauen und ein zu dieser Zeit sogar noch nüchterner Mann auf.

»Was schreist du denn wie angestochen?«, fragte er.

»Können Sie mir sagen, wo hier Lomakino ist?«

»Die Siedlung oder das Dorf?«, fragte eine der Frauen, die seelenruhig Sonnenblumenkerne kaute.

Ich schaute sie verdutzt an.

»Gibt es denn zwei davon?«

»Klar, und ständig werden sie verwechselt«, warf die zweite Frau ein und zog die Nase hoch.

»Na, so was! Ich muss zur Uliza Oktjabrskaja Nr. 18, Olga Katz. Kennen Sie die?«

»Das ist im Dorf«, meinte der Mann. »In der Siedlung gibt es diese Straße nicht, dort haben wir nur Lenin, die Rote Armee und den 1. Mai. Die Oktober- und die Kommunistenstraße sind im Dorf.«

»Du musst den Weg nach links nehmen«, erklärte mir die Frau mit den Sonnenblumenkernen. »Biege aber nirgends ab. Wenn du am Friedhof bist, dann geh die Mittelallee entlang an dem Denkmal für die gefallenen Helden vorbei. Dort fängt die Oktjabrskaja an. Aber da wohnt niemand mit dem Namen Katz.«

»Und wer wohnt in der 18?«

Die Frau zuckte die Achseln.

»Das ist eine Datsche, aber wem die gehört, weiß ich nicht. Die soll erst kürzlich wieder verkauft worden sein.«

»Einen anderen Weg gibt es nicht?«

»Nein«, antworteten die Frauen im Chor und ließen mich auf dem Bahnsteig stehen. Vorsichtig stieg ich die eiserne Treppe hinunter, wandte mich nach links und folgte dem schmalen Pfad. Von Straßenbeleuchtung hatte man hier noch nie etwas gehört. Um mich etwas aufzumuntern, sang ich Verdis berühmte Arie »Ach, wie so trügerisch sind Weiberherzen« laut vor mich hin. Als dann aber vor mir ein windschiefer eiserner Zaun auftauchte, hinter dem die Umrisse von Kreuzen und Grabsteinen sichtbar wurden, verließ mich der Mut. Wer geht schon gern nachts allein über einen dunklen Friedhof? Ich gehöre jedenfalls nicht dazu.

Das schmale Tor quietschte in den Angeln, als ich es öffnete. Über dem Friedhof ging jetzt ein riesiger Mond auf, irgendwo knarrte und stöhnte es. Die Szene erinnerte beklemmend an den zweiten Akt des Balletts »Giselle«. Gleich würde sich ein Grab öffnen und der Geist des unglücklichen Mädchens aufsteigen, das an der Liebe zu einem windigen Burschen zugrunde gegangen war. Das beschaut sich natürlich viel besser aus der siebenten Reihe des Parketts. Echte Ballettkenner gehen nie näher heran. Die Plätze in den ersten Reihen sind für Leute reserviert, die nichts vom Spitzentanz verstehen. Das hatte mir meine Mutter, eine Opernsängerin, eingebläut.

Aber jetzt war keine Zeit für solche Abschweifungen. Mit einer Arie aus Tschaikowskis »Eugen Onegin« auf den Lippen betrat ich den geweihten Boden. Von einer Mittelallee war weit und breit nichts zu erkennen. Nur einer der Wege schien etwas breiter zu sein als die anderen. Aus voller Kehle singend, tastete ich mich vorwärts. Ich konnte nur hoffen, dass dieser Dorffriedhof nicht groß war und ich bald auf die gesuchte Straße gelangte. Dann wichen die Grabsteine und Kreuze auseinander und vor mir öffnete sich ein kleiner Platz, in dessen Mitte etwas aufragte, das an eine Pyramide mit einem Stern darauf erinnerte. Ein Seufzer der Erleichterung entrang sich meiner Brust. Zumindest ging ich in die richtige Richtung. Das war offenbar das Denkmal für die gefallenen Helden … Ich legte einen Schritt zu. Was für eine ungewöhnliche Lösung hatte man für dieses Denkmal gefunden! In kleinen Orten und Dörfern steht sonst ein Obelisk mit der Aufschrift »Unvergessen« und den Namen der Gefallenen darunter. Oder eine Soldatenfigur aus Gips mit einem Kind auf dem Arm und einer Maschinenpistole über der Schulter.

In Lomakino hatte offenbar ein sehr eigenwilliger Bildhauer gewirkt. Neben einer kleinen, schlichten Pyramide saß ein Mann aus Stein in dunkler Jacke und Schirmmütze. Die Arme auf die Knie gestützt, schaute er gespannt in meine Richtung. Die Figur musste von einem wahren Meister stammen, denn sie wirkte wie lebendig, sogar die Augen glänzten. Wahrscheinlich hatte man Glasstückchen dafür verwendet. Erstaunlich, wo man in einem solchen Dörfchen wohl das Geld für dieses Meisterwerk hergenommen hatte, viel besser als man das in Moskau fand …

Als ich schon fast an dem Denkmal vorbei war, wandte der Soldat plötzlich den Kopf.

»A-a-a-a!«, schrie ich auf. »Ein Gespenst! Ein Geist! Hilfe! Hilfe! Hebe dich weg! Vater unser …!« Aber der Geist wollte nicht weichen. Im Gegenteil, er wuchs langsam in die Höhe.

»Hilfe!«, konnte ich nur noch flüstern.

Herr im Himmel, wie lange wollte ich schon zur Kirche

gehen und mich taufen lassen! Nie hatte ich die Zeit dafür gefunden, und jetzt hatte ich nicht einmal ein klitzekleines Kreuz um meinen Hals! Am liebsten hätte ich nach der Mama gerufen!

Da legte sich eine starke Hand auf meine Schulter, und jemand sagte mit sehr irdischer Stimme: »Hör auf zu schreien!«

Vor Schreck stieß ich einen Ton aus, der jedem Kastraten Ehre gemacht hätte.

»Ich bin arm wie eine Kirchenmaus«, stammelte ich, »hab nur 50 Rubel bei mir. Mach mit mir, was du willst, ich zieh mich sogar selber aus, aber lass mich am Leben, zu Hause warten Kinder auf mich!«

»Na weißt du, Tanja«, neckte mich eine Stimme, die mir plötzlich sehr bekannt vorkam. »Wer hätte gedacht, dass du dich an den ersten besten Burschen wegwirfst – eine Harfenistin, eine gebildete Dame!«

Ich fuhr herum und schrie, immer noch im höchsten Ton: »Rodion!!!«

»Jetzt sei endlich still!«, fuhr Gwosd mich an. »Halt den Mund und hör mir zu.

Vor Schreck hielt ich mir den Mund mit beiden Händen zu.

»Zieh dich aus!«, befahl Gwosd.

»Wozu?«

»Für lange Erklärungen ist jetzt keine Zeit! Los, Jacke, Mütze, Jeans runter! ... Chinese, her zu mir!«

Der Bursche, den ich für eine Denkmalsfigur gehalten hatte, näherte sich lautlos und ließ ebenfalls die Hüllen fallen.

»Und was machen wir beide jetzt?«, fragte ich, und meine Zähne klapperten vor Kälte. »Auch die Strumpfhose?«

»Also, Tanja, dass du so eine bist, hätte ich wirklich nicht gedacht!«, meinte Rodion seufzend. »Die Strumpfhose kannst du anlassen! Hier nimm ...«

Er hielt mir die Sachen des Jungen hin.

»Was soll ich damit?«

»Anziehen!«

Dann standen wir uns gegenüber – ich und der junge Mann, den Gwosd Chinese genannt hatte. Einem solchen sah er wirklich ähnlich – klein und schmächtig, wie er war. Nur seine Augen waren nicht schmal, sondern groß und ausdrucksvoll.

»Los, Chinese, ab die Post«, kommandierte Rodion, nahm mir die Handtasche ab und steckte sie dem Jungen zu.

Der verschwand augenblicklich in der Dunkelheit. Erst jetzt kam ich langsam zu mir.

»Wie kommst du hierher?«

»Das klären wir später«, antwortete Gwosd. »Abmarsch!«

Wir bogen in einen anderen Friedhofsweg ein und standen im Nu auf der Straße. Dort wartete eine riesige Limousine mit getönten Scheiben. Gwosd schob mich auf den Rücksitz, nahm selbst neben dem Fahrer Platz und befahl dem barsch: »Gib ihr einen Kaffee mit Kognak.«

Der Chauffeur schraubte eine Thermosflasche auf, goss etwas in einen Plastikbecher und fragte freundlich: »Ein Schnittchen dazu? Mit Stör?«

»Was geht hier eigentlich vor?«, fragte ich verständnislos.

»Später, habe ich gesagt«, kam es von Rodion in einem Ton, der keinen Widerspruch duldete. »Ein bisschen Geduld musst du schon noch haben.«

Die Minuten zogen sich endlos hin. Dann klopfte es leise. Rodion öffnete den Schlag. Draußen stand ein Bursche, nicht der Chinese, sondern einer, den ich noch nie gesehen hatte, und sagte nur leise: »Erledigt.«

»Fahren wir!«, knurrte Rodion .

Leise schnurrend rollte der Wagen über die Chaussee.

»Wo geht es jetzt hin?«, wollte ich wissen.

»Nach Wichrjowo«, sagte Rodion einsilbig.

»Aber ich werde in der Uliza Oktjabrskaja 18 von Olga Katz erwartet! Sie hat das Tagebuch …«

»Weiß ich!«, unterbrach mich Rodion . »Keine Sorge, die Dame fährt mit uns.«

»Wo ist sie denn?«

»Im anderen Wagen.«

Ich wandte mich um. Tatsächlich folgte uns ein weiteres Fahrzeug.

»Ein bisschen Schlaf würde dir guttun«, meinte Gwosd. Mach dir's bequem, nimm dir eine Decke und baju, baju. Der Morgen ist klüger als der Abend.«

Entweder war ich so erschöpft, oder sie hatten nicht nur Kognak in den Kaffee gegossen. Bald wurde mir der Kopf so schwer, dass ich ermattet in die Lederpolster sank.

28. Kapitel

Wie wir nach Wichrjowo gekommen sind, weiß ich nicht. Man hat mich förmlich aus dem Wagen getragen. Eine Frau zog mir die fremden, nach Tabak riechenden Sachen vom Leib, half mir ins Bett und deckte mich sorgsam zu.

»Danke«, konnte ich nur noch murmeln, dann spürte ich, wie mir Arme und Beine schwer wurden.

»Schlaf gut, Kindchen«, antwortete sie fast zärtlich.

Aber schon eine Minute später brüllte sie: »He, Tanja, aufstehen!«

Erschrocken fuhr ich hoch. Die Decke fiel zu Boden. Durch das Fenster fiel heller Sonnenschein.

»Raus aus den Federn«, befahl Rodion, »wasch dich und komm dann runter, wir warten auf dich.«

»Wer ist wir?«, murmelte ich und rieb mir den Kopf, um richtig wach zu werden.

»Das wirst du schon sehen!« Gwosd grinste geheimnisvoll und fragte: »Willst du mich verführen?«

Erst jetzt bemerkte ich, das ich, nur mit einem winzigen Höschen bekleidet, vor ihm saß.

Ich schrie auf und suchte mich mit dem Kissen zu bedecken.

»Bist du jetzt richtig munter?«, fragte Rodion. »Dann beeil dich.«

In einem luxuriös eingerichteten Badezimmer versuchte ich mich etwas in Ordnung zu bringen. Aber wie sollte ich das tun, wenn ich nur einen Kamm bei mir hatte? Meine Sachen waren allerdings frisch gewaschen, exakt zusammengelegt und dufteten einladend nach Lenor.

Ich warf mich hinein, pfiff darauf, wie ich jetzt aussah, und lief ins Parterre hinunter. Ich ging einfach den Stimmen nach, die von dort zu mir drangen.

In einem großen Raum war ein Tisch festlich gedeckt. Vor jedem Teller eine ganze Reihe funkelnder Gläser. Dazwischen Platten mit Wurst, Käse, Tomaten, frischen Kräutern, Konfitüre und Toast. Aber niemand hatte bisher etwas angerührt. Ich schaute mich um. Da waren Andrej und Valeria Kortschagin, nicht gerade festlich gekleidet. Er trug abgeschabte Jeans und ein kariertes Hemd, sie ein Kostüm, das eher wie ein Pyjama wirkte. Etwas weiter im Sessel neben der Stehlampe hockte Sjuka und zupfte nervös am Gürtel ihres Strickkleides. Auf dem Fensterbrett hatte es sich Leonid Dubowski bequem gemacht und paffte in aller Ruhe eine Zigarette. Ihm gegenüber, neben dem Tischchen mit den Getränken, stand, völlig zerzaust, Annas Gatte Boris. Als Rodion mich eintreten sah, lächelte er milde und verkündete: »Also, da wir nun alle beisammen sind, möchte ich als erstes fragen: Wünscht jemand ein Gläschen Baileys?«

»Also, das ist doch ...!«, brüllte Andrej Kortschagin los. »Was erlauben Sie sich überhaupt? Wie können Sie uns hierher schleppen lassen, unter Bewachung wie Schwerverbrecher!«

»Aber, nicht doch«, sagte Rodion in beruhigendem Ton, »ich habe Sie alle hierher eingeladen, damit wir in einem freundschaftlichen Gespräch ein paar Dinge klären können.«

»Schöne Einladung!«, warf Sjuka giftig ein. »Da stürmen so ein paar Banditen nachts in meine Wohnung! Nicht einmal Make-up konnte ich auflegen!«

»Das brauchen Sie doch gar nicht«, erwiderte ihr Rodion galant. »Sie sehen auch so hervorragend aus!«

Sjuka zuckte ärgerlich mit der Schulter, aber ganz gleichgültig schien ihr das Kompliment nicht zu sein.

»Also – weshalb sind wir hier?«, fragte Valeria nun wieder etwas ruhiger.

»Um eine einzige Frage zu beantworten«, antwortete Rodion ebenso ruhig. »Wer hat Shanna Malyschewa getötet?«

»Das ist doch klar«, brummte Sjuka. »Anna Remeschkowa!«

»Nein«, gab Rodion zurück, »meine Frau ist unschuldig!«

»Das ist ja interessant!«, heulte Boris auf. »Anna ist mit mir verheiratet!«

Rodion warf ihm einen kalten Blick zu. So schaut man, wenn man in einer blitzsauberen Küche auf eine fette Schabe stößt.

»Sie sind höchstens der Gigolo, der Kostgänger oder was sonst noch, nur nicht Annas Mann«, presste er zwischen den Zähnen hervor.

»Das ist ja die Höhe!«, blaffte Boris hochrot zurück.

»Lassen wir das!« Der Hausherr schnitt ihm das Wort ab. »Beschäftigen wir uns lieber mit unserer Frage. Wer möchte anfangen?«

Eisiges Schweigen breitete sich aus.

»Na gut«, sagte Gwosd friedlich, »dann nehme ich zuerst das Wort. Beschweren Sie sich aber nicht, wenn ich einige bisher sorgfältig gehütete Geheimnisse ausplaudere. Zuerst habe ich geglaubt, der Mörder befinde sich unter all den lieben Gästen …«

»Und warum soll es nicht Anna gewesen sein?«, fuhr ihn Boris böse an. »Sie hat doch dieses Dreckstück auf mich angesetzt! Die hat rausgekriegt, dass zwischen mir und Shanna etwas läuft. Daraufhin hat Anna Shanna vergiftet. Und Semjon Grebnew gleich mit, weil sie sich an ihm rächen wollte! Ist doch logisch!«

»Daran ist überhaupt nichts logisch!«, erwiderte Gwosd scharf. »Damit das ein für allemal klar ist: Anna hat mit dem Ganzen nichts zu tun.«

»Wieso?«

»Weil ich sie genau kenne«, gab Rodion lächelnd zurück. »Sie hätte niemals still und heimlich einen Mord vorbereitet. Sie wäre auf Shanna losgegangen und hätte ihr als erstes ein Veilchen verpasst ...«

»Sie hätte ihr die Zähne eingeschlagen und die Haare ausgerissen!«, erklang aus einer Ecke eine bekannte Stimme.

Ich drehte mich um und sah dort im Schatten einer großen Palme Irina sitzen.

Boris wollte ihr schon ein paar zärtliche Worte zuwerfen, schielte aber auf Rodion und beherrschte sich.

»Halt dich zurück, Töchterchen«, sagte Gwosd streng. »Es gibt noch einen weiteren Grund, weshalb Anna auf keinen Fall Shanna ermordet hat.«

»Und der wäre?«, fragte ich rasch.

»Ihr war es völlig egal, mit wem Boris schläft«, erklärte Rodion.

»Der Bock!«, zischte Irina aus ihrer Ecke.

»Tatsächlich?«, rief ich verwundert aus. »Warum hat sie dann einen Privatdetektiv engagiert?«

»Wie alle Frauen, die es im Geschäft zu etwas gebracht haben«, sagte Rodion mit einem Seufzer, »hielt sich Anna für besonders schlau, gerissen und weitblickend. Ratschläge nahm sie von niemandem an. Um keine Steuern zu zahlen, hat sie sich zuerst in diese Wohnungsgeschichte gestürzt. Sie hat eine Wohnung gekauft, dort Irina angemeldet und ihre eigene Boris geschenkt. Dabei hatten sie eine klare Verabredung: Letztere Wohnung sollte im Mai verkauft werden. Für das Geld wollte Anna eine andere auf dem Kutusow-Prospekt erwerben. Für sich selbst, möchte ich betonen. Boris sollte eine Abfindung von 10 000 Dollar bekommen, denn Anna wollte sich von ihm scheiden lassen. Als ich von diesem Deal erfahren habe, standen mir die Haare zu Berge. Wie konnte sie nur so dumm sein! Dem Kerl eine Wohnung abtreten, die auf dem Markt mindestens 200 000 Dollar wert ist! Sie ihm praktisch zu schenken! Aber Anna winkte nur ab und meinte: ›Ach, Rodion, er mag zwar ein widerlicher Faulpelz sein, aber er ist ein gebildeter, anständiger Mann.‹ Die Abmachung hat Anna nicht einmal schriftlich festgehalten! Und bis zu jenem Unglückstag hat der saubere Herr auch stets erklärt: Kein Problem, die Wohnung wird verkauft, den Erlös minus 10 000 Dollar erhält Anna zurück.«

Mit der Zeit fielen Anna jedoch einige merkwürdige Dinge auf. Irgendwann wurde das Tafelsilber weniger. Dann verschwanden zwei wertvolle Ikonen. Boris wusste von nichts. Anna verprügelte und entließ nacheinander zwei Haushaltshilfen. Schließlich dämmerte ihr, dass ihr eigener Mann die Sachen aus dem Haus schleppte. Wutentbrannt stellte sie ihn zur Rede. Aber Boris wies die Anschuldigungen weit von sich und brüllte empört: »Wie kannst du so etwas von mir denken?«

Es gab einen riesigen Streit. Anna zerschlug alles Porzellan, das ihr gerade in die Finger kam. Nur ein Migräneanfall machte der Auseinandersetzung ein Ende.

Am nächsten Morgen meinte Irina: »Nimm dir doch einen Privatdetektiv, Mama, und nagle den Schweinehund fest!« Erst nach langem Zögern erschien Anna einige Tage später bei Semjon Grebnew. Was sie allerdings nicht wusste: Semjon und Boris kannten sich seit langem. Sie waren in einer Datschensiedlung zusammen aufgewachsen. Beider Väter hatten im Ministerium für Schwerindustrie hohe

Posten innegehabt und jeden Sommer in einer Villa in Perchuschkowo verbracht – Familie Ljamin im Parterre und die Grebnews im ersten Stock. Die Jungen wurden dicke Freunde. Das ging so, bis sie fünfundzwanzig waren. Dann trennten sich ihre Wege, aber von Zeit zu Zeit telefonierten sie noch miteinander.

Als Semjon erfuhr, wer da beobachtet werden sollte, gab er Boris einen Hinweis. Dem war sofort klar, dass Anna nicht seine Liebesaffären interessierten, sondern ihr verschwundenes Eigentum.

»Warum hat Anna das Semjon nicht so gesagt?«, fragte ich verwundert.

»Das musst du sie schon selber fragen!« Auch Rodion schien ratlos.

»Mama hat gesagt«, warf unerwartet Irina ein, »es wäre nicht so peinlich, jemanden wegen einer Liebesaffäre überwachen zu lassen, als wegen Diebstahl ...«

Leonid lachte laut auf.

»Ein Argument, das einer Dame würdig ist!«

»Tanja tauchte im Hause auf«, fuhr Rodion fort, »und fand bald heraus, dass Shanna die Geliebte war.«

»Warum wollte Anna dann, dass ich weiter beobachte?«, rief ich dazwischen.

»Wäre der Mord nicht gewesen«, antwortete mir Rodion, »dann hättest du sicher noch bis Mai zu tun gehabt.«

»Deshalb war Anna bei Tisch auch so nett zu Shanna!«

»Von Shanna wusste sie überhaupt nichts!«, erklärte Rodion mit erhobener Stimme. »Los, Boris, sag schon, was dir Semjon Grebnew geflüstert hat, aber lüg uns nicht an!«

»Ach, leck mich doch am ...«, entfuhr es dem sonst so wohlerzogenen Boris.

Rodion nahm ein kleines Gerät vom Tisch und sagte leise: »Kommt rein.«

Die Tür sprang auf, und herein trat ein Kerl, wie ich furchteinflößender noch keinen gesehen hatte. Er war fast zwei Meter groß, hatte ein Kreuz wie ein Schrank, Hände, die mir als Füße hätten dienen können, und eine lange Gummischürze mit verdächtigen bräunlichen Flecken um den Bauch. Hinter ihm tauchten noch zwei Muskelprotze auf, von Kopf bis Fuß in Schwarz gekleidet.

»Boris, Sie wissen doch, wer ich bin«, sagte Gwosd leise, »ich kann Dinge tun, die in der feinen Gesellschaft nicht gerade üblich sind.«

»Was ist, sollen wir ihn uns zur Brust nehmen?«, fragte der Riese.

»Nein, nein!«, piepste Boris. »Semjon hat angerufen und gesagt, dass die Fotos in seinem Schreibtisch liegen. Ich habe ihn gebeten, sie Anna nicht gleich zu zeigen. Es stimmt, ihr war es egal, mit wem ich … Aber sie hätte Streit anfangen können, und ich wollte doch meinen Geburtstag feiern! Wie hätte ich dagestanden?«

»Aber das heißt doch«, schrie ich los, »dass Anna gar keinen Grund hatte, Semjon umzubringen!«

»Natürlich«, stimmte Rodion zu, »überhaupt keinen.«

Im Raum wurde es totenstill.

»Also?«, sagte schließlich der Hausherr. »Können wir jetzt endlich zur Sache kommen? Dann hören wir zuerst das Hauptreferat. Bitte, Tatjana, berichte uns, was du ermittelt hast.«

Ich gab mir Mühe, meine Version einigermaßen logisch darzulegen. Ich erwähnte alle Einzelheiten bis auf eine, die nichts zur Sache tat – Valerias Krankheit. Meine Schlussfolgerung lautete: »Des Rätsels Lösung liegt in Shannas Tagebuch. Aber das hat eine gewisse Olga Katz. Übrigens, Rodion, du hast doch versprochen, sie hierherzubringen.«

Der griff wieder nach dem rätselhaften Gerät und sprach hinein: »Führt den Kunden jetzt herein.«

Wieder ging die Tür auf, und die beiden schwarz Gekleideten stießen einen Mann in den Raum, der einen unauffälligen Jogginganzug trug.

»Na, mein Lieber«, bat Gwosd in friedlichem Ton, »sei klug und sage uns, wer dich angeheuert hat.«

Als der Mann den Kopf hob, sah man, dass sein rechtes Auge blau angelaufen war. Er ließ einen trüben Blick über die Anwesenden schweifen, wies dann mit dem Finger auf Andrej und krächzte heiser: »Er.«

»Ihr könnt ihn wieder mitnehmen«, befahl Gwosd.

Die drei verschwanden.

»Und wo ist Olga Katz?«, fragte ich verdattert.

Gwosd schaute mich ein wenig mitleidig an, wandte sich dann Andrej Kortschagin zu und fragte: »Warum haben Sie einen Killer gemietet, der Tanja umbringen sollte? Jetzt bitte Klartext, was hat sie so Schlimmes herausgefunden?«

29. Kapitel

»Ich habe niemanden …«, stammelte der Künstler.

»Ach, lassen Sie doch das Theater …«, warf Rodion abfällig ein.

»Wo ist denn nun Olga Katz?« Ich ließ nicht locker.

»Die hat es nie gegeben!«, erklärte Rodion. »Man wollte dich nach Lomakino in eine leerstehende Datsche locken. Sie gehört Kortschagins Freunden, die sich zur Zeit in Amerika aufhalten. Andrej und Valeria sollten ein Auge darauf haben. Besser kann man eine Leiche nicht verstecken – im Keller eines unbewohnten Hauses, wo in den nächsten fünf Jahren garantiert niemand auftaucht. Nicht einmal ein Hellseher hätte dich dort gefunden. In dem Haus, das du, laut singend, so dringend aufsuchen wolltest, hat ein Killer auf dich gewartet.«

»Aber …, aber …«, stammelte ich völlig entgeistert, »wie hast du denn das rausgekriegt?«

»Zum Glück hattest du ja einen Zettel geschrieben und an den Kühlschrank geklebt. Als ich nach Hause kam, sah ich, dass mich jemand auf dem Handy angerufen hatte. Ich habe mich sofort bei Irina erkundigt, weil ich dachte, sie sei es gewesen. Sie aber schrie mich wütend an: ›Tanja ist jetzt völlig übergeschnappt! Erst hat sie wieder eine Überschwemmung angerichtet, und dann ist sie mitten in der Nacht in irgendein Lomakino gefahren!‹ Da ich aber einiges weiß, wovon andere nichts wissen, habe ich mich sofort aufgemacht, um dich dort abzufangen.«

»Aha!«, rief ich, »der Chinese, den du in meine Sachen gesteckt hast, ist also an meiner Stelle zur Datsche gegangen, und dort …«

»Du sagst es«, bestätigte Gwosd. »Unser kleiner, schmächtiger Chinese ist ein echter Profi und nimmt es im Nahkampf mit einer ganzen Kompanie auf. Der Killer aber hat auf eine schwache Frau gewartet, von der kein Widerstand zu erwarten war, und die Sache leicht genommen.«

Ich konnte mich gar nicht wieder beruhigen. »Warum sollte ich denn umgebracht werden?«

»Oh«, warf Leonid Dubowski ein, »jetzt kommt Licht ins Dunkel. Tanja hat die Wahrheit über die Kacke ausgegraben!«

»Das glaube ich auch«, meinte Rodion.

»Ihr Schweinehunde!«, kreischte plötzlich die sonst so korrekte und feine Valeria los. »Verflucht sollt ihr alle sein, ihr …!«

»Pfui«, sagte Rodion stirnrunzelnd, »solche Worte von einer Dame! Allerdings wenn man bedenkt, dass sie sich mit Scheiße befasst …«

Mit einem Satz war Valeria am Tisch, griff sich eine große Schüssel Salat und schleuderte sie in meine Richtung. Ich konnte gerade noch ausweichen. Gurkenscheiben, Maiskörner und Tomatenstückchen, die eben noch in dicker Mayonnaise schwammen, flogen nach allen Seiten.

Rodion besah sich das unappetitliche Ergebnis mit angewidertem Blick. Valeria war wieder in ihren Sessel gesunken und schluchzte krampfhaft. Andrej hielt ihr ein Glas Wasser hin.

»Von welcher Scheiße ist hier dauernd die Rede?«, fragte ich.

»Hallo!«, brüllte jetzt Dubowski. »Sie weiß gar nichts davon!«

Rodion blickte mich verblüfft an.

»Weißt du es wirklich nicht?«

»Was denn?!«

»Valeria gehören fast alle öffentlichen Toiletten in der Stadt. Das ist ihre wichtigste Einnahmequelle.«

Mir blieb der Mund offen stehen. Das war ja ein Ding!

»Mir ist es ziemlich egal, woher ich meine Einkünfte beziehe. Geld stinkt nicht«, meinte Rodion. »Aber eine Dame von Welt sieht das natürlich anders. Wenn man so eine raffinierte, versnobte Person ist … Sie gibt nicht mal einem die Hand, der Wodka verkauft. Was für eine Geschmacksverirrung! Und selber schöpft sie ihre Dollars aus Toilettenhäuschen. Stellt euch vor, was es für einen Aufstand in den feinen Salons gegeben hätte, wenn das herausgekommen wäre … Valeria Kortschagina macht aus Kacke Bonbons, um es vorsichtig auszudrücken. Da hätte sie sich auch gleich einen Strick nehmen können. Sie wollte auf den Tod nicht, dass die Sache jemand erfährt. Deshalb musste Nikita sterben.«

»Nikita?«, riefen Sjuka und ich im Chor.

Valeria schluchzte immer noch. Rodion trat zu ihr heran, legte ihr die Hand auf die Schulter und sagte: »Komm, Valeria, sei eine gute Verliererin. Alle wissen es doch nun, hör auf, Rotzblasen zu heulen.«

Unerwartet hob Valeria ihr verweintes Gesicht und sagte laut: »Siehst du, Andrej, so einen Mann wollte ich immer haben, nicht so ein Weichei wie du!«

Leonid ließ wieder sein lautes Lachen hören. Andrej stellte das Glas Wasser auf den Tisch zurück.

»So dankbar können Frauen sein!«, kam es von Leonid. »Du hast sie gedeckt, und sie ...«

»Nun pack schon aus«, sagte Rodion freundlich zu ihr. »Meine Jungs will ich nicht noch einmal hereinbitten, immerhin bist du eine Dame, wenn auch eine Mörderin.«

Valeria schien nun alles gleich zu sein.

»Als Shanna schon einige Tage tot war, hat Nikita mich angerufen ...«

Zunächst ging es um einige Einzelheiten von Shannas Begräbnis, dann fragte Nikita plötzlich unerwartet: »Wie viel kriege ich für Shannas Tagebuch?«

»Was für ein Tagebuch?«, gab Valeria erstaunt zurück. Sie hörte zum ersten Mal, dass Shanna Tagebuch geführt hatte.

Das musste sie erst einmal verdauen. Shanna war in der Tat ihre einzige und beste Freundin gewesen. Aber auch ihr hatte Valeria nie etwas von den Toilettenhäuschen erzählt. Nun stellte sich heraus, dass Nikita von ihrem Geschäft wusste. Valeria starb fast vor Schreck.

So schnell es ging, traf sie sich mit dem Erpresser, gab ihm zehntausend Dollar, aber das Tagebuch bekam sie nicht. Der Bursche grinste nur frech und meinte: »Morgen.«

Als Nikita ihr weder am nächsten noch am übernächsten Tag das Tagebuch gab, gingen Valeria die Augen auf. Er war ein ganz gewöhnlicher Erpresser und wollte so viel Geld wie möglich aus ihr herausquetschen. Es blieb ihr kein anderer Ausweg, als den gemeinen Kerl ein für alle Mal loszuwerden.

Dass Nikita morgens stundenlang in der Badewanne lag, war allgemein bekannt. Auch dass seine Tür meist offen stand. Valeria beging die grausige Tat und warf dann in Nikitas Wohnzimmer auf der Suche nach dem belastenden Material alles durcheinander. Dabei fand sie Andrej, der bei Nikita die »antiken« Schmuckstücke abholen wollte.

Nikita war nicht besonders helle und hatte bereits mehrere Fehler gemacht. Als Tanja ihn mit ihren Fragen bestürmte, fürchtete er vor allem, die könnte seinem »Juweliergeschäft« auf die Schliche kommen, und gab deshalb Andrej für Shannas Liebhaber aus. Sie hätten den Mann »ausgenommen«, und das wär's gewesen. Damit Tanja keinen Verdacht schöpfte, zeigte er ihr Schmuckstücke mit den Initialen J. W. und behauptete, Shanna hätte sie von Boris als Geschenk erhalten. In Wirklichkeit hatte der Geizkragen Boris höchstens hin und wieder eine Schachtel Pralinen herausgerückt, weshalb Shanna und Nikita das Verhältnis schon hatten beenden wollen.

»Nikita hat behauptet, die beiden seien über ein halbes Jahr zusammen gewesen!«, rief ich dazwischen.

»Das war gelogen«, sagte Rodion und winkte ab. »Er hatte einfach Angst.«

»Aber warum gerade wegen des Schmucks? War das ›Bettgeschäft‹ denn besser?«

»Dazu ist zweierlei zu sagen«, warf Leonid ein. »Erstens darf man Gold und Edelsteine zwar privat verarbeiten, aber nur, wenn man eine staatliche Lizenz hat, wofür beträchtliche Steuern zu berappen sind. Sonst kann man ganz schnell gesiebte Luft atmen. Und wenn man zweitens bedenkt, von welcher Sorte die Kunden waren ... Wäre ihnen auch nur einer auf die Schliche gekommen, dann hätte sich die Wahrheit wie ein Lauffeuer verbreitet und die Sache wäre aufgeflogen. Könnt ihr euch die Wut der Betrogenen vorstellen? Die hätten Nikita an den Ohren aufgehängt! Dann doch lieber das ›Bettgeschäft‹ zugeben ... Mit der Schwindelei fingen für Nikita die Schwierigkeiten an. Andrej hat sofort begriffen, was Sache war, als Tanja ihn zu löchern anfing. Valeria dagegen hat überhaupt nichts kapiert und wütend abgestritten, dass ihr Mann ausgerechnet mit ihrer besten Freundin etwas gehabt haben sollte. Sie hat Shanna wirklich vertraut.«

»Der Pope hatte einen Hund«, kam es jetzt von Irina, »den er von Herzen liebte. Als der ihm aber seinen Braten wegfraß, hat er ihn erschlagen.«

»Nein«, widersprach Rodion kopfschüttelnd. »An Shannas Tod ist Valeria nicht schuld. Aber Nikita hat sie auf dem Gewissen.«

Als Andrej die eigene Frau bei dem toten Nikita antraf, verlor er fast den Verstand. Er liebte sie und versuchte deshalb die Spuren zu verwischen. Zuerst brachte er sie nach Hause. Dann fuhr er zurück, nahm einen Lappen und wischte alle Dinge ab, die sie berührt haben konnte. Das war ziemlich dilettantisch, aber was sollte er sonst tun? Als er die Wohnung verlassen wollte, stieß er auf Tanja. Das haute ihn dann endgültig um.

»Und das HIV?«, murmelte ich. »Sie ist doch schwer krank ...«

»Wer?«, fragten jetzt Gwosd und Leonid gleichzeitig. »Wer soll HIV positiv sein?«

»Valeria ...«

»Also, für so dumm hätte ich dich nicht gehalten!«, rief jetzt Valeria mit einem heiseren Lachen. »Das habe ich gelogen, damit ich dich endlich los werde ... Außerdem wollte ich checken, ob du das Tagebuch gelesen hast. Wenn ja, dann hättest du dich wundern müssen! Denn von so einer Krankheit konnte da gar nichts drinstehen! Dass es so geklappt hat!«

»Wie dem auch sei«, meldete sich jetzt Rodion wieder, »das Tagebuch konnten sie nicht finden. Valeria und Andrej waren außer sich vor Angst. Was dort nicht alles notiert sein konnte!«

»Warum haben sie nicht Valerias Vater um Hilfe gebeten?«, fragte nun Sjuka. »Mit seinem Geld und seinen Beziehungen!«

Rodion musste lächeln.

»Valerias Herr Papa hat sein Leben lang als Kofferträger auf dem Bahnhof gearbeitet. Jetzt verzehrt er eine Rente von 700 Rubeln!«

»Aber es hieß doch immer«, rief Sjuka außer sich, »er sei

so ein Krösus! Nur deswegen tun die Kortschagins so dicke und machen jedes Jahr eine Auslandsreise!«

»Diese Ente haben sie selber in die Welt gesetzt, um ihr Luxusleben zu erklären. In Wirklichkeit haben sie das ›geruchlose‹ Geld aus den Toiletten und die Honorare für den ›antiken‹ Schmuck verprasst.«

Als es ihr zu viel wurde, wandte sich Valeria an Fedortschuk von der Detektei »Alibi«. Er war ein alter Bekannter. Dieser Herr bewegte sich gern in Künstlerkreisen, weshalb er bei Valeria häufig teure Urlaubsreisen kaufte ...

»Warum hat sie überhaupt im Kunstfonds gearbeitet?«, fragte jetzt Sjuka. »Geld hatte sie doch mehr als genug!«

»Das Image einer hochgebildeten Dame, die sich unter Künstlern wie unter ihresgleichen bewegt – das war doch was«, meinte Leonid Dubowski grinsend.

»Lassen wir das, wir wollen nicht vom Thema abweichen«, sagte jetzt Rodion. »Fedortschuk beauftragt seine Leute, nach dem Tagebuch zu suchen. Am selben Tag taucht aber Tanja bei ›Alibi‹ auf und will ausgerechnet Valeria beobachten lassen!«

»Ich habe doch nur den erstbesten Namen rausgehauen, der mir gerade einfiel!«

»Dass es so einfach ist, hat der Mann bei der Agentur aber nicht gewusst!« Dubowski kicherte in sich hinein. »Er hat natürlich sofort Fedortschuk angerufen. Der hat es dann Valeria und Andrej gesteckt. Die waren so erschrocken, dass sie entschieden, das vorwitzige Weib aus dem Wege zu räumen!«

Tief erschüttert fuhr ich mit der Schuhspitze nachdenklich über den Teppich.

»Nun wissen wir immer noch nicht, wer Shanna ermordet hat«, murmelte Sjuka. »Und vor allem, warum?«

»Das aber ist des Pudels Kern: Sie sollte gar nicht umgebracht werden«, verkündete Gwosd mit einem Seufzer. »Es war ein Irrtum.«

»W-a-a-a-s?!«, schrie Valeria auf. »Meint ihr, sie hat sich selber umgebracht? Nein, das glaube ich nicht! Shanna hat das Leben viel zu sehr geliebt!«

»Sie ist vergiftet worden«, konstatierte Rodion.

»Das ist ja zum Verrücktwerden! Jetzt sag endlich die Wahrheit!«, entfuhr es Andrej.

»Gleich, gleich! Zuerst muss noch etwas klargestellt werden«, antwortete Rodion . »Wer war der erste Gast?«

»Ich«, sagte Sjuka leise. »Ich bin ins Wohnzimmer gegangen und habe mich auf die Couch gesetzt.«

»Am Tisch haben Sie nichts angerührt?«

»Hm«, machte Sjuka unbestimmt.

»Das ist äußerst wichtig!«, bemerkte der Hausherr streng.

»Also gut ...«, stammelte Sjuka reumütig, »ich war an dem Tag ziemlich kaputt und hatte überhaupt noch nichts gegessen. Ich habe mir also ein paar Scheiben Wurst genommen und wollte mir einen Kognak eingießen. Dabei ...«

»Na?«

»Dabei ist mir der Schwenker aus der Hand gefallen.«

Sjuka, der die Sache peinlich war, hatte rasch die Scherben aufgesammelt, zum Fenster hinausgeworfen, war dann zum Schrank gegangen, hatte ein frisches Glas genommen und auf den Tisch gestellt.

»Das war alles?«

»Nicht ganz«, bekannte Sjuka seufzend. »Von der Sorte war kein Glas mehr da. Ich habe zwar ein ähnliches gefunden, aber es fiel trotzdem auf, so mitten auf dem Tisch. Da habe ich ...«

»Was haben Sie?«, drängte Leonid. »Was?«

»Ich habe das Glas von der einen Ecke des Tisches genommen und statt des kaputten genau in die Mitte gestellt.«

»Du dummes Weib!«, heulte Boris plötzlich auf und wand sich, als litt er unter Krämpfen, »du blöde Kuh, wie konntest du nur ...«

Wie von Sinnen lachte er hysterisch auf und zuckte am ganzen Körper.

»Was ist mit ihm, Papa?«, schrie Irina und sprang vor Schreck auf.

»Ihm fährt gerade der Teufel aus dem Leib«, teilte Rodion in vollem Ernst mit, »siehst du, wie er sich windet, der Mörder?«

»Er hat Shanna getötet?«, riefen Valeria und Andrej aus einem Mund.

Ich saß da und begriff überhaupt nichts mehr.

»Nein«, erklärte Rodion, »er wollte Anna vergiften. Boris wusste, dass am Ende der Tafel, der Küchentür am nächsten, immer ihr Platz war. Ihr Glas hatte er mit Zyanid präpariert. Anna trinkt gern Amaretto, ob es nun zum Essen passt oder nicht. Deshalb hat Boris Zyankali genommen, weil er glaubte, dessen Mandelgeruch würde sie nicht spüren. Aber Sjuka hat die Gläser ausgetauscht, und so hat Shanna aus dem Giftbecher getrunken …«

»Um Gottes willen!«, kam es von der Chefredakteurin. »Es hätte ja auch mich treffen können!«

»Ohne weiteres!«, rief Dubowski ungerührt. »Das falsche Glas, und schon bist du im Paradies!«

»O-o-oh!«, stöhnte Boris noch immer. «Und ich dachte, das Gift hätte sich verflüchtigt, als Anna, das verdammte Weib, fast ein ganzes Glas gekippt hat und nichts passierte!«

»Genau!«, bemerkte Rodion zustimmend. »Als dann Shanna zusammenbrach, hast du sofort Anna denunziert, um so vielleicht doch noch dein Ziel zu erreichen! Und beinahe hätte es ja geklappt!«

»Warum wollte der Kerl Mama umbringen?«, flüsterte Irina erschrocken.

»Das ist nicht schwer zu beantworten«, erklärte Rodion. »Es ging um die Wohnung. Auf dem Papier gehörte sie ihm, aber nur noch bis zum Mai, da Anna eine neue kaufen wollte. Du, mein Kind, bist woanders angemeldet. Es sollte eine Überraschung zum Schulabschluss für dich sein. Da hat er sich diesen fiesen Plan ausgedacht.«

»Aber warum vor allen Gästen?«, stammelte Sjuka entgeistert.

»Da war es leichter, den Verdacht auf andere zu lenken«, erläuterte Leonid.

»Blöd gelaufen«, warf ich ein. »Wo mag er wohl das Gift hergenommen haben?«

»Er ist dumm«, fuhr Rodion ruhig fort, »und geldgierig dazu. Was das Zyankali betrifft ... Unser sauberer Herr Ljamin hat einmal als Zeichner in einem wissenschaftlichen Forschungsinstitut gearbeitet, das mit Metallurgie zu tun hatte. Dort wird er wohl das Zyankali mitgenommen und für einen Fall wie diesen aufgehoben haben.«

»Aber der Ermittler von der Miliz«, wandte ich ein, »hat erklärt, das Gift sei in der Flasche gewesen!«

»Da hast du sicher nicht richtig hingehört, meine Liebe«, meinte Rodion. »Er hat gesagt – in dem Glas!«

»Aber wer hat die Likörflaschen ausgetauscht?«, fragte ich begriffsstutzig.

»Also Boris«, knurrte Gwosd und stieß den Künstler an, »erklär uns das ...«

»Anna hat nie aufs Geld geschaut«, murmelte der völlig demoralisiert. »In der Hausbar stand eine fast volle Flasche Baileys, sie aber sagt noch am Morgen: ›Ich finde es nicht schön, eine angebrochene Flasche auf den Tisch zu stellen, wir brauchen eine neue!‹ So ein Unsinn! Wo dieses Zeug sowieso nur Shanna trank! Die anderen wollten nicht einmal dran riechen. Wie viele angebrochene Flaschen wollte sie noch sammeln? Ich habe also die neue in den Schrank gestellt und die angebrochene alte auf den Tisch.«

»Der Bock«, zischte Irina leise, »dieses Stinktier!«

Ich billige derartige Ausdrücke nicht, aber in diesem Falle konnte ich sie ihr nachfühlen.

»Warum hat Anna nicht erlaubt, dass Irina von dem Likör trinkt?«, fragte Valeria fast im Flüsterton.

»Mama gestattet mir immer nur zwei Gläschen«, warf das Mädchen leise ein. »Ich hatte aber zum Essen schon zwei Wodka getrunken, deshalb hat sie mir den Likör weggenommen.«

Erst jetzt begriff ich, was Rodion gemeint hatte.

»Das Zyankali war in dem Glas! Boris hat also auch Semjon umgebracht!«

»Exakt!«, bekräftigte Gwosd. »Die Anschuldigungen gegen Anna beruhten alle darauf, dass sie wusste, wer Boris' Geliebte war. Aber Semjon hatte ihr von Shanna gar nichts gesagt, übrigens auf Boris' Bitte. Dafür hat er bitter bezahlen müssen. Semjon trank schon viele Jahre lang nur aus diesem Glas, und Boris wusste das. Immerhin waren sie gute Bekannte.«

»Wie ist er nur in Semjons Büro gekommen?«, bohrte ich weiter.

»Er hat ihn aufgesucht«, teilte Gwosd achselzuckend mit. »In einem günstigen Augenblick hat er ihm das Gift ins Glas geträufelt. Semjons Sekretärin Nadja hat Boris nach einem Foto identifiziert. Sie hat ausgesagt, ihr Chef hätte diesen Gast wie einen lieben Verwandten begrüßt. Das hat ihm Boris nicht gedankt. Er hat das Gift in dem Glas hinterlassen, als er weggegangen ist! Der Rest ist dem Zufall geschuldet. Er war kaum weg, da stürzte Anna herein und schlug Krach.«

»Warum hat Semjon der Miliz nicht gesagt, wie es mit den Bildern wirklich war?« Ich begriff immer noch nicht, wie das alles zusammenhing.

»Er kam nicht mehr dazu«, stellte Rodion fest und seufzte. »Boris war schneller. Semjon hatte eine Vorladung zur Miliz für Mittwoch, doch schon am Dienstag ist er gestorben.«

»Semjon hat auch mir nichts gesagt!«

»Warum sollte er?«, fragte jetzt Gwosd erstaunt. »Er war ein erfahrener Mann in diesem Geschäft und wusste genau: Reden ist Silber, Schweigen ist Gold.«

»Aber Anna hätte er doch reinen Wein einschenken müssen!«

Rodion kratzte sich am Kopf.

»Anna ist mit Geschrei bei ihm eingedrungen. Das hat ihn geärgert. Deshalb hat er vielleicht entschieden, sie noch ein Weilchen zappeln zu lassen. Sozusagen als Vergeltung für den Skandal. Am nächsten Tag würde sich sowieso alles aufklären. Er wusste ja nicht, dass Boris ihm Gift ins Glas getan hatte. Er wollte Anna für ihre grobe Art eine Lektion erteilen. Um sich wieder zu beruhigen, genehmigte er sich einen Kognak … Und das war's.«

»Warum wohl Nadja über meine Fragerei so verstört war?«, warf ich nachdenklich ein.

»Sie war nicht darüber verstört«, erklärte Rodion lächelnd. »Als Fedortschuk euch alle hinausgeworfen hat, ist es Nadja gelungen, wieder bei ihm unterzukriechen. Man hat sie genommen, aber nur auf einen Anlass gewartet, sie wieder loszuwerden. Sie glaubte, du wolltest auch deine Stelle zurückhaben, und sie sollte das arrangieren. Deshalb ist sie dir aus dem Weg gegangen.«

Es wurde so still im Raum, dass man hörte, wie eine Fliege verzweifelt gegen das Fensterglas anflog.

»Das heißt, meine Täubchen, ihr alle seid Mörder«, schloss Dubowski die Diskussion, »alles Natterngezücht, eine einzige Schlangengrube, schöne Freunde!«

»Mich triffst du damit nicht!«, widersprach Sjuka. »Ljuba hat sich damals selbst die Kehle durchgeschnitten, darauf gebe ich mein Ehrenwort! Nur, wie hat Shanna davon erfahren?«

Rodion warf Leonid einen raschen Blick zu.

»Shanna hatte eine Liebesaffäre, ich betone, eine Liebesaffäre, keine Bettgeschichte mit einem früheren Milizionär, der über alle seine Freunde Dossiers angelegt hat – so für alle Fälle. Der hat Shanna im Suff was ausgeplaudert.«

Leonid setzte eine unverschämte Miene auf und rief: »Na so was! Das ist ja interessant!«

»Da nun alles geklärt ist«, fuhr Rodion seelenruhig fort, »wird es Zeit, Abschied zu nehmen.«

Wieder trat das kleine Gerät in Aktion. »Wir sind so weit«, sprach Rodion hinein.

Erneut ging die Tür auf, und auf der Schwelle stand eine ganze Gruppe von Leuten, teils in Zivil, teils in Milizuniform.

»Haben die Zeugen alles mitgehört?«, erkundigte sich Gwosd.

»Ja«, gab ein Mann im grauen Anzug kurz zurück.

Als ich ihn ansah, wäre ich beinahe unter den Tisch gerutscht. Dort stand mein Freund Wolodja Kostin.

»Wolodja!«, sagte ich schüchtern.

»Wir sprechen uns noch!«, warf mir der Major ärgerlich hin und befahl: »Also, meine Herren und Damen Delinquenten, verlassen Sie bitte einzeln den Raum.«

Valeria, Andrej und Boris wurden abgeführt. Sjuka ging ins Obergeschoss hinauf und ließ sich sicher mit Migräne auf die Couch fallen. Irina lief fröhlich von dannen. Wohin Leonid Dubowski verschwand, habe ich nicht bemerkt. Zurück blieben Rodion und ich. Gwosd goss sich ein Glas Kognak ein.

»Wofür hast du mich eigentlich gebraucht?«, fragte ich ärgerlich.

»Du warst mein Stock«, erklärte Rodion lachend.

»Was war ich?«

»Wenn man einen Stock in eine Schlangengrube stößt und darin herumfährt, schießen die Reptilien nach allen Seiten auseinander. Mit deinem wilden Aktionismus und deiner Fähigkeit, keine Torheit auszulassen, hast du ideal in diese Rolle gepasst«, sagte er, schon wieder ernst.

Ich wusste nicht, was ich darauf sagen sollte. Deshalb fragte ich nur: »Woher kennst du Wolodja?«

Rodion biss mit seinen starken weißen Zähnen in einen Apfel.

»Wir sind uns irgendwann über den Weg gelaufen. Bei der Miliz gibt es nicht nur Typen wie Dubowski. Es sind auch ehrliche Kerle darunter.«

»Und wo ist nun Shannas Tagebuch?«

»Ich denke, das existiert gar nicht«, meinte Gwosd nachdenklich und nahm wieder am Tisch Platz. »Wahrscheinlich hat Nikita sich das ausgedacht, um Valeria einen möglichst großen Schreck einzujagen und sie ordentlich ausnehmen zu können.«

»Die haben also nach etwas gesucht, das es gar nicht gibt?«

»Es sieht fast so aus. Leonids Affäre mit Shanna war übrigens eine lange Geschichte, und er hat ihr vertraut. Der Bursche hat tatsächlich kompromittierendes Material über alle seine Bekannten gesammelt. Mir hat er erzählt, er wollte Shanna sogar heiraten. Ich weiß nicht ... Ein abscheulicher Typ. Für Geld ist der zu allem bereit!«

»Na, viel besser bist du auch nicht!«, schoss ich zurück. »So einen Henkersknecht aufmarschieren zu lassen, noch dazu in blutbefleckter Schürze!«

Nun musste Rodion so laut lachen, dass die Gläser klirrten.

»Ach, Tanja, du bist mir vielleicht eine! Unser Fernsehen hat es tatsächlich geschafft, dass die Leute glauben, jeder erfolgreiche Geschäftsmann hätte seinen privaten Totschläger. Selbst bei Boris hat der Trick funktioniert! Wenn du es genau wissen willst: Die Rolle hat mein Gärtner Shenja gespielt. Ein netter, freundlicher Mann, der Tiere liebt und in unserem Garten jede streunende Katze füttert, die dort vorbeikommt. Er hat noch keinem lebenden Wesen was zuleide getan! Aber Gott hat ihn mit diesem merkwürdigen

Äußeren gesegnet. Das nutze ich manchmal, wenn es passt. Die Schürze war doch klasse, was? Manchmal zieht er auch noch lange schwarze Handschuhe über und bringt seine riesige Gartenschere mit. Auf diesen Trick sind schon schwerere Jungs reingefallen als dieses Weichei Boris! Jetzt alles klar?«

»Tja, wenn man's so sieht ...«

»Mir will immer noch nicht in den Kopf, dass Semjon den Zyankaligeruch nicht bemerkt hat. Wieso ist er nicht misstrauisch geworden?«

»Er hatte an dem Tag einen schlimmen Schnupfen«, erinnerte ich mich. »Dauernd hat er die Nase hochgezogen!«

»Ja, dann ...«, sagte Rodion überrascht. »Jetzt bleibt nur noch eine Frage zu klären: Was kommt auf den Tisch, wenn wir Annas Freilassung feiern?«

»Du liebst Anna wohl sehr?«

Rodion legte den Apfel beiseite.

»Vielleicht ist das wirklich Liebe. Ich weiß es nicht. Vor allem ist es wegen der Schuhe.«

»Das verstehe ich nicht ...«

»Anna hat mich regelmäßig im Lager besucht. Sie musste das nicht, denn wir waren nicht verheiratet. Weißt du, wie sie dort offiziell genannt wurde? Die Bettgenossin des Verurteilten Gromow! Jeden Monat kam sie, auch als sie einen dicken Bauch hatte. Später brachte sie Irina mit. Nicht ein einziges Mal ist sie weggeblieben. Einmal im Dezember hat sie mir ein großes Paket zum neuen Jahr gebracht. Mein Vater war damals schon tot, und meine Mutter ein Pflegefall. Nur von Anna konnte ich noch etwas erwarten. Wer aber im Lager Tee und Tabak hat, der ist gut angesehen. Sie schleppte alles herbei, was sie kriegen konnte. Damals haben sie uns ein Treffen ohne Glasscheibe in einem gemeinsamen Zimmer bewilligt. Da habe ich gesehen, dass sie völlig durchlöcherte Schuhe an den Füßen hatte. Nicht einmal Stiefel hatte sie sich geleistet, und es war bitterkalt! Da saß sie und zog dauernd die Nase hoch. Sich hat sie nichts gegönnt, und mir …«

Er winkte ab und fügte hinzu: »Es ist wegen dieser Schuhe. Verstehst du?«

Ich nickte. Das verstand ich genau.

Epilog

Anna wurde natürlich freigelassen. Irina brachte das Schuljahr zu Ende und legte alle Prüfungen ab. Anna hatte mit der Wohnung zu tun. Zwar konnte sie ihr Geschenk nicht zurücknehmen, aber Boris unterschrieb im Untersuchungsgefängnis alle notwendigen Papiere, und dem Verkauf stand nichts mehr im Wege.

Über uns ging ein Regen von Geschenken nieder. Obwohl ich mich heftig wehrte, bekam ich einen Nerzmantel. Lisa wurde neu eingekleidet und mit Kosmetik überschüttet. Kira bekam ein Videogerät, ein Music Center, ein Notebook und Inline Scater, bei deren Anblick mir der Atem stockte. Aber in der Filatow-Klinik kennen sie uns ja schon … Außerdem drückte Anna jedem der Kinder noch hundert Dollar in die Hand – für Chips – wie sie sagte. Der Gipfel waren drei Zentnersäcke vom teuersten Hundefutter und mehrere Kartons feinster Konserven für die Katzen. Das können unsere Schutzbefohlenen in einem Jahr nicht vertilgen.

An einem milden Maiabend lag ich auf der Couch und las friedlich in einem neuen Roman der von mir vergötterten Poljakowa. Da hörte ich ein leichtes Quietschen. Ich hob den Kopf. Die nur angelehnte Balkontür war aufgegangen, und in unser Zimmer hüpfte ein Känguru. Plötzlich saß es mitten auf dem Teppich, als sei es bei uns zu Hause.

»Lisa, Kira, Irina!«, schrie ich und zog mir die Decke über den Kopf. »Helft mir, die Halluzination geht zum Angriff über!«

Die Kinder kamen hereingestürzt.

»Jetzt werd ich verrückt«, stammelte Irina. »Und ich dachte, Tanja hätte es erwischt!«

»Es ist echt!« Lisa fasste sich als erste. »Und wie niedlich!«

»Wo kommst du denn her?«, kam es staunend von Irina.

Das Känguru legte seine Vorderpfötchen übereinander und runzelte lustig die Nase.

»Was machen wir denn jetzt mit ihm?«, rief Kira.

Da klingelte es an unserer Tür.

»Läuft wieder irgendwo ein Wasserhahn?« fragte ich ängstlich.

»So viel ich weiß, nicht«, brummte Irina.

»Vielleicht sucht jemand das Känguru!«, rief Lisa.

Wir stürzten in den Korridor hinaus. Draußen trat ein schmales dunkelhaariges Mädchen verlegen von einem Bein auf das andere. Im Nu war die Sache aufgeklärt. Sie heißt Vera Krotowa und tritt im Theater der Tiere von Natalja Durowa auf. Im März ist sie in unser Haus gezogen. Das Känguru und zwei Affen leben in ihrer Wohnung ... Die Affen können die Balkontür aufmachen, und wenn ihr Frauchen sie einmal kurz allein lässt, treiben sie ihre Spielchen. Die Balkons in unserem Haus liegen so dicht beieinander, dass Affen und Känguru ohne Mühe von einem zum andern springen können. Damit haben sie inzwischen mich, den Säufer Sotow und unsere modische Großmutter Anna Iwanowna völlig durcheinandergebracht. Muss ich noch erwähnen, dass wir inzwischen für das Theater der Tiere jederzeit Freikarten bekommen?

Und noch etwas: Wolodja hat zunächst mehrere Tage nicht mit mir gesprochen. Schuldbewusst habe ich jeden Tag Piroggen mit Kohlfüllung für ihn gebacken. Da Liebe bekanntlich durch den Magen geht, hat der Major am Ende doch Gnade vor Recht ergehen lassen.